LAS TRES VIUDAS

T0355861

LAS TRES VIUDAS

PATRICIA GIBNEY

LIBRO 12 DE LA INSPECTORA LOTTIE PARKER

TRADUCCIÓN DE
AUXILIADORA FIGUEROA

PRINCIPAL
NOIR

Primera edición: junio de 2024
Título original: *Three Widows*

© Patricia Gibney, 2023
© de la traducción, Auxiliadora Figueroa, 2024
© de esta edición, Futurbox Project, S. L., 2024
Todos los derechos reservados.
Publicado mediante acuerdo con Rights People, Londres.

Diseño de cubierta: Taller de los Libros
Imagen de cubierta: Shutterstock: Aleksey Matrenin - Yevhen Rehulian - Mikael Dam-
kier | iStock: Dariusz Banaszuk | Freepik: jomphon, k-krailas.1203
Corrección: Gemma Benavent, Sara Barquinero

Publicado por Principal de los Libros
C/ Roger de Flor, n.º 49, escalera B, entresuelo, despacho 10
08013, Barcelona
info@principaldeloslibros.com
www.principaldeloslibros.com

ISBN: 978-84-18216-85-5
THEMA: FFP
Depósito Legal: B 10791-2024
Preimpresión: Taller de los Libros
Impresión y encuadernación: Liberdúplex
Impreso en España — *Printed in Spain*

En recuerdo de Louis Collins sénior.
Descanse en paz.

Prólogo

El barro me cubre las manos, se me mete debajo de las uñas y forma una costra alrededor de las cutículas. Los dedos se me han puesto de color marrón sucio. Cuanto más cavo, más me mojo y más se me ennegrecen las manos.

Las ciénagas anegadas son pedazos de tierra ricos en nutrientes que se usan como fuente de energía, un ecosistema para la vida silvestre y vegetal. El lugar ideal para enterrar un cuerpo en esta fría y silenciosa noche.

Debajo de mis manos que cavan se encuentra la palita desechada. Es el lugar perfecto para una tumba. Espero que tarden cientos de años en encontrar el cuerpo que estoy plantando. He coqueteado con la idea de cortarlo en pedazos para transportarlo con más facilidad, pero no me entusiasmaba la idea de tener que limpiar toda esa sangre. En su lugar, lo he atado a un carrito para transportar briquetas, he apoyado una plancha de madera en el maletero del todoterreno, lo he subido con su carga y lo he volcado dentro.

Aunque he acercado el coche todo lo que he podido al sitio donde quería enterrarlo, me queda otra caminata hasta el angosto carril donde he aparcado. Luego tendré que arrastrarlo por la blanda turba. Y todo por mi cuenta. Es mi trabajo. Mi crimen. Mi responsabilidad.

La eliminación es sinónimo de final. Deshacerse del cuerpo. Olvidar toda la pena. Seguir adelante mientras se disuelve en su sepultura acuosa.

Estoy cumpliendo con lo que hay que hacer.

Librar al mundo de una mala persona.

Lo conozco todo sobre el mal. He vivido con él. Se enraizó en mi alma. Luché contra él. Ay, si luché, hasta que ya no so-

7

porté compartir dormitorio con él. Tuve que librar al mundo de esta persona horrible que hacía daño a la gente buena y me convertía en cómplice de los crímenes.

Continúo con mi labor, consciente de que solo quedan unas horas para el alba. Me doy prisa en sacar la tierra empapada que queda. Me ha poseído una necesidad. La necesidad de cumplir con lo correcto después de todo este tiempo. La necesidad de hacerlo de la única forma que soy capaz: asesinando a otro ser humano. Y que quede claro, no estoy de acuerdo con usar la palabra «humano» aplicada a la persona a la que he quitado la vida.

Me concentro. Cavo. Entierro el cuerpo en la ciénaga.

En ese instante, me siento libre.

Desconozco que pasará casi un año antes de que alguien más sea asesinado.

1

Orla Keating se quedó petrificada al cruzar la puerta del *lounge bar* Fallon por el hedor a ternera y fritanga que acababa de estrellarse contra sus sentidos. Una televisión zumbaba en una esquina. Había unas cuantas mesas ocupadas y una camarera con cara de aburrimiento charlaba con un chaval en un extremo de la barra.

El día que conoció a las demás, esperaba que fuesen vestidas de negro. Las viudas de antes iban de luto para llorar a sus maridos, aunque ella no creía haber visto a ninguna. ¿Qué iba a saber ella, con treinta y tres años? Un esposo desaparecido no equivale a uno muerto, incluso si hacía casi un año que no estaba. Se le ocurrió que unirse a aquel grupo le vendría bien. Los agentes no encontraron ni rastro de él. No se subió a aquel vuelo a Liverpool. Su coche no se hallaba en ninguno de los aparcamientos del aeropuerto. Hasta la fecha, no habían aparecido ni el vehículo ni él. La mujer se convenció de que estaba muerto. El resto de viudas del grupo, Jennifer, Éilis y Helena, estaban de acuerdo con ella.

Dos de las mujeres se encontraban sentadas en la salita cuando llegó. Ahora, esas eran sus amigas.

Pidió una ginebra con tónica cero y esperó mientras la chica se entretenía buscando qué alcohol servirle.

—Para la ginebra, Hendrick's —dijo.

—Muy bien.

¿Es que no iba a darse prisa?

—Ahí tienes.

Orla miró con detenimiento la generosa dosis de ginebra antes de añadirle la botellita de tónica y pagó con tarjeta. Luego se giró y estudió a las dos mujeres en la salita, que estaban charlando con las cabezas pegadas para que nadie las escuchara. Eran las siete de la tarde pasadas. Los parroquianos del mediodía ya se habían marchado a casa y la multitud nocturna todavía no se había decidido entre si salir o no. Conclusión: el Fallon estaba tranquilo.

La mujer se acercó a la mesa con la copa en la mano.

—Hola, chicas —las saludó—. Perdón por llegar tarde.

Helena se rio y se le sacudieron los rizos de color cobre.

—Has venido y eso es lo único que importa.

Acto seguido, Éilis añadió:

—Dios, estás guapísima. Me encanta la falda. Un color precioso. Te favorece.

Orla estaba segura de que la mujer sabía que la había sacado de una tienda solidaria y que la miraba por encima del hombro por ello, pero lo dejó pasar, igual que siempre. Después, metió el bolso debajo de la mesa y se sentó en el banco acolchado. Sin soltar el pie de la copa de balón, forzó una sonrisa en los labios para ocultar su nerviosismo. No podía evitarlo. Ese fin de semana era el aniversario de la desaparición de Tyler.

—¿Qué me he perdido?

—Nada de nada —contestó Éilis.

Había intentado caerle bien con todas sus fuerzas, pero se parecían demasiado para convertirse en amigas de verdad. Éilis no tenía pelos en la lengua, decía las cosas como eran. Igual que ella. La viuda era la fundadora del grupo «Vida después de la pérdida», creado en Facebook inicialmente. Habían pasado tres años desde la muerte de su marido, Oisín, y ella seguía esforzándose en hallar el equilibrio entre sus dos hijos y el trabajo. Orla sabía que tenía una buena canguro, así que ¿por qué llevaba esa cara de Virgen de las Angustias todo el tiempo? Aunque ella no era madre ni viuda, así que ¿cómo iba a tener idea de por lo que estaba pasando?

—¿Seguimos sin saber nada de Jennifer? —preguntó para empezar una conversación sobre la otra integrante del grupo.

—Ni pío —le contestó Éilis—. Espero que esté bien. Ya hace un mes.

—¿La has llamado?

—Muchas veces. Al parecer, tiene el móvil apagado.

—No queremos presionarla —intervino Helena, a la vez que se apartaba los rizos rebeldes de los ojos con un manotazo y le daba un sorbo a su copa.

Orla sabía, por experiencia, que la mujer se esforzaba todo lo posible por mantener el control con el alcohol, y con su vida en general.

—Supongo que tenemos que darle espacio —comentó.

—Recuerdo cuando murió Damien y se descarriló durante un tiempo —añadió Helena mientras dejaba su copa en la mesa—. Es la consecuencia de perder a tu marido. Volverá con nosotras. Solo necesita tiempo para procesarlo todo.

—No me gusta hablar de gente que no está presente —dijo Éilis con una mueca que enseguida cambió por una sonrisa—. Qué bien que hayas podido venir esta noche, Orla. ¿Llevas bien lo del finde?

—¿El finde? —La mujer paseó la mirada entre las dos viudas a la vez que levantaba una ceja—. Ah, te refieres a Tyler. Sí, de hecho, lo estoy llevando superbién.

—Lo siento. Por lo menos nosotras hemos tenido un final, por el hecho de que nuestros esposos están muertos y todo eso —comenzó Éilis, y susurró para añadir—: Para ti tiene que ser terrible, sin saber…

—Me estoy acostumbrando. —Bajó la vista para mirarse las uñas—. Lo que me afecta es la soledad, solo tengo cuatro paredes por compañía. —Esperó que su expresión proyectase aflicción, aunque en realidad disfrutaba de la tranquilidad de la casa.

—Eso es muy triste.

La viuda se alisó el pelo oscuro detrás de la oreja y por un instante mostró las esmeraldas más grandes que había visto en su vida. Hacían juego con su ropa. Llamativa y colorida. ¿Tanto para una noche de jueves en el Fallon?

—¿Me recordáis cuánto tiempo hace que murieron vuestros maridos? —Dirigió la pregunta a las dos mujeres.

Éilis fue la primera en contestar.

—De mi Oisín hace tres años y, Helena, ¿cuándo fue lo de tu Gerald?

—Ay, ya han pasado tres, no, cuatro años. Parece que fue ayer.

Orla esperó a las lágrimas, pero no se derramó ni una. Con Helena nunca aparecían. En cambio, Jennifer era como un globo de agua en constante explosión. Lloraba por todo. Su marido fallecido, su trabajo, un sándwich tostado con el queso que no era. No le costaba mucho activar el botón del llanto.

—Como ya he dicho muchas veces, lo siento por ambas. —La mujer observó su ginebra sin levantar la copa de la mesa—. ¿Creéis que deberíamos buscar nuevas integrantes? Otras que hayan perdido a sus esposos. —Al ver la expresión de horror que, durante un instante, atravesó el rostro de Éilis, añadió a toda prisa—: No me refiero a deshacernos de maridos para conseguir más viudas...

¿Qué intentaba decir?

Éilis dio una palmada y soltó una carcajada.

—Qué graciosa eres. Este grupo es para mujeres que entienden lo que es perder a alguien, pasar por la muerte, la separación, el divorcio. No perder en el sentido de que no puedan encontrarlos. Ay, lo siento. No quería decir que hayas perdido al tuyo en plan...

—No pasa nada. Es un chiste inteligente. —Puso una mueca.

—No estaba bromeando con tu situación. Voy a callarme antes de meter la pata otra vez.

Después, Éilis le dio un delicado sorbo a su copa, como si estuviese envenenada.

Helena le dio un trago a la pinta de Guinness; al parecer se había quedado sin palabras. ¡Una pinta! «¿Dónde está tu clase?», se preguntó Orla. La mujer llevaba unos vaqueros azul marino oscuro y una blusa negra de raso con un escote pronunciado. Iba sin sujetador, pero probablemente se había cubierto las generosas curvas con cinta adhesiva. Además, tenía el pelo envuelto en un halo de magníficos rizos caoba. Debía de tener el nuevo rizador de Dyson.

—¿Creéis que deberíamos organizar una salida? —quiso saber—. Como el día que fuimos al zoo. ¿Quizá una excursión a la galería Hugh Lane, en Dublín?

Sabía que a Éilis le gustaría aquello. ¿A Helena? No tanto.

—No lo creo —contestó la primera, que se sonrojó mientras la segunda se quedaba boquiabierta—. La última vez en el zoo fue un poco duro, con Roman y Becky.

—Claro, lo siento.

Señor, era como estar en el velatorio de tu peor enemigo.

Éilis recuperó la compostura y sus ojos verdes emitieron un destello.

—Orla, sé que aquella vez te molestaron. Los niños. No quiero que vuelva a pasar.

—No me molestaron, es solo que no estoy acostumbrada a estar cerca de los pequeños. Soy más de gatos.

—Oh, nunca has mencionado que tuvieras un gato —dijo Helena—. ¿Cómo se llama?

Ella no tenía gato. ¿Podía decir que le había puesto Conejo, o eso era pasarse?

—George es un anaranjado, como Garfield.

—A mi Noah le encanta Garfield. ¿Te he contado que tenemos un perro? Mutt. Gerald, mi marido…, mi difunto marido… —La abatida caída de pestañas de Helena le dio ganas de vomitar a Orla—. Gerald le puso el nombre.

—Es un buen nombre para un perro. —Fingió una sonrisa. Aquella conversación la estaba matando del aburrimiento—. Éilis, ¿cómo está tu peludito?

Tenía el *feed* de Instagram atestado de fotos de un perro blanco que podía ser un *terrier*.

—Mozart es perfecto en todos los sentidos.

—Parece que tus hijos lo adoran.

Orla se inclinó hacia delante con interés fingido. El hijo de Éilis tenía ocho años y la pequeña, cinco. La familia perfecta con el perro perfecto. ¡Puaj!

—¿Le puso el nombre tu marido?

—Lo compré después de la muerte de Oisín. Mi terapeuta me dijo que a los niños les vendría bien tener un perro en casa.

—¿Para reemplazar a su padre?

El gesto en el rostro de las dos mujeres le indicó que se había pasado.

—Estaba de broma. Lo siento. No quería ofenderte.

—Si te soy sincera, eso ha sido un poco desconsiderado —comentó Éilis a la vez que enderezaba la espalda—. A ti no te gustaría que hablase de tu Tyler así.

Orla jugueteó con su copa y le dio un sorbo a la ginebra mientras forzaba unas lágrimas en los ojos.

—Lo siento muchísimo. El sábado es el aniversario de su desaparición… Ya lo hemos comentado. —No quería tratar aquello en ese momento.

—Hablar de tu vida con él ayuda —dijo Éilis.

¿Lo de su mirada era un destello de complicidad? No estaba segura. Mientras tanto, Helena mantuvo la cabeza agachada. Seguramente se preguntaba quién iría a la barra. Tenía el vaso vacío.

—Ya sabéis que estuvimos casados cinco años, y siento haber abordado vuestras situaciones con tan poca sensibilidad. He estado tan confusa desde su desaparición que he perdido los modales en público. Esta es mi única vía de escape, y es genial estar con mujeres que comprenden la situación.

Forzó una lágrima y la instó a que serpenteara por su mejilla, con la suerte de que arrastraría algo de rímel con ella. Fingir pena era un rollo.

Helena alargó el brazo y le agarró la mano.

—Eres una de las nuestras, Orla. ¿A que nos alegramos de tenerla con nosotras?

Éilis abrió ligeramente la boca, como si aquel esfuerzo la superase, y dijo:

—Desde luego.

Y, así, la mujer supo que se había salido de rositas.

—¿Otra Guinness, Helena? Y ¿tú qué estás tomando, Éilis? ¿Vodka?

La mujer puso la misma expresión que si se hubiese tragado un huevo y se le hubiese quedado atascado en la garganta.

—¡No, por Dios! No algo tan vulgar. Tomaré otro *sauvignon* chileno. Vino blanco —añadió, como si Orla fuese una completa inexperta en lo que al alcohol respectaba.

Acto seguido, se acabó su ginebra y fue a la barra. Aliviada.

2

Éilis se quitó los zapatos mientras entraba a su dúplex reformado. Fuera hacía frío y el calor del suelo radiante viajó desde sus pies hasta las rodillas para calentarla al instante. Le pagó a Bianca, la canguro de la casa de al lado que hacía horas extra como niñera de vez en cuando, a pesar de que tenía un trabajo de verano en el supermercado de Dolan. Cuando la chica se marchó, la mujer corrió el pestillo de la puerta y colocó la cadena de seguridad.

Ya en la cocina, puso el móvil a cargar y dejó las llaves en el plato de la encimera. A continuación, tiró otro tronco a la estufa de leña del salón y cerró la puerta de cristal sin hacer ruido. No se escuchaba nada en la planta de arriba. Roman y Becky debían de estar dormidos.

A continuación, se sentó en el sofá de dos plazas y ahuecó los cojines de terciopelo naranja y blanco. El color la calmaba, y la casa estaba salpicada con explosiones de este. Utilizó el mando a distancia para atenuar las luces y colocó las piernas debajo del trasero, pero, en cuanto notó que se le cerraban los ojos, decidió irse a la cama antes de abrir la botella de *sauvignon*. Eso sería peligroso. No quería seguir el mismo camino que Helena. Luego, cerró el regulador del tiro de la estufa y se dirigió a la planta superior.

En ese instante, se detuvo con los pies descalzos sobre la suave alfombra de rayas en el último escalón. ¿Había oído un ruido abajo? Escuchó con atención y volvió a oírlo. ¿Puede que fuesen los troncos acomodándose en la estufa? Había cerrado el pestillo de la puerta de entrada. ¿Bianca había hecho lo mismo con la del patio? No lo había comprobado. Era posible que la adolescente hubiese salido al jardín a fumar.

—Mierda —musitó, y volvió a dirigirse escaleras abajo.

Encendió las luces mientras atravesaba la cocina pintada de rojo y de tipo galera para entrar en la extensión de planta abierta con los techos altos. Nunca fue de las que se amoldaban a la serenidad, por lo que las paredes rezumaban color a través de un amasijo de cuadros abstractos. Su lema era: «Si tu vida es sosa, dale un chute de alegría». Ser decoradora de interiores ayudaba.

Al tirar de la puerta corredera de cristal, se dio cuenta de que no estaba cerrada.

—Bianca, por el amor del cielo.

Acto seguido, echó el pestillo y clavó la mirada en su reflejo en el cristal. Un chillido hizo que se diese la vuelta sobre los metatarsos, pero la enorme habitación estaba desierta.

Entonces recordó que no había visto ni oído al perro desde que había llegado a casa.

—¿Mozart? —lo llamó en voz baja, pues no quería despertar a los niños.

El animal no fue corriendo como solía hacer. ¿Bianca lo había dejado salir al jardín? No le gustaba la oscuridad, así que habría vuelto a entrar directamente. Pensó en llevarse el teléfono arriba, pero se estaba cargando. Al final, volvió y apagó las luces por el camino.

Entonces, lo escuchó de nuevo. En la planta de arriba. ¡Roman y Becky!

Subió las escaleras de dos en dos, y estuvo a punto de caerse cuando el vestido se le enredó con las piernas. El miedo se acumuló en su pecho como si fuese una bola de pelo y, sin pensar en si despertaría a sus hijos o no, irrumpió en el dormitorio de Becky y encendió la luz.

La pequeña se incorporó de golpe y entornó los ojos ante la claridad.

—¿Mami?

—No pasa nada, cariño. Vuelve a dormirte.

Después, le dio un beso a su hija, la arropó hasta la barbilla con el edredón, volvió a apagar la luz y se dirigió al cuarto de Roman. Al asomar la cabeza por la puerta, permitió que la luz del pasillo entrase a raudales en la habitación. El niño estaba profundamente dormido. Al final, cerró con un tirón y se deslizó hasta el suelo, aliviada, mientras escuchaba cómo el latido de su corazón le zumbaba en los oídos. El ruido había hecho que perdiese los nervios. ¿Dónde estaba Mozart?

Agotada, se puso en pie, se agarró el dobladillo del vestido con las manos y entró en su dormitorio.

Ahí estaba, durmiendo en su cama. El perrito sabía que tenía prohibido subirse. La mujer estaba a punto de despertarlo y espantarlo para que bajase las escaleras cuando notó una energía negativa en la habitación. Ya era muy tarde para huir y, además, se quedó petrificada cuando una figura salió de detrás de la puerta.

Fue a gritar, pero una mano envuelta en un guante le tapó la boca y la arrastró de espaldas hasta la pared.

—No digas ni una palabra o mato a tus hijos. —Escuchó una voz amortiguada por el pasamontañas que le cubría la cara.

No podía gritar ni chillar. La mano le sujetaba la boca con firmeza y casi le tapaba la nariz. Tomó un par de respiraciones agitadas a la vez que pateaba las piernas de su asaltante, detrás de ella, pero, acto seguido, le apretó más la boca y le bloqueó la nariz por completo.

Intentó retirar un brazo con la intención de golpearlo, pero se estaba debilitando por momentos. El terror fue tal que notó cómo se le abría la vejiga, incapaz de parar el chorro caliente que le bajaba por las piernas. Pero aquello no disuadió a su atacante. La mano la volvió a apretar. El miedo era una bomba en su pecho a punto de explotar.

Sus hijos.

Ya habían perdido a su padre, no podían quedarse sin ella también. Se preguntó por qué Mozart no estaba ladrando.

Sin ninguna oportunidad, dejó que el asaltante la llevase escaleras abajo y hasta el otro lado de la puerta de entrada. Notó que la empujaban dentro de un vehículo. Algo afilado se hundió en un lado de su cuello. Daba igual lo mucho que intentase impedirlo, iba a perder el conocimiento.

Ya no podía formar un pensamiento coherente: tenía la mente confusa. Y era incapaz de frenar la oscuridad que eliminaba el color de su vida.

※

Una capa de muerte se desliza sobre sus ojos; dos estanques moribundos llenos de lágrimas. Ya no es capaz de abrirlos de par en par, de rogarme en silencio para que la libere. Cuando me convenga, le entregaré la liberación que ansía, pero jamás la libertad.

No oigo nada de lo que quiere decir porque tiene unos pedazos de cinta adhesiva pegados a la boca.

Los graznidos parecidos a los de las ranas que le ascienden desde las profundidades de la garganta ya no escapan de sus labios cerrados. El sonido recuerda al de un ratón chillando. Me saca de quicio. Me crispa los nervios. Aumenta la tensión de mis músculos.

Me gusta que la presa ponga un poco de resistencia, la suficiente para presentar un débil desafío. «Débil» es la palabra clave. Todos lo son. Luego, observo a mi segunda conquista, dormida, aunque no por mucho más. Solo lo suficiente para ganar tiempo y poder deshacerme de ella.

Camino sin zapatos por el dormitorio y noto cómo la gravedad me arrastra al infierno. No me importa. Perdí la fe en el cielo hace mucho. La alfombra bajo mis pies fue suave un día, pero ahora, escondida bajo la capa de plástico, resulta áspera y está desgastada. Me paro junto a la repisa de la chimenea y contemplo los adornos de bronce, hechos a mano en la localidad de Ragmullin. A lo largo de los años, he adquirido otros, pero al final los dejé en una tienda de caridad del pueblo. Me quedé estos dos. Por una razón.

Tomo el de una niña pequeña sentada encima de una pila de libros. Doy por hecho que es incapaz de leer porque no tiene ojos. Donde deberían encontrarse, solo hay bronce liso. ¿El escultor estaba haciendo una declaración? ¿No ve la maldad? Es algo que sopeso cuando estoy a solas. Luego, vuelvo a colocarlo en el círculo, donde permanece rodeada de polvo.

A continuación, le doy la espalda a la repisa de la chimenea con el fuego sin encender y la veo ahí sentada, esquelética, atada a la silla. Ha cumplido con su propósito. Ha llegado el momento de que me vista para la escena final. Alzo el paquete de plástico que contiene el traje blanco de forense. Es el último y, mientras lo rasgo para abrirlo, lo añado a mi lista mental junto con la cinta americana. Sé que los necesitaré. Tengo otro objetivo en mi cepo. Y eso me emociona más si cabe.

DÍA UNO

3

En la rotonda, el conductor del camión articulado activó el intermitente para señalar que iba a girar hacia la izquierda. No había mucho tráfico a las seis de la mañana. Luego, metió la marcha y se dirigió al centro de distribución. Más allá, a su derecha, la dársena 13 estaba abierta y preparada.

—Hay quien cree que da mala suerte —murmuró.

Antes de girar para entrar en las instalaciones, miró hacia la derecha, más allá de la pequeña rotonda, para asegurarse de que el camino estaba despejado. Ragmullin estaba plagado de dichosas rotondas. Algún ingeniero sabelotodo del ayuntamiento pensó que serían perfectas para echarse unas risas. Pero Graham Ward no se estaba riendo. Había tenido que sortear cuatro después de abandonar la autovía.

A continuación, echó un vistazo al páramo de su izquierda. Algo le llamó la atención. Una bandera amarilla brillaba en la brisa de las primeras horas de la mañana. Seguramente se tratase de un despojo de la feria. Aquella semana había sido una pesadilla. Las caravanas y los tráilers habían formado una hilera en la estrecha carretera que llevaba al centro de distribución. Dos veces le había dado un toquecito al culo del camión mientras rodeaba aquel peñazo de rotonda.

El hombre se acercó a la puerta de la dársena marcha atrás, bajó de un salto de la cabina y se encendió un cigarrillo. Su trabajo no consistía en cargar ni descargar, así que cruzó la carretera y se detuvo en la valla. Entonces, le dio una fuerte calada al cigarro y avistó aquello que le había alertado mientras conducía. Acto seguido, expulsó un aro de humo.

¿Qué era aquello? ¿Algo amarillo con una cosa negra en la parte de arriba? Parecía tela. Expulsó más humo por los orifi-

21

cios nasales. Una tos seca le estrujó los pulmones. Dos cuervos levantaron el vuelo desde el montón amarillo y dieron una vuelta a su alrededor antes de marcharse.

Graham pisó el cigarrillo y observó. El aire era tranquilo y lo único que se oía eran el zumbido del tráfico en la autovía y el elevador hidráulico en la dársena 13.

—Mierda —musitó, y levantó la pierna por encima de la fina vaya de alambre.

El terreno estaba blando bajo sus pies y las huellas de neumáticos de los vehículos de la feria habían dejado surcos de casi tres centímetros en algunas zonas. La lluvia no había cesado durante la feria. Aunque en ese momento hacía buen tiempo, las nubes abultaban con un mal presagio.

Mientras se acercaba al objeto de su interés, otro cuervo se lanzó en picado hacia abajo y graznó con fuerza, pero él agitó las manos para espantarlo. Cuanto más se aproximaba, más le costaba respirar, y sintió cómo un dedo de terror le dibujaba una línea por la nuca. No era posible, ¿verdad? No. Quería dar media vuelta y volver corriendo a su camión, conducir hasta casa, en Dublín, y meterse en la cama junto a su novia. A lo mejor el calor de su cuerpo dispersaría el miedo helador que se había acurrucado en la base de su cráneo y que hacía que se le erizase el vello del cuello.

Estaba alargando las manos para sacar el móvil que llevaba en el bolsillo trasero cuando se paró. Una melena larga y roja yacía dispersa sobre un rostro de porcelana que, según pudo ver, se encontraba muy magullado. ¿Los pájaros? Los brazos y las piernas estaban dispuestos en ángulos bastante difíciles, como si la chica se hubiese caído desde cierta altura. No atisbó sangre, lo que no significaba que no se hubiese derramado. Sencillamente, no se había aproximado lo suficiente. Aun así, sentía que se había acercado demasiado como para estar cómodo. Era joven. ¿Rondaría su edad? Graham tenía veintisiete años, y aquella criatura desafortunada no parecía mayor. Aunque había oído que la muerte te devolvía la juventud.

El amarillo que había visto desde la cabina del camión era un ligero vestido de algodón. De tirantes finos, que llevaba medio bajados por los brazos. Iba descalza. Tenía los pies sucios, como si hubiese corrido por el barro. ¿O la habían arrastrado? Entonces, vio el agujerito redondo en el lado de la sien.

—Dios santo —musitó, y marcó el número de emergencias en su teléfono con los dedos temblorosos, que se le pegaban a la pantalla por el sudor.

—¿Hola? Sí. Me llamo Graham Ward. He encontrado a una mujer muerta. Creo que le han disparado.

En aquel instante, las nubes se abrieron y la lluvia se derramó desde el cielo en forma de gotas grandes y pesadas.

4

Lottie Parker se despertó a las cinco de la mañana. Después de una ducha rápida, se vistió mientras se preguntaba qué tiempo haría. Echó un vistazo por la ventana. Parecía que iba a llover, así que se puso un par de botines, solo por si tenía que entrar en alguna escena del crimen embarrada. Mejor estar preparada para lo peor.

Su madre, Rose, se encontraba en la cocina.

—¡Madre! ¿Qué haces levantada a esta hora?

—He puesto una lavadora. Ya sé lo liada que estás.

—Hice la colada anoche.

—Tenía que lavar mis sábanas. Ya deberían estar listas.

La mujer observó cómo su madre se acercaba tranquilamente a la lavadora para sacar unas sábanas, la colcha y unos almohadones. Hechos una sopa. Había usado el programa equivocado. Ahora ella tendría que programar un centrifugado largo.

—Ya termino yo —le dijo con tono irritado.

—¡Sé cómo lavar unas cuantas sábanas!

—¿Por qué no preparas una tetera? Voy a tenderlo todo.

—Soy capaz de colgarlos en la cuerda, señorita.

Lottie odiaba que la llamasen así.

—Vale.

No pudo ocultar el enfado en su voz porque estaba muy molesta, maldita sea. Eran las 5:30 de la mañana (su momento para sí misma) y odiaba la confrontación, en especial tan temprano.

—Si quieres hacerlo mal, adelante. —Rose soltó la cesta.

Pero, cuando la mujer la recogió, se dio cuenta de que no olía a limpio.

—¿Le has puesto detergente?

—Ah, así que ahora no solo crees que soy estúpida, sino que además se me está yendo la cabeza. Trae aquí. —Y, acto seguido, la anciana le arrancó el canasto y salió airada por la puerta trasera.

Lottie encendió la tetera eléctrica con un chasquido mientras apoyaba la cabeza en el armario de la pared. No era capaz de descifrar si la mente de su madre se había deteriorado más todavía o si era su falta de paciencia lo que alimentaba la tensión entre las dos. Fuese lo que fuese, el trabajo solo podía ser mejor que el conflicto en casa.

A la vez que abandonaba la idea de hacerse un café, tomó el bolso y llamó a Boyd de camino a la calle.

La mujer se encontraba en la puerta de la estación de servicio de Millie, sentada en el coche con el oficial de policía Mark Boyd. Las ventanas se estaban empañando mientras la lluvia los azotaba sin piedad. La colada que su madre había colgado del tendedero no había servido de nada.

—¿Qué le has echado a tu sándwich? —preguntó con la boca llena.

—No vas ni a probarlo, si es lo que pretendes —le contestó.

Ella negó con la cabeza, cansada, mientras tragaba.

—¿Es que no puedo pedirle nada a nadie esta mañana sin que se me arranque la cabeza de un mordisco? —Luego, enrolló las cortezas dentro del envoltorio lleno de grasa y lo tiró en el hueco de los pies—. Pareces una gallina clueca desde que volviste de Málaga.

El hombre se quedó callado.

Ella observó las gotas que surcaban el cristal a toda velocidad. Julio había sido brutal en lo que al tiempo respectaba; ahora era mediados de agosto, y no había mejorado mucho. Dos días de sol, tres de lluvia. Experimentar las cuatro estaciones en un día era típico en Ragmullin. Y frustrante.

Antes, al salir de casa, como caían chispas, había cogido una de las sudaderas de Sean del perchero y, al ponérsela ya en el coche, había visto con horror que tenía una imagen de Batman en la parte delantera. No podía ir por ahí con los brazos cruzados encima del pecho todo el día, así que tendría que aguantar los comentarios graciosos. Para Boyd era peor, porque ella sabía que lo llamarían Robin. Durante un instante, una sonrisita apareció en el rostro de la inspectora, pero luego sintió cómo el enorme peso de la seriedad que había en el coche le caía sobre los hombros. Boyd era miserable, y que su madre estuviese viviendo con ella la ponía de peor humor que él. Vaya par.

Lo que necesitaban era un gran caso. Algo a lo que engancharse. Que el equipo trabajase con diligencia y mucha concentración. Todos estaban hartos de las gestiones y el papeleo. Si veía otra columna de Excel con un presupuesto con desajustes, iba a gritar. Un caso le daría una excusa auténtica para no completar las liquidaciones y una distracción de su vida doméstica. La comisaria Deborah Farrell estaba de una mala leche de narices y aquel estado de ánimo había medrado poco a poco en el oficial encargado de la atención al público.

Entonces, echó un vistazo a Boyd y leyó la irritación que llevaba escrita en la firme silueta de la mandíbula. Hacía falta mucho para exasperarlo. A lo mejor necesitaban unas vacaciones juntos en vez de un nuevo caso, pero tenía una vida complicada. Y se había vuelto más compleja todavía desde que él había vuelto de Málaga con Sergio, su hijo de ocho años. Solo hacía unos meses que había descubierto la existencia del chico antes de ir a conocerlo en junio. Estaba segura de que aquello era lo que le reconcomía. Y quería que lo admitiese. Pero, como no parecía que fuese a suceder pronto, decidió que lo diría ella.

Acto seguido, se giró para mirarlo.

—Es Jackie, ¿no? ¿Has tenido noticias de ella?

—No tiene nada que ver con mi exmujer.

—Por supuesto que sí. No soy tonta. Cuéntamelo. Boyd, por favor.

Estaba tan delgado como siempre. El sutil bronceado que le había otorgado un resplandor saludable se había desvanecido. Tenía la mandíbula afilada e implacable. Y las orejas de soplillo se le habían puesto coloradas. Lottie se esforzó en encontrar la forma de reconfortarlo.

El hombre colocó su sándwich entero en el envoltorio, lo cubrió a la perfección con el papel y volvió a colocar la pegatina en su sitio.

—Puedes comértelo, si quieres. Solo le he dado un bocado.

—Deja de utilizar tácticas de distracción.

—Me agotas mentalmente, Lottie Parker.

A continuación, le quitó el sándwich para dejarlo en el salpicadero. Luego, le agarró la mano y le dio un apretón.

—Cuéntamelo cuando te sientas cómodo.

El hombre liberó la mano, contempló la lluvia en la calle y el silencio les inundó antes de que él hablase.

—Va a venir a Irlanda.

—¡Joder! Ay, mierda, Boyd.

—Justo cuando tengo a Sergio en casa conmigo. Tu familia y tú os habéis portado increíble con él, sobre todo Chloe y Sean. No lo habría conseguido sin vosotros. Y, ahora, este bombazo.

Con su hija Chloe cuidando de Sergio durante el día mientras Boyd trabajaba, Sean, su hijo de diecisiete años, había salido de su cueva, según le había dicho su madre.

—Los niños se lo pasaron genial la semana pasada en la feria —contestó—. Sean hasta se llevó a Sergio a su entrenamiento de *hurling* la otra tarde. Hacía siglos que no iba. Son buenos el uno para el otro.

—Acabaron empapados con los chaparrones —señaló el hombre.

—Yo diría que Sergio estaba contento.

Él sonrió.

—Le pareció graciosísimo pasearse por la caja de cerillas que es mi apartamento para llenarlo todo de agua. Nuestra vida se está asentando y mi exmujer aparece igual que la mala hierba del refrán.

Lottie le devolvió la sonrisa, pero se estremeció para sus adentros. Una pepita de ansiedad había echado raíces. Temía preguntar, pero necesitaba saberlo.

—¿Cuándo llega?

—Ni idea. Recibí un mensaje que decía: «No puedo esperar a ver a mi niñito pronto». Seguramente haya reservado el vuelo y aparezca en cualquier momento.

—No dejes que te afecte. No puede alejarlo de ti.

Boyd se giró en su asiento para mirarla a la cara.

—Es justo eso. Sí que puede, y lo hará.

—Pero tienes una prueba de ADN que demuestra que es tuyo.

—¿Qué juez alejaría a un niño de la madre que lo ha criado durante ocho años? Sergio ha estado con ella desde el día que nació. Hasta hace unos meses, yo ni siquiera sabía de su existencia. ¿Qué demuestra eso? ¿En qué tipo de padre me convierte?

—En uno bueno. Tu ex tiene un historial de tonteo con criminales y, en cuanto te reveló la existencia de Sergio, volaste a España para conocerlo. —Aquel era un argumento poco sólido, pero tenía que calmarlo de alguna manera—. Deja de preocuparte. Estoy segura de que solo quiere dinero.

—¿Y de dónde voy a sacarlo? Estoy intentando comprar un apartamento más grande… Y no vuelvas a decirme que puedo mudarme contigo. Ya tienes que lidiar con Rose, además de con tus tres hijos y tu nieto.

—La combinación de familias intergeneracionales son la última moda. —Forzó una sonrisa esperanzadora.

Pero él negó con la cabeza sin un atisbo de frivolidad.

—Te agradezco la oferta, Lottie, pero ya tienes bastante entre manos.

La mujer se recostó, cruzó los brazos y subió un pie en el salpicadero, igual que si fuese un niño malhumorado.

—Cuesta creer que estuviéramos a punto de casarnos y ahora ni siquiera podamos mantener una conversación normal.

No pretendía sonar cortante, pero tenía que decirlo.

—A lo mejor eso nos convierte en una pareja casada de verdad.

—Dios sabe que ya discutimos bastante.

—Lo siento, Lottie. Déjame resolver esto por mi cuenta. ¿Puedes hacerlo por mí?

¿Podía? Las presiones de su vida doméstica aumentaban a diario. Quería que Boyd estuviese a su lado en casa, igual que en el trabajo, aunque no parecía que eso fuese a suceder de un momento a otro. Ya le había costado bastante aceptar que lo quería y ahora corría el peligro de perderlo. Todo por su dichosa exmujer.

Abrió la boca para comenzar a despotricar, pero se salvó cuando la radio de la Policía Nacional cobró vida de golpe.

♒

La clase de yoga de primera hora de la mañana le despejaba la mente a Orla Keating. Hoy esperaba poder librarse del dolor que le punzaba detrás de los ojos.

No dejó de mirar por encima del hombro mientras caminaba desde su casa, por la calle del cementerio, al estudio, en la otra punta del pueblo. En ese instante, se le erizó el vello del cuello. No había nadie detrás de ella. De hecho, no había mucho movimiento de gente a aquella hora de la mañana. Le gustaba caminar. Le ayudaba a despejar la mente de las cosas de las que prefería no preocuparse. Además, se trataba de una oportunidad para usar todos sus sentidos.

Inspiró y espiró al tomar un desvío por el camino del canal. Tenía todo el tiempo del mundo. Miró el cielo y, a continuación, las flores y la maleza de los setos. Se maravilló con el sonido que hacía el agua al formar olitas y con el piar de los pájaros en los árboles. Se paró un momento a tocar los juncos y se inclinó para oler el frescor... Y, entonces, el cielo se abrió. Se puso la capucha y continuó cuesta arriba, por el puente y hasta la calle.

Al pasar por la estación de servicio de Millie, avistó a dos personas que comían dentro de un coche. ¿Cómo podían consumir comida de gasolinera, y más a esa hora? Mientras atravesaba la calle Friar, volvió a mirar tras de sí.

¡Para! Nadie la seguía. Aunque era incapaz de deshacerse de esa sensación de inquietud. Orla sabía que era astuta y sensible. Así que tenía que haber una razón por la que se sentía así.

Luego, se estremeció, se cambió la esterilla de yoga de hombro y se enderezó la mochilita en la que llevaba la toalla y la botella de agua. A pesar del dolor de cabeza, esa mañana se sentía bien con su equipo morado de licra y las zapatillas de correr nuevas de Asics. Tyler la habría obligado a devolverlo por el precio. Pero él ya no la controlaba. Aunque hoy aquello no le proporcionaba la satisfacción que sabía que debía sentir.

Fue en ese momento cuando volvió a sentirlos. Unos ojos fijos en su espalda. La mujer se giró a toda prisa y le pareció ver una sombra arrastrarse en el callejón de detrás. ¿Tenía que detenerse y esperar? ¿Echar un vistazo? ¿Debería salir huyendo? No, ya estaba harta de huir. Aquello no la había llevado a ninguna parte.

Acto seguido, escuchó el tronar de unas sirenas. Dos coches patrulla pasaron como un rayo y salpicaron cuando atravesaron los charcos cada vez más llenos.

Alguien había muerto.

No le cabía duda.

Notó cómo se le cerraba la boca del estómago de la misma forma que el día en que Tyler desapareció.

Él estaba de pie, frente al fregadero de la diminuta cocina, de espaldas a ella, con los hombros encorvados, y sabía que estaba sujetando el móvil en la mano.

—¿A quién le estás escribiendo a estas horas de la mañana?

Echó un vistazo al reloj digital del horno: las 4:05 de la madrugada.

Él se giró, pero su rostro permaneció velado por las sombras que derramaba la tenue luz de la bombilla que colgaba del techo. Había olvidado contratar un vataje mayor.

—Lo que haga no es asunto tuyo. Y, si quieres saberlo, estoy confirmando la hora de mi vuelo.

Ella se encogió del miedo y encendió la tetera eléctrica.

—¿Has comprobado siquiera si tiene agua? —La fulminó con la mirada antes de volver a darle la espalda y seguir escribiendo el mensaje con una mano.

La tetera aulló y la mujer se dio cuenta de que llevaba razón. Estaba vacía. ¿Debía abrir el grifo o eso lo enfurecería más todavía? ¿De verdad quería una taza de té? La respuesta a ambas preguntas era no. Podía irse sin hacer ruido y dejarlo con sus misteriosos mensajes. O mantenerse firme. Entonces, se estremeció y retrocedió hasta la puerta.

—¿Vas a llenarla o la vas a dejar así? —Se giró lentamente—. No sé ni por qué estás despierta. Nunca hago ruido.

—Solo iba a prepararte una taza de té antes de que te fueras.

—¿Y obligarme a parar en la autopista para mear? Vuelve a la cama y déjame en paz. Te veo en unos días, y más vale que tengas la casa reluciente. Es un consejo. Ni un perro viviría en esta pocilga.

La mujer se tragó las lágrimas en silencio, una proeza que había dominado a lo largo de los cinco años que llevaba viviendo con Tyler Keating. La casa estaba resplandeciente. No había nada fuera de su sitio. Ni una mota de polvo. Ella sabía todo eso, pero aun así fregaba, pulía y frotaba cuando él estaba fuera. No tenía sentido no hacerlo. Pensar en las consecuencias la asustaba demasiado.

No se despidió ni le deseó un buen viaje, solo salió de la cocina y, sin hacer ruido, subió las escaleras hasta el dormitorio. Cuando se tumbó en la cama, esperó a que los minutos pasaran hasta que escuchó que la puerta de entrada se cerraba y el estallido del motor mientras se alejaba.

Ahora se preguntaba si todo aquello no era más que un recuerdo inventado. ¿De verdad fue aquello lo que sucedió esa mañana?

Aceleró el paso entre temblores, consciente de que era imposible huir del pasado.

5

Una resaca del demonio se había arraigado en Kirby, y no era capaz de levantar la cabeza de la almohada. Saboreó el *whisky* rancio en el fondo de la boca y se preguntó cómo podría conseguir un vaso de agua sin salir de la cama. Imposible.

Alargó la mano para coger el móvil de la mesita de noche y, mientras los dedos escarbaban en su búsqueda, lo tiró al suelo. El hombre se inclinó sobre el borde de la cama y entornó un ojo; abrir los dos resultaba demasiado doloroso. El teléfono había aterrizado junto a un zapato negro resplandeciente. Entonces, abrió los dos ojos de golpe y vio con nitidez otro zapato, además de un sujetador blanco de encaje.

—¿Qué co…?

Cada sílaba le golpeó tras los ojos igual que un principiante aporreando las teclas de una máquina de escribir. Agonía. A la vez que volvía a recostarse en la almohada, mareado, sintió que una mano serpenteaba sobre su rechoncha barriga.

—Hola. Estás despierto —dijo ella.

En los pocos segundos que pasaron desde que registró en su mente que había llevado a una mujer a casa, una parte de él deseó que se tratase de la encantadora agente Martina Brennan, aunque sabía que jamás contaría con tanta suerte. El inspector Sam McKeown había hundido por completo sus garras en la policía, a pesar de que su mujer había descubierto la aventura.

Se giró y clavó las pupilas en la coronilla de la cabeza rubia que se encontraba bocabajo en la almohada junto a él. La chica alzó lentamente la vista hasta él.

¡Joder, era despampanante!

Kirby agitó la cabeza, lo que le provocó más dolor fulgurante.

—Buenos días —consiguió contestar.

—No te acuerdas de anoche, ¿verdad? —Una sonrisita se dibujó en esos labios en forma de corazón, y quiso besarlos de inmediato.

—¿Que si me acuerdo? Por supuesto. —Mentía.

No tenía ni idea de cómo había conseguido meterla en su cama.

La joven se rio y volvió a hundir la cara en la almohada. Su mano extendida le estaba haciendo cosas terribles. Terribles no, maravillosas, excepto porque notaba que iba a vomitar en cualquier momento por todo el alcohol que había ingerido. Entonces, el sabor le ascendió por la garganta. ¡*Whisky!* Después de todas las promesas que se había hecho, había salido y había tomado el *whisky* de las narices.

Necesitaba ir al baño. ¿Cómo podría zafarse sin ofenderla? No quería que sus dedos parasen de dejar su rastro mágico, pero hacer pis era una necesidad real.

—Oye, tengo que ir al baño. Puedes… sabes… ¿esperar hasta que vuelva?

Ella se rio de nuevo, y el sonido le resultó tan musical que habría bailado si no se hubiese estado muriendo.

—No me voy a ir a ninguna parte aún.

Acto seguido, se puso bocarriba y tiró de las sábanas para ocultar su desnudez.

En ese momento, el hombre sufrió un aterrador destello de conciencia. ¿Las sábanas estaban limpias? ¿Cómo iban a estarlo? Hacía siglos que no iba a la lavandería. Y ¿dónde estaban sus calzoncillos? Ni de broma iba pasear su culo gordo y desnudo por el dormitorio.

—No te preocupes —lo tranquilizó ella—. Anoche ya lo vi todo.

Pero, aun así, se giró y lo ayudó a preservar parte de la dignidad que le quedaba.

Ya en el baño hizo pis, tiró de la cisterna y se lavó las manos. Luego, encontró un par de bóxers en el suelo y se los puso enseguida antes de echarse un vistazo en el espejo. El rostro flácido y colorado que le devolvió la mirada era ciertamente el suyo y, por una vez, el espeso cabello descansaba aplastado en unos rizos sudorosos pegados al cuero cabelludo. ¿Era momento para una ducha rápida? No, la chica podría desaparecer.

Se pasó un cepillo por los dientes, se salpicó agua fría en las mejillas y se enjuagó el sueño de los ojos. Después de secarse la cara, revolvió en el armario en busca de algo agradable con lo que rociarse. Necesitaba librarse del hedor rancio a alcohol, sudor y sexo. Al final, encontró un bote de Old Spice que había olvidado que tenía, se empapó generosamente y volvió al dormitorio.

Solo había tardado dos minutos, pero ella ya estaba vestida, sentada en el borde de la cama y recogiéndose el pelo.

—No te vayas todavía —le pidió—. Podemos ir a algún sitio a desayunar. ¿Te apetece? Que le den al trabajo.

—Tengo que ir a trabajar y, por lo que tu móvil dice, tú también deberías estar en otro sitio.

El hombre notó cómo la sangre se le drenaba de la cara. ¿Había estado husmeando? No es que tuviese nada que esconder, pero, igualmente, le gustaba poder confiar en las personas.

—Y no lo he mirado, si es lo que estás pensando. Es que está vibrando como si hubiese una gallina cacareando debajo de la cama.

—Dios, no, no había pensado nada de eso. Es solo que estoy un poco atontado.

El móvil podía esperar. No se fiaba de ser capaz de volver a incorporarse si se agachaba a por él.

—No pasa nada, Larry. Encantada de conocerte. —Le tendió una mano.

Durante un instante, pensó que le pedía dinero. No había sido tan estúpido, ¿verdad? Pero, a continuación, la muchacha se acercó a él, le rodeó la cintura con los brazos y se estiró para darle un beso en la barbilla. Madre mía, qué bajita. No le cabía duda de por qué necesitaba los tacones de aguja que había visto en el suelo.

—¿Dónde están mis zapatos?

Kirby se los señaló y acto seguido se sonrojó al ver el sujetador junto a ellos en el suelo. La mujer lo recogió y lo metió en un diminuto bolso de mano que descansaba al lado de la pata de la cama.

—¿Te volveré a ver? —quiso saber él.

La joven se colocó el bolso de mano en el hombro y deslizó los pies en los tacones.

—Me has invitado a cenar el sábado por la noche. ¿Te acuerdas?

—En realidad…

—No te preocupes. Los dos estábamos bastante borrachos. Tengo tu número.

—¿Cómo?

—Anoche me obligaste a guardarlo en el móvil. Espero que sea el correcto; me sentiré como una completa imbécil si llamo a otro tío.

Él sonrió.

—¿Y me diste el tuyo?

—Sí. Luego te escribo. —Fue hacia la puerta—. Por si se te ha olvidado, me llamo Amy.

El hombre se sentó en el filo de la cama durante cinco minutos completos después de que ella se marchara mientras intentaba desenterrar algún recuerdo de aquella noche. Le iban y venían *flashes*. El bar Fallon, el Danny y el Cafferty. Luego el hotel Brook. Bailar. Beber. Beber mucho. Para una noche de jueves, ¡además! Iba a pasarse la semana sin un duro. Después de aquello, había un vacío de alcohol. Definitivamente, había llegado el momento de dejar el *whisky*.

El estado de las sábanas le dijo que ahí había más que recordar, pero necesitaba mirar el móvil y ponerse manos a la obra.

—Bueno, ¿qué hora es? —musitó mientras se sostenía la cabeza y sacaba el teléfono de debajo de la cama—. ¡Madre del amor hermoso!

Diecisiete llamadas perdidas y nueve mensajes.

Ahora sí que estaba en la mierda.

Pero, entonces, sonrió. Hoy aguantaría todo lo que le echasen.

Volvió a tumbarse en la cama, acomodó la almohada y cerró los ojos. Por primera vez en siglos, puede que desde que asesinaron a su novia Gilly, Kirby se encontraba cerca de lo que él llamaba felicidad. Y todo debido a aquel suspirito de mujer llamada Amy.

6

El polígono industrial Ballyglass era el hogar de concesionarios con coches tan pulidos que parecían espejos, centros de *fitness* y el mayor centro de distribución de supermercados del país. Según mirabas a la derecha, había un páramo atrapado en una disputa de planificación. Aquel era el lugar designado para los circos y ferias cuando estos llegaban a entretener a los ciudadanos de Ragmullin.

La lluvia estaba amainando, pero Lottie notó cómo las botas se le hundían en la tierra revuelta. En aquel momento, vio las placas que había colocado la policía científica para no pisar la escena del crimen y se subió a una de un salto, antes de que nadie se diese cuenta de su error.

Grainne Nixon se encontraba al cargo de los agentes de criminalística y la mujer se acercó a la inspectora por detrás, mientras se afanaba por caminar cargando con el peso del estuche de metal que contenía las herramientas forenses.

—Buenos días, inspectora.

—¿Qué tal, Grainne? No te lo vas a creer, pero estaba deseando que algo me aliviase de la semana de hojas de cálculo; me tenía mentalmente agotada. Aunque, para serte sincera, no quería que nadie acabase asesinado.

—Yo acabo de llegar. ¿Se trata de un asesinato?

—El informe no oficial indica que tiene una herida de bala en la cabeza.

—Mierda.

La forense soltó el estuche sobre una de las placas y se metió la melena pelirroja debajo de la capucha. A continuación, se tapó la boca con la mascarilla.

—¿Te acompaña el sargento Boyd?

—Está vistiéndose de blanco. Después de ti.

Lottie se hizo a un lado para dejar entrar a la agente de la científica en la tienda. La habían levantado encima del cuerpo a toda prisa para proteger las pruebas potenciales de la lluvia. «Un poco tarde para eso», pensó la inspectora.

Otro agente de criminalística se encontraba junto a la cabeza de la chica fallecida, donde esperaba instrucciones de su superior. Lo único que se oía era el repiqueteo de la lluvia contra la lona.

—No la asesinaron aquí —dijo Grainne de inmediato.

—¿Porque no hay sangre? —preguntó.

—Exacto. —La mujer se arrodilló sobre la tela de plástico.

—¿Es posible que se la haya llevado el agua?

—Es posible. Ha llovido durante la noche y, además, está este chaparrón más reciente. Aun así, esperaría ver alguna decoloración en la tierra.

Lottie se inclinó por encima del hombro de su compañera para estudiar a la víctima. El rostro de la joven era bonito en un sentido sencillo y a su constitución no le sobraba ni un gramo de carne. Estaba esquelética. Tenía el cuello largo, esbelto y amoratado. A lo mejor podían probar suerte en esa zona para el ADN. Llevaba un vestido escotado y era obvio que no llevaba sujetador. El cabello pelirrojo le recordó a los rizos de la forense. Podrían ser hermanas.

Se permitió mantener la mirada en la cara demacrada de la víctima. Los pájaros le habían picado la piel pálida y daba la sensación de que le habían arrancado los ojos de las cuencas. Notó una avalancha de bilis, pero enseguida volvió a tragársela.

—Treinta y pocos, estimo —dijo—. Señor, es espantoso. Es la hija, la hermana, la pareja o la esposa de alguien. Incluso podría ser madre. —La inspectora se lamentó por la mujer sin nombre, cuya familia estaba a punto de hundirse en una pesadilla tortuosa.

—Disparo. En la sien izquierda. Si no me equivoco, tiene ambos brazos y una pierna rotos.

Lottie se había dado cuenta de los ángulos tan difíciles de los brazos y de la carne desgarrada.

—¿Se cayó desde un lugar alto? ¿La tiraron? ¿La empujaron?

Grainne le echó un vistazo.

—Espera hasta que el patólogo forense...

—Sí, lo sé. —Pero estaba impaciente por descubrir más—. Una cosa está clara, y es que no vino caminando y se tumbó en el suelo mientras alguien le pegaba un tiro en la cabeza.

—Tiene los pies arañados y desgarrados —comentó la forense.

En ese instante, la inspectora se puso en cuclillas y entornó los ojos para mirar el delicado piececito, probablemente una talla 38. Su compañera llevaba razón.

—¿Es posible que alguien la trajera hasta aquí, le partiese las extremidades y le disparase?

—Como he dicho, no hay sangre visible. Puede que la arrastraran hasta aquí, pero el terreno se ha convertido en un baño de lodo y, como la feria ha abandonado la zona, ha dejado un montón de huellas de neumáticos.

—¿Qué tiene alrededor de la boca?

Lottie escudriñó la sustancia negra y pegajosa que la víctima tenía en los labios y las mejillas.

—Diría que la amordazaron con cinta. Posiblemente americana, aunque el negro me hace pensar en que podría tratarse de cinta aislante. A lo mejor tenemos suerte y podemos sacar alguna huella del residuo.

La inspectora se disponía a darse la vuelta cuando comentó:

—El vestido parece de algodón ligero.

—Un vestido de fiesta. —Boyd entró en el espacio confinado—. ¿Le dispararon en otro sitio?

—Eso parece —dijo Grainne mientras abría su maletín para ponerse manos a la obra.

Lottie salió de la tienda. Luego, se quitó la mascarilla e inspiró el aire húmedo de la mañana para deshacerse del aroma a muerte del que se había impregnado.

El oficial se unió a ella.

—Hay cámaras de seguridad en ese almacén de ahí, pero todos los concesionarios con cámaras de alta resolución se encuentran al otro lado del parque comercial.

La mujer volvió a zambullir la cabeza en la tienda.

—Grainne, ¿tienes idea de cuánto lleva muerta?

—Puede que cinco o seis horas, y ha pasado el tiempo suficiente a la intemperie como para que los pájaros la desfiguren. El patólogo os dará una respuesta más definitiva.

Luego, Lottie volvió andando con Boyd a través de las placas para proteger la escena del crimen.

—Necesitamos averiguar de quién se trata. Eso nos dará un punto de partida.

—¿Por qué dejarla aquí? —quiso saber él—. ¿Tendría algún significado para el homicida?

—No la asesinaron aquí, eso es evidente. Alguien se tomó la molestia de trasladar el cadáver y dejarlo a la intemperie para que lo encontraran. ¿Por qué?

—Espera a la autop…

—Ya, ya. —La inspectora se acercó al extremo del cordón—. Pero me da que la colocaron en esa pose y la dejaron para que alguien diese con ella. ¿Quién hace eso?

—Un hijo de puta arrogante.

La mujer se quitó los cubrezapatos.

—¿Dónde está el chico que ha llamado?

Boyd señaló a un hombre que se encontraba fumando un cigarrillo sentado en el asiento del copiloto de un coche patrulla con la puerta abierta.

—Graham Ward, de veintisiete años. Conductor de camiones. Ha conducido directamente hasta aquí desde los muelles. Ha llegado a las seis y media. Ha aparcado en la dársena 13 y ha cruzado para fumarse un cigarro.

Ella se acercó al coche.

—Señor Ward, soy la inspectora Lottie Parker. ¿Puede contarme qué le ha llevado a descubrir el cuerpo?

—Solo estaba fumándome un cigarro. Tenía pájaros encima. Salieron volando cuando me dio un ataque de tos. Nunca había visto un cadáver y no quiero volver a verlo. Ha sido la tela amarilla, ¿sabe? La he visto desde el camión cuando he llegado. Y los pájaros… —El cuerpo le convulsionó en un largo temblor—. Solo me he desviado para acercarme a ver de qué se trataba. No esperaba…, ya sabe… —Tragó saliva—. Lo siento.

Las manos le temblaban tanto que el cigarrillo se le cayó al suelo, donde crepitó en un charco.

—¿Ha visto a alguien por aquí?

—Solo a los muchachos que manejan el elevador de la dársena. Han empezado a descargar el camión y yo me he ido a fumar.

—¿La conoce? —le preguntó Lottie.

—¿A la chica muerta? No la había visto en mi vida. ¿Le dispararon? A mí me ha parecido una herida de bala.

—Y usted reconocería una herida de bala, ¿no?

—Una de verdad como esa, no. Solo lo que ves en la tele. ¿No estará pensando que tengo nada que ver con esto?

—En absoluto, pero necesitamos una declaración formal, sus huellas y una muestra de ADN. Para descartarlo.

—No la he tocado. No podría hacer nada... nada así. Los brazos y las piernas... por Dios, es brutal.

—Lo sé, Graham —le dijo Boyd—. Es un jarro de agua fría. Vamos a llevarte a comisaría para la declaración.

—Y ¿qué pasa con mi camión?

—Te traerán de vuelta. —El oficial se giró hacia el agente encargado de conducir para ordenarle que llevase al chico a comisaría.

Una vez se quedaron solos, Lottie dijo:

—Él no lo ha hecho.

—Lo suponía. ¿En qué te basas?

La mujer se encogió de hombros mientras miraba a su alrededor.

—Las cámaras del almacén habrán grabado su llegada. Estaremos seguros en cuanto tengamos la hora de la muerte y confirmemos sus movimientos. Consigue el metraje y haz que McKeown lo examine.

El detective Sam McKeown era el hombre al que acudían para lo relacionado con la videovigilancia. Un grano en el culo, pero hacía bien su trabajo.

—¿Dónde está Kirby esta mañana? —preguntó Boyd.

—Eso mismo me estaba preguntando —contestó Lottie.

ॐ

Es interesante pararse a observar el resultado de tu crimen. Ahora mismo me encuentro a una distancia considerable del ejército de títeres de las fuerzas del orden que bajan hasta el pequeño trozo de páramo.

Un lugar fantástico para tirar un cuerpo. La idea me vino a la mente mientras conducía la semana pasada. Había cientos o incluso miles de personas paseándose por la zona. Niños y adultos. Tráileres, caravanas y furgonetas cámper. Además, quería exponer mi obra. Darles un rompecabezas mientras intentan averiguar mi motivación. Soy demasiado inteligente para sus cerebros de hormiga.

Estoy en la otra punta del parque comercial, en la explanada frente al concesionario, paseándome y admirando coches que no quiero. Todavía no ha abierto, pero aquí ya hay unas cuantas personas, así que es fácil mezclarse como si solo fuera otro comprador potencial husmeando un poco.

Con un ojo centrado en los agentes y los forenses, me pregunto cuándo se darán cuenta de que se hallan compitiendo contra alguien excelente.

Tengo mis razones para asesinar. ¿Conseguirán averiguarlas?

Cuento con un lugar fantástico para matar. Nunca lo encontrarán.

Ya tengo a mi próximo objetivo cautivo. Espero que descubran que la he secuestrado antes de que el cuerpo aparezca. Es mucho más emocionante que me persigan mientras cazo. Sobresaliente.

Pero mi tarea más inmediata es identificar el siguiente terreno donde deshacerme de ella.

Es posible que no encuentre un sitio tan comprometido a nivel forense, pero lo haré lo mejor que pueda.

7

—Mira quién viene por ahí. Qué detalle unirte a nosotros, Amy, al menos para una parte del día.

La chica no estaba de humor para Luke Bray. ¿Quién se creía que era? Tenía veintidós años, pero actuaba como un cuarentón. Ya sabía que llegaba tarde. Había tenido que ir a casa, darse una ducha y cambiarse para ponerse el uniforme del supermercado de Dolan. Estaba harta de llevar pantalones negros y camiseta, pero al menos así se reservaba la ropa.

Acto seguido, abrió la caja registradora y, con una sonrisa, soltó la barrera del pasillo.

—Buenos días, señor Rodgers —lo saludó mientras examinaba el periódico y el cartón de leche—. ¿Desea algo más hoy?

—Un rasca y gana de dos euros. Me alegro de verte contenta, Amy.

—Siempre lo estoy.

—Ya te he dicho que me llames Kenny. —Le guiñó un ojo.

Sabía que se llamaba John, así que le sonrió. Antes de anoche, pensaba que solo les resultaba atractiva a los ochentones como el señor Rodgers; ahora, no podía evitar el cálido resplandor que albergaba en su cuerpo. Seguro que se le notaba en la piel.

—Bueno, ¿quién es el afortunado?

El anciano tenía un destello en la mirada mientras acercaba la tarjeta de crédito. «Sí, se nota», pensó.

—No lo conoce, señor Rodgers.

—Pues tiene suerte. Mañana nos vemos, Amy.

—¿Suerte? —Luke se inclinó sobre su caja—. Suerte tú, no el imbécil que has pescado.

—Cierra el pico, ¿quieres?

Nunca había entendido por qué tenía que ser tan desagradable. Era un capullo.

—¿Te he ofendido, pie izquierdo?

Una de las chicas había interpuesto una queja contra Luke por usar un lenguaje inapropiado delante de ella. Obviamente, él estaba intentando salvar el culo, pero no había cambiado lo más mínimo. Ahora la chica trabajaba en la oficina. A lo mejor quejarse era un movimiento ingenioso.

—Tienes un cliente, Luke.

Se negaba a permitir que aquel imbécil apagase su brillo. Mientras pasaba una cesta de la compra por el lector, se preguntó qué estaría haciendo el inspector Larry Kirby. No fue un pensamiento vago. Quería saberlo de verdad.

⁓

—¡Inspectora! —gritó Grainne desde la tienda—. Necesito que vuelva un momento.

Lottie se puso un par de cubrezapatos nuevos y se apresuró a cruzar las placas resbaladizas.

—¿Qué pasa?

—La víctima es de complexión pequeña. Mide uno cincuenta y cinco, calza un 38 y estimo que lleva una talla 36 de ropa.

—Estoy de acuerdo —le contestó la mujer.

—El vestido que lleva es una 42. Tres tallas más grande. Le pusieron imperdibles a los lados para que le quedase bien.

—A lo mejor lo pidió prestado.

—He pensado que podía ser importante. —Los ojos de Grainne estaban abatidos por la decepción.

—Has hecho bien en señalármelo. Asegúrate de que Gerry lo fotografíe todo antes de que se mueva el cuerpo. —Echó un vistazo a la mujer fallecida—. ¿Has descubierto algo que la identifique?

—Nada. No tiene bolso. Ni zapatos. Nada. Lo siento.

Cuando se sentó en el coche con Boyd, la inspectora dijo:

—Han tirado el cuerpo aquí para confundirnos.

—¿Porque la feria estuvo aquí la semana pasada?

—Sí. La tierra está levantada. Hay basura esparcida alrededor. Eso dificulta identificar qué es una prueba de verdad y qué estaba ya aquí.

—Los forenses serán capaces de determinar las escalas de tiempo y…

—Eso tarda demasiado —lo interrumpió—. Creo que estamos lidiando con un homicida arrogante y muy inteligente.

—A pesar de la arrogancia, tú eres más inteligente.

—No estoy segura de si es un cumplido, pero vamos a ponernos manos a la obra.

8

Kirby entró resollando en la sala de operaciones para la reunión informativa de la mañana, y Lottie se dio cuenta de que esperaba pasar desapercibido. Ya quisiera.

—Tienes una pinta de resaca total —le dijo la agente Martina Brennan en un fuerte susurro.

Cuando el hombre se sentó a su lado, le pasó un caramelo de menta y él le sonrió con agradecimiento.

—Qué detalle unirte a nosotros, detective Kirby —comentó Lottie antes de señalar una foto de la víctima tumbada donde la había colocado su asesino—. Debemos identificar a esta mujer. ¿Ha aparecido algo en la base de datos de personas desaparecidas, inspector McKeown?

—No hay nadie que encaje con su descripción en nuestros archivos. He ampliado la búsqueda a nivel nacional, pero de momento nada. Todavía es pronto.

—En cuanto a su edad, aparenta tener treinta y tantos. De la evaluación inicial de la escena, Jane Dore, la patóloga forense, sugiere que la causa probable de la muerte es la herida de bala en la cabeza. La autopsia completa debería confirmarlo. La víctima sufrió una fuerte paliza y hay pruebas de que le ataron las muñecas y los tobillos, posiblemente con una cuerda fina de nailon. Hasta ahora no se ha recuperado nada del estilo de encima o cerca del cuerpo, pero se está registrando la zona.

McKeown refunfuñó a la vez que se secaba la coronilla afeitada con una mano perezosa.

—Tras una semana de feria allí, hará falta un trabajo descomunal para determinar qué es relevante y qué no.

—Soy consciente de ello.

La mujer se preguntó en qué momento desaparecería la pesada plancha que el detective cargaba sobre los hombros, si es que llegaba a suceder. Tenía una relación tensa con todos los miembros del equipo, a excepción de Martina Brennan. Estaba convencido de que uno de sus compañeros había informado a su esposa de la aventura. Sus principales sospechosos eran los detectives Maria Lynch y Kirby, aunque aquello no impidió que continuase con su amorío.

—En algún punto le taparon la boca con cinta. A lo mejor tenemos suerte extrayendo ADN del residuo.

—Pues ten paciencia —le dijo McKeown.

—Desconocemos su color de ojos. Le han…, ya sabéis… —Le resultaba tan inquietante que se le atascaron las palabras—. Es posible que los pájaros se los destrozaran al picarle la carne.

—Qué horror —comentó Kirby con cara de estar a punto de vomitar.

—Hay que comprobar las grabaciones de las cámaras de seguridad de la zona. Quiero saber cuándo dejaron el cuerpo ahí. Tú te ocuparás de eso. —Señaló a McKeown con la cabeza.

—¿Es posible que la asesinaran donde la encontraron? —preguntó Kirby.

—Los de la científica dicen que no.

—¿Por qué?

—Si hubieras contestado al teléfono, habrías estado allí y sabrías que no se ha encontrado sangre, a pesar de que presenta una herida de bala.

Lottie se mordió mucho la lengua. Le dolía ser seca con Kirby, pero aquella mañana los había decepcionado.

—Lo siento, jefa. Tenía el móvil en silencio. —Se puso colorado hasta las raíces del pelo rebelde y mojado.

A la inspectora le dio pena enseguida. Él era uno de sus detectives más leales, pero, aun así, no pudo evitar añadir:

—Invertir en un reloj despertador no te vendría mal.

Entonces, McKeown se rio con disimulo y Lottie le dedicó una mirada furiosa.

—Puede que el vestido amarillo no fuese suyo. Es tres tallas más grande. Descubrid dónde se compró y a lo mejor encontramos… ¿Sí, Martina?

—En una foto, me ha parecido reconocer que era un vestido de Zara, así que lo he buscado. Está disponible en internet, en liquidación, por lo que dudo que nos ayude.

—Seguid investigando. No llevaba zapatos ni bolso, así que ¿dónde están? Hay que peinar todo el lugar para encontrarlos. Necesitamos desentrañar quién es y, entonces, rastrear sus movimientos, que puede que nos lleven hasta su asesino.

—¿La drogaron o quizá la emborracharon? —preguntó el agente Lei.

Lottie admiraba al nuevo recluta de la comisaría de la policía de Ragmullin, que formaba parte de la unidad ciclista. Originario de Longford, su padre era chino de segunda generación. Lei era bajito y esbelto y estaba lleno de entusiasmo por su trabajo. La mujer se preguntaba cuánto tardarían en quitárselo de encima.

—La toxicología va a tardar. La estimación inicial de Jane es que no murió más de seis horas antes de que moviesen el cuerpo de sitio. Eso significa que sucedió en algún momento después de medianoche. La autopsia que se realizará más tarde nos ofrecerá una hora de la muerte más precisa. Esta mujer estuvo cautiva en algún sitio. Le pegaron antes de dispararle y tirar su cuerpo. No pudo estar ahí mucho tiempo.

En ese momento, intervino Boyd.

—El hecho de que no encontremos a nadie que encaje con su descripción en la base de datos de personas desaparecidas sugiere que quizá solo pasó la noche de ayer secuestrada. Nadie se ha dado cuenta todavía de su ausencia.

Lottie lo consideró.

—O a lo mejor vivía sola sin, y no hay nadie que la eche de menos. Podemos emitir un comunicado basado en sus características físicas diciendo que necesitamos localizarla.

Acto seguido, el agente Lei levantó la mano.

—Mmm, perdón, pero ¿eso no otorgaría munición a los medios? Irán con la historia de que es la fallecida o la asesina que buscamos en conexión con la muerte. Tendrá que ser un comunicado de prensa redactado con mucho cuidado.

—Estoy de acuerdo con el agente Lei. —La comisaria Deborah Farrell se acercó resuelta al frente de la sala—. Yo trabajaré con el gabinete de prensa. Podemos hacerlo sin una cobertura mediática agresiva. Descubrid quién es lo antes posible. ¿Algo que añadir, inspectora?

Lottie no se había dado cuenta de que Farrell había entrado en la sala y, durante un instante, se hizo pequeña bajo su mirada, pero enseguida recuperó el autocontrol.

—Solo lo que he dicho. La han golpeado, matado de un disparo y tirado en un páramo. Tiene dos brazos y una pierna rotos. La autopsia confirmará cualquier otra herida. El ataque fue violento y prolongado. Estuvo atada. Sabemos que la vistieron después de dispararle porque apenas hay sangre en el vestido, y es posible que dicho vestido no le perteneciese por la talla.

—¿Qué hay del chaval que la encontró?

—Según el registro del centro de distribución, el camión de Graham Ward ha llegado a las seis de la mañana. El inspector McKeown comprobará las cámaras de seguridad para confirmarlo. Estamos en proceso de obtener el resto de imágenes de la zona.

La superintendente Farrell se recolocó la corbata de clip y miró al grupo.

—Quiero a un equipo totalmente comprometido con esto. Trabajad con vuestra oficial superior encargada de la investigación. —Echó un vistazo a Lottie con una mirada que decía que convertirla en la agente al cargo estaba en contra de su buen juicio—. Esta mañana lanzaremos un comunicado por internet y he convocado una rueda de prensa a las tres del mediodía. Traedme algo antes de eso. Y no quiero esa foto del cadáver en la red.

Lanzó una mirada rápida de advertencia a la sala antes de marcharse.

Lottie gimió para sus adentros. ¿Es que su jefa se creía que era una puñetera maga? Luego, dijo:

—Quiero a todo el mundo concentrado en este caso. Ahora, manos a la obra.

Cuando la habitación se vació, la inspectora se volvió hacia el tablón y examinó la foto de la víctima.

—¿Quién eres? ¿Por qué te convirtieron en un objetivo? ¿Dónde te mantuvieron cautiva? Habla conmigo.

—Los muertos no hablan —le contestó Boyd desde detrás.

—Jane es como una ventrílocua, y es capaz de hacerles hablar, pero la autopsia ni siquiera habrá empezado a las tres. ¿Qué puedo ofrecerle a Farrell para su conferencia de prensa?

—Puede hacer una petición para que la gente compruebe cómo están sus familiares y amigos. Con suerte, aparecerá alguien por aquí con el nombre de la víctima.

—Ahí fuera debe de haber alguna persona que todavía no sabe que su ser querido ha fallecido. Un marido, una madre, algún amigo.

—No llevaba anillo.

—¿Qué?

—Has mencionado a un marido, pero nuestra víctima no llevaba alianza.

—Eso no nos dice nada definitivo.

La mujer observó a Boyd mientras este estudiaba la fotografía de la víctima.

A continuación, el agente dijo:

—Ninguna joya, y eso que tiene agujeros en las orejas. Si había salido a tomar algo, ¿no llevaría algo?

—Yo nunca me quito los pendientes.

—Creo que solo tienes ese par.

—Lo perdí todo cuando se quemó mi casa. ¿A dónde quieres ir a parar, Boyd?

—El hecho de que es posible que el vestido no sea suyo y que no lleve joyas, zapatos ni bolso, además de la prueba de que estuvo atada, hace plausible que la mantuviesen cautiva en algún sitio durante un tiempo. Si ese es el caso, ¿por qué nadie la ha echado de menos?

—Bien visto.

—¿Sabes ese instinto del que hablas, Lottie? El mío me dice que esta mujer ha estado desaparecida más de una noche.

—Espero que no estés en lo cierto, porque eso nos complicaría el trabajo. Vamos a por un café y un sándwich de verdad. Después tenemos que descubrir de quién se trata.

9

El llamamiento apareció en las redes sociales y provocó una respuesta inmediata.

—Jefa, es posible que tengamos algo. —La detective Maria Lynch dio unos golpecitos en el teclado—. Hace unos minutos ha entrado una llamada de un tal Frankie Bardon de la clínica dental Smile Brighter. Después de ver las noticias y el comunicado, dice que está preocupado por una de sus antiguas empleadas, una auxiliar de odontología llamada Jennifer O'Loughlin. Hace un mes, envió su carta de renuncia a la oficina, lo que sorprendió al hombre. Dice que no se ha puesto en contacto con nadie del equipo desde entonces.

—¿Siguió intentando comunicarse con ella?

—Ni idea. Nos ha dado su dirección: calle Riverfield, número 171. Eso está cerca del cementerio, ¿verdad?

Lottie se inclinó sobre el hombro de Lynch para intentar leer el informe de la pantalla.

—Vuelve a llamarlo. Comprueba si tiene más información.

—Lo haré. También nos ha dado el número de teléfono de la mujer.

—Llama.

La agente marcó el número y negó con la cabeza.

—Parece que está apagado.

La inspectora se volvió hacia Boyd.

—¿Te apetece hacer una excursión a la calle Riverfield? Con suerte, Jennifer O'Loughlin estará bien y haremos el viaje para nada, pero nunca se sabe. —Enderezó la espalda.

—Yo puedo acompañaros —comentó Lynch.

—Necesito que te quedes supervisando la información de las llamadas mientras llegan. Organiza una reunión con

Frankie Bardon por si Jennifer O'Loughlin resulta ser nuestra víctima.

La mujer tomó el bolso y la chaqueta de su despacho, le dio un codazo a Boyd para que la siguiera y pilló al sargento dedicándole una mirada lastimera a Lynch. Acto seguido, sacudió levemente la cabeza y continuó caminando. No tenía sentido volverse blanda en su vejez. A la detective se le daba bien el ordenador, igual que McKeown era bueno analizando las imágenes de las cámaras de seguridad. Necesitaba que su equipo utilizara sus talentos de la mejor forma posible.

—¿Dónde se ha metido Kirby ahora?

—Ni idea —le contestó el hombre mientras metía los brazos en la chaqueta y sacudía los hombros.

—Lleva unos días actuando raro. Pasa de estar de un humor buenísimo y ruidoso a hundirse y quedarse callado.

—Está bien.

—Bebe demasiado, y lo dice alguien que lo sabe todo sobre meterse en ese pasatiempo destructivo. —Lottie se preguntó cómo podría abordar a Kirby para hablar sobre lo que le ocurría—. Boyd, ¿te importaría…?

—No, no voy a hablar con él. No es asunto mío. Si afecta a su trabajo, es tu labor tener esa conversación, no la mía.

La inspectora se mordió la lengua. No tenía sentido discutir con aquel gruñón. Pero, aun así…

—Solo una charla tranquila. Entre amigos.

—De ninguna manera, Lottie. Vamos, yo conduzco.

La inspectora navegó por la pantalla de su móvil de camino a Riverfield. Si Jennifer O'Loughlin tenía alguna cuenta en redes sociales, la borró en algún momento. Ni siquiera parecía tener huella digital. Si resultaba ser la fallecida, le pediría a Gary, de la unidad de investigación tecnológica, que echase un vistazo.

La casa era un edificio de ladrillo rojo, destartalado e independiente situado en lo que parecía una finca en fideicomiso. Se habían construido apenas treinta años antes y la zona parecía tranquila, sin niños en las aceras. Hacía tiempo que no se cortaba el césped, y destacaba entre los jardines del vecindario, que tenían un aspecto impecable y con la hierba recién cortada. La puerta roja era maciza y todas las persianas de la fachada estaban cerradas. Había un Toyota RAV4 híbrido en el camino de entrada.

Boyd admiró el vehículo.

—Bonito conjunto de neumáticos.

—Guay —añadió Lottie.

El hombre levantó una ceja.

—Es exactamente lo que diría Sergio.

La mujer sonrió y llamó al timbre. Este resonó desde dentro, pero, aparte de aquello, no se escuchó nada. Volvió a llamar. El mismo resultado.

—Tiene el coche aquí, pero no hay nadie en casa.

—A lo mejor ha ido a dar un paseo o está en el pueblo. Podemos interrogar a los vecinos, si quieres, pero, si la hubiésemos investigado antes de salir de la comisaría, tal vez sabríamos si tiene familia o amigos.

Lottie no contestó y se dispuso a rodear la casa por un lateral. La puerta de madera se abrió sin esfuerzo y la condujo hasta un jardín trasero descuidado. Un conjunto de mobiliario de mimbre descansaba en un patio en un nivel superior. El hormigón bajo sus pies estaba verde por el mal tiempo. Las macetas que salpicaban la zona necesitaban una seria limpieza para acabar con la maleza. Igual que las de la fachada, las persianas de la parte de atrás estaban bajadas.

Acto seguido, echó un vistazo por el panel de cristal esmerilado de la puerta trasera, aunque no fue capaz de atisbar nada.

—No está aquí —le dijo Boyd—. Vámonos.

Pero, antes de apartarse, la inspectora bajó el pomo de cromo y estuvo a punto de caerse cuando se abrió hacia dentro. Le lanzó una mirada perpleja a su compañero.

Y él negó con la cabeza.

—No contamos con una razón legal para entrar.

—Su coche está en la entrada, la puerta, abierta, nadie la ha visto en un mes y tenemos una víctima de asesinato sin identificar. Creo que las circunstancias lo justifican.

La mujer entró en un enorme cuarto de servicio equipado con electrodomésticos de lujo. En la hilera de percheros solo había un abrigo, un chubasquero azul marino y un par de botas con barro seco que descansaban en el suelo. Luego, abrió la puerta de dentro y entró en una cocina tan bonita que te caías de espaldas, acabada con encimeras de cuarzo y armarios de color azul verdoso pálido.

—Deberíamos irnos.

Boyd cambió el peso de un pie al otro.

—Tranquilízate. La puerta estaba abierta. —No iba a marcharse hasta que no fisgonease como era debido—. Tenemos razones para creer que Jennifer O'Loughlin podría ser nuestra fallecida. Guantes.

El oficial le pasó un par y él se puso otros.

—Vale, dos minutos. Después salimos de aquí.

El hombre se dirigió al pasillo y subió las escaleras enmoquetadas. Lottie fue hasta el salón y encendió la luz.

La sala tenía un mobiliario alegre que le pilló por sorpresa. Todo parecía impreciso y lleno de color. Los cuadros de la pared no eran más que salpicones abstractos de pintura sobre un lienzo que podría haber creado su nieto Louis, aunque pensó que Jennifer habría pagado una fortuna por ellos. El sofá resultaba una invitación para dejarte llevar y la mesa baja con las patas cromadas y la superficie de cristal sostenía un montón de lo que le parecieron libros decorativos. No eran para leerlos, solo para admirarlos. Era una habitación preciosa, pero daba la sensación de que nadie vivía en ella. No había ni una foto a la vista.

—Boyd, ¿encuentras algo útil ahí arriba?

El hombre bajó las escaleras.

—A mí todo me parece muy impersonal. No hay mucho que te cuente cómo es la mujer.

—El minimalismo es la nueva moda. —Aunque tenía que estar de acuerdo con él.

Volvió a la cocina y abrió un par de armarios y cajones. Ni cartas ni facturas. Miró en el frigorífico. Este albergaba una botella de vino, otra de dos litros de agua con gas y un cartón de leche.

—Es como si hubiese metido sus cosas en una bolsa y se hubiera marchado —comentó Boyd.

—Mira el cartón de leche. No, ¡no lo huelas! Tiene fecha de hace cuatro semanas.

—A lo mejor ha sacado la casa al mercado.

—Echa un vistazo en internet, a ver si está a la venta.

Mientras buscaba el móvil a tientas en el bolsillo, abrió el armario de la despensa. Solo había productos no perecederos. Aparte del jardín, el lugar parecía una casa piloto.

—Que yo vea, no está en venta —comentó Boyd—. Tenemos que hablar con los vecinos. A lo mejor saben a dónde fue cuando se marchó.

—¿Hay ropa en los armarios? ¿Cosméticos en el baño?

—Algo.

La mujer subió corriendo las escaleras para comprobarlo con sus propios ojos.

Los armarios albergaban una mezcla ecléctica de prendas. Moda de lujo para complementar el estilo de la casa. Era obvio que Jennifer no se dejaría ver con un vestido de saldo tres tallas más grande. Algo iba mal. No había manera de saber si faltaban un bolso de mano o unos zapatos. Qué llevaba puesto la víctima cuando se marchó, si en realidad era la víctima que estaban buscando.

Entonces, atisbó una gama de caros cosméticos de marca en el aparador. El baño contaba con unos azulejos tremendamente coloridos que formaban la ilustración de una jungla. Los grifos de la ducha y el lavabo eran de cromo negro. Prístinos. En el armario no encontró nada significativo. Paracetamol y algún tipo de ansiolítico natural. Pasta de dientes y un cepillo eléctrico de marca. Smile Brighter. Donde fuera que estuviese ahora, o Jennifer tenía un cepillo de dientes de sobra o se había ido sin uno.

Volvieron a verse en el coche tras una llamada rápida a las puertas de los vecinos. En realidad, esa labor correspondía a los agentes uniformados, pero Lottie necesitaba saber, de una forma u otra y enseguida, si Jennifer O'Loughlin podía ser la persona asesinada.

—¿Algo? —le preguntó a Boyd.

El hombre arrancó el coche.

—No hay mucha gente en casa a esta hora. Los pocos con los que he hablado no la han visto en varias semanas. Nadie ha podido precisar el momento exacto en el que la vieron por última vez. Al parecer, no le dijo a nadie que iba a marcharse. Aunque ninguno hablaba mucho con ella. ¿Qué has conseguido tú?

—Lo único que vale la pena destacar de lo que he descubierto es que era viuda. Su marido murió hace dos años. Un vecino me ha dicho que Jennifer restauró la casa por completo solo un mes después de su muerte.

—Parece un poco pronto.

—La pena afecta a cada uno de una manera.

Ella era consciente de cómo le había afectado la muerte de Adam y sentía una afinidad con Jennifer.

—¿Qué edad tenía su marido cuando murió?

La inspectora comprobó sus escasas notas.

—Según un vecino, Damien O'Loughlin tenía unos treinta y cinco años cuando murió de un cáncer de esófago.

—¿Crees que esta tal O'Loughlin es nuestra víctima?

La mujer arrugó los ojos por el sol a la vez que los entornaba para mirar la casa desierta.

—Es posible, pero, si es así, ¿dónde ha estado durante el último mes?

—Buena pregunta —dijo Boyd.

—¿Y por qué estaba abierta la puerta de atrás? —Entonces, el teléfono le vibró en el bolso—. ¿Qué pasa, Lynch?

—Confirmo que nuestra víctima es Jennifer O'Loughlin. Frankie Bardon acaba de enviarnos por correo electrónico la foto de su expediente de empleada. Tiene otro color de pelo, pero no hay duda de que es nuestra fallecida.

—Mira qué puedes descubrir sobre ella y su marido, Damien. Murió hace dos años. —Después, colgó y miró a Boyd—. Tenemos que traer a la policía científica.

—Podrías haberle dado las gracias a Lynch.

—¿Estás diciendo que tengo un problema de actitud?

—No, pero necesitas pulir tus habilidades sociales.

—¿Por qué no pules tus habilidades de irte a la mierda? —Se cruzó de brazos con un resoplido.

10

A sus treinta y tres años, no era la primera vez que Helena Mc-Caul se había despertado desorientada en el suelo. Echó un vistazo a través de los dedos separados para ubicarse un poco antes de incorporarse. Estaba en el dormitorio de su hijo. El pánico se le aferró al pecho y se lo estrujó igual que si fuese un torno de banco.

Mientras se impulsaba de rodillas, avistó la botella de vodka y la realidad de su situación regresó en forma de remolino, como un tornado imparable. A continuación, exhaló, recogió la botella y la empujó detrás del osito de Winnie the Pooh encima del armario.

Había tenido una pesadilla horrible, recordaba el jadeo en su oído. ¿Había tomado vodka aparte de todo lo demás? Volvió a comprobar la botella. Estaba bastante llena, faltaba alrededor de un cuarto. A lo mejor era de anoche. La memoria le estaba fallando. Al menos se encontraba relativamente bien. Necesitaba ducharse para quitarse el hedor rancio a sudor del cuerpo y lavarse los dientes durante al menos cinco minutos.

La mujer se estremeció bajo el chorro frío, así que giró la manilla a la máxima temperatura y esperó a que el agua le disipase la piel de gallina. Un recuerdo se desbordó hasta la superficie de su mente. ¿Había estado tan borracha que había alucinado con que alguien la agarraba, la asfixiaba y le bloqueaba la vía respiratoria con una mano? Su madre, Kathleen, siempre le decía que tenía una imaginación muy activa, que deliraba. A lo mejor tenía razón.

Incapaz de desenterrar cualquier otro recuerdo significativo de esa noche, se acordó de haber encendido la luz del dormitorio y, luego, de pronto, todo se quedó a oscuras. Se desmayó.

Necesitaba tomar las riendas de su vida de inmediato o aquellos episodios pasajeros se convertirían en la norma.

Helena se envolvió el cuerpo con una toalla mientras salía de la ducha y limpió el vapor del espejo. El pelo le goteó y se encrespó en rizos a la vez que observaba su reflejo. No tenía marcas en la piel, excepto por las erupciones producidas por el calor. Necesitaba volver a tomar su medicación. Eso significaba que no podría beber, y necesitaba hacerlo para suavizar el dolor.

La mujer volvió al dormitorio con paso firme y los pies mojados. Luego, sacó la botella de su escondite, se la llevó al baño y la vació en el váter. Ya estaba bien. Tenía que tomar las riendas de su vida o, en el peor de los casos, moriría por una intoxicación etílica. Aunque a veces eso era lo que deseaba. Acto seguido, se sacudió aquellos pensamientos macabros y comenzó a cuadrar sus planes para ese día.

Tenía que hablar con Éilis.

Era imposible que pudiese continuar con las sesiones de las noches de los jueves con Jennifer, Orla y ella. Había estado bien durante un tiempo, le había ayudado a olvidar. Bebía demasiado durante esas veladas, pero se había prometido que sería la única noche de la semana, así que ¿qué daño le hacía? Pero luego se había descubierto bebiendo en otros momentos para acabar con los recuerdos. La noche del jueves se metamorfoseaba en el viernes y después estaba el fin de semana. Los únicos días que en realidad estaba sobria eran de lunes a miércoles, e incluso entonces esperaba ansiosa a que llegase el jueves. Eso quería decir que cuatro de siete días funcionaba dentro de un estado de fuga por el alcohol. Debía parar. No podía seguir usando una muleta para bloquear el pasado. Tenía que enfrentarse a él y, si eso significaba revelar el secreto de las viudas, que así fuese.

A continuación, se puso rápidamente su mejor ropa interior y un vestido azul de algodón con mariposas amarillas. Se recogió el pelo para ocultar el encrespamiento y deslizó los pies en sus cómodas sandalias NeroGiardini. Estas le añadían cinco centímetros a su metro sesenta y uno de altura. Cuando estuvo lista, sintió un deseo abrumador de beber algo antes de irse.

No agua. Ni café. Se moría por un vaso lleno hasta el borde, mitad y mitad.

Helena McCaul llevaba tanto tiempo cubriendo la verdad con engaños que ya ni siquiera estaba segura de si tenía un problema serio con el alcohol o no.

11

Los hijos de Éilis Lawlor, Roman, de ocho años, y Rebecca, de cinco, se sentaron a la mesa. Había cereales Kellogg's Sugar Puffs desparramados por la superficie. La leche había goteado hasta el suelo después de que la niña intentara servírsela en su desayuno directamente del cartón.

—Roman, ¿dónde está mami? —preguntó la pequeña.

El niño soltó un gemido. No quería preocupar a su hermana, pero ¿por qué no estaba mamá por allí?

—No lo sé. ¿Llamo a Bianca? A lo mejor sabe dónde está.

—Nunca pasa toda la noche fuera. Siempre vuelve a casa.

—Deja de sorber mocos. Cómete el desayuno y luego llamaré a Bianca.

Entonces, miró a su alrededor mientras se preguntaba dónde estaría el número de la niñera y vio el teléfono de su madre cargándose en la encimera. Acto seguido, se levantó de golpe y lo desenchufó. Sabía el código PIN. Su madre se lo había dado para casos de emergencia. Y aquello parecía una.

—¡Es el teléfono de mami! —chilló Becky—. ¿Qué hace aquí si ella no está?

—Seguramente se le haya olvidado llevárselo. Dame un momento.

Después, Roman le dio la espalda a su hermana. No tenía sentido preocuparla más. Luego, se acercó a la puerta corredera de cristal y observó cómo el sol se reflejaba en los muebles de mimbre de fuera. Su padre fue quien montó el patio. El niño se acordaba de que ese día hacía tanto calor que lo obligó a ponerse una pamela. Puaj. No creía que Becky hubiese nacido siquiera, porque no la recordaba quejándose por ahí como hacía siempre.

El pequeño navegó por la lista de contactos de su madre hasta que encontró el nombre de Bianca. Estaba a punto de pulsar su número cuando le vino algo a la mente. Se volvió hacia su hermana, que tenía cereales pegados en el pelo, y preguntó:

—¿Dónde está Mozart?

La niña soltó la cuchara y se levantó de un salto de la silla mientras llamaba al perro a gritos.

—¡Mozart! ¿Dónde estás? ¿Mozart?

Después, se giró hacia Roman con la boquita dibujando una curva inversa y unos ojos que eran dos estanques de lágrimas.

—No sé dónde está.

—Seguramente esté con mamá. Espera. —Pulsó el número de Bianca con los dedos cruzados—. Hola, Bianca. ¿Sabes dónde está nuestra madre?

—Roman, ¿eres tú? Me estás llamando con su teléfono. ¿No está en casa?

—El móvil estaba en la encimera, pero no la encontramos ni a ella ni a Mozart.

—Lo más seguro es que lo haya sacado a pasear hasta la tienda para compraros leche para el desayuno.

—Ya tenemos. Estamos desayunando.

—Muy bien. Voy a preguntarle a mi madre, a ver si ella sabe dónde está. Luego os llamo, ¿vale, gordi?

Normalmente, odiaba que lo llamara así, era un apelativo para bebés, pero en ese momento el niño se sentía tan impotente como uno.

—No tardes. Rebecca está asustada.

A continuación, colgó y volvió a sentarse a la mesa.

—Será mejor que terminemos de desayunar rápido y limpiemos la mesa. No queremos que mamá se enfade cuando vuelva a casa con Mozart.

—Roman, ella nunca se lo lleva a la compra. —Becky rompió a llorar.

Unas ligeras sacudidas de terror le recorrieron poco a poco el vello de la nuca. Entonces, se inclinó y abrazó a su hermana desconsolada. Tenía un mal presentimiento. Uno muy muy malo.

12

Kirby salió al patio trasero de la comisaría y se encendió un cigarrillo. Después de unas caladas rápidas, tosió con fuerza entre la neblina de humo y se debatió entre enviarle un mensaje a Amy o no. Quería quedar con ella esa noche. Necesitaba una aliada, y ella sería el antídoto perfecto para un mal día en el trabajo. Entonces se dio cuenta de que no sabía dónde trabajaba. De hecho, no sabía absolutamente nada de ella. A pesar de eso, la euforia de despertarse con la mujer a su lado no había desaparecido ni un poco.

El hombre apagó el cigarro, se lo metió en el bolsillo manchado de la camisa y, a continuación, respiró hondo antes de volver dentro. Con suerte, nadie notaría que estaba entrando a hurtadillas.

Pero, como era tan afortunado, la primera persona con la que se topó fue Sam McKeown. El hombre se encontraba delante de las fotos clavadas con chinchetas en el tablón de la sala de operaciones.

—Era despampanante —comentó.

—No deberías hablar de su apariencia física. La denigra.

—Te estás convirtiendo en un viejo gruñón, Kirby. Necesitas echar un polvo.

El detective sonrió con superioridad. Si McKeown supiese…

—Mira quién habla. No te vale con tu mujer y tus hijos, y tienes que poner la mira en las muchachas que trabajan aquí.

—No tengo la culpa de que estés celoso de Martina y de mí.

—Y ¿qué hay de tu mujer? ¿Alguna vez te paras a pensar en lo que le estás haciendo?

—Eso es lo que te pasa, Kirby, que no eres capaz de lidiar con el hecho de que tengo dos mujeres bellas adulándome mientras tú no te comes un colín.

El detective se giró sobre los talones para marcharse. La conversación estaba yendo en un único sentido (cuesta abajo) y no estaba de humor para darse de leches. Temía que se le escapase lo de Amy. Ni de broma iba a permitir que su compañero la denigrara con sus estándares de persona estrecha de miras basados por completo en el aspecto.

Aunque, cuando llegó a la puerta, no pudo evitarlo.

—Deberías tener cuidado, McKeown. No puedes seguir tentando a la suerte, estás llegando a un callejón sin salida.

Acto seguido, la cabeza rapada de su compañero echó chispas y la boca se le aplanó en una línea airada. Al final, abrió los labios para decirle entre dientes:

—Kirby, voy a regalarte este consejo: vigílate las espaldas. Yo que tú, no sería tan sarcástico conmigo.

El detective apretó los puños con fuerza mientras notaba cómo se ponía colorado poco a poco y se le encogía el pecho. Un buen puñetazo y tiraría a McKeown de espaldas. Pero era más alto, estaba más en forma y seguramente se llevaría la peor parte de la pelea. Así que, en lugar de pegarle, salió de la sala con un portazo tan fuerte que escuchó los cristales repiquetear. Necesitaba un café fuerte. Una dosis triple. Menos no.

⌖

Al final, Orla se saltó la clase de yoga. El sonido de las sirenas y el chirrido de los coches corriendo por el pueblo le habían puesto los nervios de punta.

Caminó hasta el polígono industrial Ballyglass, donde se habían dirigido los vehículos de emergencias y, luego, volvió al pueblo. Deambuló sin rumbo entre las escasas tiendas antes de entrar en el café de Fayne. Después, se sentó en un taburete al lado de la ventana, soltó el equipo de yoga junto a los pies y miró hacia la calle, al día que se le estaba escapando entre los dedos.

Dio un sorbo a su café cargado cuando notó la presencia de alguien a su lado. Entonces, le asintió al hombre que, con la mirada, le pidió permiso para sentarse. Era corpulento y estaba sudado, pero no olía mal. Lo conocía, aunque era obvio que él no la había reconocido. O a lo mejor solo estaba distraído.

—Se ha quedado un buen día después de tanta lluvia —le dijo, y sorbió su café solo.

Ella permaneció en silencio. Y el hombre pareció captar el mensaje. A continuación, lo miró de reojo y atisbó que estaba navegando en el móvil con unos dedos regordetes. Una perla de sudor le cayó desde el espeso cabello a la pantalla y la limpió.

—¿Se encuentra bien? —le preguntó sin poder evitarlo—. No estará enfermo ni nada de eso, ¿verdad?

—Con resaca —le contestó con una sonrisa.

La verdad es que tenía una sonrisa encantadora. Esta le iluminó la cara, aunque, aun así, la mujer reconoció los efectos del alcohol en sus ojos. Estaban inyectados en sangre.

—Yo igual —confesó ella—. He pasado de la clase de yoga de esta mañana. La verdad es que le conozco.

Aquel era el puñetero detective que había trabajado en el caso de su marido y ni siquiera se acordaba de ella.

—¿Recuerda la desaparición de Tyler Keating? —quiso saber.

Él alzó los morritos hasta la nariz y entornó los ojos como si intentara desenterrar un rostro de su memoria. Al final, pareció dar con el vínculo.

—Claro que sí. Usted es su mujer. Orla, ¿no? Su marido desapareció... ¿Hace doce meses ya? Salió de casa para ir al aeropuerto y no ha vuelto desde entonces.

—Así es.

—Siento que no haya novedades. No encontramos su coche y no llegó a subir al avión. Hicimos todo lo que pudimos. Lo lamento.

—Parece que ha bajado posiciones en su orden de prioridades.

—El caso sigue abierto. —Hizo un aspaviento con el que estuvo a punto de lanzar el café por los aires.

—Da la sensación de que, para ustedes, Tyler no es más que otra cifra de sus estadísticas.

Esperó estar siendo convincente, no quería mostrar que su vida era muchísimo mejor sin su marido dominante.

—Como ya he dicho, el caso sigue abierto. Se le dará prioridad si conseguimos algo nuevo. Supongo que no ha tenido noticias de él.

El hombre le puso una mano en el brazo y ella bajó la vista hasta él, así que el detective la apartó de inmediato y se alejó de ella.

—Ninguna —respondió—. Nada de nada.

—Sinceramente, hemos levantado hasta la última piedra. No había ninguna prueba relacionada con él que pudiéramos encontrar. Es un misterio total.

—¿Cree que está muerto?

—Por lógica, es el escenario más probable, pero ¿dónde está su coche? Si él, y perdón por decir esto, empezó una vida por su cuenta, al menos habríamos encontrado el coche. Habría dejado alguna huella en algún sitio. Si lo raptaron o secuestraron, nadie llegó a ponerse en contacto con nosotros. —Después se giró y ella le sostuvo la mirada mientras él la estudiaba—. ¿Usted qué cree que le pasó a su marido, señora Keating?

—No sé qué pensar. A lo mejor se está dando a la buena vida en algún país exótico.

—Comprobamos las aerolíneas y los ferris. No hay registro de que escanearan su pasaporte.

—A lo mejor compró un documento de identidad falso. Tyler era resolutivo. ¿Y el coche? Podría haberse deshecho de él en algún sitio. Venderlo a un desguace bajo mano. ¿Sabe a lo que me refiero?

—Sí. ¿Tenía alguna razón para que se fuese a la francesa?

—No.

—Recuerdo que nos dijo que tenían un matrimonio feliz. ¿Era verdad?

—Nos iba bien. Nunca me insinuó que quisiera marcharse. Sé que he dicho que tal vez esté viviendo la vida en otro sitio, pero, en realidad, creo que mi esposo está muerto. —Acto seguido, forzó unas lágrimas hasta la superficie ocular y se las secó a toda prisa—. Mañana hará un año desde la última vez que lo vi y solo quiero ponerle fin. Ustedes nunca me han dado tal cosa.

—Oiga, señora Keating...

—Orla, por favor.

—Vale, Orla, voy a desenterrar su caso cuando vuelva a la comisaría, le echaré un vistazo con una nueva perspectiva y le diré algo.

—Lo agradezco. Gracias. —Le sonrió con dulzura—. Será mejor que me marche ya. Ah, por cierto, ¿qué ha sido todo ese escándalo de esta mañana? Las sirenas sonaban como si estuviese a punto de caer un misil.

—Hemos encontrado a una mujer asesinada junto al polígono industrial de Ballyglass.

—Qué horror. ¿Quién es?

—Todavía no lo sabemos.

—Y ¿cómo murió?

—La investigación aún está muy verde. Será mejor que yo también me vaya. Tengo que encontrar a un asesino.

Orla se deslizó del taburete y se colgó sus pertenencias al hombro.

—Espero que tenga más suerte encontrando al asesino de la que tuvo con mi marido. Adiós, detective.

13

Madelene Bowen estaba caminando arriba y abajo por su despacho en Bowen Abogados. Acababa de cumplir sesenta años y se enorgullecía de los trajes de corte elegante y las blusas de seda. Las horas de gimnasio la ayudaban a mantener la figura y le daban fuerzas. Le encantaba su melena por los hombros, que suponía que estaba de moda sin querer. Los peinados platino eran el último grito entre los grupos más jóvenes.

Le dio unas palmaditas al bolsillo de la chaqueta en busca de su vapeador, lo encontró e inhaló con voracidad. Era de sabor a caramelo. Se habría cortado el brazo derecho por un cigarrillo Benson, pero su salud era más importante. ¿Qué más le daba? ¿Después de todo lo que había pasado? ¿En serio?

Echó un vistazo por su despacho y fue hasta la ventana. Tenía vistas a la parte trasera de unos pisos y unas tiendas. Muros y cemento. Se encontraba tras una tapia, metafórica y físicamente. De repente, un golpe en la puerta la sacó de sus reflexiones.

—Señora Bowen, la llaman. —Su asistente personal agitó un pósit amarillo—. Estaba intentando pasarle la llamada... Ay, si el teléfono está descolgado. —La mujer fue hasta el escritorio de Madelene, levantó el auricular y volvió a colocarlo en su sitio—. Ahora se la paso. —Se fue con la misma rapidez con la que había entrado, sin esperar una respuesta.

En menos de diez segundos, el sonido estridente del teléfono hizo añicos el silencio.

Ella lo dejó sonar un rato antes de apartarse de la ventana y contestar. Daba igual lo baja de ánimos que se sintiera, tenía que trabajar. Lo necesitaba. Por su cordura.

—Buenos días, soy Madelene Bowen, ¿en qué puedo ayudarle?

—Buenos días. Me llamo Orla Keating. Me preguntaba cómo podía declarar la muerte de mi marido.

Entonces, la abogada se acomodó en su silla, le dio una calada al vapeador y escuchó con atención.

༞

Helena entró en su tienda y el aroma a hierbas y especias le dio la bienvenida. La mujer se recogió los rizos pelirrojos con una goma, se quedó quieta mientras respiraba hondo y dejó que sus sentidos se empaparan, aunque no sintió el alivio que solía experimentar. Estaba abriendo una hora tarde, pero no había nadie esperando en el caminito de la entrada cuando levantó las persianas y quitó el cerrojo de la puerta.

Cada paso que daba se sincronizaba con las punzadas de dolor de la cabeza. La mujer encendió las luces mientras avanzaba y pestañeó ante el resplandor. La tienda era pequeña; le encantaba la atmósfera íntima que creaba. Siempre soñó con tener su propio establecimiento, y Herbal Heaven se había convertido en su refugio. Una vía de escape para la oscuridad que había empañado su vida. Comprobó el fondo de la caja, pero lo único que vio fue una foto de su hijo, Noah, y de su marido, Gerald.

Agradecía la ayuda de su madre, a pesar del largo periodo de tensión entre ambas. A veces, Kathleen la asfixiaba, y otras, permanecía tan distante que se volvía invisible. Helena no sabía qué tipo de madre necesitaba. Lo único que tenía claro era que sin su dinero, no tendría la tienda.

Aquello le quitaba el sueño. No estaba generando suficientes ingresos como para poder sostener el negocio. Necesitaba bajar de las nubes y mantener a raya a los molestos demonios. Así pues, ¿qué iba a hacer hoy?

Tenía que comprobar las fechas de los productos perecederos. El pan de trigo y la leche de cabra. Pero, de alguna manera, todo la superaba un poco. Se prometió cerrar e irse a casa a dormir hasta la hora del té si no llegaban clientes para el mediodía.

Sin embargo, se sintió aún más agotada después de tomar aquella decisión. Se cruzó de brazos sobre el mostrador y apoyó la cabeza en ellos. «Un momento», se dijo. Solo un momento y, luego, se pondría a trabajar.

༄

Kathleen Foley no dejaba de pensar en su hija. Helena volvía a ser una persona difícil y, por cómo actuaba, podía pasar cualquier cosa.

Buscó una cucharilla para remover el té entre el montón de periódicos que había sobre la mesa mientras se untaba mantequilla en la tostada. La cocina estaba desordenada y hacía calor. Después de la lluvia, pensó que era probable que el día se volviera sofocante. A lo mejor podía empezar por despejar el espacio que habitaba, aunque aquello le pareció demasiado trabajo para su cerebro saturado.

Al final, abandonó el té aguado sin remover. Estaba masticando la tostada cuando escuchó que el buzón se cerraba de golpe. En la alfombrilla interior encontró un sobre liso, cuyo aspecto le resultaba familiar. No tenía nombre. Ni dirección. Ni sello ni matasellos. La mujer abrió la puerta y se asomó a la calle. No había nadie por allí. Quien lo hubiese entregado, se había ido escopeteado.

De vuelta en la cocina, lo abrió y extrajo una foto.

Le había horrorizado recibir la primera, pero el tiempo había desteñido el recuerdo y el terror había menguado. No se planteaba ninguna pregunta junto a la imagen. Era una declaración de que alguien sabía lo que había ocurrido.

¿Debería quemarla? No. Solo se trataba de un recordatorio de sus acciones. Observó la imagen que acababa de recibir. La misma escena. Luego, la metió en la vieja lata de galletas y cerró la tapa de golpe.

Le sorprendió que ya no le conmocionara el hecho de que alguien se hubiese tomado la molestia de hacer las fotos y enviárselas. Aún tenía que averiguar si eran una amenaza.

14

La detective Maria Lynch había clavado el retrato de Jennifer O'Loughlin en el tablón de la sala de operaciones. Se la había enviado la clínica dental Smile Brighter, donde había trabajado.

Lottie estudió sus facciones, pequeñas e infantiles, antes de devolver la atención a la imagen de la máscara mortuoria. En su mente no cabía duda de que se trataba de la misma mujer a pesar de los años que habían pasado entre las dos fotos y el cambio en el color de pelo. En realidad, tenía el pelo de color claro, pero en algún momento se lo había teñido de un caoba rojizo. Y sus ojos eran marrones. La inspectora se estremeció cuando miró el rostro desprovisto de ambos.

—Voy a hablar con Frankie Bardon en persona. Averigua lo que puedas de la vida de Jennifer, si tenía algún enemigo. Ya sabes cómo va.

—Claro, jefa.

—Boyd, informa al equipo sobre la casa y los vecinos. Haz que los agentes uniformados vayan puerta a puerta para conseguir declaraciones.

La mujer echó un vistazo rápido a su correo electrónico antes de marcharse cuando sonó el teléfono. Jane Dore.

Sin andarse con preámbulos, la patóloga forense dijo:

—Me puse a trabajar directamente con el cadáver. Te dejé un mensaje en la comisaría, pero parece que no lo has recibido.

—Lo siento, estaba fuera intentando identificar a la víctima. Tengo un nombre. Jennifer O'Loughlin, de treinta y un años. Auxiliar de odontología aquí, en Ragmullin.

—Ah, por eso tiene los dientes en tan buen estado. Casi lo único que está bien, la verdad. —Jane hizo una pausa y Lottie se preguntó qué le iría a contar—. Se encontraba severamente desnutrida y deshidratada. Ni un resto de comida en el estómago. Diría que no comió nada en los últimos cinco días y muy poco en las semanas anteriores a estos.

«Posiblemente cuatro semanas», pensó la inspectora, horrorizada.

—Eso podría significar que la raptaron y la mataron de hambre. ¿Qué más me puedes decir?

—Eso la conecta con otro hecho. La ataron, y durante un periodo de tiempo considerable. He encontrado fibras de nailon microscópicas incrustadas en las heridas. Además, le pegaron algún tipo de cinta aislante en la boca durante un espacio largo de tiempo. Tiene heridas por toda la cabeza. Hay indicios de pérdida de cabello en la parte trasera del cráneo. Podría haber ocurrido al arrancarle la cinta.

—La ataron y la mataron de hambre. Pobre mujer.

Lottie se preguntó quién podría comportarse con tal brutalidad con otro ser humano. Le resultaba difícil imaginar por lo que debía de haber pasado la víctima.

—Si tratas a un perro de esa manera, te meten en la cárcel. Casi me asusta hacerte la siguiente pregunta.

—No hay indicios de abuso sexual.

—Bien. ¿Has recuperado alguna otra fibra, aparte de la cuerda?

—Alguna del interior del vestido. Las he enviado al laboratorio para que las analicen e identifiquen. Parecen de moqueta, pero no te lo podré decir a ciencia cierta hasta que se complete el análisis.

—La policía científica se encuentra en su casa —le comentó la inspectora—. Había moqueta en las escaleras. Voy a organizarlo todo para que se lleve a cabo una comparación con la que tienes tú.

—También deberías saber que le dieron una paliza terrible antes de partirle las extremidades, tal vez con un trozo de madera. A lo mejor, uno de diez centímetros por diez. Tiene la parte trasera de las piernas hechas trizas, y no es un término técnico. He encontrado astillas incrustadas en el músculo.

—¿A qué tipo de cabrón nos estamos enfrentando, Jane?

—A alguien sin empatía.

—¿Algo que indique dónde la mantuvo cautiva?

—En algún lugar donde hiciera frío. Tenía los dedos de las manos y de los pies congelados.

—¿Algo parecido a un congelador?

—O una cámara frigorífica.

—¿La mataron y luego la congelaron antes de deshacerse de ella?

—No lo creo. Me parece que recibió la herida de bala poco antes de que la colocasen en aquel terreno.

—Mierda. ¿Y qué hay del vestido que llevaba puesto? ¿Has sacado algo, además de las fibras?

—Era nuevo. Lo he enviado para que lo analicen en profundidad. No puedo decirte nada más de momento. Ah, y después de dispararle, le lavaron el cuerpo y le pusieron el vestido.

—Mierda —comentó Lottie.

—No la limpiaron a fondo, pero reducirá las posibilidades de sacar el ADN del homicida.

La inspectora se tomó un momento para reflexionar sobre aquello.

—El arma. ¿Cuál era?

—Una Glock. De nueve milímetros. He recuperado la bala del cerebro. Lottie, antes de que cuelgues… Me he guardado lo peor para el final. Los ojos.

—Los pájaros estaban picando el cuerpo cuando la descubrieron.

—He visto el picoteo de las aves en la carne. No fueron ellos los que le arrancaron los ojos. Se hizo mediante cirugía.

—¡Dios santo! Nos enfrentamos a un cabrón enfermo.

—Haré todo lo posible para encontrar pruebas que te ayuden a pillar a quien lo hizo.

—Jane, en parte me da miedo preguntarlo, pero ¿estaba viva cuando le quitaron…?

—No, murió del disparo de bala poco antes.

—Gracias. Envíame los hallazgos preliminares en cuanto puedas.

A continuación, la mujer colgó el teléfono y comenzó a darle vueltas a la llamada.

Le sacaron los ojos mediante una cirugía.

Aquello añadía un nuevo nivel de depravación, y eso le provocaba náuseas.

15

Frankie Bardon estaba tan alejado de lo que Lottie entendía por dentista que necesitó un momento para recomponerse. Medía más de metro ochenta, tenía el cabello rubio, bañado por el sol, y una sonrisa que creyó que debía de haberle costado más de veinte de los grandes. Aunque, si lo pensaba bien, seguramente la consiguió gratis.

—Siento haberle hecho esperar. Tenía que tensarle el aparato a un niño y ha sido un poco complicado. Él no quería, pero la madre ha insistido. Podéis imaginaros la escena.

—Los únicos aparatos que se tensaban cuando era pequeña eran los que sujetaban los pantalones de mi padre. —Mentira, pero se había decantado por la conversación trivial para introducir poco a poco el propósito de su visita—. Ese bronceado no lo ha conseguido en Ragmullin.

Y el hombre se rio.

—No, viví unos años en Australia. El sol me ayudó con un desorden cutáneo y ahora tengo una lámpara de luz ultravioleta en casa que me va bien para los brotes de psoriasis. —Entonces, se quitó las gafas, se sentó en el filo de la mesa y se cruzó de brazos. ¿Estaba a la defensiva?—. ¿En qué puedo ayudarla?

—He venido por Jennifer O'Loughlin. Ha llamado a comisaría para decir que cree que podría tratarse de la mujer de nuestro comunicado.

—¿La han encontrado?

—Siento tener que decirle esto, pero la han asesinado.

—Ay, Dios mío. ¿Cómo? ¿Por qué? No me lo puedo creer. ¿Ella era la mujer de la que he oído hablar? —Se levantó para ir a sentarse tras el escritorio y se dio un golpe con una pila de cajas, que se tambaleó pero se mantuvo en pie—. Jamás contemplé la idea de que pudiese estar muerta cuando llamé por teléfono. Es solo que la descripción de vuestro llamamiento me encajó de repente.

—Hábleme de Jennifer.

—Créame, hay cosas que desearía haber hecho de otra manera cuando dimitió. Me arrepiento, pero debo decir que me sentí un poco aliviado cuando se fue.

—¿Y eso por qué?

Lottie lo examinó con más detenimiento. ¿Le guardaba rencor a su antigua empleada?

—Me siento mal hablando de ella, ahora que está muerta.

—No se sienta así. Necesito toda la información posible.

Frankie asintió.

—A veces, Jennifer era una persona difícil. Sospecho que luchaba contra la tristeza. Verá, su marido falleció hace dos años. No creo que fuese capaz de lidiar con ello. Yo me considero alguien compasivo, pero ella no hacía nada para ayudarse a sí misma.

—¿Usted la ayudó en algún sentido?

En ese momento, la inspectora recordó lo mal que lo pasó tras la muerte de Adam. Daba igual lo mucho que la gente intentase estar ahí para ella porque los dejaba al margen. Hasta que Boyd atravesó todas sus defensas.

—No éramos amigos íntimos, si es a lo que se refiere. Le propuse que fuese a terapia para tratar esa pena, pero hizo caso omiso al consejo.

—¿Así que no asistió a terapia?

—No estoy seguro, pero, si fue, no ayudó en absoluto. Su puntualidad empeoró y el trabajo se resintió.

—Le ha contado a mi compañera, la detective Lynch, que Jennifer recibió una advertencia antes de dimitir.

—Es verdad. No estaba pasando por un buen momento, aunque pensé que la cosa podía mejorar cuando me enteré de que se había unido a un grupo de apoyo para viudas.

—¿Un grupo de apoyo para viudas?

Lottie también lo era, pero nunca había oído hablar de un grupo así.

—Creo que era para que las mujeres en situaciones similares se conocieran y compartieran el luto. Cuando Jennifer me lo contó, sinceramente, pensé que sería de ayuda, pero lo que hicieran esas noches la volvió taciturna y no se presentaba en el trabajo al día siguiente. Le cambié el horario para hacer la vista gorda. —Hizo una pausa con las pupilas clavadas en el techo para, después, volver a posar la mirada en Lottie—. Últimamente, parecía haber perdido todo el interés en su trabajo. Cometió un par de errores con los clientes. Tuve una conversación seria con ella hace un par de meses; le hice una advertencia verbal. Luego, llegó su carta de dimisión.

La inspectora observó a Bardon mientras este se pasaba el dedo índice entre las cejas. ¿Estaba estresado o intentaba que su historia no tuviera contradicciones?

—Dijo que llevaba un mes sin saber de ella. ¿Por qué no la llamó? ¿O por que al menos no le hizo una visita o informó de su desaparición?

—Había dimitido. No sabía que había desaparecido hasta que esta mañana he leído su comunicado en la red. La he llamado entonces, pero tenía el teléfono apagado.

—¿Qué haría de otra manera si tuviese la oportunidad?

El hombre se puso las gafas, pero acto seguido volvió a quitárselas.

—Seguí el procedimiento correcto, pero a lo mejor le podría haber ofrecido unos días libres para que pusiera su vida en orden. Inspectora, tengo un negocio que mantener, así que hice lo que pude hasta que no fui capaz de continuar.

—¿Estaba unida a algún miembro del personal?

—La verdad es que no. Pero siéntase libre de hablar con ellos.

—Voy a concertar algunas entrevistas para hoy. Y también me gustaría ver su lista de clientes y hablar con los que Jennifer hubiese tenido contacto durante el último año, más o menos.

El dentista negó la cabeza con vehemencia y el cabello rubio se le metió en los ojos.

—Lo siento. No puedo hacer eso. La información está protegida por…

—Ahórreme el parloteo de la protección de datos. Puedo conseguir una orden judicial, pero me aligeraría la carga de trabajo si me proporcionara el nombre de todo el que pueda ayudar en mi investigación.

El dentista se puso en pie y estiró las piernas. Estaba tan cerca que la mujer se sintió incómoda y también se levantó. Luego, Frankie apoyó un codo en la precaria montaña de cajas y entrecerró los ojos antes de volver a hablar.

—Puedo enviarle un documento de personal por correo electrónico, pero, por desgracia, nuestra lista de clientes no.

La inspectora debería haberse conformado con eso, pero probó una última jugada.

—¿Tengo que recordarle que uno de sus empleados ha sido asesinado brutalmente?

—Jennifer ya no formaba parte de mi personal. Le enviaré el documento de su carta de dimisión escaneada.

—Preferiría el original.

El hombre suspiró.

—Si no le importa que se lo diga, va un poco a la yugular. Espero no ofenderla.

—En absoluto.

El hombre se acercó a un armario, sacó un documento y se lo entregó.

En parte, Lottie había esperado que este fuese un poco más abultado.

—¿Puede contarme algo más sobre Jennifer? ¿Cómo era a nivel personal?

—Era como un pájaro herido. Un pajarito con un ala rota. Había olvidado volar y no tenía en mente volver a aprender. ¿Me entiende?

Las palabras que el dentista acababa de utilizar le sorprendieron bastante.

—La muerte de su marido fue un golpe tremendo y no tenía voluntad para salir del pozo. De verdad que creí que ese grupo la ayudaría…

—Continúe.

—Cuando se unió a él, se animó bastante, pero luego descubrió que podía anular el dolor con alcohol. Una pena. Tuve que cubrirla por sus errores una cantidad incontable de veces.

—¿Por qué haría algo así?

En ese momento, la sonrisa del hombre se entristeció y volvió a sentarse en su asiento.

—Yo también perdí a un ser querido. Sé que tu mundo puede hacerse jirones y lo que es entrar en esa fase en la que no eres capaz de concebir cómo volver a unir las piezas. Alquilé mi consulta y me mudé a Australia con un visado de trabajo. A la vuelta, visité la India. Lo mejor que he hecho en mi vida.

—Si cubría sus errores, debería de sentir algo por ella.

Al escuchar aquello, la expresión se le tornó triste y curvó los labios hacia abajo.

—A lo mejor fue culpa mía que se marchase. Le dije que necesitaba un cambio de aires; que se fuese de Ragmullin. Le recomendé que buscara la paz mental en algún otro lugar del mundo. Los recuerdos la afligían. Todos los sitios en los que compraba o se tomaba una copa, todas las calles y los senderos portaban la marca de Damien. Yo sabía que nunca escaparía de la angustia si se quedaba aquí. Tenía que marcharse. Ese fue mi consejo y, cuando dimitió, lo primero que pensé fue: «¡Bien por ti, chica!».

A Lottie no le convenció, y lo espoleó con una mirada directa.

—Para que un alma afligida le afectase tanto, tenía que ser su amigo. ¿Quedaba con ella fuera del trabajo?

Frankie parecía incómodo, y cambió su peso de lado en la silla giratoria.

—Un par de veces. Caminábamos y charlábamos. Casi siempre por el canal. El agua me resulta relajante.

—¿Aquellos paseos se convirtieron en algo más?

—Por supuesto que no. Yo intentaba ayudarla.

—No parece muy apenado por su muerte.

—Claro que lo estoy, pero me alegro de que por fin se haya liberado.

La inspectora no sabía qué pensar de ese hombre.

—¿Seguro que no deseaba su muerte?

—No, por Dios, pero Jennifer estaba muy afligida, y ya ha dejado de sufrir.

A Lottie aquel argumento le resultó perturbador, y preguntó:

—¿La ayudó en su viaje?

En ese momento, los ojos azules del dentista perdieron su profundidad y parecieron empañarse.

—Hablo de su alma. Ahora su alma es libre.

—¿Es religioso?

Sin ayuda de nadie, aquel tío se había ganado el primer puesto en la lista de sospechosos del asesinato de Jennifer. Si hubiese estado tan preocupado por su bienestar, ¿por qué no la había visitado? Por el contrario, si le había hecho daño, ¿por qué había llamado por teléfono para confirmar el nombre de su víctima? No tenía sentido.

—Soy espiritual. Pasé seis meses en un *ashram* de la India cuando volvía a casa desde Australia.

—¿Qué es un *ashram*?

—Percibo su cinismo, inspectora. Es un lugar espiritual. Meditas, practicas yoga y aprendes sobre el significado de tu vida.

—Correcto. —Ella necesitaría mucho más de seis meses para descifrar su vida—. ¿Alguna vez estuvo en casa de Jennifer?

—No.

—¿Por qué nunca le hizo una visita después de que dimitiera?

—Le di el espacio que necesitaba.

—¿Cuándo la vio por última vez?

—Trabajó la semana anterior a que entregara su dimisión.

—Así que la empujó a dejar un buen trabajo con unos ingresos estables. ¿Por qué?

—Yo no puedo obligar a nadie a hacer nada.

—Pero ¿por qué se lo aconsejaría siquiera?

Al dentista se le oscurecieron los ojos y la inspectora notó la ira latente bajo su piel.

—Había perdido el rumbo. Aquellas mujeres con las que quedaba le estaban dañando la salud y la mente. No la estaban ayudando.

—¿Puede hablarme de ese grupo?

—Solo sé que se unió a él.

—¿Quién más acudía a esas reuniones?

—Una vez mencionó a alguien que se llamaba Helena. Regenta una herboristería en el pueblo.

Lottie tomó nota mental.

—¿Vio a Jennifer fuera del trabajo antes de que dimitiera?

—Quedamos una tarde en el puerto cuando terminé de trabajar y dimos un paseo por el canal. Quería ir a la catedral y encender una vela para rogarle a su Dios que la ayudase.

—Y, en lugar de eso, usted se convirtió en su Dios. ¿Me equivoco?

—Noto cómo la hostilidad le mana por los poros. No debería dirigir sus indirectas hacia mí. Yo jamás le haría daño a otro ser vivo. En especial, a Jennifer.

—Encendió una vela, y luego ¿qué?

—Caminamos por los terrenos de la catedral. Le hablé de mi experiencia en el *ashram* y pareció emocionarla. Dijo que le echaría un vistazo. Luego, volvimos por el sendero del canal y nos despedimos. Después se metió en el coche y se marchó. Aquella fue la última vez que la vi o hablé con ella.

Lottie sabía que era imposible probar aquello.

—¿Está dispuesto a entregarme su teléfono?

—¿Para qué iba a quererlo?

—Para confirmar la última vez que le escribió o la llamó.

—Eso es absurdo. Si hubiese querido ponerme en contacto con ella, ¿no habría usado el teléfono del despacho?

—¿Así que se niega?

El hombre fue hasta la puerta y la abrió.

—Me está haciendo perder el tiempo. Debería hablar con las mujeres de ese grupo.

Acto seguido, se marchó hecho una furia, y su semblante afable desapareció con el taconeo de los zapatos en el suelo tremendamente pulido.

—Bueno, desde luego me has dado qué pensar, Frankie Bardon —dijo la inspectora.

El dentista ya había empujado las dos puertas batientes y salido antes de que la última palabra abandonase sus labios.

Para ser un tío que predicaba sobre *ashrams* y yoga, ya no albergaba ni una pizca de calma.

16

Bianca Tormey se encontraba en los escalones de la entrada, donde esperaba a que Roman Lawlor le abriese la puerta. Quería a los niños de Lawlor, y no había problema, pero lo que de verdad deseaba era estar en el pueblo con sus amigas. El viernes era su día de descanso en el trabajo de verano a media jornada en el supermercado. Últimamente, Éilis la llamaba cada vez más. Si quería una niñera, debería contratar a una y no depender de ella como mano de obra barata. Aunque tenía que admitir que era una buena madre: siempre adulaba a sus hijos y entraba y salía del despacho que tenía en el jardín para echarles un vistazo y asegurarse de que tenían agua y comida. O quizá eso se lo hiciese al perro.

Volvió a pulsar el timbre.

A sus dieciséis años, Bianca era alta y esbelta, y sabía que le gustaba a tres chicos, como mínimo. No contaba con Luke Bray, el del trabajo, porque se trataba de una sanguijuela y huía de él como de la peste. Siempre hablaba de sus tatuajes y decía que iba a hacerse uno a juego. Por ella, podía irse a tomar viento fresco.

A ella le encantaban sus tatuajes, aunque a su madre casi le dio un infarto cuando se hizo el primero. Desde entonces, los ocultaba cuando estaba en casa. La vida era demasiado corta para escuchar diatribas. Y no podía esperar a que llegase el día en el que pudiese tatuarse el cuello y los dorsos de las manos. A la chica le reconfortaba saber lo que descansaba bajo su ropa.

Resultaba difícil desconcertarla, pero la mirada de terror en los ojos de Roman cuando abrió la puerta hizo que se detuviese.

—No sé a dónde ha ido mami, pero hemos encontrado a Mozart —le dijo mientras la llevaba a la cocina.

—¿Dónde está?

—En la planta de arriba. Estábamos buscando a mamá por todos lados y lo hemos encontrado debajo de la cama. Creo que está dormido. Nunca duerme hasta tan tarde y, además, estábamos gritando. ¿Crees que se encuentra bien?

—Vamos a echarle un vistazo al peludito.

Las pulseras le tintinearon mientras subía las escaleras de dos en dos para dirigirse al dormitorio de Éilis. Había demasiados rosas y rojos intensos para su gusto. A ella le iba más lo monocromático. La muchacha se puso de rodillas y miró debajo de la cama. El pelaje del perrito subía y bajaba, así que, acto seguido, lo agarró del collar y lo arrastró afuera. Estaba inconsciente. ¿Cómo? Luego, lo sostuvo contra el pecho y se giró para encontrarse a los dos niños mirándola con los ojos como platos y boquiabiertos.

—No os preocupéis, chiquis, se pondrá bien. Puede ser un virus o algo parecido. ¿A qué veterinario lo lleva vuestra madre?

—A Animal Love —contestó Becky.

—Vale. Vamos abajo a llamar al veterinario, y luego probaremos con las amigas de vuestra mamá. A lo mejor saben dónde está.

Aunque cuando le preguntó a su propia madre si sabía algo, no tenía ni idea.

Con el perro dormido entre los brazos, Bianca siguió a los dos niños escaleras abajo. Una ligera preocupación le daba punzadas bajo la piel. ¿Dónde estaba su madre? Por lo que sabía de Éilis, nunca los dejaba solos. Trabajaba desde casa en su negocio de diseño de interiores y le habría pedido que les hubiera echado un vistazo incluso aunque solo se hubiera acercado a la tienda de la esquina.

La adolescente llamó primero al veterinario y este le explicó que le diese agua y un poco de comida al perro y que, si no había ningún cambio, volviese a llamar.

—¿Quién es la mejor amiga de vuestra madre? —les preguntó.

—Yo solo sé de Helena y Jennifer —respondió Roman—. Están en su grupo de los jueves. Ahí fue donde estuvo anoche. —Le entregó el móvil de Éilis.

Bianca no pudo evitar fruncir los labios. Las famosas viudas. Había tenido que quedarse hasta las tres de la mañana en más de una ocasión.

—Vale, vamos a ver si doy con sus números.

La joven bajó por los contactos de Éilis y le alivió ver que la mujer los anotaba por los nombres de pila. El niño estaba tan nervioso que no creía que recordase sus apellidos.

Entonces, sentó a Becky en su rodilla mientras Roman acunaba al perro y llamó primero a Helena. Mientras esperaba a que respondiera, dijo:

—Deja de chuparte el dedo, cariño.

Una voz contestó a la llamada.

—Hola, Éilis. ¿Todo bien?

—Hola, Helena. Soy Bianca, la niñera de la señora Lawlor. Me preguntaba si la había visto esta mañana. No está en casa y sus hijos están preocupados.

A medida que escuchaba lo que le decía la mujer, Bianca notó cómo le sudaban las manos y deseó no haber tenido a la pequeña sentada encima. Becky podía escuchar hasta la última palabra.

☙

Helena se sacudió para despertarse cuando contestó al teléfono. ¿Cuánto rato llevaba dormida en el mostrador? Veinte minutos si la hora del viejo reloj de la pared era cierta.

—¿Bianca? —preguntó—. Éilis nos ha hablado de ti. Dice que eres genial con los niños. No, no he sabido nada de ella esta mañana. ¿Llegó bien a casa anoche?

—Sí, llegó bien —susurró la chica—. ¿Alguna idea de dónde podría estar ahora?

—A lo mejor ha salido a comprar o a pasear al perro. Pero me extraña que no se haya llevado el teléfono.

—El perro está aquí. Y su monedero también.

—¿Los niños están bien?

—Solo preocupados. Voy a llamar a Jennifer. Ella también forma parte del grupo, ¿no?

—Llevamos más de un mes sin verla. Anoche solo estuvimos Orla, Éilis y yo. Nos fuimos del *pub* a eso de las once. A lo mejor fue a otro sitio después. Ya sabes, quedó con alguien… —Esperó que Bianca fuese capaz de completar los silencios.

—No, vino a casa. Me pagó y me fui. Pero los niños dicen que no estaba aquí por la mañana. ¿Ninguna idea de dónde podría encontrarse?

Helena notó cómo la fría lengua del terror le lamía la espalda para acabar con la resaca.

—Joder, Bianca, ni idea. ¿Quizá deberías llamar a la policía?

—Lo he pensado, pero si solo ha salido a dar un paseo y llega a casa para encontrarse una escena sacada de *CSI,* voy a parecer una completa *eejit.*[*]

La chica llevaba razón, pero Helena no podía deshacerse de la sensación de hormigueo en la piel que le decía que algo malo había sucedido. Sus poderes sensoriales, adormecidos por el alcohol, ahora burbujeaban a través de los folículos de sus brazos como señales de alarma que no paraban de sonar.

—Bianca, llama a la policía. Yo estoy trabajando y no puedo irme todavía. Llámame en cuanto tengas noticias, ¿vale?

—De acuerdo.

—Y quédate con los niños.

—No soy estúpida.

—Lo siento. Sé que Éilis confía en ti.

Cuando Bianca colgó, Helena se levantó del taburete y comenzó a moverse por la tienda a la vez que se mordía la piel de debajo de las uñas. ¡Para! Preocuparse nunca solucionaba el problema. Bueno, a ella no.

Necesitaba mantenerse ocupada para poner freno a los pensamientos irracionales y comenzó a limpiar una balda de vitamina D. Cuando todos los tubos estaban en el suelo, notó que alguien la observaba y se giró tan rápido que se estrelló contra la torre que había levantado, de manera que solo vio con impotencia cómo se venía abajo. Por suerte, los tubos te-

---

[*] «*Eejit*» es un término humorístico irlandés que significa «idiota». (*N. de la T.*)

nían tapas a prueba de niños, si no se habría pasado un año barriendo pastillas.

Le pareció que algo se movía por el suelo junto al magnesio y los productos de terapia del sueño. ¿Una sombra? ¿Pasos? La mujer examinó todo su alrededor con la mirada. No, ahí no había nadie. Tenía que haber sido su imaginación. Entonces, pensó en la puerta trasera del diminuto almacén en el que mezclaba los remedios de hierbas.

Fue en ese momento cuando escuchó cómo la puerta de atrás se cerraba de golpe y la persiana de la fachada de la tienda se estrelló contra el suelo.

La mujer chilló.

Después pensó: «Qué estupidez. Nadie puede oírme aquí».

Estaba completamente sola.

Tal vez ahora lo estuviese, pero ¿había sido así hacía un momento?

17

Lottie abrió el expediente de Jennifer, que se había llevado de la clínica dental, se puso unos guantes y sacó la carta de dimisión. Luego, la deslizó dentro de un forro de plástico limpio, la fotocopió y clavó la copia en el tablón. Después, le pidió a Lynch que enviase la original al laboratorio para que realizaran un análisis forense.

—Necesitamos saber si la escribió Jennifer —comentó—. No hemos encontrado ningún portátil ni ordenador en su casa. No hay rastro de su teléfono. Una carta escrita a mano hoy en día y con su edad no es habitual.

—A lo mejor esa quería despedirse así —opinó la detective—. Con una carta escrita a mano, con un sello y enviada por correo postal no deja el mismo rastro que si hubiera mandado un correo electrónico.

—Si es que la escribió ella —comentó Boyd.

—Llevas razón —coincidió Lottie—. Necesitamos comparar la caligrafía con algo suyo.

—Sus compañeros deberían ser capaces de hacerlo por nosotros —dijo el hombre—. ¿Había mal rollo en el trabajo? ¿Qué hay de su jefe?

—Frankie Bardon me ha resultado un tanto enigmático, la verdad. Por fuera, aparenta ser un hombre sinceramente amable, pero me ha dado una sensación extraña. Dio un paseo con ella la semana anterior a su dimisión. ¿La obligó? He tenido una charla escueta con parte de los empleados cuando me iba, y ninguno tenía nada malo que decir sobre Jennifer ni de él.

—El hecho de que renovara la casa un mes después de la muerte de su marido es un poco extraño —apuntó Boyd.

—La pena tiene efectos raros en las personas —contestó la inspectora en tono melancólico—. Lo siento, «raro» no es la palabra correcta. «Destructivo» es más apropiada. La autodestrucción fue mi vicio después de la muerte de Adam. Organizadlo todo para interrogar a los empleados de la clínica dental de manera oficial. Si Jennifer pretendía dejar el pueblo, necesitamos saber a dónde planeaba marcharse.

—Yo puedo hablar con el personal —intervino McKeown—. A lo mejor se abren más conmigo, una cara amable.

Lottie hizo caso omiso a su sonrisita de suficiencia.

—Tenemos que dar con su familiar más cercano. Han debido de informar a alguien de su muerte. A lo mejor son capaces de darnos una pista, por ejemplo, cómo el asesino la convirtió en su objetivo.

—Es posible que se trate de un asesino oportunista —añadió Boyd.

—No lo creo. Me da la impresión de que fue planeado. ¿Qué hay del grupo de viudas? —quiso saber ella.

—Yo investigo eso —se ofreció Lynch.

—Hazlo. —La inspectora alzó la vista cuando Kirby entró andando como un pato—. ¿Dónde estabas esta vez?

—Fumándose un pitillo a escondidas, por cómo huele —dijo McKeown, medio en voz baja.

El detective le lanzó una mirada asesina.

—Necesitaba aire fresco. Ya estoy aquí.

—Resaca y cigarrillos. —El detective alzó la voz—. Una combinación fantástica para que te dé un infarto.

—Ya está bien —intervino Lottie, y esperó hasta que Kirby se sentó.

No era el momento para aquella batalla, así que se giró hacia McKeown y le dijo:

—Necesitamos rastrear los movimientos de Jennifer desde la última vez que se la vio hasta que encontraron su cuerpo. Alguien la puso allí en un acto descarado. Y no me gusta un pelo. ¿Has encontrado algo en las imágenes de las cámaras de seguridad que has revisado?

—De momento, nada que nos sea de ayuda. Los concesionarios se encuentran al otro lado del polígono industrial y las cámaras del almacén del centro de distribución apuntan a las dársenas de carga. Aunque confirman la hora de llegada de Graham Ward. El páramo se encuentra a bastante distancia de la carretera principal, por lo que las imágenes de la cámara del vehículo no van a servir de nada.

—No se cayó de un paracaídas —comentó Kirby.

Y Lottie soltó un gemido.

—Necesito saber cómo llegó el cuerpo hasta ahí. La policía científica se encuentra ahora mismo en casa de Jennifer. Con suerte, encontrará algo que ayude, pero no la mataron allí.

—¿Sabemos qué tipo de arma se utilizó?

—Una Glock de nueve milímetros. Lo más probable es que se adquiriera de forma ilegal y resulte imposible de rastrear. Pero lo último que hizo el homicida fue deshacerse del cuerpo. Todo lo que vino antes es una conjetura hasta que encontremos pistas y pruebas.

El teléfono del escritorio sonó, Lynch lo levantó y todo el mundo esperó. Cuando terminó la llamada, dijo:

—Parece que tenemos a una mujer desaparecida.

18

Lynch se había llevado al agente Lei con ella, y se moría por encender la sirena para aislarse de su parloteo incesante.

—En serio, deberíamos seguir con los interrogatorios ahora que sabemos que la víctima es Jennifer O'Loughlin —comentó el hombre—. ¿Y si su asesino se ha llevado a esta mujer también?

—Sinceramente, espero que no.

La detective aparcó en la puerta de una casa con rosas silvestres que crecían alrededor del porche.

—No lleva desaparecida ni cuarenta y ocho horas. No creo...

—No me importa lo que creas, Lei. Tienes mucho que aprender. Apenas llevas una semanita por aquí, dando vueltas con tu BMX como un niño, y...

—No es BMX, y llevo aquí...

—Ya está bien. Ve y llama al timbre.

A lo mejor si le daba algo que hacer lo mantendría callado cinco segundos. Error.

—No doy vueltas por ahí. —Llamó al timbre—. Se necesita habilidad para montar en bici a la velocidad a la que me obligan. La unidad ciclista está ganando popularidad entre los poderes fácticos, así que...

Se calló en cuanto la puerta se abrió. Allí, de pie, se encontraba una adolescente. Llevaba aros en las orejas y un montón de pulseras en ambos brazos.

—Tú debes de ser Bianca —la saludó Lynch con amabilidad.

—Qué alivio que hayáis venido —le contestó la joven—. Los pequeños están muy alterados. Sí, soy Bianca Tormey, y esta nenita es Becky. —Señaló a la niña que le agarraba la mano con fuerza—. Roman está en el salón con el iPad. Pero esta señorita no se aparta de mi lado. ¿Tenéis alguna novedad sobre Éilis?

Lynch sintió un ligero mareo mientras Bianca y el agente Lei hablaban sin parar.

—Es una estancia preciosa.

La detective no pudo evitar comentar la decoración de la cocina en un intento de alegrar el estado de ánimo sombrío. Entonces, vio el perro en los brazos del niño.

—¿Quién es este pequeño?

—Mozart —contestó Becky—. Está cansado.

Acto seguido, Lynch captó la mirada de reojo de Bianca y dedujo que no debía seguir por ahí.

—Es muy mono.

—¿Queréis sentaros? —les preguntó la muchacha—. Siento que la mesa esté hecha un desastre. Los niños han comido solos y no me ha dado tiempo a limpiar.

—No te preocupes.

La detective se sentó con torpeza a la mesa de cristal, y el agente Lei la imitó. Bianca tomó asiento con Becky en la rodilla.

—Becky —le dijo Lynch—, ¿quieres ir a jugar con tu hermano mientras yo hablo con Bianca?

—No me dejará jugar con él. Quiero a mami. —La niña se mordió el labio, pero no consiguió evitar que se le escapasen las lágrimas—. ¿Dónde está? ¿Vais a encontrarla? Tengo miedo.

—No te preocupes, flor. El agente Lei y yo la traeremos a casa. ¿Cuándo fue la última vez que la viste?

—Encendió la luz y me despertó. Me dio un beso y me dijo que volviese a dormirme, y ahora no está.

Bianca le frotó el brazo a la niña.

—Ya está, Becky. No hay por qué llorar. —Miró directamente a los ojos de Lynch para añadir—: Éilis llegó a casa a eso de las once y cuarto de la noche. Yo estaba cuidando a los niños. Se portaron como dos benditos. Los dos se quedaron dormidos sobre las nueve. Me pagó y me despidió en la puerta de entrada. Hace un ratito, Roman me ha llamado desde su teléfono. —Le echó un vistazo a la encimera—. Lo he vuelto a poner donde lo ha encontrado.

—¿Sabes cuál es el PIN?

—Roman sí —contestó la pequeña.

—¿Puedes pedirle a tu hermano que venga?

La niña se deslizó de la rodilla de Bianca y salió de la sala corriendo.

—Su bolso también está aquí. —La adolescente se inclinó hacia atrás para cogerlo de la encimera—. Están las tarjetas de crédito y dinero en efectivo. Lo he comprobado. No tiene sentido.

La detective asintió.

—¿Sus llaves están aquí?

—Sí, en el plato donde las deja siempre.

Lynch se levantó a mirar una fotografía de boda en la pared.

—¿Este es su marido?

—Sí, Oisín. Murió hace tres años.

A continuación, la mujer preguntó mientras volvía a la mesa:

—¿Es posible que Éilis saliese a correr y que se entretuviera en algún sitio?

Le dio la sensación de que la mujer de la foto hacía deporte con regularidad.

—Nunca la he visto correr, aunque practica yoga. Yo cuido a los niños una hora los lunes y los miércoles por la tarde cuando se va a su clase.

—¿Cómo se llama?

—Ni idea.

—¿Has contactado con algún amigo de Éilis para ver si alguien sabe dónde podría estar?

—He llamado a su amiga Helena. Las dos salieron juntas anoche. Al *pub* Fallon, creo. Es probable que Éilis tomara un taxi para volver a casa, porque no se llevó el coche. Sigue ahí fuera.

—¿Tiene alguna otra amistad?

—Solo he oído hablar de las mujeres con las que queda las noches de los jueves. Jennifer era otra de ellas, pero Helena me ha dicho que lleva más de un mes sin acudir.

Con la sensación del hormigueo de la expectativa en la piel, Lynch preguntó:

—¿Qué grupo es ese?

—Es una especie de reunión social para viudas. Éilis la creó tras la muerte de Oisín. Un grupo de apoyo, quizá. A veces van al cine. Una vez hasta fueron al zoo. Aunque normalmente se dedican a beber y charlar en el Fallon. A mí me parece aburrido, pero solo tengo dieciséis años, y ellas son unos vejestorios, así que ¿qué sé yo?

Lynch disimuló la sonrisa por lo que la adolescente consideraba viejo y dijo:

—¿Sabes cómo se llama alguna de esas mujeres?

—Hay una Jennifer, y Helena mencionó a una Orla. Ella es Helena McCaul. Tiene una herboristería frente al supermercado de Dolan, donde trabajo a media jornada. También he llamado a Jennifer, pero me ha dado la sensación de que no tenía batería en el móvil.

La detective se estremeció.

—¿Sabes el nombre completo de Jennifer?

—En la lista de contactos de Éilis solo aparece el nombre de pila. Helena lo sabrá.

—¿Podría ser Jennifer O'Loughlin? —La mujer captó cómo Bianca se encogía de hombros y añadió—: No te preocupes por eso. Yo me pondré en contacto con Helena y hablaré con los vecinos para ver si alguien ha visto a Éilis marcharse esta mañana. ¿Puedo echar un vistazo a su dormitorio?

La chica se inquietó un poco.

—No está ahí arriba.

—Necesito comprobar si hay algo fuera de lugar.

—Vale. Espero no estar siendo tonta, es solo que los niños estaban muy alterados.

En ese momento, Becky llegó corriendo y arrastrando a un niño de aspecto larguirucho con ella. El chico se mordió el labio y observó a Lynch con recelo cuando le preguntó por el código PIN, pero al final se lo dijo.

La detective lo apuntó en un papel y le sonrió.

—Has sido de gran ayuda, Roman. ¿Vas a jugar con tu hermanita un poquito más? Quiero echar un vistazo en el dormitorio de tu madre.

Entonces llamó la atención de Bianca y la adolescente agarró al pequeño de la mano.

—Vamos a hacer tortitas —le propuso.

Lynch salió a toda prisa por la puerta y el agente Lei se quedó con cara de estar perdido.

No pudo evitar admirar los colores vibrantes del salón. Éilis tenía buen ojo y un gusto excelente. La sala resultaba relajante a la vez que estimulante. No le importaría tener algo así en su casa. Aunque costaría una fortuna. Un dinero del que no disponía.

Arriba, en los dormitorios de los niños, encontró los edredones amontonados encima de las camas. Todo lo demás estaba ordenado a pesar de que había tantos juguetes que sería imposible jugar con todos.

Luego, empujó la puerta de la habitación principal. La cama doble estaba hecha y una preciosa colcha de retazos descansaba a lo largo del edredón amarillo. Allí no había dormido nadie o Éilis era muy eficiente y la había hecho al levantarse. En ese instante, se dio cuenta de que había unas arrugas en la colcha y pelos cortos desperdigados por ella. El perro se había tumbado allí.

La puerta del armario estaba abierta, así que la detective echó un vistazo al vasto despliegue de ropa y fue consciente de que a ella no la verían muerta con nada tan alegre. Después miró a su alrededor y decidió que nada parecía fuera de lugar en el enorme dormitorio.

Pero cuando se volvía para marcharse, vio una zona húmeda en la moqueta, junto a la cama. Acto seguido, se puso de rodillas y la examinó con atención. ¿El perro se habría hecho pis? La detective arrugó la nariz, retrocedió arrastrando los pies y paró.

El resto del dormitorio estaba prístino, pero justo ahí, junto a la mancha, se dio cuenta de que había marcas de arañazos en la moqueta azul. ¿Estaba leyendo más allá de lo que debería? ¿Los niños habrían estado jugando en la habitación de su madre? Les preguntaría.

Mientras bajaba las escaleras no era capaz de sacudirse la sensación de que en esa casa había sucedido algo siniestro. Y el hecho de que Éilis Lawlor probablemente conociera a Jennifer O'Loughlin lo volvía todavía más sospechoso.

19

Helena no dejaba de temblar, y eso que no había encontrado ninguna prueba de que hubiese entrado nadie en el almacén. El callejón de atrás también estaba desierto. Lo había comprobado. Además, descubrió que no había cerrado con llave la persiana de la fachada. Por eso se había caído. La mujer pulsó el botón y, en cuanto la persiana se encontró asegurada en su sitio, se sacó la llave del bolsillo y se aseguró de que sí la cerraba esta vez.

De vuelta en el interior, descubrió que el refugio que normalmente le proporcionaba la tiendecita se había desvanecido. Una sensación inquietante se agitaba en su pecho. Se preparó un té de ortiga y dio un sorbo al líquido caliente. Todavía le temblaban las manos.

—No vuelvo a beber —se juró.

La campanita que pendía sobre la puerta tintineó. A lo mejor un cliente aliviaba su desasosiego, así que salió con la taza entre las manos.

—Ah, eres tú —dijo aliviada.

Orla Keating entró con la esterilla de yoga, la bolsa del gimnasio y ataviada con unas mallas en las que ella solo entraría en sueños.

—¿Cómo va todo? —Su amiga la miró fijamente—. Pareces tan nerviosa como yo.

—Muy nerviosa. Parece que tú ya has hecho algo de ejercicio.

—Me he echado atrás en el último momento. Me he pasado para ver qué tal te iba hoy. —Señaló el suelo—. ¿Qué ha pasado aquí?

—Mierda, se me había olvidado. Nunca termino lo que empiezo.

En ese momento, Helena dejó la taza en el mostrador y se agachó para recoger los tubos y volver a colocarlos en la estantería.

—Deja que te ayude.

—Si te soy sincera, no hace falta. Necesito mantenerme ocupada.

—Dos pares de manos son mejor que uno.

Incapaz de protestar sin parecer desagradecida, le indicó:

—Van en esa balda.

Así que Orla se arrodilló en el suelo y se puso a recoger.

—Ayer me lo pasé bien. Estoy pagando un alto precio por ello.

—Yo también estoy un poco vulnerable. —El sonido de los tubos estampándose contra la estantería le resonaba en la cabeza—. ¿Éilis te mencionó algo anoche sobre que tuviera planes para esta mañana?

—No, ¿por qué?

—Tú la acompañaste a la parada de taxis. Me preguntaba si te había dicho algo.

—Nada que yo recuerde. La dejé en la puerta del Danny para que esperase un taxi. No tenía ganas de quedarme allí durante no sé cuánto tiempo, así que, en mi estado de embriaguez, me fui andando a casa. Necesitaba aire fresco después del *pub*. ¿Por qué?

—Por nada.

¿Por qué se mostraba reticente a hablarle de la llamada de Bianca? Entonces, entornó los ojos y lanzó una mirada a la otra mujer sin que se diese cuenta. La ropa de Orla conjuntaba de manera despareja. Éilis lo aprobaría. Que le diesen a todo. Al final, le contó lo de la llamada.

—Hostia puta. —La mujer se sentó en el suelo—. Qué raro.

—Le he dicho a Bianca que llame a la policía.

—No son mucho mejores, y hablo desde la experiencia.

—Lo siento.

—No te preocupes, aunque, en realidad, ¿qué madre se va y deja a sus hijos solos? Nunca me ha dado la sensación de que Éilis fuera de esa manera.

Helena notó que la cabeza se le llenaba de una culpabilidad inalterable. Los recuerdos (¿lo eran siquiera?) se derretían en un ruido blanco. ¿Ella era ese tipo de persona? Después de Gerald, había ido avanzando a trompicones.

—Llevas razón. Ella no es así. Estoy bastante preocupada.

Acto seguido, Orla se puso en pie, se llevó las manos a las caderas y admiró las baldas llenas de productos.

—Esto ya tiene mejor pinta. ¿Quieres que te ayude con algo más?

—No, gracias. Ya está genial.

—Parece que te iría bien un café fuerte. ¿Puedo prepararte uno? ¿O voy corriendo a por uno?

—De verdad, estoy bien. Tengo un té de ortiga.

—Puaj. ¿Cómo puedes beberte eso? —Helena se sonrojó—. Aunque me encanta tu tienda. Los olores orientales. Me recuerdan a un agradable restaurante indio al que fui durante la luna de miel.

—¿Estuviste en la India?

—Dios, no. Fui a Londres. Tyler tenía algo del trabajo esa semana, y dijo que no podía librarse. Así que pasé la luna de miel en un hotel de Londres, prácticamente sola.

—Eso fue un poco desconsiderado por su parte. Lo siento, no pretendía... Tengo la costumbre de meter la pata.

—No te preocupes. Fue exactamente así. Él siempre se ponía por delante. Solo he podido ser yo misma de verdad desde que se fue. No sé por qué te lo estoy soltando todo hoy. Si ya lo sabes.

La mujer sonrió.

—¿No deberías estar trabajando?

—Me pondré a ello enseguida. He abandonado un poco el despacho y tengo algunas cuentas de clientes que debo cerrar. Aburrido. Por lo menos, no tengo a Tyler respirándome en la nuca. Mierda, eso ha sonado fatal.

De vuelta en la caja registradora, Helena se sentó en el taburete con la esperanza de que la cabeza dejase de darle vueltas.

—¿Alguna novedad suya?

—No. De hecho, esta mañana me he encontrado con un detective en el pueblo y le he pedido que me pusiera al día.

La mujer notó que el corazón se le agitaba como si una multitud de mariposas intentaran salir huyendo.

—¿Crees que ha sido inteligente?

—¿Qué podía hacer? Se ha sentado a mi lado.

—Debes tener cuidado. Debemos tener cuidado.

—Soy muy consciente de eso. Oye, si estás bien, será mejor que vaya a casa y me cambie de ropa. Esto me hace parecer un elefante.

—Estás guapísima.

—Ay, gracias. Pero después de anoche, estoy tan hinchada que podría flotar.

—Quién lo diría.

—¿Tu madre también está cuidando de tu hijo hoy?

—¿Mi hijo?

Helena pestañeó rápidamente; el repentino cambio de tema la dejó confundida.

—Anoche mencionaste que estaba cuidando de él.

—Ah, es verdad. Sí, es genial. Anoche se quedó con él, y hoy.

—Tenemos suerte de que Éilis creara el grupo. Viene bien hablar.

—Te sientes muy sola tras la muerte de tu marido. —Se dio cuenta de lo que acababa de decir—. Lo siento, me refería a cuando pierdes a alguien… Ay, ya me callo.

Entonces, fue consciente de que Orla entornaba los ojos y que una oscuridad cubría su azul plateado, igual que unas nubes de tormenta que se congregan sobre un lago.

—Helena, tenemos que mantener la boca cerrada. ¿Estás segura de que eres capaz?

—Por supuesto.

Orla caminó dibujando un pequeño círculo.

—El tema es que, si una de nosotras habla, podríamos morir todas. Que no se te olvide.

20

Madelene no era capaz de concentrarse en su despacho. Por ahí se decía que el cuerpo que se había encontrado en el polígono industrial de Ballyglass era el de Jennifer O'Loughlin, la viuda de Damien. Todavía no había leído nada en internet. Las noticias solo mencionaban a una mujer sin identificar, pero la sabelotodo de su asistente personal había oído el nombre.

La mujer giró la llave para abrir el viejo archivador de su derecha y sacó el fichero personal de Damien O'Loughlin. Era muy voluminoso debido a sus diez años como empleado, aunque no fue un abogado ejemplar. Ni de lejos. Mientras revisaba el expediente, le asaltó la preocupación de que la policía apareciese buscándolo. Si no encontraban ninguna razón para el asesinato de Jennifer, ¿dirigirían su atención al último marido de la víctima? ¿Eso era racional siquiera? Pero ella también sabía que no había nada racional en los asesinatos y sus investigaciones. Los agentes se lanzarían sobre todo aquello igual que unos perros rabiosos.

Lo que guardaba en los ficheros de su ordenador era reducido, pero en el archivador físico... Aquello podría generar todo un mundo de problemas para Bowen Abogados. Madelene cerró la tapa y le dio un manotazo mientras trataba de pensar en una estrategia en la que pudiese confiar. ¿De verdad había algo en lo que tuviese que pensar? Era consciente de lo que tenía que hacer, incluso a pesar de que estuviese en contra de todo lo que defendía. No era ético, pero no hubo nada ético en el tiempo que Damien pasó con ellos.

Todavía podía oír el portazo cuando el hombre se marchó de su despacho después de su desastrosa discusión. Cuatro meses después, le diagnosticaron cáncer de esófago. Murió a los dos meses. Pese a que el joven abogado le caía bien, se sintió aliviada. Luego, Tyler Keating desapareció y Jennifer llegó haciendo preguntas.

Sin pensar más en las consecuencias de sus actos, deslizó el expediente de Damien en su maletín de piel negra y lo cerró con firmeza antes de colocarlo junto a sus pies, debajo de la mesa.

Necesitaba ver a Kathleen desesperadamente. Su amiga era la única que podía relajar la tensión que tanto daño le hacía en los hombros.

21

Lottie examinó con atención el correo electrónico que contenía el informe preliminar propuesto por la patóloga. Los ojos arrancados mediante cirugía. Huesos rotos. Disparo con arma de fuego. Se enfrentaba a un monstruo.

Boyd llamó a la puerta y entró al despacho.

—He organizado un interrogatorio puerta a puerta con los vecinos de Jennifer, en toda la urbanización. Y por los informes que nos han ido llegando hasta el momento, nadie la ha visto últimamente.

—Si llevaban sin verla un mes o más, ¿significa que permaneció encerrada todo ese tiempo? Y si es así, ¿dónde? Jane dijo que había sufrido congelación, así que podría tratarse de una cámara frigorífica. Para descubrir qué sucedió, necesitamos desnudar toda su vida y no dejarnos nada.

Entonces, le volvió a contar todo lo que Jane había descubierto en la autopsia. La inanición. Los golpes. Los ojos.

El hombre negó con la cabeza.

—Dios, pasó por un infierno.

—Ese cabrón dejó el cuerpo expuesto para que lo encontráramos. No intentó esconderlo. ¿A qué está jugando?

—Pudo ser alguien que conoció en internet.

La inspectora se frotó la barbilla y dijo:

—Jennifer no tenía redes sociales. Podría tratarse de un paciente de la clínica dental.

—Puede ser. —Se quedó pensativo un momento—. ¿O uno de sus compañeros?

—Todo es posible. Al tener tan poco con lo que trabajar, creo que ese es el mejor punto de partida. Y luego está ese grupo de apoyo para viudas al que pertenecía.

—Deberíamos localizar al resto de las integrantes y hablar con ellas.

—Sí, totalmente —coincidió Lottie, que se sentía aliviada por tener al fin algo práctico que hacer—. Me habría gustado que hubiese existido algo así cuando Adam murió. Habría estado bien hablar con otras personas en mi misma situación.

—Podrías haber ido a terapia.

—Lo intenté. Sin embargo, tú fuiste mejor que cualquier terapeuta. Ve a comprobar si Lynch ya ha vuelto de la casa de la desaparecida. Ponla a trabajar con las participantes de ese grupo de viudas.

—Hecho, jefa. —Le sonrió, y ese fue el primer gesto sincero de buen humor que le había visto en la cara ese día.

Mientras se giraba para marcharse, el hombre estuvo a punto de caerse al suelo al chocar contra una Lynch con la cara colorada que entraba con prisa.

—La mujer desaparecida, Éilis Lawlor, era la fundadora del grupo de apoyo para viudas en el que creemos que Jennifer O'Loughlin participaba.

La inspectora se levantó de un salto, agarró el bolso del suelo y desdobló la chaqueta de donde la había tirado debajo del escritorio.

—¿Quién está en la casa?

—He dejado al agente Lei allí. Ya sé que no han pasado las cuarenta y ocho horas que se requieren, pero debemos abrir un expediente de desaparición y emitir alertas.

—Encárgate tú. Yo voy hacia allí para verlo con mis propios ojos. Boyd, conmigo.

Con la prisa por marcharse, le pasó desapercibida la expresión de certeza de Lynch de que, una vez más, la estaban dejando al margen.

⁓

Me están observando. Dos esferas blancas con iris marrones. ¿Están perdiendo el color? No deberían, porque pensé que el gas formaldehído que saqué de internet cumpliría con su labor. Aunque ya no lo tengo tan claro.

Me encantaría haber estado cerca de los agentes cuando descubrieron que el cadáver estaba ciego. Se encontraba muerta, así que obviamente no podía ver. Fue muy ingenioso quitarle los ojos. Darles un rompecabezas que les costaría descifrar.

Le doy la espalda al tarro de cristal y comienzo a fregar la habitación. Jennifer fue una pusilánime. No fue nada divertido. Romperle los huesos resultó estimulante, pero aun así me decepcionó un poco. Esta no me defraudará en lo que a diversión respecta. Mientras froto, me pregunto qué pistas he podido dejar en su casa. Se escuchaba a los niños dormir. ¿El perro? ¿Quién llama Mozart a su perro? No podía hacerle daño al animal, no soy tan insensible. Un poco de cloroformo le dio el empujoncito necesario para viajar a otro planeta. Espero que se despierte. Era tan pequeño que no resultaba fácil calcular la cantidad que debía administrarle.

Escucho un traqueteo que resuena por las tuberías.

Está despierta. Bien.

Suelto el cepillo de frotar en el cubo de lejía, dejo que se empape y me quito los guantes amarillos Marigold y el delantal. Ha llegado el momento de pasarlo bien.

Pero entonces me acuerdo.

Antes tengo que ver a alguien.

22

Kirby no tenía claro si contestar a la llamada que parpadeaba en la pantalla de su teléfono, pero, como volvía a estar fuera, fumándose un cigarrillo rápido en la parte de atrás, descolgó.

—¿Qué tal la cabeza?

Hablaba en una voz baja y reconfortante. Hizo que se le llenase la barriga de mariposas.

—Hola, Amy.

—¿Estás teniendo un buen día? ¿La cabeza bien?

—Veo que sí que te di mi número.

—Desde luego. —Soltó una carcajada—. No podía permitir que pasara el día sin preguntarte qué tal.

—¿Ahora me estás acosando?

Mierda, ¿por qué había dicho eso? A pesar de la sucesión de citas de Tinder, todavía no había aprendido a mantener la boca cerrada, a reprimir el parloteo que siempre encontraba la forma de salir.

—A lo mejor no debería haber llamado.

Le tembló la voz. «Joder».

—Ay, mierda, lo siento, Amy. No debería haber dicho eso. Está siendo un día muy largo. Ajetreado. Un caso grande.

—Suena agotador. ¿Estás bien?

—Si consigo llegar a la hora de dormir de una pieza, lo habré gestionado como es debido. ¿Tú estás bien?

«Eso está mejor», pensó.

—Hoy está siendo un poco desastre, si te soy sincera. Solo llamaba para ver si te apetecía tomar una copa más tarde. Después del trabajo. O cuando te venga bien.

La idea de otra copa hizo que Kirby sufriese un retortijón a modo de protesta. Aunque pensándolo bien, una copa podría curarle el dolor de cabeza. Aunque una vez más, esa llevaría a otra y a otra. Así que, tal vez, no era la mejor opción.

—Me encantaría quedar —dijo, para su sorpresa. Luego, lo matizó añadiendo—: Para mí solo café.

—Que te lo crees tú.

—Lo sé. Me gusta sufrir.

—¿Quedar conmigo es un sufrimiento?

—No, por Dios. No me refería a eso en absoluto. Si te soy sincero, yo…

—Para, Larry, estaba de broma. Te lo tomas todo demasiado en serio.

—Es deformación profesional.

—No te preocupes. ¿El Cafferty te viene bien?

—Perfecto. ¿Cuándo?

—¿Por qué no me escribes cuando hayas terminado?

—Eso haré. Y, Amy, gracias por llamar. Has hecho que mi día de mierda sea mucho mejor.

Él colgó la llamada y se preguntó cómo podría librarse de sus compañeros esa tarde. Era el inicio de una investigación de asesinato, momento en el que literalmente hacían falta todas las manos posibles. Largas horas y cerebros alimentados con adrenalina. El instante crítico. Pero también era la primera vez desde hacía siglos que se sentía bien con alguien. Con él mismo. Se sentía más ligero y, teniendo en cuenta su peso, eso era un milagro.

Luego apagó el cigarrillo, se lo metió en el bolsillo de la camisa y entró en la comisaría mientras su cerebro buscaba excusas para irse antes. Hasta entonces, no levantaría la cabeza y trabajaría con diligencia. Sintió otro retortijón y esa vez llegó al baño por los pelos.

—No volveré a tomar otra copa —susurró a la vez que se lavaba la boca con la mano llena de agua del grifo que no dejaba de gotear.

23

De pie en la sala de estar de Éilis Lawlor, lejos de la singular cocina en forma de pasillo, Lottie le repitió a la niñera adolescente todas las preguntas que Lynch y Lei ya le habían realizado.

—Bianca, ¿podrías llevarte a los niños a tu casa durante una hora o dos? —le pidió cuando vio que no había nada nuevo que descubrir.

—Claro, mi madre puede echar una mano, pero ¿por qué?

—Estoy preocupada por su madre. No quiero asustarlos más, pero me gustaría que el equipo forense le echase un vistazo rápido a la casa. Agente Lei, ¿los acompañas?

—Claro —contestó este.

—Becky y Roman —los llamó Bianca—. ¿Queréis venir a mi casa mientras esta señora se pone en contacto con vuestra mamá?

Los niños se mostraron reticentes, pero al final le agarraron las manos y se marcharon de allí.

La inspectora llamó a la policía científica.

—¿No te estás precipitando un poco? —le preguntó Boyd, después de que Lottie colgara.

—No me da buena espina. Nuestra víctima de asesinato, Jennifer, formaba parte de ese grupo social de viudas que al parecer fundó Éilis Lawlor. Y ahora ella está desaparecida. Espero equivocarme, pero...

—Es posible que haya salido a dar un paseo y se haya topado con alguien. A lo mejor se han puesto a charlar y no se ha dado cuenta de la hora que es.

—Tiene una vecina adolescente que cuida de los niños. Creo que le habría pedido a Bianca que se pasase a estar con ellos.

—Tal vez se le ha olvidado llamarla. Al fin y al cabo, se ha dejado el móvil aquí.

—¿Y la cartera y las llaves? Vamos, Boyd. Ya ha pasado la hora del almuerzo. Ninguna madre se olvida de sus hijos pequeños tanto tiempo.

Lottie abrió la puerta del patio con las manos envueltas en unos guantes y salió fuera. A continuación, fue hasta la cabaña de madera que se acurrucaba en la esquina del jardín. El pestillo no estaba cerrado. Y entró.

A primera vista, daba la sensación de que nadie había perturbado el lugar de trabajo de la mujer. Un Mac descansaba en su escritorio. Contempló la estantería con sus libros de muestras perfectamente ordenados. Papel de pared, tela, madera, revestimientos de suelo. Miró con atención los trozos cuadrados de moqueta clavados en la pared y pensó que uno o dos de ellos parecían retales de los setenta.

En la esquina había un escritorio tipo mesa de dibujo con un boceto pegado con celo a la superficie. El diseño de una planta baja con muchísimo color. A Lottie le gustó. Aunque solo podía soñar con ello. Al vivir en una vieja casa destartalada no le quedaban muchas opciones. Y la falta de recursos la dejaba sin ninguna. Aquello era frustrante, así que intentó no pensar en ello.

Hizo clic con el ratón, pero el ordenador estaba apagado. Si hacía falta, Gary, el miembro de la unidad de investigación tecnológica, le echaría un vistazo. Había un cuaderno tamaño A4 en la mesa, y las páginas estaban abultadas con trozos de fotos y retales. La mujer hacía fotos *in situ* con la cámara del móvil y luego las revisaba más tarde en casa.

Al no encontrar nada fuera de lugar ni revuelto, regresó a la casa.

—¿Nada? —le preguntó Boyd.

—A primera vista no, pero los de la científica lo comprobarán.

—¿Qué crees que ha pasado?

—La conexión con Jennifer plantea preguntas para las que aún no tengo respuestas. —Le tendió el cuaderno—. Son notas sobre el trabajo.

—Un poco anticuado, ¿no?

—Es posible que sea la mejor forma de examinar ideas con sus clientes. Tiene un ordenador de sobremesa. Le pediré a Gary que lo examine. Kirby o Lynch pueden ponerse en contacto con sus clientes. En el mejor de los casos, Éilis tenía una reunión de la que se había olvidado y salió corriendo sin pedirle a Bianca se quedase con los niños.

—Aquí están sus objetos personales y el coche sigue fuera. Ha tenido que caminar.

—Es cierto. Alguien ha tenido que ver algo, a no ser que se marchase en mitad de la noche. O que la raptasen entonces. Pero seamos optimistas.

Mientras Boyd salía para organizar el interrogatorio a los vecinos, la inspectora miró al jardín y empezó a pensar. A pesar de lo que había dicho, no se sentía optimista. Su instinto le decía que a Éilis Lawlor la había asustado algo que le había hecho salir de casa y abandonar a sus hijos dentro o, siendo más realistas, que la habían secuestrado.

Entonces, se le ocurrió una idea terrible.

¿Y si Éilis había estado involucrada de alguna manera en el asesinato de Jennifer? ¿Y si se enteró del descubrimiento del cadáver aquella mañana y decidió huir y dejar atrás todo lo que pudiera usarse para seguirle la pista?

Aquella era una posibilidad que no podía ignorar.

❧

Kirby se sentía animado tras la charla con Amy. Tenía una cita. La vida le estaba sonriendo. ¡Sí!

—Hacía años que no te veía tan alegre, Kirby. ¿Qué hace que tengas esa cara de felicidad? —le preguntó la agente Martina Brennan mientras soltaba una montaña de interrogatorios a los vecinos de Jennifer O'Loughlin en su escritorio.

McKeown levantó la cabeza con el ceño fruncido.

—Seguramente haya estado rondando la *dark web* en busca de alguien con quien desquitarse de su falta de satisfacción sexual.

—¿De qué hablas? —le espetó Martina enfadada, y tiró el resto de cuestionarios encima del preciado iPad de McKeown.

—¡Ey! Mira dónde sueltas eso —le gruñó.

Kirby ya no aguantaba mucho más al detective. En ese momento, se levantó de la silla arrastrando los pies, fue hasta su escritorio y se alegró de la desordenada pila de papel que lo cubría.

—Esa no es forma de hablarle a una compañera.

—¿A ti qué te pasa? —McKeown se levantó.

En aquel instante, el hombre se sintió enano.

—Eres un cerdo machista que se cree por encima de todas las mujeres.

—Qué verdad —intervino Martina a la vez que se cruzaba de brazos.

—¿Ahora os habéis aliado en mi contra? ¿Qué pasa? ¿Estáis actuando a mis espaldas? —volvió a gruñir a la agente.

—Qué irónico viniendo de alguien que está acostumbrado a actuar a escondidas de su esposa —dijo Kirby—. No todo el mundo vive según tu falta de moral.

—Tú eres un respondón gordo de mierda.

La saliva de McKeown aterrizó en la mejilla de Kirby y este cerró las manos en dos puños.

A continuación, se la limpió. No temía al gigantón rapado. Al contrario, recibiría con los brazos abiertos un puñetazo suyo. Era la mejor forma de librarse de él.

—¡Parad! —gritó Martina.

En ese momento, Lottie apareció en la puerta del despacho.

—¿Qué está pasando aquí?

Kirby se mantuvo firme y McKeown abrió el puño.

—Nada.

—A mí no me parecía nada. Quiero que los tres me deis una explicación cuando salga de la reunión con la jefa.

Martina se alejó de Kirby caminando de espaldas y le soltó la manga.

—No pasa nada, inspectora. Un malentendido.

—¿Es cierto, Kirby?

—Pregúntale a él.

Luego, estiró el cuello y volvió a su escritorio para revolver los cuestionarios.

McKeown permaneció en silencio.

—Esto no puede seguir así —les advirtió Lottie—. Tenemos a una mujer asesinada y a otra desaparecida. No necesito que esto ocurra cada vez que os doy la espalda.

—No volverá a pasar, jefa —aseguró Kirby.

El otro detective rebuscó su iPad sin decir nada.

—Será mejor que no. Detective McKeown, estoy vigilando cada paso que das. Y no me gusta nada a dónde te están llevando.

—No es culpa mía que él quiera empezar una pelea.

—Por el amor de Dios, ¿cuándo vais a crecer?

La mujer cogió el bolso y la chaqueta que había sobre su escritorio con un tirón y abandonó la sala.

Kirby se preguntó si se lo contaría a la comisaria. En parte, esperó que así fuera.

24

De ninguna manera iban a acusar a Lottie de ocultar nada que tuviese que ver con esa investigación. Ya tuvo bastantes problemas durante su anterior caso importante.

En ese momento, tocó a la puerta del despacho de la comisaria Farrell.

—Adelante.

Dentro de la oficina de su jefa, tuvo que contenerse para no poner los ojos en blanco. La jefa había vuelto a cambiar el mobiliario de sitio. Lo hacía para aliviar la ansiedad, pero no parecía saciar su sed de mal genio.

—Más vale que hayas venido a decirme que habéis arrestado al asesino de esa mujer.

—Siento decirle que no, pero sospecho que tenemos a otra mujer desaparecida.

Farrell se dio una palmada en la frente; un poco más fuerte de la cuenta, supuso Lottie, cuando vio que se estremecía.

—¿Acaso sabes cómo enfrentarte a una investigación de asesinato sin hacerla aún más complicada que descubrir el origen de la vida? Pásale el caso de la mujer desaparecida a otro equipo.

—El tema es... que todavía no han pasado las cuarenta y ocho horas que se requieren.

—¡Señor todopoderoso! ¿No tienes suficiente con una investigación de asesinato que tienes que inventarte otro caso? ¿Te creces ante la confusión y el caos? Porque yo creo que sí.

La comisaria se desabrochó la corbata y se abrió un botón del cuello de la camisa antes de volver a enganchársela.

—Con el debido respeto...

—«El debido respeto» conmigo no, inspectora Parker. Ya te he dicho qué hacer. Espero que sigas las órdenes.

Al levantarse, Farrell empujó la silla hacia atrás con las piernas y esta se estrelló contra la pared con un golpe sordo.

—Éilis Lawlor —insistió Lottie—, la mujer que podría estar desaparecida, está conectada con la víctima de asesinato.

—¿Acaso quedaron para tomar un café? —se burló la superintendente—. ¿O asistieron al mismo instituto hace diez años? ¿Jugaban en el equipo de prebenjamines de *camogie*? Han asesinado a una mujer y tengo al comisario oliéndome el culo como si fuera un sabueso. Los vecinos no se quedan atrás. Se está hablando de hacer vigilias a la luz de las velas por la víctima. Necesito a un sospechoso, no a otra víctima. ¿Lo pillas?

—Sí, y lo siento, pero tenemos que explorar todos los aspectos de la vida de Jennifer y...

—El detective McKeown me ha informado de que de momento ni siquiera has localizado a su familiar más cercano.

—Qué cabrón —musitó la inspectora en voz baja—. Hablando del detective McKeown, ¿existe alguna posibilidad de que pueda reubicarlo? Que vuelva a Athlone o a algún lugar más apropiado. —Lottie no detalló a qué se refería. Algún lugar como Siberia.

—¿Quieres mermar a tu equipo cuando acabas de decirme que tienes otra posible víctima?

¿Por qué solo le hablaba con preguntas? La confundía.

—Está alterando la dinámica del grupo.

—Yo te daré dinámica de grupo si no me traes la cabeza del asesino en una bandeja. ¡Hoy! —Farrell se desplomó en la silla—. Vas a provocarme un infarto. ¡Un maldito infarto!

—Lo siento. —Y, mientras intentaba contener su enfado, la inspectora se dirigió con decisión a la puerta, desde donde se giró—. ¿Sabes qué? No lo siento. Tengo la tasa más alta de resolución de crímenes importantes de todo el país. Sé de lo que mi equipo es capaz, pero McKeown... No encaja en él. Altera a todo el mundo con su actitud dominante, hace comentarios malintencionados y... —Iba a mencionar su aventura, pero se refrenó—. Comisaria Farrell, le estoy solicitando de manera oficial que lo saque de mi equipo. Lo enviaré por escrito.

Acto seguido, se volvió sobre los talones y se marchó antes de poder presenciar la erupción de ira de Farrell mientras rebuscaba sus ansiolíticos en un cajón.

—Seguimos sin señales de la desaparecida, Éilis Lawlor —informó Boyd a la vez que tocaba a la jamba de la puerta de la inspectora.

—Eso no es lo que quiero escuchar. Ya tenemos bastante con lo que lidiar, tal y como van las cosas. ¿Algo de los interrogatorios de la calle Riverfield?

—La agente Brennan ha cotejado los cuestionarios —le contestó el hombre—. Kirby y McKeown están revisando la información, pero parece que lo único que hemos recopilado hasta ahora es que Jennifer era retraída. No se mezclaba ni involucraba con las asociaciones de vecinos. Uno de ellos ha dicho que apenas se dejaba ver desde la muerte de su marido.

—Puede que se sintiera aislada y se uniera al grupo de apoyo de viudas para acompañarse de mujeres con las que tuviese cosas en común. Esto nos da un vínculo con Éilis. ¿Lynch ha conseguido más información sobre el grupo?

—Todavía no.

Incapaz de ocultar su exasperación, Lottie miró el techo.

—¿Y qué hay de los compañeros de trabajo de Jennifer? ¿Qué tienen que decir?

—McKeown y la agente Brennan los han interrogado. Han confirmado que la letra de la carta de dimisión es suya. Era callada, retraída, se le daba bien su trabajo y trataba a todo el mundo con cordialidad. No tienen pegas.

—Pero le dieron un aviso.

Boyd se apartó de la puerta, listo para marcharse.

—Un segundo. Me pregunto si Éilis Lawlor acudió alguna vez a la clínica dental Smile Brighter. Averígualo mientras yo echo un vistazo a sus notas de trabajo.

—¿Vas a tratar las dos investigaciones como si estuviesen relacionadas?

La mujer apoyó la barbilla en la mano y lo sopesó antes de hablar.

—Éilis no lleva desaparecida las cuarenta y ocho horas que se requieren, pero tengo la sensación de que no se fue de su casa por voluntad propia. Aunque, ¿está vinculada con el asesinato de Jennifer? —Se encogió de hombros—. Lo único que une a las dos mujeres es el grupo de apoyo para viudas. ¿Por qué no vas a hablar con…? —Buscó entre sus notas el nombre que le había dado Bianca—. Helena McCaul. El jefe de Jennifer también la mencionó. E investiga si hay más integrantes de las que deberíamos saber.

En cuanto Boyd se marchó, se puso unos guantes y sacó el cuaderno de Éilis de la bolsa de plástico para pruebas y el teléfono de la mujer. Hasta que consiguieran acceder a su ordenador, esperaba que aquel cuaderno albergase algo sobre sus clientes. Una lista con números de teléfono le ayudaría a evitarse buscar en su móvil.

—Bingo.

Para ser tan joven, Éilis era de la vieja escuela. Dentro de la cubierta, la mujer había creado una lista completa de clientes con etiquetas catalogadas por orden alfabético.

La inspectora leyó con detenimiento todos los nombres y se vio recompensada al llegar a la «O». Jennifer O'Loughlin se encontraba en la lista. Luego, comprobó el teléfono de la desaparecida y encontró una serie de mensajes sobre reuniones. El cuaderno contenía el detalle de las citas que habían fijado las dos mujeres, y coincidían con la mayoría de los mensajes. El primer contacto había tenido lugar veintitrés meses antes. Un mes después de la muerte de su marido, Jennifer contrató a una diseñadora de interiores, Éilis Lawlor. Y un mes después de aquello, le llegó el primer mensaje en el que la invitaba a unirse al nuevo grupo de apoyo para viudas.

25

Boyd se encorvó y empujó la puerta de Herbal Heaven para abrirla. Una campana tintineó sobre su cabeza y estuvo a punto de partirse el cráneo contra el dintel.

El hombre inhaló el aroma a especias orientales y echó un vistazo a su alrededor. La tienda era pequeña y le pareció desordenada, pero, a medida que deambulaba por ella y examinaba las estanterías, se dio cuenta de que los productos estaban colocados en un sentido lógico.

—¿Puedo ayudarle en algo?

Una mujer apareció por detrás del mostrador con un vestido que ondeaba a cada paso que daba. El oficial se quedó sin aliento. Era sorprendentemente guapa. Llevaba el cabello recogido, pero unos rizos sueltos le acentuaban la piel de porcelana, los labios carnosos y unas orejitas con unos enormes aros de plata. A continuación, dirigió la mirada a sus penetrantes ojos marrones.

—Ah, hola —la saludó, en un intento de ocultar su efusividad—. ¿Helena? ¿Helena McCaul?

—Sí, soy yo.

Y el hombre le tendió la mano.

—Soy el oficial de policía Mark Boyd, de la comisaría de Ragmullin.

El apretón de la mujer fue breve y sudoroso.

—Ha venido a preguntar por Éilis. —A continuación, bajó la vista y se le dibujó una fina línea en los labios—. ¿La han encontrado?

—No, todavía no. Ni siquiera estamos seguros de que haya desaparecido. Creo que estuvo con ella anoche, ¿es correcto?

—Sí, estuvimos juntas. ¿Le importa si me siento?

En ese momento, Helena se dio la vuelta y se dispuso a volver tras el mostrador, donde se dejó caer sobre un taburete alto. Boyd la siguió. El aroma de la tienda le resultaba embriagador; de hecho, se notaba un poco mareado.

—¿Qué quiere saber?

Tenía una voz lírica, aunque un poco fuera de tono. Sospechó que era posible que hubiese estado llorando.

No podía evitar sorprenderse por aquella mujer. Imaginaba que tendría treinta y pocos. Había algo en ella que le provocaba querer darle consuelo y aliviar su dolor. «Son pensamientos irracionales», se dijo a sí mismo, pero Helena McCaul daba la impresión de ser una persona vulnerable.

—Comience por anoche. —Recuperó la compostura—. Trabajaremos desde ahí.

Luego, buscó el cuaderno en el bolsillo interior de su chaqueta y ella le tendió un bolígrafo mientras lo abría.

—A veces salimos a comer o al cine, pero anoche, como la mayoría de los jueves, fuimos al *pub* de Fallon.

Helena le habló del grupo que Éilis había montado para ayudar a mujeres que habían perdido a sus maridos, ya fuese mediante la muerte, la separación o el divorcio.

—¿Quién más pertenece al grupo?

—Bueno, Jennifer O'Loughlin fue una de las primeras integrantes que trajo Éilis, pero dejó de venir hará cuatro, quizá cinco semanas. Luego está Orla Keating, que es nuestra última incorporación. Formamos un grupo pequeño.

Ya volvería a hablar de Jennifer cuando obtuviese la información sobre Éilis Lawlor.

—Bianca, la niñera, cree que Éilis llegó a casa en taxi. ¿Iba sola?

—Yo di por hecho que había compartido uno con Orla. Las dos se fueron juntas del *pub*. Pero Orla se ha pasado antes por aquí y me ha dicho que dejó a Éilis en la parada que hay junto al bar de Danny. Fue andando a casa para despejarse la mente.

—El nombre de Orla Keating me resulta familiar. ¿Su marido no desapareció hace un año?

—Sí. Mañana es el aniversario.

—Eso es. —Se preguntó si eso sería importante—. ¿Recuerda si anoche ocurrió algo fuera de lo común? ¿Algo que no estuviese del todo bien y que le venga a la mente? ¿Alguien mostró interés por su grupo?

—En absoluto. Era bastante discreto. Orla estaba un poco tensa. Y lo entiendo, con el aniversario de Tyler… —E hizo una pausa—. Oiga, todas hemos sufrido la pérdida de una manera u otra. Comprendemos nuestra pena y nos entendemos entre nosotras, pero no todo es pesimismo. Hablamos de los niños y las mascotas. —Se rio de forma irónica—. Además, me saca de casa una noche a la semana. Con Jennifer éramos pares y salíamos a comer juntas.

—¿Cómo se enteraba la gente de la existencia de vuestro grupo?

De momento, dejaría las preguntas sobre Jennifer a un lado.

—Éilis creó una página de Facebook. Estoy muy preocupada por ella.

—¿De qué hablaron anoche? ¿Algo diferente o fuera de lo común?

Helena vaciló.

—Solo lo típico. La verdad es que debería haberme marchado con ellas.

—¿Por qué no lo hizo?

—Yo estaba un poco contenta. Volví a entrar a tomar otra copa rápida. Y luego me fui. Tomé un taxi en la oficina de correos. Para esa hora, ya no había ninguno en la puerta del Danny.

—¿Éilis tenía alguna relación?

A la mujer se le descolgó la mandíbula y los ojos se le pusieron como platos.

—¿Cree que conoció a alguien y se fue sin decir nada y sin llevarse a sus hijos? No, esa no es la Éilis que conozco. Después de la muerte de Oisín, se desvivía por ellos. Incluso mudó el despacho desde el pueblo a su casa. Quería estar cerca todo el tiempo.

—Excepto las noches de los jueves.

—Somos viudas, agente, no estamos muertas.

Boyd sintió que un rubor de vergüenza le teñía las mejillas.

—Discúlpeme. No quería sugerir nada parecido…

Ella alargó el brazo y le tocó la mano.

—Noto que está estresado. Muy estresado. Y tengo algo que le ayudará. Espere ahí.

Boyd la contempló mientras atravesaba la puerta de la parte de atrás de la tienda. El vestido se arremolinó alrededor de las piernas bronceadas de la mujer y el dorado de las sandalias brilló bajo el haz de luz que irrumpía por la puerta principal. Helena volvió casi de inmediato con una bolsita de papel marrón.

—¿Qué es? —Abrió la bolsa.

Un polvo fino y verde se acurrucaba en el fondo.

—Ortigas. Las recojo yo misma y luego las muelo. Necesitarás usar un filtro. Pruébalo, te garantizo que te reducirá el estrés.

—Lo único que lo lograría es que mi exmujer desapareciera en una nube de humo. —Mierda, ¿por qué había dicho eso?

—Qué gracia tiene, oficial. —Pero debió de ver el destello de seriedad en su mirada porque añadió—: «Sé fuerte delante del adversario». Eso era lo que me decía mi marido, Gerald, cuando me chocaba con un muro de ladrillo con el negocio. Otra tienda de comida saludable, una de esas cadenas de franquicia, abrió en el pueblo unos meses después de haber metido hasta el último céntimo que tenía en este lugar. Gracias a Dios, mi pequeño refugio ha sobrevivido contra todo pronóstico.

—Me alegra saber que tiene un negocio exitoso. —Agitó la bolsa marrón—. ¿Cuánto le debo por esto?

—Nada. Invita la casa.

Boyd sintió que se había alejado tanto de la razón de su visita que no tenía ni idea de cómo volver a encauzarla. La única información que había obtenido de Helena era que Éilis salió del *pub* con Orla Keating, cuyo marido desapareció hace un año. Y aún no había mencionado a Jennifer.

—¿Cómo se llama esa página de Facebook?

—«Vida después de la pérdida». No es muy original. Es un grupo cerrado y Éilis es la administradora. Ay, joder.

—La encontraremos. —Se preparó para lo que estaba a punto de decir—. Helena, hay otra razón para mi visita. ¿Ha oído hablar de un asesinato esta mañana?

La mujer se llevó la mano a la boca.

—No es Éilis, ¿verdad?

—No. Por desgracia, han descubierto el cuerpo de una joven fuera del parque comercial Ballyglass. Creemos que es el de Jennifer O'Loughlin.

—No, no, se equivocan. Por favor, dígame que no es verdad. —Volvió a tambalearse en la silla.

—Siento decirle que es así. ¿Le traigo un vaso de agua?

Helena negó con la cabeza y se le soltaron más mechones del recogido.

—Simplemente, es mucho que asimilar. Éilis ha desaparecido, y ahora me dice que Jennifer está muerta. ¡Dios!

—Ha dicho que Jennifer llevaba alrededor de un mes sin acudir a las reuniones. ¿Hubo alguna señal que explicase por qué no asistía?

La mujer se mordió ligeramente el labio, como si intentara evitar escupir las palabras. Al menos, pareció confiar lo bastante en sí misma para añadir:

—No puedo pensar. Estaba muy unida a Éilis… Ay, Dios mío, esto es terrible.

—¿Alguna vez le mencionó algo que le preocupara o que a usted la inquietara?

—¿A qué se refiere?

—¿Dijo algo sobre alguien que quisiera hacerle daño?

—N-no… No, en absoluto.

—Sé que es triste, pero necesito algo que me dé un punto de partida desde el que investigar su asesinato.

Helena se frotó los ojos con el dorso de la mano. Y el hombre se dio cuenta de que no había ni una lágrima.

—¿Está seguro de que la han asesinado? —quiso saber.

—¿Por qué lo pregunta?

—Seguía deprimida, incluso dos años después de la muerte de Damien. Eran íntimos, devotos el uno del otro. Tuvo cáncer. Y murió muy rápido. A ella le costó superarlo. Éilis le aportó algo de inspiración en cuanto a decoración para su casa. Fue así como se conocieron. Agente, yo… Si le soy sincera, ahora mismo no puedo hablar de esto. Estoy totalmente conmocionada.

—Lo comprendo. Aquí tiene mi tarjeta. Llámeme si piensa en algo más que pueda resultarnos de ayuda. —Agitó la bolsita marrón con el té de ortiga—. Gracias por esto. Me aseguraré de probarlo.

Helena tomó una pegatina de un rollo y la pegó en la bolsa, sus dedos se rozaron con los suyos.

—Mi número está ahí. Avíseme cuando encuentre a Éilis.

Acto seguido, Boyd se metió el cuaderno en el bolsillo y asintió a modo de agradecimiento. La campanita tintineó al salir de la tienda con su bolsa de té de ortiga.

Y no pudo evitar pensar que, a pesar de su angustia, real o no, Helena McCaul no había derramado ni una lágrima tras la noticia del asesinato de Jennifer. No le había preguntado sobre el cómo, el dónde ni el cuándo.

Aquella mujer ocultaba algo.

26

Éilis se despertó babeando en una silla y una oleada de confusión la atravesó. ¿Cómo podía haberse quedado dormida? No tenía sentido. ¿Dónde se encontraba? ¿Dónde estaban Roman y Becky?

La angustia le borboteó en el estómago igual que una ola en la tormenta y se elevó hasta la garganta como si fuera bilis. Algo cercano a la claridad le hizo recordar qué había sucedido la noche anterior. Un intruso en su casa. Una amenaza contra su familia si no hacía lo que le decía. La condujo hasta un coche. Y luego perdió el conocimiento.

¿Los niños estaban a salvo del monstruo que la había secuestrado? Aunque, ¿por qué? ¿Qué había hecho para acabar ahí? Y ¿dónde estaba?

Giró la cabeza a su alrededor y dedujo que se encontraba en una especie de habitación acolchada. Daba la sensación de que habían cubierto las paredes de forma tosca con cojines y alfombras de distintas formas y tamaños. ¿Insonorizada?

¿Qué más veía a través de la penumbra?

En algún momento, ese espacio fue una sala de estar. En el suelo había una moqueta naranja manchada y descolorida. Una chimenea anticuada. Un ruido silbante bajó por la chimenea, incluso a pesar de que había algún tipo de embalaje para bloquear el conducto. Solo era capaz de discernir dos adornos colocados en la repisa que descansaba sobre esta, el único guiño a la decoración o a la emoción de la sala. ¿Le traerían algún recuerdo a su secuestrador? ¿Podrían darle alguna pista de quién la había raptado?

A lo lejos, oyó lo que parecían unos tornillos que se desenroscaban. Una ola de esperanza hizo que el corazón le latiera de forma irregular. Contuvo la respiración. Esperando. Rezando. Se atrevió a creer que, quizá, pronto vería a sus hijos.

La puerta se abrió.

Un hedor antiséptico y una débil luz precedieron a su secuestrador cuando entró en la sala. La mujer pensaba en el raptor en masculino. Le resultaba imposible imaginar que una mujer fuera capaz de hacerle aquello a otra. Aunque podría estar equivocada.

La luz provenía de un pequeño frontal. Su raptor iba vestido con un traje blanco arrugado que cubría su cuerpo de la cabeza a los pies, parecido al que usaban los forenses en los escenarios de un crimen en la televisión. Ella alzó la vista hasta su rostro. Lo llevaba cubierto casi en su totalidad por algún tipo de pasamontañas bajo la capucha del traje, y se había tapado los ojos con unas gafas de protección con monturas negras.

Éilis pensó que a lo mejor eso era bueno. Si le ocultaba su identidad, ¿era lógico asumir que no quería que fuera capaz de identificarlo cuando la liberase? ¿Que sobreviviría a aquel horror? Pero su instante de esperanza duró poco.

Bajo un brazo llevaba un rollo de un revestimiento grueso de plástico. Debía de pesar, porque hacía que se inclinase hacia un lado. En la otra mano llevaba un trozo largo de madera. En ese momento, dejó el revestimiento en el suelo y comenzó a desenrollarlo con una mano sobre la moqueta ya manchada. A la vez, el haz de luz iluminaba el trozo de madera que tenía en la otra mano. ¿Eso era sangre seca?

Un miedo desenfrenado reemplazó el atisbo de esperanza que había sentido.

Intentó gritar, pero solo fue capaz de soltar un graznido.

Se esforzó en retorcerse para deshacerse de las ataduras, pero no fue capaz de apartar los ojos de su captor mientras trabajaba en un silencio sepulcral.

En cuanto el revestimiento estuvo cerca de su silla, él abandonó su tarea. Lo único en lo que Éilis podía pensar era en sus niños y en qué harían si ella muriese. No tenían a nadie más, solo a ella. Tenía que salir viva de aquello. «Roman y Becky, no permitiré que este monstruo me aleje de vosotros».

En ese momento, Éilis clavó las pupilas en su secuestrador. Lo miró con tanta intensidad que notó cómo las lágrimas le quemaban en los párpados. Él le sostuvo la mirada. Fue como si los ojos del diablo mirasen directamente dentro de su alma y su oscuridad drenase todo el color que había en su vida.

Y, entonces, levantó el madero por encima de la cabeza.

27

Lottie encontró a Lynch trabajando en la sala de operaciones.

—Maria, deberíamos centrarnos en Frankie Bardon, el dueño de Smile Brighter. Encuentra la manera de conseguir los registros de su teléfono sin una orden.

—No va a ser sencillo, pero veré qué puedo hacer. Jefa, la página de Facebook de las viudas es un grupo cerrado. Tienes que solicitar que te admitan, pero Éilis es la administradora, así que me encuentro en un callejón sin salida. Tendré que pasárselo a Gary. Él debería conseguir entrar más rápido. ¿Por qué quieres que me centre en Bardon?

—Es probable que convenciera a Jennifer para que dimitiera, y parece que no tolera el grupo de apoyo para viudas.

—¿Podría haber tenido algo que ver con la desaparición de Éilis Lawlor?

—Es posible. Me da la sensación de que es demasiado bueno para ser cierto. No sé por qué, pero de momento está en la cima de la montaña de mierda.

—Dios, sí que te ha buscado las cosquillas. —Lynch negó con la cabeza antes de volver al trabajo.

—Desde luego, está familiarizado con un instrumento quirúrgico. ¿Has oído hablar de los *ashram*?

La mujer levantó la vista con cara de incomodidad ante las constantes interrupciones.

—Sí, es una especie de sitio de meditación.

—No había oído esa palabra hasta hoy. Necesito expandir mis horizontes.

Plantada ante el tablón de la sala de operaciones, Lottie contempló con detenimiento la máscara funeraria de Jennifer O'Loughlin. Estaban lidiando con un homicida depravado, pero también con alguien tremendamente organizado y astuto. ¿A lo mejor era alguien capaz de volver a la escena del crimen? En ese momento, levantó el teléfono del escritorio y llamó a Grainne.

—Gerry ha grabado un vídeo de la escena del crimen esta mañana, ¿no? —le preguntó sin más preámbulos.

—Sí, así es.

—Dile que me lo envíe por correo. Cuanto antes. —Y, molesta por su ira inapropiada, añadió—: Por favor.

—Por supuesto. —La forense colgó.

Con la vista clavada en la foto de cuerpo completo de Jennifer, Lottie se preguntó en voz alta:

—¿Qué hay del enorme vestido amarillo?

A continuación, se sentó en un escritorio libre, encendió el ordenador y esperó a que sonase la notificación del correo electrónico. Acto seguido, abrió el enlace al vídeo que habían grabado esa mañana. Le costaba creer que hubiera sido ese mismo día.

Entonces, se inclinó hacia delante y pulsó el botón de reproducción. A medida que se acercaba, Gerry ha examinado con su cámara toda la zona que rodeaba el cadáver.

—¿Por qué dejar ahí el cuerpo? —comentó Lottie—. ¿Qué significado tiene ese pedazo de descampado para ti?

Se preguntó si dejar a Jennifer allí respondía a un motivo o a la necesidad. ¿El asesino tenía prisa? ¿O se trataba de un lugar cuidadosamente escogido? En tal caso, probablemente se debiera a que se había visto comprometido por el trasiego de la feria de la semana pasada.

El vídeo continuó, pero, en lugar de concentrarse en el cadáver de Jennifer, la mujer estudió la zona que la rodeaba y también lo que había más allá de la víctima.

Atisbó el escaparate de los concesionarios a lo lejos y el centro de distribución cuando Gerry volvía a hacer una panorámica en derredor. El vestido amarillo ondeaba con la brisa de la mañana y, de nuevo, se preguntó si estaría dejándose algo en el tintero.

~

La comisaría estaba tranquila cuando Boyd regresó de Herbal Heaven tras la conversación con Helena McCaul. Kirby se encontraba en su escritorio y no había ni rastro de McKeown. Bien.

A continuación, aporreó el nombre de Orla Keating en el teclado para introducirlo en el sistema y cuando apareció el expediente, llamó a su compañero.

—Ey, tío, el año pasado investigaste la desaparición de un hombre, Tyler Keating. ¿Recuerdas el caso?

Este levantó la cabeza de golpe.

—Qué raro que me preguntes eso.

—Tu palabra favorita. —El agente sonrió con satisfacción—. ¿Por qué es raro?

—Lo creas o no, me he encontrado con su mujer esta mañana. Me ha pedido que la pusiera al día sobre el caso de su marido. Mañana se cumple un año de su desaparición.

—¿Has hablado con Orla Keating esta mañana?

—Sí. ¿Por qué me preguntas por Tyler?

—Estaba buscando a su mujer en el sistema, no a él. Ella estuvo con Éilis Lawlor anoche, en el Fallon. Las dos fueron a la parada de taxis. Le he pedido al agente Lei que consulte a los taxistas, a ver si puede identificar quién llevó a Éilis a casa.

—Pero la niñera confirmó que volvió a casa sana y salva. Su bolso y el móvil están allí.

—Es posible que el conductor oyera algo. Una llamada de teléfono, a lo mejor. Quizá salió de la casa más tarde para quedar con alguien.

—Ya han comprobado su móvil. No se ha usado desde las siete menos cuarto de la tarde de ayer, cuando llamó a un taxi para que la recogiera. No se realizaron más llamadas después, hasta que su hijo ha telefoneado a Bianca esta mañana.

—¿Ha aparecido algo más en el móvil?

—Gary está en ello.

—Volviendo al caso sin resolver, ¿qué crees que le sucedió a Tyler Keating?

Kirby puso a Boyd al día, lo que le ahorró tener que revisar todo el expediente.

—Es un misterio. No hay cadáver. Ni coche. Ni pruebas de que se produjese un crimen en la casa ni en el despacho. Jamás tomó el vuelo a Liverpool. No hay actividad en sus tarjetas de crédito. Ya conoces el percal. El tío desapareció en la nada.

—¿Crees que está muerto?

—No queda otra.

—Podría haber tenido un segundo pasaporte y haber tomado un vuelo desde otro sitio.

—Examinamos las imágenes de seguridad del aeropuerto. Es imposible que pasara por el de Dublín.

—¿Y qué hay de Knock o Shannon? ¿Cork? Incluso los ferris.

—Se comprobó todo. No hay nada ni de aquel día ni de los días posteriores relacionado con su desaparición.

—Es posible que se esfumara antes de que informasen de su ausencia. Aquí pone que su mujer no nos llamó hasta cinco días después del supuesto vuelo.

—Pensó que se encontraba en una conferencia en Reino Unido. No comenzó a preocuparse hasta que vio que no volvía a casa.

—¿Y no intentó llamarlo durante todo ese tiempo?

—El registro telefónico confirma que lo llamó en varias ocasiones, pero no obtuvo respuesta.

—¿Y el móvil de él? ¿Rastreasteis su GPS?

—No soy idiota, Boyd. Lo comprobamos todo. Su móvil estaba apagado. El último lugar en el que se registró la señal de su GPS fue en el aparcamiento de larga estancia del aeropuerto de Dublín, pero allí no encontramos ni el teléfono, ni el coche ni a él. De hecho, no encontramos nada de nada.

—¿Sospechas lo más mínimo de su esposa?

—Es la sospechosa número uno. Boyd, no tiene sentido volver a desenterrarlo. La interrogamos varias veces. Dijo que habló con Tyler antes de que saliera de casa y luego volvió a la cama.

—Pero solo te dijo que aquella mañana había ido al aeropuerto.

Kirby se pasó la mano por la espesa mata de pelo.

—Llevamos a cabo una investigación completa y rigurosa.

—¿Tenía coartada para los cinco días?

—Trabajaba desde casa. Se pasó allí toda la semana.

—¿Cómo lo comprobaste?

—Madre mía, eres como un perro con un hueso.

—Sígueme el rollo.

—Gary miró en su ordenador. En su móvil. Hablamos con los vecinos. Aquella semana solo fue al Tesco a hacer la compra.

—Creo que, de todas formas, deberías revisar el caso.

—¿Por qué?

—Me resulta muy extraño que, el mismo día que encontramos a una mujer asesinada, Orla Keating quiera que la pongan al día sobre el caso de su marido, que desapareció hace un año.

—Fue un encuentro casual.

—A lo mejor tiene algo que ver con el asesinato de Jennifer. ¿Y si su esposo desaparecido sigue vivo y también estuvo involucrado en el homicidio?

—Es la teoría más rara con la que me he topado.

—Creo que necesitas encontrar palabras nuevas que usar.

—Vete a la mierda, Boyd. Déjame pensar.

Se sacó el cigarrillo del bolsillo de la camisa y lo giró entre los dedos, de modo que la ceniza apagada revoloteó hasta el escritorio para, después, devolverlo a su refugio.

—Voy a concertar una visita con ella para charlar un poco. ¿Quieres acompañarme?

—Si no te importa, voy a pasar. —Kirby bajó el tono de voz hasta convertirlo en un susurro—. Tengo una… Quiero decir que voy a quedar con alguien esta tarde y antes necesito terminar con todo lo de aquí.

—Que no te oiga la jefa. —Le dio una palmada cordial en la espalda.

—¿Qué no debería oír? —Lottie entró en el despacho.

—Nada —respondieron los dos a la vez.

Y Boyd añadió:

—Estaba a punto de ir a hablar con Orla Keating. Pertenece al grupo de apoyo para viudas y anoche se encontraba en el Fallon.

—¿La mujer cuyo marido desapareció el año pasado?

—Sí.

—Voy contigo. Por cierto, Kirby, tienes que encontrar un punto en común con McKeown. Es probable que se quede, y necesito un equipo motivado, no uno en el que os matéis cada vez que me doy la vuelta, ¿vale?

—Por supuesto, jefa.

—¿Qué hay de la información que te he pedido que buscaras sobre el lugar donde se ha encontrado el cadáver de Jennifer O'Loughlin?

—He empezado, pero alguien me ha distraído. Me pongo a ello ahora mismo.

—Más te vale.

—Jefa, ¿a qué hora crees que podremos salir hoy?

—Tienes que estar en algún sitio importante, ¿no?

—Bueno, no exactamente, pero…

—Entonces, quédate hasta que hayas acabado lo que te he pedido.

Boyd se dio cuenta de que Kirby no parecía muy contento. Él mismo estaba ansioso por ver a Sergio. Aunque, al menos, el detective tenía una cita luego. Aquello le iría bien a su amigo, siempre que fuera capaz de escaparse a tiempo, y con Lottie de ese humor, no apostaría por ello.

28

La casita de campo de dos plantas de los Keating se encontraba a las afueras del pueblo, cerca del cementerio. En su propio terreno, tras el que se hallaba una urbanización enorme, había otras tres edificaciones ubicadas en forma de hilera. Resultaba evidente que los campos contiguos se habían vendido a las constructoras como churros. Las cabañas se situaban en un lugar un poco apartado de la carretera principal, rodeadas de setos descuidados; una protección contra la expansión a su alrededor.

Boyd aparcó en la calle. Lottie pasó al acceso privado de gravilla y se dio cuenta de que los cardos y los dientes de león brotaban entre las piedras. La casita de campo también parecía necesitar una reforma.

Orla Keating les abrió la puerta pintada de rojo. Vestía unos vaqueros, y los marcados huesos de los hombros le sobresalían de una ligera camisa blanca con bolsillos a los lados. Además, llevaba unas sandalias negras de plataforma a juego con el esmalte negro de las uñas de los pies.

La mujer los condujo a través de un estrecho pasillo alicatado hasta una cocina en la parte trasera de la casa. De pronto, Lottie se encontraba de pie entre un montón de revistas tiradas por el suelo y de ropa desordenada que colgaba de un perchero y de los respaldos de las sillas, pero su atención se centró en la ventana que daba al jardín. Las flores crecían en un parterre elevado de piedra y con forma circular, el césped estaba cortado y los arbustos que rodeaban la casa estaban podados a la perfección. La extensión de la urbanización se veía más allá. Se trataba de un jardín grande, y a la inspectora se le ocurrió que podrían haber ampliado la cocina; allí apenas había espacio para ellos tres.

Luego, se giró para descubrir que Boyd se estaba sentando a la mesita redonda mientras Orla llevaba las tazas al fregadero.

—Tiene una casa encantadora —comentó el hombre, y Lottie levantó las cejas.

—Es pequeña, pero es mía —contestó ella—. O, más bien, es de Tyler y mía. ¿Os apetecería algo de beber?

—No, gracias —respondió el sargento.

—Un poco de agua estaría bien —añadió la inspectora.

Acto seguido, apartó una silla y se acomodó encima de un número antiguo de la revista *House & Home.*

Orla dejó un vaso de agua del grifo en la mesa y se sentó en el asiento que quedaba. «Definitivamente, en esta casa no hay muchos eventos sociales», pensó Lottie.

—Lamento que estemos tan apelotonados, pero aquí siempre estuvimos solo Tyler y yo. Ahora que no está, he considerado mudarme, pero ¿y si vuelve y no me encuentra?

—¿Cree que volverá? —preguntó la inspectora.

El tono en el que habló la mujer no albergaba pena alguna.

—No se encontró su cuerpo, así que es posible que siga con vida y regrese algún día.

En ese momento, Lottie se dio cuenta de que Orla se estremeció con un escalofrío involuntario.

—¿Se alegraría si volviera?

—Inspectora, ¿qué insinúa? ¿Que no quiero que Tyler esté en casa, en su hogar?

—No he dicho eso, en absoluto.

—Sigo preocupada por él. Precisamente, esta mañana le he pedido al detective Kirby que me ponga al tanto. Cada día que Tyler pasa desaparecido, temo que no vayan a encontrarlo nunca. —Orla la miró fijamente, y Lottie se preguntó qué dominaba en ella, si la esperanza o el temor. La mujer continuó—: No saber es peor que estar al corriente. ¿Han venido porque tienen información nueva sobre el caso?

—Lo siento —intervino Boyd—, pero esa no es la razón de nuestra visita. Tenemos que hacerle unas preguntas.

En ese momento, la expresión de la mujer perdió algo de su rigidez.

—Adelante.

La inspectora se dio cuenta de que Orla había clavado la mirada en el rostro del agente y la ignoraba por completo. Mucho mejor para poder examinarla. Dejaría que Boyd llevase la voz cantante.

—Anoche salió con Helena McCaul y Éilis Lawlor —comenzó él—. ¿Es correcto?

—Sí, quedamos en el Fallon. Creo que me destrocé las paredes del estómago con toda la ginebra que bebí, pero merece la pena por vernos y charlar.

—¿No sale mucho? —Lottie no pudo contenerse.

—La verdad es que no. Bueno, no a nivel social. Trabajo desde casa y mi única vía de escape es el yoga.

—Es contable, ¿me equivoco?

Lottie decidió que Boyd ya había tomado las riendas lo suficiente, pero había algo en aquella joven que le provocaba una fuerte reacción a su antena inquisitiva. Y estaba impaciente por descubrir de qué se trataba.

—Sí, he trabajado en casa desde que me casé con Tyler. Me dijo que no necesitábamos el gasto de un despacho en el pueblo.

—¿Y es buena en su trabajo? —presionó la inspectora.

—Hace que suene como si fuera sorprendente.

—Es solo para dejarlo claro.

En realidad, la casa no desprendía la sensación de orden que esperaba de una contable. No porque lo supiera, ella nunca había tenido tanto dinero como para requerir de los servicios de un gestor.

—¿Tiene una cartera de clientes grande?

—Lo bastante como para afirmar que se me da bien mi trabajo. —El tono de Orla se había crispado.

—Qué maravilla —intervino Boyd antes de que Lottie tuviera la oportunidad de contrariarla todavía más.

La mujer estaba un poco decepcionada. Su instinto se encontraba en un estado frenético dentro de aquella pintoresca casita de campo desordenada.

En ese momento, Orla preguntó:

—¿Éilis todavía no ha vuelto a casa? Helena me ha dicho que la niñera la ha llamado esta mañana. ¿Dónde creen que estará?

—Si lo supiéramos, no estaríamos aquí —respondió la inspectora, antes de darse cuenta de que había pronunciado las palabras en voz alta.

Negó con la cabeza a la vez que la contable se quedaba boquiabierta.

—Tengo la impresión de que está siendo hostil conmigo, inspectora. —Apoyó las manos en la mesa.

En ese instante, Lottie se percató de que no llevaba alianza y del intento poco entusiasta de quitarse el esmalte negro de las uñas.

—Ha sido un día muy largo.

—Cuénteme lo del taxi —intervino Boyd.

—Está todo un poco confuso. Consecuencias del alcohol, supongo. —Le dedicó una sonrisa dulce, como si hubiera encontrado un alma gemela en él—. Fuimos andando hasta el Danny, pero solo había un taxi. Le dije a Éilis que lo tomara ella. Dijo que podíamos compartirlo, pero necesitaba caminar para despejar la mente y dormir mejor. El alcohol me mantiene despierta.

—¿Sabe algo del taxi en el que se subió?

—Ni idea. A mí todos me parecen iguales y casi nunca los uso. Si puedo, siempre voy andando a los sitios.

—¿Éilis le comentó algo?

—¿Como qué?

—¿Había concertado alguna cita para hoy? Algo que nos dé una pista de dónde podría encontrarse.

—Lo siento, solo habló de sus hijos. Le preocupaba despertarlos cuando llegara a casa.

—¿De qué trató la conversación que mantuvieron en el *pub?*

—De esto y lo otro.

Lottie soltó una risita por la nariz.

—Necesitamos saber de qué hablaron exactamente.

—Oiga, quedamos una vez a la semana para tomar unas copas. Helena y Éilis hablan de los niños y el trabajo. Yo escucho y hablo sobre yoga. Ya está.

—Y cuando Jennifer participaba en el grupo, ¿de qué se conversaba entonces?

—¿Jennifer? Dejó de venir hace semanas. Éilis dijo que intentó llamarla un par de veces. Seguramente se haya ido de vacaciones.

—¿Se puso en contacto con usted para avisarla de que se marchaba?

—No. No somos amigas íntimas. Tal vez necesitaba despejar la mente o algo así.

—En este grupo, «Vida después de la pérdida», ¿de qué hablaba Jennifer?

—De poca cosa, que yo recuerde.

—¿Tenía problemas en el trabajo?

—No lo sé. Es posible.

—¿Sabe, por ejemplo, si discutió con su jefe, Frankie Bardon?

Orla se puso colorada.

—Me gustaría saber por qué me están haciendo estas preguntas.

—¿Sabe que dimitió?

En aquel momento, se escuchó un fuerte estruendo dentro de la casita de campo y Lottie dio un respingo.

La mujer sonrió.

—Son los radiadores. La vieja caldera y las tuberías necesitan una renovación. Siempre que empieza a hacer calor, es como si explotase una bomba.

—Pensé que podría haber sido su mascota —comentó Boyd.

—¿Qué mascota?

—Lo siento, a lo mejor malinterpreté a Helena.

Una sombra se extendió despacio sobre sus ojos antes de volver a animarse.

—Ay, creo que ya sé a qué se refiere. Estuvieron hablando de sus perros y yo dije que tenía un gato, pero solo para ser sociable.

A Lottie no le convenció. Si podía mentir sobre una mascota, ¿qué más se habría inventado?

—Así que creó un animal imaginario. ¿De qué más hablaron anoche? —insistió.

Tras esos ojos sucedía algo y ella se moría por saber de qué se trataba.

Orla endureció el gesto.

—Cuanto más bebíamos, más hablaban sin parar de sus hijos y sus maridos fallecidos. Me sentí un poco excluida, porque no tengo ninguna de las dos cosas.

—¿No cree que su esposo haya fallecido?

—No sé qué creer —respondió con seriedad—. Desearía saber si lo está o no para volver a encauzar mi vida.

—Pero aun así se unió a un grupo de apoyo para viudas —apuntó la inspectora.

—No es exclusivo para viudas. Puede consultar la información de la página de Facebook. Se llama «Vida después de la pérdida». También es para divorciadas o separadas.

—Pero tampoco es nada de eso.

—Mi marido está desaparecido, y ellas no me dieron la espalda.

—¿Puede ofrecernos algún tipo de explicación para la desaparición de Éilis?

—Esté donde esté, yo no he tenido nada que ver.

—Y, aun así, su marido se encuentra en paradero desconocido y ahora una mujer que conoce ha des...

—¡Cómo se atreve!

La mujer se levantó de golpe e hizo que la silla patinase hacia atrás y que la ropa que colgaba del respaldo se cayera al suelo.

—No pasa nada, Orla. Siéntese, por favor —le pidió Boyd a la vez que daba unas palmaditas a la mesa como si ella fuera un cachorrito molesto.

Sin siquiera mirar a Lottie, recogió la ropa, se sentó y la enrolló sobre su rodilla.

—¿Ha oído hablar de la mujer que ha aparecido muerta en un descampado esta mañana? —comenzó la inspectora otra vez mientras bajaba un poco el tono.

—Ay, Dios, no es Éilis, ¿verdad?

—No, pero es alguien a quien conocían las dos. Jennifer O'Loughlin.

En ese momento, el rostro de Orla mostró la primera emoción real. Parecía afligida y aterrada cuando soltó la ropa en la mesa y comenzó a envolverse la mano con la manga de una blusa.

—No puede ser Jennifer. Seguro que está de vacaciones o por ahí. —Su piel adquirió una palidez cadavérica—. ¿Creen que estoy en peligro?

—¿Usted lo cree?

—Es solo que... no sé. Éilis ha desaparecido. Tyler también. Y me están diciendo que Jennifer está muerta.

—Desde que se unió al grupo, ¿alguna vez se ha sentido amenazada?

—No hasta que ha plantado la idea directamente en el núcleo de mi consciencia.

La inspectora tenía la sensación de que se enfrentaba a una negociadora experta. La mujer tenía una pregunta o una respuesta para todo. Entonces, se inclinó sobre la mesa abarrotada y la miró a los ojos, de color avellana y salpicados con manchas marrones.

—¿Cómo de bien conocía a Jennifer O'Loughlin?

—No tanto. ¿Qué le ha pasado?

Orla puso una mueca, y Lottie vio esos dientes rectos y blancos.

—Nos encontramos en las primeras etapas de nuestra investigación —respondió Boyd.

Y la inspectora añadió:

—Trabajaba en Smile Brighter. ¿Le han hecho algún tratamiento en los dientes allí?

—Sí, así es. Suele tratarme Frankie Bardon. Está muy metido en el yoga y la meditación. Me recomendó que lo probase, y resulta que me ayuda a despejar la mente.

—¿Cómo se llama la academia a la que acude?

—¿Para qué quiere saberlo?

Madre mía, Orla Keating era un hueso duro de roer.

—¿Éilis o Jennifer van a...?

—Estudio SunUp. Sé que Éilis va.

—Gracias.

Lottie se puso en pie, notó un charco de sudor en el sujetador y esperó a que Boyd la imitase. ¿Lo que le daba claustrofobia era la cocina pequeña o su dueña? Porque, definitivamente, algo se la provocaba.

El hombre se entretuvo un poco mientras ella se abría paso a través del estrecho pasillo hasta la puerta de entrada. Lo escuchó charlar con Orla y apretó las manos en dos puños antes de metérselas en los bolsillos. Lejos del peligro.

—Gracias por su tiempo —se despidió—. Aquí tiene mi tarjeta. Y tenga cuidado.

—Muy amable, gracias.

La inspectora captó el flirteo en las palabras de la mujer. El miedo y el terror por la muerte de alguien conocido ya se habían desvanecido.

Si Boyd iba a ser el poli bueno, ella tendría que ser la mala.

29

Ya en comisaría, a Lottie le resultó menos intimidante el estado de su despacho después del caos de la diminuta cocina de Orla Keating. A continuación, se quitó los zapatos de dos patadas, se acomodó detrás del escritorio e hizo clic en el archivo de Gerry para ver un poco más el vídeo que este había grabado por la mañana en la escena donde se había descubierto el cadáver de Jennifer.

—¿Qué esperas encontrar? —le preguntó Boyd mientras ganduleaba en la puerta y se comía una tarrina de helado.

Le entró hambre, y la mujer se dio cuenta de que en realidad estaba famélica.

—No lo sabré hasta que lo vea. Si es que eso pasa.

—Necesito recoger a Sergio. Chloe trabaja esta noche. Deberías dejarlo por hoy.

El hombre sabía más de su familia que ella misma.

—No sé qué hora es, así que cómo puedo dejarlo... Mira esto.

Entonces, el policía despegó su largo cuerpo de la jamba de la puerta, tiró la tarrina vacía a la papelera, se colocó detrás de la inspectora y derribó una torre de documentos que había apilada en el suelo.

—Ni se te ocurra recogerlos —le avisó.

—Creo que es posible que me haya curado del TOC. —Sonrió a la vez que se inclinaba a su lado—. Puede que sea el efecto Sergio.

Le encantaba cómo Boyd se reía de sí mismo.

—¿Qué tengo que ver? —quiso saber.

El cálido aliento del hombre en la nuca, donde llevaba el pelo recogido, hizo que se le estremeciera la piel, y tuvo que sacudirse para concentrarse en la pantalla.

—Gerry ha examinado toda la zona con la cámara, incluidos esos concesionarios que se ven en la periferia.

—Vale, te sigo.

—¿Ves a esa persona? Hay alguien ahí mirando directamente lo que está sucediendo alrededor del cadáver de Jennifer.

—No es la primera vez que ves a un mirón.

—No me cabe duda.

La mujer notó un escalofrío en el cuello cuando se separó.

—Está demasiado pixelado para identificarlo.

—¿Pero no te parece que está fuera de lugar, ahí de pie, mirando fijamente?

—Siento no compartir esa idea contigo, pero estoy demasiado cansado para discutir.

Acto seguido, le guiñó un ojo y le frotó el hombro.

—Vete a la porra, Boyd —le dijo con una sonrisa, agradecida por su roce—. Ya sabes cómo me pongo si haces eso. Antes de irte, llama al concesionario y descubre quién ha ido allí esta mañana.

—McKeown ha conseguido todas las imágenes de las cámaras de seguridad de esos distribuidores y no ha encontrado nada fuera de lo normal.

—Estaba revisándolas en busca de alguien que se deshiciera del cuerpo, no de alguien que nos mirara mientras hacíamos nuestro trabajo.

—Tendrá que ser mañana. Yo tengo que ir a recoger a Sergio, y ya es hora de que tú también te vayas a casa.

—¿Qué eres ahora, mi madre?

—No hay necesidad de ser un quebradero de cabeza. Le diré a McKeown que se ponga en contacto con el concesionario mañana por la mañana. —La giró hacia él para darle un beso en los labios.

La inspectora se separó de su brazo y echó un vistazo por la puerta abierta para asegurarse de que se encontraban solos.

—¿Por qué no llamarlos ahora?

—Porque son las siete de la tarde y habrán cerrado.

—¿Ya es tan tarde? Mierda.

En ese momento, se dio cuenta de que le estaba hablando al vacío, porque Boyd ya estaba saliendo por la puerta.

Quizá era el momento de marcharse. Necesitaba ver cómo estaba su madre. No era justo dejar que sus hijos cuidasen de una mujer a la que el doctor había diagnosticado un principio de demencia.

Al final, le reenvió el vídeo a Gary, de la unidad de investigación tecnológica, con la petición de que mejorase la resolución de esa imagen todo lo posible. Ya estaba bien para un día. Con suerte, mañana conseguiría algunas respuestas.

30

—Al principio, Jennifer era más peleona que tú. Qué pena. Me gusta tener un poco de pelea, ya sabes.

—¿Qu-qué pasa con Jennifer? ¿T-te la llevaste?

El hedor de la habitación ya se había vuelto penetrante. Olía igual que el matadero de un carnicero. Seguro que no lo era. La mujer alejó ese pensamiento e intentó concentrarse en salir de aquella situación. Entonces, luchó contra sus ataduras para nada.

—Ah, ahora te defiendes.

La figura se movió por la sala sin soltar el trozo de madera.

—Dime qué quieres. Haré lo que sea. Solo deja que me vaya. No se lo diré a nadie.

—Ya es demasiado tarde para eso. Tú y esas cotorras entrometidas. Creía que estabais guardando vuestros secretos, pero resulta que no los ocultabais lo bastante bien. Una de vosotras dijo cosas que no debía.

«Mierda», pensó.

—No… No tengo ni idea de lo que hablas.

El crujido del madero al estrellarse con su pierna le causó el dolor más intenso que había experimentado en su vida, y el sonido de su grito resonó en la habitación como si fuera un trueno. Se quedó en blanco por la brutal agonía antes de que la confusión se disipase y, en un momento de lucidez, se preguntó si todo aquello se debía a lo que Jennifer había descubierto. La razón por la que habían formado el grupo: la de enmascarar la realidad de aquel secreto. ¿Por eso estaba allí? ¿Tan sencilla era la explicación?

Su secuestrador abandonó la habitación y, a pesar del dolor, Éilis intentó recordar la conversación que habían mantenido dos años antes.

—¿Te lo puedes creer? —dijo Jennifer.

—No, la verdad es que no. —Ella intentó concentrarse en las medidas—. Creo que los postigos a funcionarán mejor en este espacio.

—Pero, si es verdad, ¿qué deberíamos hacer?

—¿O a lo mejor unas persianas venecianas? ¿Tienes alguna preferencia? Puedo hacerte precio.

—¿Me estás escuchando?

Éilis le dio la espalda a la ventana. Jennifer parecía diminuta en aquella enorme cocina desierta. Tras la muerte de su marido, había contratado un contenedor de obra y en un brote de locura, que en realidad se trataba de pena, había tirado la mayor parte de los muebles y electrodomésticos. Ahora, de pie en medio de la nada, tenía el pelo tan alborotado como la mirada y tanto el top como los vaqueros estaban cubiertos de polvo. Llevaba los pies descalzos, y a la decoradora le preocupaba que se cortara con las esquirlas del enlucido.

—Jennifer, no me malinterpretes, pero no quiero verme involucrada. Creo que necesitas tiempo para pasar el luto. Déjalo estar. Ese es mi consejo.

—Le conté a Damien lo que oí en la clínica y dijo que lo hablaría con su jefa para ver qué se podía hacer. No sé si se lo comentó, pero ahora está muerto y me reconcome.

La mujer tenía la cabeza como una olla.

—Jennifer, en realidad no sabes lo que oíste. Te digo que lo dejes estar o volverá para atormentarte.

—Yo ya estoy atormentada. Éilis, si es verdad, es un crimen horrible y debería castigarse.

—Olvídalo. Podría destrozar tu carrera.

—Me da igual. Odio mi trabajo en Smile Brighter. Y Frankie Bardon es un fraude tremendo. Tengo que plantarle cara.

—No hagas nada precipitado.

—Voy a hablar con Orla Keating. Si no está al tanto, creo que es hora de que así sea, ¿no?

Éilis sacó el cuaderno A4 de su cartera de cuero.

—¿Podemos hablar ya de las persianas?

—No te importa, ¿verdad?

Con un suspiro, la mujer miró a su amiga y se dio cuenta de que las lágrimas le inundaban los ojos. Luego soltó la libreta y se acercó a ella.

—Estás pasando por un momento especialmente duro. No es fácil cuando pierdes a un ser querido. Tómate un descanso. Tiempo para ti. Luego, si sigues preocupada, hablaremos de ello.

—De verdad, creo que debería contárselo a alguien.

—Ya me lo has contado a mí, es suficiente por ahora. Le daré una vuelta y vendré con un plan. Pero, de momento, considero que esto debería quedar entre las dos. Ahora, ¿podemos volver a las persianas?

Jennifer no olvidaría aquella horrible verdad que había oído por casualidad en la clínica dental. Éilis conformó el grupo de las viudas con el fin de quedar y hablar. Sabía que Jennifer necesitaba consuelo, pero se negaba a admitir su duelo. Al fin y al cabo, había aceptado ayudarla. ¡Vaya paso en falso, señora Lawlor!

Su intromisión era el motivo por el que se encontraba allí, no le cabía duda, y se trataba de la experiencia más aterradora de su vida. ¿Qué había pasado con Jennifer? Llevaba semanas sin verla. ¿Aquel monstruo también la había raptado?

La mujer apoyó la cabeza en el hombro y lloró, incapaz de secarse las lágrimas al continuar atada con fuerza. En un momento de lucidez, se dio cuenta de que era posible que no volviese a ver nada más allá de esa sala, ni a sus hijos. Y aquello era mucho más terrorífico que cualquier dolor físico.

31

El interior del bar Cafferty estaba bastante oscuro, aunque un rayo de luz se coló dentro cuando Kirby abrió la puerta y se acomodó junto al polvoriento dispensador de bebida que había tras la barra.

El hombre se decepcionó al ver que Amy no estaba allí, esperándolo. Le había enviado un mensaje hacía media hora, al que ella había contestado con un emoticono de unos pulgares levantados, y dio por hecho que eso significaba que le parecía bien quedar.

—Darren, una pinta, por favor —le pidió al camarero de la barra y, tras unos segundos de duda, añadió—: Y un poco de *whisky*.

Acto seguido, el hombre colocó un vaso con un chupito de *whisky* en la barra y comenzó a tirarle la pinta perfecta de Guinness. Había unos cuantos ancianos sentados debajo de la televisión, que charlaban por encima del sonido del aparato. Además, en uno de los reservados había dos mujeres que parecían estar hablando de negocios, con un portátil abierto encima de la mesita redonda. Aparte de eso, el bar estaba desierto.

Después tomó su *whisky*, agachó la cabeza para pasar por el arco bajo y entró en el salón. Amy se había sentado en la esquina y estaba navegando en su móvil con una taza de café o té en la mesa. En ese momento, recordó el vaso que llevaba en la mano. Mierda.

La mujer levantó la vista y sonrió a la vez que deslizaba el teléfono dentro del bolso.

Kirby se sentó antes de que le fallasen las rodillas. Era preciosa. Tenía los labios en forma de corazón, los intensos ojos marrones le aportaban a su pequeño rostro aspecto de estrella de cine y su cabello le recordaba a un halo.

—Amy —comenzó, y tosió. Tenía la voz demasiado aguda por la emoción—. Veo que me has pedido un café. Yo te he traído un *whisky*.

Ella sonrió.

—Eres la monda, Larry Kirby. No creo que tolere ni una gota más de alcohol. Anoche agoté mi cupo mensual. Tienes mucho mejor aspecto a cómo sonabas por teléfono.

—Hoy he muerto mil veces, pero ahora me encuentro bien. ¿Y tú cómo estás?

—Bien, gracias.

Amy se recostó en la tapicería de cuero y tomó su taza con una mano.

El hombre gimió para sus adentros. «Contrólate», se advirtió. Ya se había acostado con ella, la había visto desnuda. Aunque no es que recordase mucho. Mierda. Lo había visto desnudo. Notó que el rubor se asentaba en sus orejas.

—¿Qué pasa? Te has puesto como un tomate.

—Ah, claro, es que me alegro de que no me hayas dejado plantado.

—Mentiroso. Estabas pensando en anoche. —Dio un sorbo al café—. O sea, en lo que recuerdas.

—Ahí me has pillado.

—Los dos estábamos como una cuba.

La mujer volvió a sonreír y las pupilas de Kirby se detuvieron en su boca.

—Eso no te lo discutiré.

—Fue una buena noche.

Y el hombre se puso todavía más colorado. «Joder, madura». Se estaba comportando como un adolescente.

—¿Quieres que empecemos de nuevo? —le preguntó—. Conocernos primero.

—Sí que podría decirse que empezamos la casa por el tejado, ¿no? Yo me llamo Amy Corcoran. Tengo treinta y cinco años. Antes trabajaba en un despacho, pero ahora estoy en el supermercado de Dolan. Cuando era niña, pasé una temporada en una casa de acogida, pero no hablo de ello. He tenido una relación seria. Y tampoco hablo de ella. No tengo hijos. El trabajo es un aburrimiento. Uno de mis compañeros es una pesadilla, pero los clientes son maravillosos. Te toca.

—Larry Kirby. Estuve casado, aunque no mucho tiempo. —Le echó un vistazo y vio que asentía—. El trabajo me resulta frenético y estresante. Mi jefa es un hueso duro de roer, pero amable aparte de eso. También tengo un compañero que es un grano en el culo. Mi mejor amigo descubrió hace poco que tiene un hijo de ocho años y, ahora que está tan inquieto con eso, me da miedo perder nuestra amistad.

Darren lo salvó de más revelaciones personales al dejar la pinta perfecta en la mesa.

—Gracias, Dar. —Le pasó el vaso vacío al camarero.

Y ahí había quedado el no volver a beber *whisky*. Unas pintas y luego a casa, a la cama. A dormir. Nada más.

—Nunca he soportado la Guinness —comentó Amy.

Terreno seguro.

—Pues no sabes lo que te pierdes. Es una gran fuente de hierro.

—Yo me quedo con el *gin-tonic*.

—Ay, perdona, que no te he preguntado. ¿Te pido algo? Algo de verdad.

—Estoy bien, gracias.

Un silencio se instaló entre ellos, y Kirby se esforzó en pensar qué decir. La mujer se dio una palmada en las rodillas y miró directamente hacia delante.

El hombre se bebió la mitad de la pinta, volvió a dejar el vaso en la mesa y se secó la boca con la mano.

—Qué buena. La mejor de Ragmullin.

—Larry, ¿puedo preguntarte una cosa?

—Dispara.

—¿Puedes contarme algo sobre la mujer que ha aparecido esta mañana?

—Ay, no puedo, Amy. Todavía es pronto y los detalles deben ser confidenciales.

—¿Es la política del cuerpo?

—Es la verdad, pero puedes enterarte de lo general en las noticias. Échale un vistazo en el móvil.

—Lo he hecho. Por eso me he preocupado.

—No te asustes. Es una excepción. Debe de ser alguien a quien conocía. Normalmente es así.

En ese momento, la mujer se inclinó hacia delante y posó la mano sobre la suya.

—El tema es que creo que la conocía.

Kirby se sobresaltó sin querer.

—¿Por qué creerías eso?

—Han comunicado una descripción mientras intentabais identificarla. Complexión pequeña. Un metro cincuenta y cinco. Treinta y ocho de pie. Cabello pelirrojo. Piel clara. Se le ha pedido a la gente que compruebe si alguien ha desaparecido entre sus familiares y amigos.

—Es cierto.

El detective miró con detenimiento la bebida que tenía en la mesa y se relamió. Notaba la boca seca y tuvo la sensación de que no le iba a gustar lo siguiente que Amy diría.

—Deja que te enseñe lo que es tendencia en Twitter.

—¿Qué tiene eso que ver con Jen… quiero decir, con la fallecida?

La mujer se incorporó en su asiento y se dio una palmada en la pierna.

—Lo sabía, es ella.

—¿Quién?

—La mujer en la que estoy pensando se llama Jennifer O'Loughlin. —Sacó el móvil del bolso—. Dame un segundo y te lo busco.

—Amy, para, por favor. Eso no se me debería haber escapado.

—Está por todo Twitter, así que no te preocupes. —Devolvió la vista al teléfono—. ¡Ahí! Te lo he dicho. Ya está subido.

Kirby le quitó el móvil y miró la pantalla: #sellamabaJennifer.

—Mierda. No lo entiendo. ¿Cómo…?

—El nombre ha tenido que salir de alguien a quien hayáis interrogado. O a lo mejor han escuchado a un agente en un bar o una cafetería. Ya no se puede evitar. —Recuperó el teléfono para seguir navegando por el canal de noticias—. Pobre mujer. ¿Cómo murió?

El hombre la observó mientras volvía a deslizar el móvil en el bolso y giraba la cabeza hacia él, expectante.

—Amy, sinceramente, no preguntes. Estoy seguro de que lo leerás dentro de poco. Lo siento.

Y esta relajó los hombros.

—Yo soy la que debería estar arrepentida. Entiendo tu trabajo, pero quiero que compartas cosas conmigo. Solo cuando te permitan hacerlo. ¿Te parece justo?

—Claro que sí.

El detective se centró en el vaso casi vacío que tenía en la mano. Algo relacionado con la conversación había atenuado el resplandor de la mujer y consiguió dibujar lo que esperó que fuera una expresión cautivadora antes de añadir:

—Pues dime, Amy Corcoran, ¿quién es ese compañero de trabajo que te está molestando?

Ella se rio.

—Lo he mencionado por encima y aun así te has dado cuenta.

—Por eso soy detective.

—Pues dime —repitió sus palabras—, ¿qué vas a hacer? ¿Ponerle unos grilletes y torturarlo con el método del submarino?

—Si eso es lo que quieres, soy tu hombre.

Y no pudo evitar sonreír. A lo mejor Amy le venía bien. Dios sabía que se conformaba con una persona en su vida que lo hiciera sonreír.

32

Al volver a casa de la tienda, Helena se deshizo de las sandalias de dos patadas, fue hasta la sala de estar y se tiró en el sofá. ¿Debería haber ido en la otra dirección para pasarse por casa de Éilis y comprobar si había vuelto? No, ya la llamaría cuando se diera una larga ducha fría. Pero, primero, necesitaba una copa de vino. Tenía la sensación de que los cómodos cojines la absorbían y no era capaz de encontrar la energía para moverse.

El timbre de la entrada aulló en su cerebro y se dio cuenta de que se había quedado dormida. Se levantó del sofá y fue a abrir la puerta.

En el pasillo, vio una cara que miraba a través del panel de vidrio. Helena soltó un chillido y el rostro retrocedió, pero la sombra permaneció en el sitio. Sin quitar la cadena de seguridad, abrió la puerta una rendija y, entonces, se desplomó de alivio.

—Señor, Orla, me has dado un susto de muerte.

Luego cerró la puerta, soltó la cadena y la dejó pasar. Solo era la segunda vez que Orla iba a su casa, e intentó no pensar en la primera. En aquella ocasión, estuvieron todas. Hacía seis meses.

—Siento presentarme sin avisar. No sabía con quién más hablar.

—¿Te apetece una copa?

—Sí, lo que tengas. No me creo que Jennifer esté muerta.

—Es horrible.

Helena buscó dos copas limpias, fue al frigorífico a por el vino y, a continuación, condujo a su invitada a la sala de estar.

—Me encanta esta habitación —exclamó Orla—. La última vez no me pareció tan grande, con todas aquí.

—Éilis me la diseñó. —La mujer sirvió el vino y volvió a acomodarse en el sofá—. Orla, ¿qué piensas de lo de Jennifer?

—Es demasiado horrible como para imaginarlo. Oye, dos detectives han venido a hablar conmigo sobre Éilis y ella. Y también me han preguntado por Tyler.

—¿Por qué han preguntado por él? ¿Estaban haciendo un seguimiento porque hace un año que desapareció?

—Supongo que forma parte del protocolo, pero me ha dejado intranquila. ¿Y si sigue por aquí?

—¿Crees que es así?

—No lo sé, pero Jennifer está muerta y Éilis, desaparecida. Sabemos que Jennifer fue quien empezó todo esto y a lo mejor esa es la razón por la que Tyler desapareció cuando lo hizo. Tal vez quería permanecer escondido, pero ¿y si alguien de nuestro grupo ha hablado y ha vuelto para hacernos daño?

La mujer dio un sorbo largo y Helena comprendió a dónde quería llegar.

—¿Crees que Tyler podría haber asesinado a Jennifer? Eso es ridículo. ¿La conocía, siquiera?

—Sé que iba a Smile Brighter, donde ella trabajaba. Creo que es posible que la conociera. Ella nunca lo mencionó. A lo mejor estoy haciendo una montaña de un grano de arena.

El vino de la anfitriona salpicó por el borde de la copa y esta le dio un buen trago antes de volver a hablar.

—Así es. Los agentes harán preguntas de todo tipo. No te preocupes por eso.

—Pero el tema es que ya estoy preocupada. Tyler podría estar… Era obsesivo. Me daba miedo. ¿Y si ha fingido su desaparición solo para volver a atormentarme? ¿Y si está buscando venganza? Sabemos la razón por la que podría querer hacerlo, ¿no?

—Eso es absurdo, Orla. Si siguiera por aquí, alguien lo habría visto. Los agentes lo habrían encontrado. Deja de preocuparte y acábate la copa.

—Pobre Jennifer.

—Es muy triste. ¿Crees que deberíamos haber hecho algo más cuando cortó el contacto tan de repente?

—Es posible. No lo sé.

—Y Éilis sigue desaparecida.

—Tengo miedo, Helena.

—Yo también.

Pero no pudo evitar desear que Orla se marchase. No quería hablar de ello. Era muy intensa. Solo quería disfrutar de la copa con tranquilidad y echarse en la cama. Mañana lo vería todo mejor.

—¿Noah está aquí?

—Está con mi madre. —Estuvo a punto de añadir que pasaría la noche sola, pero algo en los ojos de su amiga la llevó a mentir—. Lo traerá de vuelta en cualquier momento. Lo echo mucho de menos.

—Yo a Tyler no. Desearía estar segura de que está muerto para descansar sin problemas.

—Seguro que no lo dices en serio.

—Sí que lo digo en serio. Todas las noches rezo para que encuentren su cuerpo.

—Ah. —Helena se puso en pie sin saber qué más decir.

Quería que aquella mujer saliera de su casa, de su vida. Las vibraciones que desprendía no le resultaban agradables. Le parecía… Buscó la palabra. Cuando se acercaba a ella, se estremecía. ¿Orla era realmente malvada?

—Si quieres, llámame mañana al trabajo. Tengo que ordenar un poco la casa antes de que llegue mi madre. Si no, sacará la aspiradora sin que me dé cuenta y no podré librarme de ella. —E intentó fingir una carcajada, pero el sonido que le salió se parecía más al de un gato estrangulado.

—Gracias por el vino. —Su amiga se levantó y dejó la copa sobre la mesita baja—. Perdóname por abusar de tu amabilidad. Ten cuidado, Helena. Estate alerta. Asegúrate de cerrar con llave tu encantador hogar. Si mi marido está en algún sitio ahí fuera, no me sorprendería que hiciera algo.

En cuanto Orla se marchó, Helena comprobó dos veces que todas las puertas y ventanas estuvieran bien cerradas y, acto seguido, fue hasta el lavadero a buscar una botella de vino que estaba sin abrir en el botellero. El sacacorchos se le escurrió mientras intentaba abrirla, la botella se estrelló contra el suelo y la mujer se arrodilló para recoger los cristales rotos. Cuando creía que ya los había tirado todos a la basura, sacó la fregona. Y fue en ese momento cuando vio que le sangraba el dedo meñique. Con las prisas por llegar al fregadero para lavárselo, se resbaló con el vino derramado y notó cómo unas diminutas esquirlas de cristal se le clavaban en los pies descalzos.

Entonces, tuvo la sensación de que habían succionado el aire de la habitación y se le formó un nudo en la garganta. Luego se arrastró hasta la encimera, se dejó caer en ella a la vez que miraba por la ventana y le gritó al reflejo antes de darse cuenta de que era su propio rostro aterrado.

Era imposible que la misteriosa sensación que le ponía la piel de gallina fuera producto de su imaginación. Y deseó no estar sola en la casa esa noche.

33

—Así que ¿no te cae bien ese tal Luke? —preguntó Kirby.

—La verdad es que no. Lo más seguro es que sea inofensivo, pero me aterra un poco, la verdad —contestó Amy—. Tiene veintidós años, pero a veces actúa como un crío de quince.

—Eso no es un crimen.

—Yo no he dicho que lo sea —respondió, cortante—. Él es... No sé, a lo mejor es un poco raro.

—Raro en un mundo en el que todos somos un poco raros.

—Supongo que llevas razón.

—¿Qué es lo que te aterra en concreto?

La mujer se mordió el labio como si meditase qué debía contarle.

Pero él añadió:

—Quiero escuchar por qué te ha molestado el pequeño pelmazo.

—No es que me haya molestado como tal. Son sus constantes comentarios sarcásticos los que me tienen harta.

—¡Dímelo a mí! Hay un imbécil de Athlone trabajando conmigo, y te juro por Dios que un día de estos lo voy a tumbar de un puñetazo.

Ella sonrió, pero el gesto solo le duró un segundo.

—Algunos de los comentarios de Luke son..., bueno, un poco sexuales. Me hacen sentir incómoda.

—Retiro lo que he dicho de pequeño pelmazo. Por lo que dices, parece un cabrón.

—Puede que no represente ningún peligro, pero cualquiera pensaría que ya habría captado el mensaje de que esa forma de hablar no es aceptable.

—¿Has hablado de esto con tu encargado?

—No quiero montar un escándalo. Estoy mandando el currículum a todos los empleos que puedo. Quiero salir de ahí.

—Aun así, deberías denunciarlo.

—No tengo pruebas. Sería su palabra contra la mía.

Después de pensarlo un momento, Kirby dijo:

—Grábalo en secreto.

—¿Eso no es ilegal?

—Al menos tendrías una prueba. U organízalo para que alguien lo oiga. Un compañero en el que confíes o ¿qué hay de un cliente? ¿No hay ninguno que te caiga bien o de quien te fíes?

—Está el anciano señor Rodgers, pero tiene ochenta años, como poco.

—Lo único que tiene que hacer es ser testigo de cómo te habla ese cabrón de Luke. Mientras tanto, yo veré qué puedo hacer.

—No quiero que te metas en ningún lío por mi culpa.

—Tú serías la mejor razón para meterme en uno.

La mujer se miró las manos para ocultar su rubor. Luego, la pilló levantando la vista bajo las pestañas para mirarlo. Al final, le agarró la mano y tiró de él para darle un beso en los labios.

Kirby pensó que iba a explotar de felicidad.

※

Mientras se separaban y daban un sorbo a sus bebidas sin dejar de mirarse el uno al otro, ninguno de los dos se percató de que la puerta del salón se estaba abriendo.

De que alguien se deslizó dentro, pasó debajo del arco y entró en el bar.

De la persona que se sentó a la barra, donde podía observar sin que nadie lo viera ni interrumpiera.

34

Mientras atravesaba la avenida en coche, Lottie pensó que Farranstown House parecía una vieja ruina, pero apartó la vista de la casa y se fijó en que el sol estaba apagándose y derramando diamantes relucientes en el lago. Las hojas de los árboles se agitaron bajo la brisa vespertina y, a medida que se acercaba a su hogar, este se reveló en toda su decadencia. El edificio era antiguo y, a pesar de que ahora vivía allí con sus hijos y su nieto, además de su madre, Rose, no tenía el tiempo, la energía ni el dinero para reformarlo. Se estaba desmoronando ante sus propios ojos y no podía hacer nada para evitarlo.

—¿Cómo te ha ido el día? —le preguntó Rose sin levantar la vista de lo que estuviera llevando a cabo en la mesa de la cocina.

Lottie se paró con la mano en la puerta del frigorífico y respondió:

—Ha sido frenético. —Alcanzó a ver con qué se entretenía la anciana—. ¿Estás preparando un sándwich?

—¿No es lo que parece? —le espetó ella.

Al acercarse a la mesa, la mujer observó la tarrina de crema inglesa del Lidl. Todavía tenía la etiqueta naranja de precio rebajado pegada en un lateral. Además del hecho de que estaba caducada, no era mantequilla.

—Mmm, madre, eso es crema inglesa.

Rose se quedó quieta con el cuchillo en la mano y los ojos vidriosos, pero a la vez desafiantes, mientras la crema goteaba en la mesa. ¿La estaba retando a intervenir?

—Bueno, a mí me gusta. —Volvió a su tarea, sacó más crema inglesa y la esparció por el pan.

Lottie se quedó boquiabierta.

Su madre tomó un pedazo de queso, con los bordes más duros que una piedra, y lo colocó en la segunda rebanada de pan. «Por favor, Señor, no permitas que la ponga encima de la otra». Pero eso fue lo que hizo.

—Mira, creo que deberías tirar eso a la basura y...

—Soy muy capaz de prepararme un sándwich. Tu padre está a punto de llegar a casa. Pon la mesa.

A Lottie se le cayó el alma a los pies al pensar en su padre fallecido. Su madre estaba cada día más confundida, y eso la aterraba en lo más profundo. No tenía ni idea de cómo lidiar con aquello.

Luego, la anciana colocó su cena en un plato y salió con aire resuelto de la cocina.

A la vez que negaba con la cabeza, Lottie recogió el desastre de la mesa y tiró la ofensiva crema inglesa a la basura. Se le había quitado el hambre, así que lavó los cubiertos en el fregadero antes de pasar un trapo por las encimeras. Chloe lo había hecho genial durante un tiempo, pero ahora cuidaba de Sergio durante el día y trabajaba en el *pub* por las noches, así que, una vez más, la casa estaba descuidada.

Unos toques en la puerta trasera la sacaron de sus pensamientos. Esta se abrió de repente, y la mujer sonrió al ver a Sergio entrar como un torbellino.

—Hola, Lottie. ¿Está Sean? Chloe me ha dicho que podría arreglarme la Nintendo.

—En su dormitorio. Vamos, sube.

—Gracias.

El pequeño de ocho años le dedicó una amplia sonrisa y subió las escaleras como una bala.

Boyd entró detrás con una botella de tinto en la mano.

—No ha dejado de hablar de la Nintendo en todo el camino a casa, desde que lo he recogido. No ha quedado más remedio que volver. Siento lo de hoy. Los dos estábamos de los nervios. —La besó en los labios para, a continuación, agitar el vino—. He parado en la tienda mientras veníamos. ¿Te parece bien si me tomo una copa?

—Te acompaño —contestó en tono socarrón.

—Mierda. Soy tonto. Nunca me paro a pensar. Solo estaba pensando en mí y...

—¿Vas a parar? —Se rio—. Estoy bien. Bueno, lo estaría si mi madre no entrase a la cocina. Es un peligro para sí misma.

—Espero que no haya provocado demasiados daños. ¿Dónde tienes el sacacorchos?

—Es de tapón de rosca.

—Es verdad.

El hombre abrió y cerró las puertas de los armarios hasta que encontró un vaso.

Ante eso, Lottie comentó:

—No tengo ni idea de dónde he puesto las copas de vino, ni si tengo alguna.

—Ahora mismo me lo bebería en un zapato.

Entonces, se sirvió parte del líquido rojo y se lo tomó de un trago antes de rellenarse el vaso, esta vez más despacio.

Los ojos se le llenaron de lágrimas cuando el aroma se arrastró hasta ella. Lo que daría por un traguito rápido de algo que llevase alcohol. Estaba angustiada por Rose, pero también tenía razones para preocuparse por Boyd. No recordaba la última vez que lo había visto tan nervioso ni bebiendo tanto como ella solía hacer.

—Siéntate y cuéntame qué es lo que te molesta de verdad. —Encendió la tetera eléctrica; tendría que conformarse con un café—. Todo esto no es por Jackie, ¿verdad?

Boyd la miró fijamente con la botella en una mano y el vaso en la otra, y se apoyó en la encimera.

—Es solo que… Ay, no lo sé… La paternidad es dura.

—¿Sergio ha vuelto a dejar tirada su ropa por todo el apartamento?

Y Lottie sonrió, a sabiendas de que el niño estaba acabando con el orden compulsivo de Boyd.

—Ah, no, eso lo tengo superado. Es un buen chico. Es que no encuentro un colegio donde lo admitan. Las normas de ingreso son puñeteramente anticuadas. «¿Sus padres acudieron a este colegio? ¿Lleva mucho tiempo viviendo en los alrededores?». No, ha vivido en España durante ocho años porque su madre no me informó de su existencia. «¿Tiene algún hermano matriculado en el centro?». No, no tiene hermanos. No que yo sepa, pero no lo descartaría, conociendo a Jackie.

Al hombre se le relajaron los hombros en cuanto el alcohol le hizo efecto.

En ese momento, Lottie se acercó a él sin tocarlo, aunque lo cierto era que quería borrarle las arrugas de preocupación de la frente con un beso.

—Odio ser yo quien lo diga, pero cuando Jackie llegue…
—No sigas por ahí.

Boyd dio un salto y se salpicó un poco de vino en la camisa, hecho que pasó por alto, de forma inusual. Después, comenzó a ir de un lado a otro de la cocina.

—Quiero que se matricule en un colegio de la zona. Quiero verlo vestido con un uniforme y una mochila llena de libros de texto. Quiero que se instale aquí. Y no quiero que mi exmujer lo aleje de mí.

La tetera silbó y ella se apresuró a servirse el café en la taza con una cuchara. A continuación, vertió el agua y la leche. Una vez en la mesa, retiró dos sillas y se sentó en una a la espera de que Boyd ocupara la otra.

—Creo que vas a tener que solucionar las cosas con ella —le comentó—. Jackie es su madre. Lo ha criado desde el día en que nació.

—A mí no se me dio esa oportunidad. No me habló de su existencia hasta que le convino. —El hombre soltó el vino y se giró hacia ella—. No sé qué hacer.

Hacía mucho tiempo que no veía a Boyd tan vulnerable. En concreto, desde que recibió el diagnóstico del cáncer.

—Para empezar, me relajaría con esto. Tienes que conducir hasta casa.

—O podría emborracharme y pasar la noche contigo.

—Eso estaría bien. No la parte de emborracharse, si no te importa. Pero ahora tienes que pensar en tu hijo, y no me entusiasma meterlo a dormir en la habitación de Sean. Él es un ave nocturna y no se va a dormir hasta que está a punto de amanecer. Un mal ejemplo para tu pequeño. Y sigo teniendo a mi madre en la sala de estar.

—¿No le has dejado tu dormitorio?

—Lo hice, pero se obsesionó con instalar la cama en la planta baja e insistió. No puedo discutir con ella. Es imposible.

—¿No te ha pedido volver a su casa?

—Sí, pero ya no puede vivir sola. Sinceramente, no sé qué más hacer.

—Parece que los dos nos encontramos en situaciones complicadas.

—Complicado es quedarse corto. ¿Puedo darle un sorbo a eso?

—Bébete tu café, Lottie.

—Sí, papá.

Cuando le puso la mano en el hombro y la arrastró hasta su pecho, la mujer recibió de buena gana la seguridad que le aportaban sus brazos. Si esa sensación pudiese durar para siempre… Aunque sentía que no merecía ser feliz. Había tenido tantos intentos frustrados que ya no era capaz de imaginarse disfrutando de una felicidad completa. Estaba dispuesta a aceptar cada breve segundo. Nadie sabía lo que el futuro podía deparar, y ella menos todavía. Y, entonces, ahí estaban: Jennifer asesinada y Éilis desaparecida.

Boyd se apartó de ella.

—Estás pensando en el caso.

—Necesitamos encontrar a Éilis Lawlor. Tiene dos hijos pequeños deseando que vuelva.

—Mañana —le dijo él.

Acto seguido, le levantó la barbilla y hundió los labios en los suyos. Lottie se apoyó en él y dejó que el latido de su corazón relajase su mente acelerada. «Solo pido un segundo», pensó, justo cuando Sergio irrumpió por la puerta.

—¡Está arreglada! —El niño comenzó a dar vueltas alrededor de la mesa a la vez que agitaba la consola—. Sean es un genio.

Y el momento se desvaneció.

35

Boyd quería a Sergio, el hijo cuya existencia ignoraba hasta principios de ese año, pero vivía con la constante amenaza de que su exmujer volviese a Irlanda. No le cabía ninguna duda de que intentaría separarlos.

Sergio estaba comiéndose un bol de cereales delante de la televisión. El hombre bostezó. No le importaría tomarse otra copa de vino, pero se había dejado la botella en casa de Lottie y solo tenía un par de Heinekens en la nevera. No le emocionaba la idea de mezclar la cerveza con el vino que ya se había tomado. Y tampoco podía escabullirse a la cama, porque estaba durmiendo en el sofá. Le había cedido su cama a Sergio, y el dolor en las caderas y la espalda eran la muestra del incómodo acuerdo. Su apartamento de una habitación ya no resultaba adecuado.

—¿Está a punto de terminar? —preguntó, esperanzado.

Sergio golpeó el mando a distancia.

—Le quedan veintitrés minutos.

Podía sobrevivir veintitrés minutos, ¿no?

—Papá, ve a tu cama. A mí no me importa dormir aquí.

—¿Y pasarte la noche viendo la tele? No creo, hijo.

—Vale.

Entonces, el niño se metió otra cucharada de cereales en la boca, acomodó la cabeza en el hombro de Boyd y aquel pequeño gesto lo llenó de amor.

Cuando pasaron los veintitrés minutos, ya tenía a Sergio arropado en la cama y el sofá montado con un edredón y almohadas para él. Entonces, pensó en el té de ortigas que le había dado Helena McCaul. A lo mejor lo relajaba un poco. Valía la pena probar.

Así que puso una tetera a hervir y sirvió unas cucharadas de hojas finamente machacadas. ¿No le había dicho que usara un filtro? Demasiado tarde. Luego, tiró el brebaje granuloso por el fregadero y enjuagó la taza antes de secarla. Una vez consiguió que la cocinita se ganase su aprobación, se tumbó en el incómodo sofá con la esperanza de que el sueño llegase pronto.

Ya le habría gustado. Una hora después, seguía despierto.

⸙

El fuego se había apagado hasta convertirse en ascuas en extinción cuando Kathleen Foley oyó una llave que giraba en la puerta de entrada. No había necesitado encender la chimenea, pero esta hacía que la sala pareciera un poco más hogareña. Si al menos consiguiera ordenarla…

Su visita se apresuró a cruzar la sala y Kathleen cayó en sus tiernos brazos.

—Pensaba que estarías en la cama.

—Y yo que vendrías más temprano.

—He venido en cuanto he podido escaparme del trabajo.

Las dos mujeres se besaron.

—Odio este secretismo —comentó Kathleen.

—Ya sabes lo que opino sobre hacerlo público.

—¿Te refieres a salir del armario?

—No puedo hacerlo, Kathleen. Podría arruinar mi reputación.

—Hace años sí, pero hoy en día no. —La mujer se retorció para liberarse de su abrazo.

—A ti te va bien. Te pasas el día en casa sin nada en lo que pensar excepto en la delirante de tu hija. Yo tengo que pensar en mi negocio. No podría vivir con la vergüenza.

—¿Vergüenza? ¿Te avergüenzas de mí?

No fue capaz de ocultar su enfado ante ese menosprecio. Todavía recordaba la última foto que recibió.

—Ya sabes a qué me refiero. Lo acordamos. Es un contrato que no puedes romper.

Kathleen se desplomó en el sillón.

—No creo que sea capaz de seguir haciendo esto. Ya estoy soportando demasiado. Sabes que Helena está fuera de control. Me aterra que pueda causar algún daño.

—¿A ella o a alguien más?

—Las dos cosas, en realidad.

—Yo puedo hablar…

—Soy capaz de encargarme de mi hija, gracias.

—Pero ¿eso es verdad? No puedes seguir mintiendo por ella.

Kathleen se puso en pie. No tenía sentido mantener aquella discusión.

—Me voy a la cama.

—No puedo quedarme esta noche.

—Vale. Estoy cansada. Llámame mañana.

Y se vio empujada a otro tierno abrazo contra la suave y lujosa chaqueta de la mujer.

Esta le susurró al oído:

—Ni se te ocurra contárselo a nadie.

Kathleen se separó de ella; no tenía palabras. Y, mientras temblaba con violencia, observó a Madelene Bowen marcharse de allí.

36

Jackie Boyd quería darle una sorpresa a su exmarido. Él no tenía que saber que estaba de camino a Ragmullin. La mujer había reservado un billete de ida desde Málaga. Necesitaba tiempo para trabajárselo. Para ver si era capaz de arreglárselas para entrar en su vida y, así, dejar de huir. Era consciente de que no sería sencillo. Ya no había amor entre ellos. Aunque, de todas formas, ella nunca había creído en el amor. Sin culpa ni arrepentimientos, sabía que usaba a la gente para satisfacer la necesidad que le surgiera en el momento adecuado. Y había utilizado a Boyd para que le otorgase seguridad y protección a su hijo.

La policía española había quedado satisfecha con su trabajo como CP, confidente policial (chivato, según los criminales). Así fue hasta que tuvo que desaparecer cuando su coartada estuvo a punto de irse al garete. Esa fue la razón por la que le habló a Boyd de su hijo.

A lo mejor ahora podía ayudar a la policía de Irlanda y quitarle a Lottie Parker las ganas de sonreír. La mujer hizo lo propio mientras conducía el coche de alquiler por la salida de la M50 en dirección a la M4 y lo ponía en velocidad de crucero.

Estaba ansiosa por ver a su pequeño, aunque le emocionaba todavía más ver el gesto en la cara de su exmarido cuando le presentara su ultimátum. La oferta con todo incluido. A la mujer se le dibujó una sonrisa al pensar en su argucia. Si quería tener a Sergio en su vida, ella también formaría parte de esta. Sergio y ella, o Mark Boyd no volvería a ver a su hijo.

Bajó la ventanilla y soltó una carcajada al aire de la noche cada vez más cerrada.

No me lo puedo creer. ¿Cómo ha podido pasarme esto a mí?

La zorra estúpida se ha muerto y ha estirado la pata después de unos cuantos golpes con el madero. A lo mejor ha sido un infarto, una conmoción por los huesos rotos. No soy médico, pero sé que está muerta.

Ahora tengo que condensar mis planes en una sola noche. Había dispuesto muchas cosas para ella. El momento en la sala fría. Quería ver cómo le castañeteaban los dientes y los ojos se le salían de las órbitas. Hacerle pensar que estaba a punto de dejarla marchar para luego hacerle pedazos los brazos y que así combinasen con las piernas rotas. Me asombra todo el dolor que el cuerpo humano puede soportar antes de sucumbir a la muerte, pero esta guarra me lo ha negado. Me ha engañado. Y no puedo contener la rabia. Le he agarrado las manos y se las he pisoteado con todas mis fuerzas. Puta.

Solo me queda una cosa por hacer. Agarro el bisturí y se lo acerco a la cara. Con un dedo cubierto por un guante, le retiro el párpado y observo fijamente sus ojos sin vida. Otro para la colección.

En cuanto los tenga colocados en un tarro con la tapa bien cerrada, sé que no contaré con mucho tiempo para hacer lo que debo.

Sin dejar de mirar el revestimiento de plástico, pienso en el lugar que he elegido para deshacerme de su cadáver. ¿Funcionará aun sin tener tiempo para prepararlo como es debido? Algo está claro, y es que no puedo dejarla aquí. Ya noto la putrefacción que se filtra por sus orificios. Dentro de poco, la habitación estará llena de gases tóxicos. El cuerpo humano es repugnante. Ella lo es.

¿Y la sala fría? No. Lo único que puedo hacer es deshacerme de su cuerpo. Y luego mirar cómo los estúpidos agentes acaban de mierda hasta el cuello, igual que unos cerdos en una pocilga. Me río por la analogía. Soy demasiado inteligente para ellos.

Mi enfado con ella solo significa que tengo que acelerar las cosas.

Ya tengo a mi próxima víctima en el punto de mira.

DÍA DOS

DÍA DOS

37

Helena odiaba despertarse sola, porque las paredes parecían susurrarle sus secretos y ella se esforzaba en escuchar lo que la casa le ocultaba. Se frotó los ojos y, cuando apartó los dedos, los tenía manchados de rímel. Se había ido a la cama sin desmaquillarse. Otra vez. Un velo de desesperanza cayó sobre ella y se estremeció, incluso a pesar de que el sol naciente derramaba calor a raudales por la ventana.

Se apoyó con torpeza en el codo y echó un vistazo al reloj antes de volver a tumbarse con cuidado en la almohada. ¿Podría dejar la tienda cerrada hoy? Aunque, si no iba a trabajar, solo se pasaría el día en la cama, ahogándose en su ansiedad.

Quería hablar con su amiga. No era típico que Éilis la dejara tirada. Pensó en Jennifer. Éilis montó el grupo después de conocerla. Cuando Helena se unió, se sintió un poco como la carabina. Sin ninguna razón aparente, le daba la sensación de que la dejaban fuera de ciertas conversaciones. Se susurraban cosas tras las manos ahuecadas. No fue hasta la llegada de Orla cuando Helena se vio incluida en su grupo de confianza. Y así formó parte de lo que llegaron a llamar el secreto mortal. Cuando pensaba en ello, le parecía más el botón rojo de la destrucción.

Ahora Jennifer estaba muerta y Éilis se había ausentado sin ninguna justificación. ¿Significaba que se encontraba en peligro? Un lento rastro de miedo le trepó poco a poco por la espalda.

El sonido de un pájaro piando en la rama de un árbol al otro lado de la ventana la sacó de la autocompasión. Tenía que levantarse, vestirse y salir. La vida no esperaba a nadie.

Si no mantenía la tienda en marcha, ¿qué más le quedaba? «Poca cosa», concluyó.

38

Cuando Boyd llegó a Farranstown House para dejar a Sergio, tuvo la sensación de que estaba entrando durante el colapso de las negociaciones de la ONU.

—Es un *crop top*, abu —le explicó Chloe a la vez que cruzaba el suelo de hormigón de la cocina dando pisotones.

—Tu pobre padre se revolvería en su tumba si te viera salir así. —Rose golpeó la mesa varias veces con un paño de cocina.

—No voy a salir, ¿verdad? Son las ocho de la mañana y ni siquiera estaría levantada si no tuviera que cuidar de Sergio, pero tú estás montando tal jaleo que vas a despertar a los muertos. ¿Puedes parar, abu?

—En mis tiempos, los jóvenes no iban por ahí medio desnudos a ninguna hora del día.

En ese momento, Boyd entró en la cocina con su hijo. ¿Era mejor marcharse o quedarse? Ya llegaba tarde al trabajo y no había nadie más que se encargara del pequeño.

—Buenos días, señoritas. Espero no interrumpir nada.

—Hola, Sergio —dijo Chloe enseguida.

El hombre se dio cuenta de que se estaba esforzando mucho para fingir una sonrisa.

—¿Estás segura de que te viene bien que lo deje contigo?

—Por supuesto. —Le dio un abrazo al niño, lo tomó de la mano y se lo llevó al pasillo. Luego, le hizo una señal al hombre para que la siguiera—. ¿Qué hago con la abu, Boyd? Es muy triste, pero si no hubiera aceptado cuidar de Sergio, me habría presentado voluntaria para trabajar en el *pub* mañana y noche.

—Es un hueso duro de roer —contestó—. Pero ten paciencia con ella. No es culpa suya. El cerebro le funciona así ahora.

—Todo eso ya lo sé, pero es duro de presenciar. ¿Te importa si hoy me llevo a Sergio al pueblo? Solo para tomarme un descanso de esta casa.

—Sin problema. He metido el equipo de natación por si Sean o tú decidíais llevarlo al lago.

—¡Qué buena idea!

La chica sonrió, y el hombre vio a su padre a través de sus ojos.

—Asegúrate de que alguien se queda con Rose. ¿Kate y Louis estarán por aquí?

—Voy a preguntar. No te preocupes, no voy a abandonar a la abu. Aunque a veces… —La muchacha volvió a sonreír y le dio un abrazo—. Gracias, Boyd.

—¿Por qué?

—Por confiar en mí para cuidar de tu hijo. Es un consentido. —Entonces, se separó y le revolvió el pelo al pequeño—. ¿Qué te parece una tostada y zumo de naranja? Y luego vamos a hacer una excursioncita.

Sergio parecía reticente.

—Solo si estás segura. No quiero ser una carga.

Y Boyd dibujó una débil sonrisa. El niño había oído el intercambio de palabras entre Chloe y Rose. Desde luego, su hijo se parecía a él.

Y ahora llegaba tarde al trabajo.

ॐ

Jackie se había hospedado en algunas habitaciones horribles, así que estaba encantada de haber conseguido una limpia y agradable en el hotel Joyce. Resultaba cómoda aunque fuera bastante compacta. La ventana tenía vistas a la calle y el zumbido del tráfico de las primeras horas de la mañana la despertó, a pesar de la hora a la que se había registrado en recepción.

Se pasó quince minutos en la ducha bajo el agua caliente mientras esta le abría los poros de la piel a toquecitos. Renovada, se puso unos vaqueros blancos y una camiseta del mismo color y deslizó los pies dentro de unas suaves bailarinas de piel. Echaría de menos el cuero español si se mudaba a Ragmullin.

Y el sol, por supuesto. Parecía que hacía buen tiempo, pero era muy consciente de la brisa cortante que soplaba desde los lagos, así que sacó una americana azul marino de la maleta y se contempló en el espejo.

La piel morena le había ahorrado una fortuna con lo de ser una impostora. Se había cortado el pelo y se lo había decolorado casi del todo. Satisfecha con su aspecto, tomó el bolso y comprobó que llevaba la cartera y los cigarrillos antes de salir de la habitación.

Quería explorar el pueblo antes de quedar con su hijo y su ex. Dios, vaya sorpresa le iba a dar.

Y, mientras salía del hotel, no pudo contener la sonrisa conspiratoria que se le dibujó en los labios.

39

Ni Boyd ni Kirby llegaron puntuales. Lottie había decidido mantener una charla con los hijos de Éilis Lawlor para ver si averiguaba algo más. Su madre no había vuelto a casa todavía y tampoco la habían encontrado.

La inspectora aparcó en la calle y comprobó rápidamente el correo electrónico en el móvil. Ahí estaban los primeros resultados de la mancha que se había encontrado en la moqueta de Éilis. Orina. Humana. Por lo que no podía ser del perro. El laboratorio había trabajado rápido, pero, en cambio, no había ningún informe de la policía científica sobre el lugar en el que se había descubierto el cadáver de Jennifer. El tiempo iba en su contra mientras el asesino siguiera en libertad y hubiera otra mujer desaparecida.

Cuando se encontraba a punto de entrar en casa de los Lawlor, recibió la temida llamada. Habían descubierto otro cuerpo en el lago Ladystown.

Lottie salió a toda prisa de allí y estacionó en el aparcamiento. Entonces, se paró un momento para recuperar la compostura y echó un vistazo a la vasta extensión de agua. Había una familia de cisnes acurrucada junto a la orilla, ajenos al horror que estaba sucediendo en los árboles que había tras ellos. Una brisa cálida pasaba sobre los juncos y el aroma de finales de verano flotaba en el aire. La inspectora se sacudió para entrar en modo trabajo.

Rodeó la cinta policial del perímetro exterior, a unos noventa metros de la orilla, y notó que se le escurrían los pies en el terreno embarrado. No había llovido mucho desde ayer por la mañana, así que se preguntó por qué el suelo estaba tan mojado. Luego, se abrió paso a través de los árboles, llegó a un camino de asfalto y accedió por la entrada que había en la valla del aparcamiento, aunque ya era demasiado tarde.

La cinta policial del perímetro interior estaba a rebosar de actividad mientras se instalaba la científica. La mujer vio a Boyd hablando con gesto serio con Grainne Nixon.

Acto seguido, se agachó para pasar por debajo del cordón y se acercó a ellos.

—¿Qué tenemos?

La forense señaló un poco más adelante del camino, donde se había erigido una tienda sobre una enorme talla de madera. Durante el verano, Lottie había paseado por esa zona con su nieto, Louis, y sabía que, a lo largo del sendero, había un conjunto de esculturas a tamaño real hechas con árboles caídos que representaban personajes mitológicos irlandeses.

—Ha colocado el cadáver sobre la estatua de Fionn Mac Cumhaill —le informó la mujer.

—Me gustaría acercarme para ver de quién se trata.

La inspectora alzó la vista más allá del dosel de hojas que pendía sobre su cabeza mientras rezaba para que no fuera Éilis. A continuación, se puso unos guantes y una mascarilla, se calzó unos botines para cubrirse los zapatos embarrados y, después, se adaptó al ritmo de la forense mientras Boyd iba tras ellas.

A Lottie se le aceleró el corazón a medida que se aproximaban al claro. Tenía que verlo con sus propios ojos y llevar a cabo su evaluación inicial. La tienda se derrumbaría de un momento a otro, y Grainne tomó las riendas de su equipo a la vez que ella se situaba frente a la talla. Aunque no vio mucho de la estatua porque, de hecho, había un cuerpo de mujer colocado sobre esta, tal y como le había dicho su compañera.

Daba la sensación de que la víctima dormía, con los brazos alrededor del cuello de la escultura, la cabeza apoyada en un hombro y las piernas asomando tras ella. La falda del vestido de algodón amarillo se agitaba con la brisa, y una pluma blanca descendió flotando desde una rama que colgaba sobre el cuerpo para descansar en su cabello. La inspectora alzó la vista, pero no vio ningún pájaro.

Devolvió la atención al cadáver y le resultó evidente, incluso sin necesidad de una investigación más exhaustiva, que le habían roto las dos piernas con brutalidad. Los huesos sobresalían de la carne.

—¿El mismo asesino? —preguntó Boyd—. El vestido, las piernas...

Lottie se encogió de hombros.

No le veía la cara, ninguno de ellos lo hacía, pero la angustia en su estómago, que solo iba en aumento, le indicó que se trataba de Éilis Lawlor. En ese momento, visualizó los dos tiernos rostros de Becky y Roman a la espera de que su mamá volviera a casa.

—Joder, les dije a esos niños que encontraría a su madre.

—Y la has encontrado —dijo el oficial en voz baja.

—No de la forma que esperaba. Esto es horrible. —Tomó una bocanada de aire fresco para recomponerse—. Necesito echar un vistazo más de cerca.

—Entonces será mejor ponerse todo el equipo.

A continuación, Grainne rebuscó en su enorme estuche de metal y sacó un mono blanco.

Una vez Lottie estuvo vestida para la ocasión, avanzó pisando las placas colocadas en el suelo para proteger la escena del crimen.

La agente de la científica comentó:

—Se encuentra en *rigor mortis*. Lleva muerta más de dos horas pero menos de seis, máximo ocho. Las dos heridas evidentes son las piernas rotas. Es posible que también le hayan fracturado el brazo derecho y por eso esté en esa posición.

—¿Alguna herida es *post mortem?* —preguntó la inspectora esperanzada.

—No sabría decir.

—No hay sangre.

—La asesinaron en otro lugar. Y, antes de que me preguntes, no tengo ni idea de cómo murió.

—Quiero verle la cara.

—Podemos ir hasta a la parte trasera de la estatua.

Pero, cuando Lottie estaba a punto de ir tras Grainne, gritó:

—¡Espera! Se ha movido. Joder, se ha movido.

—¿Qué quieres decir? —La agente de la científica clavó las pupilas en la inspectora y luego en el cadáver—. Solo es la brisa.

171

—Ha movido el brazo. Mira. No el que está rodeando el cuello, sino el de alrededor de la cintura de la escultura.

—Está en la misma posición.

Lottie entornó los ojos.

—Ahora que la miro, creo que es posible que sea el tirante del vestido lo que se ha movido.

—Otro vestido demasiado grande para su cuerpo. —Grainne continuó con su recorrido alrededor del cuerpo—. Quédate ahí, inspectora. Por aquí está lleno de barro; las placas se están hundiendo.

—¿Le ves la cara?

Lottie reprimió la urgencia de ir tras la forense. No quería ser quien contaminase la escena del crimen, incluso aunque el asesinato se hubiera cometido en otro lugar.

Grainne negó con la cabeza.

—Está mirando a la estatua y habrá que moverla para identificarla, pero no podemos hacerlo hasta que llegue la patóloga forense.

—La necesito aquí ya.

—Entonces, ¿por qué no la llamas tú?

La inspectora se mordió la lengua y, después, preguntó:

—¿Algún indicio de una herida de bala?

—Estoy viendo lo mismo que tú. —La mujer examinó el cuerpo desde la distancia antes de deshacer el camino hasta Lottie—. Siento ser tan maleducada, pero a veces este trabajo me saca de quicio.

—No te preocupes, sé lo que se siente.

—¿Tienes alguna foto de la desaparecida? ¿Alguna marca identificativa o tatuajes?

—Solo de la cabeza y los hombros. El pelo se parece. ¿Por qué?

—Tiene una pequeña cicatriz en el índice de la mano derecha. Es como si le hubieran quitado un lunar hace poco.

—Lo comprobaré. ¿Algo más?

—Tiene todos los dedos rotos.

—¡Dios mío! ¿Con qué clase de enfermo retorcido estamos tratando?

—A primera vista, diría que con el mismo «enfermo retorcido» que asesinó a Jennifer O'Loughlin.

—Quiero enterarme en cuanto tengas algo para que pueda seguir avanzando.

—Por supuesto. Y, por favor, llama a la patóloga. Necesito mover el cuerpo para saber si su atacante dejó alguna prueba sobre la estatua o sobre ella.

El vestido volvió a agitarse y el tirante bajó un poco más por el brazo inerte.

—¿Qué es esta mancha en el costado? —quiso saber la inspectora—. Ahí arriba, debajo del brazo.

Grainne se acercó un poco más, con cuidado de no hundir más las placas.

—Parece otra cicatriz. ¿Puede ser de una operación?

—Vale, algo más de lo que tirar. Gracias.

Lottie regresó junto a Boyd, que estaba hablando con una joven muy nerviosa que llevaba un niño en un cochecito.

—De verdad que tengo que irme —explicó la mujer—. Tiene mi número si necesita preguntarme algo más.

—Está bien, gracias por la ayuda.

La inspectora levantó una ceja con aire perplejo mientras la muchacha se alejaba con prisa en dirección a la cinta del perímetro exterior.

—¿Una testigo?

—Sí, se topó con el cuerpo. Es profesora de primaria, está en los últimos días de las vacaciones de verano. Está bastante tranquila.

—Siempre digo que los profesores tienen más paciencia que un santo. —Alzó la vista. Grainne la estaba llamando a lo lejos—. ¿Qué pasa?

—Me pregunto por qué el suelo está tan mojado por aquí si anoche no llovió.

—Yo también lo he pensado.

—Hemos encontrado una manguera ahí, sobre el césped bajo el arbusto. Ha estado un buen rato soltando agua a borbotones. A lo mejor no vendría mal ver qué hay al otro lado del claro.

—Voy. —Lottie estuvo a punto de dar un paso adelante.

—No, inspectora, da la vuelta por detrás y obsérvala desde fuera. No puedo permitir más tránsito de pies por aquí.

Una vez se encontró fuera del cordón, Lottie se llevó a Boyd a investigar la fuente del agua sin quitarse las prendas protectoras. La parte trasera del lugar donde se había localizado el cadáver daba a un aparcamiento y, al mirar atentamente entre los árboles, la mujer atisbó a la policía científica con sus trajes blancos mientras trabajaban como si fueran una colonia de hormigas.

Una estructura de hormigón de tres muros y aproximadamente un metro de altura albergaba un grifo de agua fría unido a un soporte de madera para los visitantes del lago. Alguien había enroscado una manguera verde a su alrededor. Tras ponerse un par de guantes nuevos, Lottie cerró el grifo y avisó a la policía científica para que lo examinaran y siguieran la manguera, por si el asesino hubiera dejado alguna pista.

—Nos enfrentamos a alguien muy determinado e inteligente —comentó Boyd—. Literalmente, ha borrado su rastro.

—Sea quien sea, es muy despiadado.

Una vez en el coche, la mujer se rasgó la ropa que se había puesto encima de la suya y la metió en una bolsa para pruebas. Cuando terminó, volvió a comisaría tras el coche de Boyd sin dejar de preguntarse por qué no le habría confiado la razón por la que había llegado tarde esa mañana. Necesitaba que estuviera centrado en el trabajo al cien por cien, pero, desde que había descubierto que era padre, no prestaba la atención necesaria. Tendría que ceder en una de las dos cosas.

40

Kirby se acercó sin prisa a la puerta del despacho de Lottie después de que la inspectora pusiera al equipo al día sobre el descubrimiento del cadáver en el lago.

—Jefa, me preguntaba si te parecería bien que examinara el caso sin resolver de Tyler Keating.

La mujer tardó unos segundos en comprender de qué hablaba.

—Ayer me encontré con su mujer y tiene una postura muy clara contra nosotros.

—La verdad es que no la culpo. No encontramos a su marido. Me parece que a lo mejor podría echarle un vistazo con una nueva perspectiva.

Lottie rodeó su escritorio como una pantera para mirarle a la cara.

—Kirby, en caso de que se te haya pasado la circular, tenemos a dos mujeres asesinadas en las últimas veinticuatro horas, un montón de papeleo y ¿quieres examinar el expediente de un hombre que desapareció hace un año? Por el amor de Dios, ¿por qué ibas a contemplar esa idea siquiera?

Sin aliento, la inspectora se dejó caer sobre la mesa y tiró un lapicero al suelo. ¿Por qué tenía uno? Dio por hecho que sería por Boyd y su necesidad compulsiva de orden.

—Solo quería saberlo porque su esposa me preguntó si tenía alguna novedad. Y, luego, descubrí que pertenecía a ese grupo de viudas, «Vida después de la pérdida». Solo necesito una respuesta de sí o no.

—La respuesta sencilla es no. El presupuesto del departamento está hecho papilla, pero no permitas que te detenga si quieres dedicarte a ello en tu tiempo libre. Me da la sensación de que es posible que tengas una cantidad espantosa en un futuro no muy lejano.

En ese momento, el detective se rascó la cabeza y la caspa salió volando bajo la tenue luz.

—Has llegado tarde dos días seguidos. Por favor, no sigas por ahí. Llegará a los jefes y es muy posible que al final te suspendan.

—Eso es injusto, se mire por donde se mire.

—¿Sí? Eres mejor que esto, Kirby.

—Claro, jefa, lo que digas.

La inspectora observó cómo encorvaba los hombros y bajaba la cabeza a medida que volvía a su escritorio y resollaba como si fuera un anciano. Necesitaba tomar las riendas de su vida. Estaba enfadada con Boyd y, sin embargo, era él quien se llevaba la peor parte de su ira. Lo siguió mientras negaba con la cabeza y forzó algo de alegría en su tono.

—Podrías empezar a hacer yoga o meditación. Parece que todo el mundo está metido en eso hoy en día.

El hombre hizo un montón de ruido al apartar la silla y las ruedas se quedaron atascadas en las hojas de papel que habían salido disparadas de un expediente que tenía en el suelo, debajo de la mesa.

—Joder, me cago en todo. —La miró con los ojos inyectados en sangre y llenos de lágrimas—. Necesito el yoga tanto como un tiro en el pie.

—Solo era una sugerencia.

—Lo haré cuando vea que tú también lo haces. —Le dedicó una media sonrisa.

—Eso habrá que verlo. —Lottie le devolvió el gesto.

—¿Ves? Después de todo, no es para cualquiera.

—Necesitamos descubrir si Éilis Lawlor tenía alguna marca o cicatriz identificativa. Podemos hablar con Bianca, la niñera, y con su madre. O con la amiga, Helena McCaul.

En ese momento, Boyd se pasó por allí.

—Yo hablé con ella ayer. ¿Quieres que le pregunte? Puedo llamarla.

—Cara a cara es mejor. Te acompaño.

La campanita tintineó encima de la cabeza de Lottie cuando entró en Herbal Heaven.

—Guau, qué joyita —comentó—. He pasado muy a menudo por aquí, ¿cómo no había visto este sitio?

—Hola.

Una mujer salió de detrás del mostrador y la falda de seda ondeó alrededor de sus piernas. Un top muy ajustado le acentuaba la figura, mientras que el cabello peinado en un recogido alto dejaba a la vista su piel clara y resaltaba unos ojos redondos y cansados.

—¿Puedo ayudarles…? Ay, agente, es usted otra vez.

¿Estaba flirteando con Boyd? Lottie echó un vistazo al hombre y se percató de que estaba sonriendo. Joder.

La inspectora se presentó sin apartar la atención de las reacciones de la mujer y le dio la sensación de que Helena McCaul se desmoronó un poco.

—¿Hay algún sitio donde podamos charlar? —forzó un poco Lottie.

—No hay nadie más aquí. No tengo empleados.

—Es importante.

—Puedo cerrar la puerta unos minutos, si les parece bien.

—Eso estaría genial. No tardaremos mucho.

En cuanto volvió al mostrador, Helena se apoyó en él como si necesitara un lugar donde sostenerse. Boyd montó guardia junto a la inspectora y Helena se dirigió a él.

—¿Han encontrado a Éilis? Sigo sin creerme que se haya ido sin dejar a sus hijos al cargo de nadie.

Antes de que el agente contestara, Lottie respondió:

—Queríamos recabar algunos detalles más sobre su amiga. Creo que se conocieron a través del grupo de «Vida después de la pérdida», ¿es correcto?

—Sí.

Necesitaba más información sobre Éilis para identificar el cadáver de una forma concluyente.

—¿Tenía alguna marca o cicatriz distintiva?

Helena negó con la cabeza.

—¿Por qué me están preguntando esto? ¿Está…?

—¿Qué hay del dedo índice de la mano derecha?

La mujer arrugó el ceño mientras pensaba.

—Ah, eso. Tenía un lunar en el dedo. Su médico se lo quemó. Dijo que era más seguro en caso de que fuera canceroso.

—¿Y lo era?

—No nos lo dijo. Sé que en ese momento le aterraba que el cáncer volviera.

—¿Tuvo cáncer? —La inspectora miró a su compañero, que tenía toda la atención puesta en los ojos color nuez moscada de la mujer.

—Mucho antes de que yo la conociera. Unos años antes de que muriese Oisín, su marido. Tenía un problema cardiaco genético. Les hizo un chequeo a los niños, pero están bien. ¿Éilis está bien?

—¿Qué tipo de cáncer sufrió? —insistió Lottie.

Si hubiera pasado por un cáncer de mama, habría necesitado una mastectomía o la eliminación del nódulo linfático, lo que explicaría la cicatriz en la parte alta del costado de su víctima. Y, entonces, Helena se lo confirmó.

—Cáncer de mama —dijo—. Me contó que le hicieron una mastectomía.

—Podría haberle dejado una cicatriz —comentó la inspectora, en parte para sí, mientras se giraba hacia Boyd.

Él aceptó la información con un ligero asentimiento.

—La han encontrado, ¿verdad? —Helena los miró alternativamente a la vez que su rostro palidecía.

—Hemos encontrado el cuerpo de una mujer, pero no hemos sido capaces de identificarlo.

En ese momento, Lottie deseó haber podido darle la vuelta al cuerpo, pero Grainne había insistido en esperar a la patóloga. Sin embargo, ya no tenía muchas dudas. Éilis Lawlor estaba muerta.

—Ay, Dios mío —chilló la mujer—. Es horrible.

—Necesitamos una identificación formal.

—¿Quién puede hacer algo así? Por supuesto que no sus hijos… Por favor, no les pidan que miren un cadáver que podría ser o no el de su madre.

Había terror en la cara de Helena. Estaba tan claro como si hubiera cogido un permanente y se hubiera escrito las palabras en ella.

—No se preocupe, no somos tan insensibles. ¿Éilis tenía algún familiar?

—Una hermana. Vive en Dubái. Es profesora, creo. Ni siquiera recuerdo el nombre.

—De acuerdo. ¿Cree que usted sería capaz de identificarla?

—¿Qué? ¿Mirar el posible cadáver de mi amiga? ¡No! De ninguna manera. ¿No pueden usar una fotografía? O… ¡Ay, no! ¿El cuerpo está tan mal que no son capaces de identificarlo? —La mujer miró a su alrededor, fuera de sí, como si hubiera algo en la tiendecita que pudiera ayudarla. Al no encontrar nada, añadió—: Vale, lo haré, si consideran que es importante.

—Gracias —intervino Boyd, y le posó una mano en el brazo para que se tranquilizara.

Lottie continuó:

—Puede que sea más tarde durante el día de hoy o mañana. ¿Le viene bien?

—Me organizaré para hacerlo.

A Helena se le ensombreció la mirada, y la inspectora pensó que había entrado en un estado de semitrance hasta que volvió a hablar.

—Mamá puede quedarse con Noah.

—¿Noah?

—Mi hijo.

—Vale. Le agradeceremos mucho que nos haga este favor, Helena.

Lottie se sentía mal por endosarle aquello, pero no tenía alternativa.

—Eso significa que creen que la mujer que han encontrado es Éilis, ¿verdad?

La inspectora suspiró. Aquella mujer era persistente, eso debía reconocérsele.

—Sospechamos que es ella, pero, por favor, no le diga nada a nadie todavía.

—Primero, Jennifer. Ahora, Éilis. ¿Qué está pasando? ¿Cómo murió?

—Eso no podemos revelarlo por ahora.

De hecho, no podía revelar nada porque todavía no lo sabía.

—¿Dónde la han encontrado?

—Lo leerá en internet dentro de poco —intervino Boyd en voz baja—, por lo que vamos a comentárselo. El cuerpo de la mujer se ha descubierto esta mañana en el lago Ladystown.

—¿Se ha ahogado?

—Por lo que sabemos, no —contestó Lottie—. ¿Puede contarnos algo más sobre Éilis que nos sea de ayuda?

—Creen que conocía a su asesino, ¿verdad? No consideran que le quitase la vida algún psicópata que estuviera merodeando por allí.

—Necesitamos investigar todas las posibilidades. También conocía a Jennifer O'Loughlin. ¿Qué nos puede decir de ella?

El cuerpo de la mujer se desplomó como si alguien hubiera dejado caer un peso sobre sus hombros, pero los ojos se le oscurecieron, y eso desconcertó a la inspectora.

—Jennifer era tan callada como un ratón. No le habría hecho daño a una mosca. Hablaba con una voz suave y era amable. Éilis se hacía oír más y era más extrovertida. Dos polos opuestos, y se movían en diferentes círculos.

—Por la información que tenemos, Jennifer apenas se movía en ningún círculo que no fuese el del grupo de apoyo de «Vida después de la pérdida».

—Me refiero a que Éilis trabaja... trabajaba por su cuenta. Jennifer lo hacía en la clínica dental. Por lo poco que nos mostraba, deduje que no se trataba de un lugar especialmente agradable. Puede que me equivoque.

—¿Alguien la molestaba allí? ¿Se sentía amenazada?

Helena volvió a palidecer.

—No, no. No dijo nada, pero, entonces, ¿por qué iba a dimitir sin tener otro trabajo? A mí no me parece que tenga mucho sentido.

—¿Cuándo supo que había dimitido?

—Yo... ¿Perdón?

—¿Se lo comentó?

—Cuando dejó de venir al grupo, llamé a Smile Brighter. Alguien me dijo que se había marchado. En ese momento, di por hecho que quería que la dejasen en paz y que ya nos lo contaría cuando llegase el momento.

—¿Hay algo más que nos pueda decir?

—No. Jennifer estaba más unida a Éilis —contestó Helena, y Lottie vio cómo la confusión le cubría los ojos como una venda.

—¿Cómo de unida?

—Éilis le diseñó algo de decoración para la reforma de su casa. Así fue como se conocieron.

Ya le había hablado a Boyd sobre eso, así que cambió de dirección.

—He oído que Éilis hacía yoga. ¿Jennifer también lo practicaba?

—No lo sé, pero sé que Éilis iba a SunUp.

—¿Y no tiene ni idea de por qué podrían haber asesinado a cualquiera de las dos?

Helena hizo un ruido al tragar antes de hablar.

—¿Estoy en peligro?

—Sinceramente, no lo sé. ¿Hay algo más que quiera añadir?

La mujer bajó la vista y el silencio ocupó la pequeña tienda como si resultase visible.

—Si se me ocurre algo, se lo haré saber.

—Gracias por su ayuda, Helena.

Lottie se dio media vuelta y comenzó a caminar hacia la puerta, pero se sorprendió al ver que Boyd se quedaba atrás. Aun así, salió la calle y lo esperó allí.

—¿Qué ha sido eso? —le preguntó cuando se unió a ella con un tono más espinoso que un cactus.

—Té de ortiga —contestó.

༄

Cuando la puerta se cerró tras los detectives, a Helena le fallaron las piernas. La mujer se desplomó en el suelo y apoyó la cabeza en el frío mostrador de madera que tenía detrás hasta que volvió a respirar de una forma relativamente normal. El silencio era total. Luego, pasó por alto el trabajo que debía hacer en la tienda e intentó racionalizar lo que estaba sucediendo.

Ayer encontraron a Jennifer muerta y ahora parecía que Éilis también había fallecido. Las cosas se estaban acelerando y, si no tenía cuidado, podría perder el control total de su juicio y de su objetivo principal; el mismo que tenía cuando se unió al grupo de apoyo para viudas. No podía permitirse cambiar el foco de ninguna manera.

Se preguntó si debería haber contado a los investigadores más cosas sobre Jennifer. Cómo un secreto la había consumido. Cómo sufrió en silencio hasta que conoció a Éilis. Cómo Orla les advirtió de que morirían si no permanecían calladas. Aquello enfureció a Jennifer. Pero ahora dos de ellas estaban muertas. ¿Alguien había hablado? ¿Esa era la razón? ¿Orla había tenido razón todo ese tiempo?

En ese momento, la mujer ahogó el miedo en su pecho y se dirigió hasta el almacén para poner a hervir una tetera. Unas ortigas molidas descansaban en el fondo de la taza, y eso le hizo pensar en el detective Boyd. ¿Qué pasaba con su jefa? Resultaba evidente que ahí había algo, pero ya tenía bastante que hacer sin pensar en ellos.

Vació la taza y la enjuagó antes de servirse un generoso dedo de vodka de la botella que ocultaba en la alacena. Se tragó el líquido antes siquiera de que el agua entrase en ebullición. Por lo menos, se le calmó el temblor de los dedos.

El alcohol no le despejó la mente y se notó mareada. Por encima de todo, se sentía confusa. No comprendía qué sucedía y, lo que era más importante, no tenía ni idea de cuál era su rol en todo aquello. ¿Había dicho o hecho algo que hubiera des-encadenado esos horrores? ¿Aquello era por su culpa? ¿Tenía que ver con las veces que se desmayaba y perdía la noción del tiempo?

No, debía de ser alguien más y, ahora que lo pensaba, tenía una idea bastante certera de quién podía ser culpable.

41

El personal administrativo se disipó a medida que se asignaban tareas, y Kirby no pudo contenerse: abrió el expediente de Tyler Keating en su ordenador. El hombre leyó a la vez que abría la tarrina de ensalada de pollo que había comprado en Wholesome Pantry tras haberse jurado que cambiaría de estilo de vida. E iba a empezar con su alimentación. *Ciao,* McDonald's. Hola, verduras. Si cerraba los ojos, no estaba tan mal. Usaba la imaginación para fingir que se trataba de unos *nuggets* de pollo fritos.

Tyler Keating tenía treinta y nueve años, era contable con un máster en Administración de Empresas y profesor a media jornada en la universidad de Athlone. Debía acudir a una conferencia en Liverpool el día que se esfumó. Su esposa informó de su desaparición cinco días después. Aquello le chirrió en su momento, y ahora le ocurría lo mismo. ¿Por qué esperar?

Luego, hojeó los informes e interrogatorios. Nada le llamó la atención. Todo se había hecho a rajatabla, pero aun así no tenían ni una pista de qué le había sucedido al hombre ni de dónde podría encontrarse un año después. El expediente seguía abierto, pero estaba inactivo. No había nuevas pistas. Tampoco había aparecido nada de nada durante los doce meses que habían pasado desde entonces, más allá de una investigación completa seguida de llamamientos intermitentes. Tyler tenía un hermano y una hermana en Mayo. Al principio telefoneaban más, pero daba la sensación de que habían aceptado lo que él creía: que su hermano estaba muerto.

Si eso era así, ¿dónde se hallaba el cuerpo? Si se había suicidado o había sufrido un accidente, habrían encontrado su coche. No se subió a ningún ferri y, hasta la fecha, nadie lo había visto ni encontrado. Era un misterio. ¿Habría alguien más involucrado?

Durante un tiempo sospecharon de su esposa, Orla. La investigaron, pero no dieron con nada que apoyara la conjetura, más allá de la demora a la hora de informar de la desaparición de su marido. Los registros telefónicos mostraban que lo había llamado, pero que él no le había devuelto las llamadas. Si lo hubiera matado, podría haber llevado el coche a un desguace y haberlo destruido. Aunque ya habían explorado esa vía y se habían topado con un callejón sin salida. Las tarjetas bancarias de Tyler tampoco se habían usado. Pero hacía tiempo que eso no se comprobaba. Iba a llamar al banco y ver en qué situación estaban las cuentas del desaparecido. Y ¿después de eso? Sintió que la desesperanza lo acuciaba cuando no tenía ni idea de hacia dónde dirigirse.

Definitivamente, necesitaba confirmar que Tyler Keating estaba muerto. Y, además, debía aceptar el hecho de que algunas personas simplemente no querían que se diera con su paradero.

42

Boyd atravesó la puerta de la comisaría y dejó que se cerrase de un portazo tras de sí. Lottie lo observó desde el coche, incapaz de comprender por qué estaba de tan mal humor. Todavía le quedaba otro lugar por visitar antes de volver a su escritorio.

Hill Point era un complejo de apartamentos en expansión construido durante la burbuja económica del Tigre Celta. Las paredes pintadas de blanco ahora tenían un aspecto triste y gris, pero sabía que no había ni una habitación libre en ninguno de los pisos que se hallaban sobre los locales comerciales.

La mujer aparcó y entró en el estudio SunUp. En su página web se anunciaba como un lugar de lujo, de gama alta y, aunque nunca había puesto un pie en una academia de yoga, la inspectora descubrió que la decoración encajaba con lo que se había imaginado. En ese lugar, relajarse parecía sencillo. Como si en algún momento hubiera tenido el tiempo para darse el placer de la relajación y el *mindfulness*.

Unas plantas de hojas verdes, que al inspeccionarlas más de cerca resultaron ser de plástico y estar cubiertas de polvo, cubrían todo el estrecho vestíbulo. Las sillas eran de fieltro naranja y cromo. A través del cristal en el extremo más bajo de la mesa de recepción, veía las largas piernas de la mujer sorprendentemente bella que estaba sentada detrás. Lottie, con los vaqueros desgastados, los botines negros (no había encontrado sus zapatos antes de irse de casa) y la sudadera de Batman de Sean, de nuevo atada alrededor de los hombros sobre una camiseta de color blanco grisáceo, se sintió igual que un actor de poca monta entrando al set de rodaje equivocado. Y tampoco podía evitar pensar que SunUp intentaba con desesperación ser algo que no era.

La inspectora mostró su placa identificativa. Al acercarse, se fijó en que el rostro de la mujer estaba cubierto por una gruesa capa de base de maquillaje. Si se la despegabas, quizá encontrarías a una persona completamente diferente enterrada debajo. Culpó a las famosas de Instagram por sus colaboraciones con marcas de belleza. Hasta sus hijas habían sido víctimas de la venta agresiva.

Cuando llegó, la recepcionista abrió los labios pintados de carmesí y mostró sus carillas en una sonrisa tensa. Un acento neutro emergió de su boca.

—Quería hablar con Owen, ¿no?

—Así es. ¿Está aquí?

—¿Dónde más iba a estar? Este es su «paraíso perdido». —E hizo el gesto de las comillas.

Lottie recordaba vagamente haber leído un pasaje del poema de Milton para el examen de selectividad, hacía un millón de años. ¿La caída de la humanidad fue culpa de Adán y Eva? Mmm.

La asistente personal pulsó un botón de la consola.

—Owen, ha venido una inspectora que quiere hablar contigo. Sí. Pues perfecto. —Colgó el teléfono para, acto seguido, indicarle la puerta—. Está ahí dentro. Tenga cuidado.

—¿Qué?

—Se encuentra en medio de una postura.

Lottie llamó a la puerta y entró sin esperar una respuesta. Dentro, un hombre que vestía unas mallas negras y una camiseta de gimnasio sin mangas estaba haciendo el pino contra la pared.

—Serán treinta segundos —la avisó.

La inspectora escuchó la dulce música de la flauta de pan mientras echaba un vistazo a su alrededor. Un teléfono descansaba en el suelo al lado del hombre y, desde su perspectiva, no era capaz de adivinar sus rasgos. La mujer contó hasta treinta mentalmente y él debió de hacer lo mismo porque, de pronto, se dobló sobre sí mismo, dejó caer los pies al suelo y se incorporó.

Entonces, le tendió una mano sudorosa.

—Soy Owen Dalton. ¿En qué puedo ayudarla?

Lottie se presentó y añadió:

—Quiero hacerle unas preguntas sobre una de sus clientas. Éilis Lawlor.

—Tengo una clientela muy numerosa, así que no los conozco a todos personalmente. Tendré que comprobar la lista de miembros.

—Sería un detalle.

El hombre rodeó con soltura un estrecho escritorio de cristal para sentarse en una silla de inversión. La reconoció como una de las que usaba la gente con problemas de espalda. «El yoga no da para más», pensó.

Mientras abría el documento en el MacBook Pro plateado, Lottie vio que el hombre arrugaba el rostro fino, casi demacrado, al fruncir el ceño. Tenía una barba de chivo y el cabello oscuro y rizado. Sus largos dedos dejaron de teclear. Y la miró. Esos ojos azules tan claros que casi resultaban transparentes la interrogaron sin palabras. Pero ella esperó pacientemente y, al final, él rompió el silencio.

—¿Puedo preguntarle por qué está interesada en la señora Lawlor?

—Lleva más de veinticuatro horas sin ponerse en contacto con su familia. Creo que era socia del centro. ¿Cuándo fue la última vez que vino a clase?

—¿No necesita una orden para obtener esa información? Como mínimo, necesito su permiso.

—No tengo tiempo para eso. Creo que Éilis está muerta. Que la han asesinado.

—Ay, madre mía, eso es horrible. Y he oído que la señora O'Loughlin apareció ayer igual. ¿Qué está pasando en este pueblo?

—¿Jennifer también era miembro del centro?

—Como ya no se encuentra entre nosotros, puedo confirmarle que se trataba de una socia.

Lottie no pudo evitar fijarse en el tono formal que empleaba al hablar de la mujer. Ella prefería llamar a las víctimas por sus nombres de pila. Hacía de sus muertes algo más personal. Imaginó que la edad de Owen Dalton oscilaba entre los veinticinco y los cuarenta y cinco años. No tenía arrugas en el rostro, pero con el bótox y otras terapias similares, eso no significaba nada.

—¿Cuándo fue la última sesión a la que asistió Jennifer?

El hombre inclinó la cabeza llena de sudorosos rizos y dio un toquecito en la pantalla.

—Su membresía termina a finales de mes. Hace seis semanas que vino. ¿Qué le ha pasado?

—¿Cuándo fue la última vez que vino Éilis?

Owen tragó saliva. Y volvió a golpear las teclas. Parecía que la reticencia inicial a compartir información se había evaporado.

—El lunes. A la clase de las siete y media.

—¿De la mañana o de la tarde?

—De la tarde.

—¿Quién es su instructor?

—Yo.

—¿Y también era el de Jennifer?

—Sí.

—¿A cuántos profesores tiene empleados?

—Tengo a tres autónomos. Yo estoy a tiempo completo. Este es un servicio de lujo y…

—Así que dos mujeres de sus clases han…

—Sesiones, no clases. Mi estudio es exclusivo, caro y beneficioso para mis clientes. Créame, valoro demasiado mi negocio como para hacer algo que roza lo inmoral.

—¿Cree que el secuestro y el asesinato rozan lo inmoral?

No pudo evitar ser cortante. Estaba demasiado tranquilo, maldita sea.

El hombre abrió la boca, pero a continuación la volvió a cerrar. Luego, inclinó la cabeza y se contempló las uñas de manicura mientras Lottie se escondía las suyas mordidas en los bolsillos.

—Oiga, Owen, no lo estoy acusando de nada. Solo necesito información.

—Lo único que puedo decirle es que las dos mujeres eran socias del centro. El Reglamento General de Protección de Datos y…

—Sí, vale. ¿Tenían relación con otros miembros?

—No que yo supiera.

—¿Alguna vez las vio hablando entre ellas?

—No, pero eso no significa que no lo hicieran.

—¿Helena McCaul forma parte de su clientela?

El hombre echó un vistazo a la lista que tenía en la pantalla.

—No.

—¿Y Orla Keating?

—Sí, ella sí.

La mujer se puso en pie.

—¿Puede darme los nombres de los instructores autónomos?

—¿Por qué necesita hablar con ellos?

—Tengo que hacerlo y punto —dijo irritada.

La estaba haciendo enfadar de verdad. Lo observó con detenimiento y él se hizo pequeño bajo su mirada para, a continuación, comenzar a golpetear las teclas. Luego, escuchó el zumbido de una impresora y el hombre esperó a que saliera el papel.

—Ahí tiene. Pero seguro que estoy saltándome la ley al darle estos nombres.

—Y a mí se me conoce por saltar a la yugular, así que no vuelva a poner a prueba mi paciencia. —E hizo amago de marcharse, pero entonces se dio la vuelta—. ¿Puede decirme dónde estuvo desde la noche del martes hasta esta mañana?

—¿Necesito un abogado?

—Por el amor de Dios…

—El martes me quedé aquí hasta tarde meditando, y ayer pasé aquí el día hasta bien entrada la noche. Luego me fui a casa. Cené y me fui a la cama.

—¿Hay alguien que pueda corroborarlo?

—Si es necesario, puedo conseguir que se verifique.

—Sería lo deseable.

Después, le dio su tarjeta y se marchó.

En pie junto a su coche, repasó la conversación que acababa de mantener. A continuación, se metió dentro y arrancó. Por mucho que lo intentase, no era capaz de imaginar qué le había hecho sentir incómoda. O se le había pasado algo o había algo relevante que no le había dicho. Negó con la cabeza y condujo de vuelta a la comisaría. Fue en ese instante cuando cayó en lo que no había podido descifrar antes. SunUp se anunciaba como una instalación exclusiva de lujo, pero daba la sensación de que era una empresa en quiebra.

43

McKeown notó que se mareaba por la presión que se respiraba en el despacho. Había estado examinando páginas web y llamando a la oficina del Registro Mercantil, y ahora estaba al teléfono con la oficina de la Agencia Tributaria de Athlone. Veinticinco minutos de espera y le quedaba un hilo de paciencia tan fino como el de sus labios enfadados. Justo estaba a punto de colgar cuando alguien le contestó.

—¿Detective? Es posible que tenga algo para usted con el nombre de soltera de Jennifer O'Loughlin, Jennifer Whelan, pero creo que necesito una orden para poder darle esta información.

¿Con quién estaba hablando? ¿Anne? ¿Annette?

—Como la persona por la que estoy preguntando ya ha fallecido, asesinada, debería añadir, no creo que tenga nada de lo que preocuparse. No es más que una línea de investigación, Anne.

—Es Annette. Vale, si usted lo dice... Se lo estoy enviando por correo. Por favor, no me meta en problemas.

—No se preocupe por nada. Aprecio mucho toda su ayuda.

—Gracias, detective McKeown. ¿Sabe?, conozco a una mujer que se apellida McKeown y...

Mierda.

—Lo siento, tengo prisa, pero gracias de nuevo, Annette.

Entonces, colgó y clavó las pupilas en la pantalla de su ordenador a la vez que pulsaba refrescar cada cinco segundos. Por fin, apareció el correo.

—¡Lo tengo! —Se giró para descubrir que estaba solo en el despacho.

No había nadie con quien compartir su éxito, así que se aseguró de que tenía la información en su iPad y salió en busca de la agente Martina Brennan.

—Deberías haberle pedido a otra persona que te acompañara en mi lugar.

Martina estaba a la que saltaba en el asiento. Aunque adoraba a las mujeres, sin contar a Lottie Parker, no las entendía.

—Preciosa, tú y yo formamos un equipo.

—Yo no soy detective, y sabes que estoy lejos de ser preciosa, así que no voy a caer en tus trampas. Si querías a un agente modesto para avivarte el ego, podrías habérselo pedido al agente Lei.

—Pero él no tiene una boca tan bonita como la tuya, princesa.

—Mientes más que hablas.

McKeown se removió incómodo mientras salía de la comisaría con el coche y pasaba junto a la catedral.

—¿Qué te reconcome?

—Eres un mujeriego, Sam. Ya te lo he dicho, no me gusta cómo tratas a tu mujer y a tus hijos.

—Mi familia no tiene nada que ver contigo.

—Sí, sí que tienen que ver. Yo soy la causa de cómo los tratas.

—Que no se te suban los humos. Si no fuera contigo, sería con otra.

¡Mierda! Ahora se había pasado y había metido la pata hasta el fondo.

La mujer se giró noventa grados en el asiento y él sintió que la vehemencia de su mirada le quemaba el lateral de la cara, pero no se atrevía a apartar los ojos de la carretera.

—Hemos acabado, Sam. Terminado. *Finito.* Voy a acompañarte en esta inspección y luego no quiero volver a estar sola contigo en un coche, en el despacho y, en definitiva, en ningún sitio. Tu actitud me pone enferma. De verdad que no sé cómo he estado tan ciega. Me advirtieron más que suficiente. Conduce y punto, ni me hables ni me mires.

El detective permaneció en silencio en un intento desesperado por poner freno a su mal genio. Alguien tenía que habérselo contado. Su mujer no había sido, porque hasta lo que ella sabía, la aventura se había terminado. Tenía que haber sido Kirby. Le arreglaría la cara a golpes. Agarró el volante con tanta fuerza que los nudillos se le pusieron blancos. El silencio se le hizo eterno mientras hervía de la ira, que amenazaba con consumirlo.

—De todas formas, ¿a dónde vamos? —preguntó al fin.

Pero él no confiaba lo bastante en sí mismo como para responder.

El edificio era el más pequeño de los tres que se encontraban en el solar cuadrado justo a las afueras de Ragmullin. Se hallaba a menos de dos kilómetros del descampado donde habían encontrado el cadáver de Jennifer en el parque comercial de Ballyglass. Dos de ellos albergaban una sala de muebles en exposición y una tienda que vendía plantas y accesorios de jardín. El que le interesaba a él se usaba como almacén. Observó con detenimiento la persiana de seguridad y se preguntó de dónde podría sacar una llave para entrar.

Martina se desabrochó el cinturón a toda prisa y salió del coche antes de que el motor se apagara. McKeown suspiró, estiró las largas piernas y entró en la tienda de muebles tras ella.

Estaba hablando con un hombre que se encontraba en un escritorio dentro de un pequeño despacho acristalado.

—¿Y cuánto tiempo lleva sin ver a Jennifer O'Loughlin por aquí, Ted? —le preguntó.

—Ah, ya debe de hacer dos meses. Pero yo no veo a todo el que va y viene. Ese es el punto fuerte de mi mujer. —Se rio entre dientes.

—¿Hay alguna posibilidad de que pueda conseguir las llaves de su almacén? Necesitamos registrarlo.

McKeown se quedó atrás y dejó que Martina usara su encanto, aunque estaba mosqueado porque, para empezar, era él quien había conseguido la dirección.

—Jennifer me dio una llave de sobra por si saltaba la alarma cuando estuviera fuera o trabajando, pero voy a tener que buscarla.

El detective dio un paso adelante cuando el hombre comenzó a deambular de cajón en cajón.

—Ted, ¿Jennifer viajaba mucho?

—Ni idea. De todas formas, nunca he tenido que acudir por su alarma. A lo mejor es una de esas de mentira, para alejar a los posibles ladrones.

—¿Cuándo fue la última vez que la vio?

El caballero rollizo, que aparentaba tener más de setenta años, resolló mientras buscaba.

—Ya le he dicho a su compañera que fue hace más de dos meses. No pensé que sería la última vez que vería a la joven. ¿Tienen alguna idea de quién la mató?

—Estaba a punto de hacerle la misma pregunta —respondió McKeown.

El hombre se incorporó como un rayo y la rabia se abrió paso por las venas de sus mejillas.

—Eso suena a acusación. Yo apenas la conocía.

—No hay necesidad de ponerse a la defensiva. ¿Había alguien que la estuviera molestando? ¿Le confesó algún temor?

—Casi nunca hablaba. Debía de venir por las noches, porque creo que no la vi durante el día.

—Por la noche esto tiene que ser como la boca del lobo.

—Todos los locales tienen sensores de luz en los muros exteriores. —El anciano continuó rebuscando y sacando libros de albaranes y destornilladores—. Qué pesadilla de zorros y tejones. Ese vivero de al lado atrae a todo tipo de animales.

—Nosotros estamos interesados en los de dos patas. —El detective retorció las manos en dos puños dentro de los bolsillos para contener la impaciencia—. ¿Sigue sin haber rastro de la llave?

—Si la hubiera encontrado, no seguiría buscando, ¿no? —Ted alzó la vista antes de abrir otro cajón—. Ah. Esto es lo que quería. —Sacó una cajita de latón. Estaba cerrada—. La parienta debe de tener la llave de esto. Voy a pegarle un grito.

—Trae aquí. —McKeown entró en el estrecho despacho.

Le arrancó la caja de la mano a Ted, sacó uno de los destornilladores, forzó la cerradura y esta se abrió de golpe.

—Esto tendrá que pagárselo a la parienta.

La caja estaba llena de llaves viejas.

—¿Cuál de estas es?

—¿Cómo iba a saberlo?

—Dios, menuda ayuda está hecho. —Entonces, sacó un manojo de llaves y buscó entre ellas—. Enséñeme la que usa para abrir su tienda. Es posible que la de Jennifer sea parecida.

Ted le hizo el favor y, después de otro minuto de búsqueda, McKeown estuvo seguro de que tenía la llave correcta, así que se dirigió al local de la mujer y dejó a Martina para que apaciguara al señor de los muebles.

—Gracias a Dios —musitó cuando la llave funcionó y la persiana inició su lento ascenso.

—No hacía falta ser tan maleducado —le comentó su compañera cuando llegó hasta él.

—Y él no tenía que haber malgastado tanto tiempo mirándote el pecho.

—Eres un capullo, ¿lo sabes?

—Eso ya lo has dicho.

El hombre esperó hasta que el rulo se detuvo encima de su cabeza con una sacudida para empujar la puerta de madera que había detrás. No había alarma. Ni hacía falta llave. Resultaba una bendición, porque habría acabado linchando a Ted si hubiera tenido que observarlo mientras rebuscaba en más cajones.

Dentro estaba oscuro, aparte de la luz que atravesaba la puerta a sus espaldas. Entonces, buscó por la pared y encontró un interruptor. Dos tubos de luz fluorescente que colgaban del techo zumbaron y restallaron antes de que el lugar se iluminara.

—Ay, joder —exclamó Martina tras él.

Y McKeown se quedó callado, porque la imagen que tenía ante él lo había dejado sin palabras.

44

Helena, sin clientes e incapaz de concentrarse en el trabajo, cerró la tienda y se marchó. Mientras caminaba hacia el coche, se preguntó si estaría bien para conducir. Solo había tomado un vodka, pero no quería cometer un error después de todo lo que había pasado las dos últimas noches. Indecisa, se quedó junto al coche con las llaves en la mano.

—¡Hola, Helena!

La mujer dio un brinco y se giró rápidamente.

—Señor todopoderoso, Orla, no deberías aparecer así detrás de la gente.

—Ay, perdona. Por cómo has reaccionado, uno pensaría que estamos en plena noche. ¿Estás bien? Tienes mala cara.

¿Mala cara? Tenía un aspecto horrible.

—Estoy hecha un manojo de nervios. ¿Te has enterado de las novedades? —Se apoyó en el coche para recuperar el equilibrio.

Tal vez siguiera borracha.

—¿Qué novedades?

Entonces, pensó que Orla parecía recelosa, con las manos metidas en los bolsillos de la chaqueta larga y negra a la vez que lanzaba miradas de un lado a otro del aparcamiento.

—Los agentes creen que han encontrado a Éilis. Me han pedido que identifique el cadáver.

—¿Qué? ¡Dios mío! ¿También está muerta? Helena, esto es serio. —La agarró del codo—. ¿Quieres que te acompañe?

—Gracias por la oferta, pero diría que todavía queda un rato. Siguen buscando pistas.

—¿Qué pistas?

—No lo sé, pero da la sensación de que están seguros de tener su cuerpo. Esto es una pesadilla.

—Tú necesitas una copa cargada y nosotras tenemos que hablar. Vamos a cruzar al Fallon.

—Estamos en pleno día, Orla.

—Me da igual la hora que sea. Tenemos que charlar de esto. Podríamos ser las siguientes. No hay discusión. Yo invito.

En contra de su buen juicio (¿qué juicio?), Helena se dejó llevar a través del aparcamiento y calle arriba hasta el *pub*. Apenas tuvo tiempo de preguntarse por qué la mujer había aparecido de la nada antes de tener la segunda copa del día delante, y eso que todavía no era ni la hora de comer.

✧

Jackie echó un vistazo rápido y luego miró detenidamente. Sus ojos no la engañaban.

No se creía que estuviera observando cómo su hijo caminaba por la acera de enfrente. Iba de la mano de una adolescente alta. El pelo rubio de la chica, recogido en una coleta apretada, se balanceaba mientras hablaba con él. Le resultaba familiar. Y, entonces, cayó en la cuenta. ¡Era una de las hijas de la inspectora Lottie Parker! Su exmarido se había pasado de la raya al confiarle el cuidado de su hijo a esa gente.

Acto seguido, apretó el botón del paso de cebra y esperó a que el tráfico se detuviera para ir tras ellos. Quería darle un beso a Sergio y abrazarlo. Arrancarlo de la familia Parker, alejarlo del asqueroso Ragmullin y no volver a poner un pie en ese pueblo.

Pero, en ese momento, se quedó quieta.

Eso sería impulsivo, ¿verdad? Necesitaba hacerlo de la forma adecuada. Si cruzaba alguna línea, invisible o no, podría perder a su hijo para siempre. Y visto que Mark se encontraba bajo la influencia de Lottie Parker, era muy posible que aquello acabase en un juzgado. Jackie no quería entrar en la sala de ningún tribunal. Con la inspectora dentro del panorama, jamás aceptaría su trato. Quería a su hijo, pero necesitaba seguridad. Y Mark Boyd podía garantizarle ambas cosas.

Esperó a que el tráfico volviera a ponerse en marcha y los contempló entrando en un *pub*. ¿Cómo podía estar permitido algo así? Un niño de ocho años y una adolescente estaban atravesando la puerta de un bar en pleno día. Debería haber tomado una foto. A lo mejor le ayudaba tener una prueba de la ineptitud de Mark como padre. Una vez más, se arrepintió mentalmente, igual que cada día desde que le había hablado de la existencia de su hijo, incluso a pesar de que en aquel momento había sido necesario. Estaba bajo presión, su coartada había estado a punto de echarse a perder durante su misión de hundir una banda de narcotraficantes en Málaga y no podía poner a Sergio más en peligro. Había dado el paso que evitó durante ocho años y se había puesto en contacto con su exmarido. En ese momento, pensó que era lo mejor, pero al final su vida no se había visto amenazada y ahora volvía a estar en el pueblo que tanto odiaba, donde tendría que rectificar un problema que ella misma había provocado.

Al final, la mujer tomó la decisión y los siguió hasta el *pub* Fallon.

꒰꒱

Chloe fue a por dos boles de sopa y los llevó hasta la mesa. La luz que relucía en la ventana le daba al local un resplandor que no tenía cuando trabajaba detrás de esa barra por la noche. Parecía otro sitio.

—Vas a tener que soplar, renacuajo. Está caliente.

—No me llamo así.

Estaba tan serio que resultaba mono.

—Adivina a dónde te voy a llevar si te tomas toda la sopa y te comes las dos rebanadas de pan.

—Papá me lo ha dicho esta mañana. Me vas a llevar a nadar al lago.

—Nos lo vamos a pasar genial, pero ahora tómate esto. En cuanto terminemos aquí, iremos a pasar toda la tarde al lago.

La muchacha lo observó mientras se quedaba quieto con la cuchara a medio camino de la boca.

—¿Por qué tienes tanta prisa? Chloe, ¿no te caigo bien?

—Claro que me caes bien. Eres como mi hermano pequeño.

—Pero ya tienes uno. Sean no es tan pequeño, porque es más alto que tú, pero eres mayor que él, lo que lo convierte en tu hermano pequeño. ¿Me equivoco?

La joven sonrió.

—Sean no es tan divertido como tú. Vamos a pasárnoslo tan bien en el lago que esta noche dormirás como un bebé.

—No quiero ser como un bebé. —Sorbió una cucharada de sopa—. ¿De verdad trabajas aquí?

—Sí, expiando mis pecados.

—¿Qué pecados?

—Es una figura retórica.

Estaba a punto de explicarle el giro, pero el niño asintió. Era listo, pero demasiado curioso. Igual que su padre. No como el de ella, que tenía una vena cómica y le gustaba buscarle la suya haciéndole cosquillas hasta que no podía más. La chica sonrió al recordarlo.

El *pub* estaba bastante lleno a la hora de comer, pero sus ojos se posaron en dos mujeres acurrucadas en el reservado de la esquina, con las cabezas tan pegadas que parecía que estaban tramando una conspiración. ¿No habían estado allí la otra noche? ¿Con el tema de las viudas? Había leído en una fuente anónima de internet que la mujer a la que habían encontrado asesinada formaba parte de ese grupo. Como le picaba la curiosidad, mantuvo la atención fija en la pareja y se tomó la sopa sin darse cuenta.

—¿Conoces a esas mujeres? —le preguntó Sergio.

—No.

—No está bien quedarse mirando.

—¿Has terminado? Deberíamos irnos mientras siga haciendo calor para meternos en el agua.

La joven esperó a que el pequeño terminase de sorber lo que le quedaba de sopa y, entonces, le dijo que no se moviera mientras llevaba los platos a la barra. En ese momento, le llamó la atención una mujer que estaba sentada al final con los ojos clavados en Sergio. ¿Qué demonios hacía Jackie Boyd de vuelta en Ragmullin?

Chloe tocó el datáfono con la tarjeta y volvió deprisa con el chico. Tenía que sacarlo de allí antes de que la exmujer de Boyd se abalanzara sobre ellos. Luego, se preguntaría si debería contárselo al hombre, pero, en el fondo de su ser, sabía que lo mejor sería no hacerlo.

45

El trastero que Jennifer tenía alquilado se había construido con bloques de hormigón en bruto y un tejado galvanizado. Había un conjunto de lienzos apilado contra la pared, aunque aquello no fue lo que los detuvo en seco.

—¿Qué demonios es eso? —preguntó McKeown.

—¿Se te ha ocurrido que podría ser un coche? —contestó Martina.

El hombre se volvió ante su sarcasmo.

—¿De verdad? Y yo aquí pensando que era un maldito autobús.

La agente ya había sacado el teléfono y estaba haciéndole fotos al vehículo.

—El único coche registrado a nombre de Jennifer o su marido está aparcado en la puerta de su casa.

Luego, rodeó el automóvil y miró por la ventanilla del asiento del conductor.

—¿Cómo consiguió Jennifer meter este Hyundai blanco aquí?

—Guantes —le recordó su compañera a la vez que le tendía un par.

—¿Por qué?

—Es posible que forme parte de un crimen. Ha permanecido escondido en un almacén por algo.

—Es verdad —admitió—. ¿Ha aparecido algo con el número de la matrícula?

—Voy a tener que preguntarlo por radio.

—Espera un segundo. Antes quiero echar un vistazo. —McKeown rodeó el coche con aire resuelto y se dirigió hacia el fondo del edificio—. Aquí hay una persiana de seguridad. Tuvieron que traer el coche por ahí.

—¿Miramos fuera?

—En un momento. Quiero comprobar si está abierto y si tiene algo dentro.

El hombre se estiró los guantes, presionó la manecilla y la puerta se abrió.

—Vaya golpe de suerte. —Martina se inclinó para ver más allá de él.

McKeown inhaló el encantador perfume de la mujer antes de que otro hedor invadiera sus sentidos.

—Huele a lejía.

—Solo existe una razón por la que alguien limpiaría un coche con lejía.

—Para encubrir algo. ¿Un crimen?

Le dio un toque al móvil para encender la linterna y ver mejor. El tapizado estaba impecable, pero la peste venía del espacio para las piernas.

—Tendremos que llamar a la científica. Es posible que haya sangre.

A continuación, abrió el resto de las puertas y miró en los asientos traseros. El olor a lejía se intensificó. No se veían papeles, envoltorios ni suciedad de ningún tipo.

—¿Y un cadáver en el maletero? —comentó su compañera.

—Lo dudo.

De todas formas, rodeó el vehículo con cuidado y pulsó el botón del maletero. Se abrió de golpe y el hombre observó el interior con detenimiento.

—No hay cadáver.

Ahí dentro olía y parecía estar igual de limpio. Volvió a cerrarlo y comprobó los neumáticos. No había barro ni restos atascados entre los bordes ni en los surcos. Después, iluminó la parte de abajo con la linterna.

—Un coche nuevo no estaría tan limpio.

—La matrícula es de 2014.

—Ya sabes a lo que me refiero. —Se incorporó—. ¿Por qué se ha limpiado de forma tan minuciosa? ¿Y qué demonios hace en un almacén alquilado por Jennifer O'Loughlin?

—Necesitamos saber a nombre de quién está matriculado este coche.

Mientras Martina se ponía manos a la obra, McKeown caminó por el perímetro, que se encontraba delimitado por setos. Había un patio de hormigón a cada lado que llevaba a una zona asfaltada en la parte de atrás. Dar la vuelta por ahí con el coche y meterlo en el local resultaba sencillo. La puerta de seguridad se parecía bastante a la de la fachada. La trasera se utilizaba para meter y sacar cosas. ¿El coche ya estaba allí cuando Jennifer alquiló el trastero o lo pagaba para ese propósito en concreto? Tal vez, obtendrían una respuesta cuando descubrieran a quién pertenecía el vehículo.

Al girarse, se chocó con su compañera y, por el rubor en su rostro, supo que tenía el nombre del dueño del vehículo.

—No te lo vas a creer —dijo.

—Ponme a prueba.

—Lo matriculó un hombre que desapareció hace un año. Tyler Keating.

—¿De verdad? Yo no estaba aquí por aquel entonces, pero he oído a Kirby hablar de eso esta mañana.

—El tema es que, al igual que Jennifer, la esposa de Tyler Keating, Orla, forma parte del grupo de apoyo para viudas «Vida después de la pérdida».

46

Jane Dore, la patóloga forense, acababa de volver al hospital de Tullamore tras el examen preliminar de la escena del lago cuando la inspectora se puso en contacto con ella por teléfono.

—Hola, Lottie. Todavía no ha llegado el cadáver.

—¿Has conseguido echarle un vistazo a la cara? Necesito confirmar que es Éilis Lawlor.

—El agente Lei me ha enseñado la fotografía de la desaparecida. Es ella.

Entonces, la inspectora soltó un largo suspiro quedo y dijo:

—Sabía que era ella, pero estoy igual de conmocionada. Sus pobres niños…

—Yo odiaría tener que contárselo.

—Ya, pero no te lo cambiaría. Las acciones de Vicks Vapo-Rub se dispararían. ¿Qué puedes contarme?

—No puedo decirte mucho hasta que no llegue el cuerpo. Tiene heridas similares a las de la primera víctima. Se ven astillas de madera clavadas en las heridas. Y le han quitado los ojos.

—Madre del amor hermoso. ¿La asesinaron de un disparo?

—No, y no veo ningún signo de qué pudo matarla. Tendrás que esperar a la autopsia.

—¿Cuánto tiempo lleva muerta?

—Ha hecho calor y no sabemos cuánto tiempo ha pasado al aire libre. Puede que seis horas, pero no me hagas mucho caso. En la inspección visual no me he fijado en si mostraba signos de congelación.

—¿Estás diciendo que puede que no sea el mismo asesino?

—No puedo contestarte a eso, Lottie. Las heridas físicas que he visto sugieren que la asesinó la misma persona que a

Jennifer O'Loughlin, pero no seré capaz de confirmártelo hasta que no le haga la autopsia.

—Está bien. Gracias, Jane.

Después de colgar, la inspectora clavó las pupilas en la pared del despacho. Lo único en lo que podía pensar era en los rostros de preocupación de los niños de Éilis. En momentos como ese, odiaba su trabajo. Esperaría a que Helena identificara el cuerpo antes de dar la terrible noticia a Roman y Becky. Y confió en que los medios no harían pública la historia antes.

Tenía que hablar con la comisaria y, para eso, necesitaba apoyo.

—Boyd, conmigo.

La comisaria Farrell estaba delante de la ventana, de espaldas a ellos. Entonces, se giró y clavó su mirada penetrante en Lottie.

—¿Con qué lógica habéis solicitado un equipo de protección para Helena McCaul?

La actualización que la inspectora le había dado no había surtido el resultado que esperaba. La jefa se aferraba a un solo aspecto.

—Dos de las fallecidas formaban parte del grupo de «Vida después de la pérdida», igual que Helena. Podría ser la próxima.

—Eso crees, ¿no? Deberíais investigar el grupo un poco más. A lo mejor nuestro asesino es alguien que siente rencor hacia las mujeres. Descubre quién más está involucrado. Estoy segura de que hay más personas, además de McCaul.

—Jennifer fue la primera en morir, pero fue Éilis quien creó el grupo. Si adoptamos su punto de vista de una forma lógica, debería haberla matado a ella primero.

En ese momento, Farrell se metió en el espacio personal de Lottie y alzó la vista para mirarla.

—¿Lógica? No hay ninguna lógica en nada de lo que me has contado. —Dio un paso atrás—. Pero también soy consciente de que, para una persona cuerda, hay muy poca lógica en un asesinato. Creo que yo lo estoy, incluso a pesar de que me empujes al límite más veces de las que puedo contar.

—¿Eso es un no?

En ese momento, la inspectora echó un vistazo a su compañero y se alegró al ver que él parecía tan confundido como ella.

—Sí, pero no definitivo.

—¿Entonces qué es? —le preguntó Lottie, totalmente desconcertada.

—Habla con McCaul y consigue toda la información posible sobre el grupo, incluido el pasado y el presente de los miembros. Desarrollad un perfil. Luego volved a hablar conmigo.

—Hay otra integrante del grupo de la que tenemos información, Orla Keating. Su marido desapareció el año pasado. No lo han encontrado todavía.

—¿Estás pensando que ese hombre desaparecido, que lo más probable es que esté muerto, ha salido de su tumba desconocida para asesinar a todo el que esté a su alrededor?

—No, no he dicho eso. Solo estoy...

—Limítate a avisar a las mujeres para que vayan con cuidado. Podéis retiraros.

Al otro lado de la puerta, Boyd negó con la cabeza.

—No tengo ni pajolera idea.

—Ni yo, pero tenemos que indagar sobre Orla Keating y volver a hablar con Helena.

—Ya hemos hablado antes con ella. Es posible que la espantemos si nos ponemos en contacto de nuevo demasiado pronto.

—Cuando el cuerpo esté listo para una identificación formal, tendremos una excusa legítima para hacerlo.

—Sí, me parece bien.

—Al menos estamos de acuerdo en algo.

—¿Qué se supone que significa eso?

—Necesitas volver a jugar en equipo, Boyd. Estás distraído. Y con dos mujeres muertas y un asesino suelto, necesito que permanezcas totalmente concentrado.

—Porque tú siempre estás centrada, ¿verdad?

—Lo hago lo mejor que puedo.

—¿Me estás acusando de no dar la talla en el trabajo? Eso no es justo, Lottie.

En ese momento, se fijó en que daba la sensación de que las orejas le asomaban más cuando estaba enfadado.

—Concéntrate y punto, ¿vale?

—¡Vale! —La empujó para pasar por su lado y atravesar el pasillo a toda prisa para, al final, dar un portazo con la puerta del despacho al salir.

—Como quieras —susurró.

Después, se pasó la mano por el pelo, que necesitaba lavarse con urgencia, y se preguntó si habría quemado el último puente que quedaba en pie con él.

En ese instante, el móvil le sonó en el bolsillo. Chloe. Seguramente fuera algo sobre Rose. No podía contestar hasta que se relajara un poco, así que rechazó la llamada y se preguntó, si una vez más, Jane lograría que le hablasen los muertos. Al menos ellos no podían darte con la puerta en las narices.

Pero, antes de que pudiera hacer la llamada, el nombre de McKeown apareció en su pantalla iluminada.

47

La inspectora se encontró con McKeown al final de las escaleras y fue con él hasta el despacho.

—Ponme al día.

—Al descubrir que había obras de arte en el apartamento, unido al hecho de que no tenía redes sociales, imaginé que Jennifer debía de tener una página web.

—¿Y?

—La he encontrado por su apellido de soltera, Whelan. También alquiló un trastero con ese apellido.

—Bueno, ¿lo alquiló antes de casarse?

El hombre se encogió de hombros.

—Supongo que voy a necesitar una orden para obtener esa información, a no ser que alguien quiera dármela.

—Quizá se le olvidó cambiar el nombre. Eso es un callejón sin salida, McKeown.

—No del todo. —En su rostro se dibujó una sonrisa imborrable que para ella estaba un poco fuera de lugar, con dos asesinatos registrados—. Hay un Hyundai aparcado dentro del trastero. Y apesta a lejía.

—¿Qué? —Lottie intentó hacerse a la idea de lo que el detective le estaba contando.

—He llamado a un par de miembros de la policía científica para que lo examinen. Y he dejado a los agentes uniformados del equipo de seguridad allí.

—¿Sabes a quién pertenece?

El detective parecía muy satisfecho.

—Pertenece a Tyler Keating. El hombre desapareció hace un año.

Kirby se levantó de golpe de su asiento.

—Ese es el caso sin resolver que te he mencionado, jefa. La esposa de Tyler es Orla Keating. Forma parte del grupo «Vida después de la pérdida», igual que las dos fallecidas.

—¿Así que tú eras el zopenco que se encargaba de ese caso? —McKeown sonrió con suficiencia, incapaz de contener el disfrute.

—Tú ni siquiera trabajabas aquí entonces —gritó el otro hombre, y Martina se levantó para ponerse entre los dos.

En ese momento, Lynch apareció en la puerta.

—¿Por qué asalto vamos?

—Chist, no eches más leña al fuego —le pidió Martina en un esfuerzo por restaurar la paz.

—Relajaos, chicos —les pidió Lottie—. Necesitamos un análisis del coche. Es posible que ayude a resolver los dos asesinatos.

La mujer casi olía los niveles de testosterona de la habitación mientras hablaba. Entonces, miró a Kirby.

—Me has pedido permiso para reabrir el caso esta mañana. Debido a esta nueva información, quiero que montes un pequeño grupo para investigarlo. Quédate a Martina. Revisadlo todo, incluidas las cuentas bancarias y las finanzas de Tyler Keating. Y descubrid qué relación hay entre Jennifer O'Loughlin y él.

Después, se volvió hacia McKeown.

—Tengo que saberlo todo sobre Jennifer. ¿Por qué desapareció durante un mes sin que nadie se diera cuenta ni lo denunciase? ¿Dónde estuvo todo ese tiempo? Helena McCaul sospechaba que había rencores dentro de la clínica dental. También dijo que Éilis y Jennifer fueron las primeras integrantes en el grupo de apoyo para viudas. Mira qué puedes averiguar. Luego, refiere toda la información que encuentres a Kirby.

—Por supuesto. —Y, como si acabara de darse cuenta de que debía molestarle que hubiera asignado a Martina a su némesis, añadió—: Como Martina me ha acompañado hoy, me gustaría que se quedara conmigo.

—Claro que sí —espetó el otro detective.

Lottie los fulminó con la mirada.

—Vosotros dos, ¿vais a parar? Se hará lo que yo diga, así que vamos a ello.

Y, cuando se dirigía a su propio despacho, escuchó a McKeown susurrarle a Kirby:

—Ya veremos hasta dónde llegas con ella. No es tu tipo.

—¿Y qué tipo es ese? —masculló el hombre.

—Del tipo que se sienta en un escaparate en Ámsterdam.

☙

La atmósfera en casa de los Keating siempre estaba cargada de electricidad cuando Tyler andaba cerca. Pero, ahora, cuando Orla atravesaba la puerta de entrada, no podía evitar la sonrisa que se le dibujaba en la cara ni la descarga de afabilidad que le inundaba el alma. Se sentía a salvo. Nadie podía tocarla ni gritarle. Y se deleitaba en esa paz.

La mujer abrió el frigorífico para sacar un poco de zumo y se estremeció por el recuerdo que desenterró de las profundidades del pasado. Casi podía oír la voz de Tyler gritándole.

—*No sé por qué tienes que comprar lo caro. La marca blanca de Lidl hace un zumo de naranja perfectamente aceptable.*

—*Lo siento, es que me gusta este.*

Pero él le arrancó el envase de cartón de Tropicana de la mano y lo volvió a meter en la balda de un empujón.

—*En adelante, yo me encargaré de hacer la compra.*

Ella asintió, consciente de que no merecía la pena discutir con él. Todavía tenía su propio salario, así que eso no podría arrebatárselo.

—*Deberías ser inteligente, y en realidad eres muy estúpida.*

—*Supongo que sí.*

—*No hay nada que suponer.*

—*Pero no andamos cortos de dinero. La verdad es que no hay necesidad de escatimar en la comida.*

Él dio un manotazo en la puerta del frigorífico que provocó que dos imanes de cerámica se cayeran y se hicieran añicos contra el suelo.

—*¿Quién ha dicho nada de escatimar? Solo he comentado que no hay necesidad de gastar dinero cuando hay alternativas perfectamente aptas. Eso reafirma mi teoría sobre tu estupidez.*

Había llegado el momento de apaciguarlo. Así que tragó y respondió:

—Llevas razón, Tyler. A veces puedo ser muy estúpida. Qué afortunada soy de tenerte para que me lo comentes.

Mientras este se acercaba, un escupitajo aterrizó en el rostro de Orla, y Tyler masculló:

—¿Te estás riendo de mí? Sí, eres estúpida. Necesitas saber cuál es tu lugar en este matrimonio.

—Lo sé. De verdad que lo sé.

Había intentado no acobardarse ante él porque sabía que aquello lo animaba a atormentarla. Y tenía que controlar la lengua. No podía incitarlo más o acabaría soltándole lo que había descubierto sobre él. Si lo hacía, no le cabía duda de que resultaría en un labio roto o incluso en algo peor. Una de las razones por las que había insistido en que trabajara desde casa había sido para ocultar los moratones que le infligía con regularidad. Cada vez eran más salvajes y frecuentes. Pero eso solo era un motivo. Lo otro era más letal.

Sabía que podría meterlo en prisión durante mucho tiempo, aunque necesitaba esperar a que llegase el momento adecuado para actuar.

Orla se arrastró de vuelta al presente con un escalofrío en los hombros. Incluso a pesar de llevar un año desaparecido, sentía que la acechaba, igual que una sombra. Su voz era un suspiro en el oído del que no era capaz de deshacerse. Iba a tardar más, aunque no contaba con el lujo del tiempo. Con Jennifer y Éilis muertas, quedaban pocas personas que supieran la verdad. Ella era una de esas. Helena también lo creía, pero ella sabía otra cosa. ¡Helena! ¡Mierda!

Y la mujer se apresuró a salir de nuevo hacia el coche.

48

La tienda de Helena McCaul no estaba abierta y la puerta se encontraba cerrada con llave.

—¿Tienes la dirección de su casa a mano? —preguntó Lottie.

Necesitaba que la mujer fuera a identificar el cadáver de Éilis y luego interrogarla en serio.

—Claro —contestó Boyd.

Siguieron adelante, y el silencio envolvió la atmósfera del coche. El hombre paró en la puerta de una casa independiente enorme en una urbanización relativamente nueva.

—No hay ni rastro de ningún coche. Parece que no hay nadie.

Lottie fue hasta la puerta, levantó el llamador de cromo y lo dejó caer con un golpe sordo. Cuando nadie contestó, abrió la verja lateral y rodeó el edificio para ir hasta la parte trasera. El jardín estaba un poco descuidado, pero albergaba elementos asociados a los niños: una bicicleta pequeña de Spider-Man descansaba apoyada en una caja de arena para jugar.

Luego, aporreó la puerta trasera antes de mirar a través de la ventana. No había señales de vida.

—¿No dijo algo de que su madre cuidaba de su hijo?

—Sí —confirmó Boyd.

—A lo mejor está con ella, pero no tenemos su nombre para buscar la dirección.

De vuelta en el coche, el oficial contactó por radio e hizo unas consultas.

—Creo que es ella. Kathleen Foley. Vive en Ballinisky.

La inspectora lo observó garabatear la dirección.

—¿Por qué has llegado tarde?

Mientras salían de la urbanización, él contestó:

—Chloe y tu madre estaban en medio de una discusión cuando he llegado.

—Ah, mierda. —La mujer cerró los ojos en un intento de bloquear la imagen—. Siento muchísimo que hayas tenido que presenciarlo. Señor, ¿qué voy a hacer con esto, Boyd?

—Es una persona difícil, pero debes tener paciencia. No es culpa de Rose.

Lottie se retorció en el asiento y miró seria al hombre mientras este conducía.

—Eso ya lo sé, pero es tan distinta a la mujer que conocía... Hasta su cuerpo está retrocediendo a la vez que su mente. Es muy triste.

—Se llama envejecer.

—Y no es fácil de entender.

—Ni lo intentes. Dale tiempo y espacio. ¿Eres capaz de imaginar cómo se siente?

—Se encuentra en esa zona que nadie puede penetrar, sobre todo yo, y quiere volver a su casa. Ya no puede vivir sola, Boyd. Temo por ella.

—Necesitas apoyo. ¿No hay agencias con las que puedas contactar?

—La mayoría tienen una lista de espera de seis meses.

—Inscríbela en todas.

—Quiero ayudarla, Boyd, pero se encierra en banda cada vez que intervengo, y acabo molesta y enfadada.

El hombre condujo en silencio y ella se reprendió por soltar sus problemas en sus hombros ya cargados. Antes de que añadiese nada más, el oficial ya había aparcado en la puerta de una casa pintada en colores vivos y con una puerta moderna de color verde lima con accesorios de cromo negro, aunque al jardín no le habría venido mal un mejor mantenimiento.

Una mujer alta abrió la puerta. A medida que salía a las escaleras de la entrada, su cabello largo brillaba al sol con un tono rojizo.

—¿En qué puedo ayudarles? —le preguntó cuando Lottie terminó las presentaciones.

—¿Está aquí Helena?

—¿Helena? No, por Dios. —La mujer echó un vistazo al reloj de pulsera. La inspectora imaginó que tendría cincuenta y tantos—. Suele estar trabajando a esta hora. No sé cuántas veces le he dicho que abandone esa empresa deficitaria, pero no me escucha. Las chicas y sus madres, ¡ja!

Soltó una carcajada forzada, y Lottie escuchó el dolor que escondían sus palabras.

—¿Cuándo fue la última vez que vio a su hija?

Kathleen palideció.

—¿Está metida en un lío?

—No que yo sepa. Necesitamos que identifique el cadáver de su amiga. —Al ver el gesto de horror que invadió el rostro de la mujer, añadió—: Acordó hacerlo.

—¿El cadáver de quién? No será el de esa pobre sobre la que estaban informando en las noticias esta mañana, ¿verdad? ¿O es el de la mujer que encontraron ayer?

—No puedo confirmar la identidad de la víctima. Por eso necesitamos hablar con Helena.

—Hace más de una semana que no la veo. Ya no me llama tan a menudo. La tienda le absorbe todo el tiempo.

Lottie lanzó una mirada a Boyd, que se encogió de hombros con cara de desconcierto.

—Deje que vaya al grano, señora Foley —intervino él—. Lleva más de una semana sin ver a Helena, pero ¿no está cuidando de su hijo y su perro ahora mismo?

—¿Su hijo? Deben de estar equivocados. Ah, ahora que lo pienso, ustedes están buscando a otra persona. —El alivio inundó el gesto de la mujer—. Helena no tiene hijos ni perros.

Boyd dio un paso adelante.

—No nos cabe duda de que mencionó que usted estaba cuidando de su hijo mientras ella estaba fuera la noche del jueves y cuando va al trabajo.

—¿Por qué diría eso? —Lottie se rascó la barbilla, perpleja ante aquella información—. Comprendo que siga llorando la muerte de su marido, pero ¿por qué se inventaría que tiene un hijo?

—Ahora estoy convencida de que tienen a la persona equivocada. Helena no está casada.

—Pero ella dijo… Nos contó que… —La inspectora no pudo evitar quedarse sin palabras.

En ese momento, Boyd intervino:

—Nos dijo que su marido se llamaba Gerald.

—Mi hija no está casada ni tiene hijos. Creo que deberían entrar y tomar una taza de té. Tenemos que hablar de Helena.

49

A Kirby se le revolvió el estómago al tener que presenciar el numerito de McKeown delante de la jefa. La angustia no combinaba bien con la ensalada de pollo que se acababa de tomar, y la barriga le rugió con fuerza, ansiosa por su ingesta normal de grasa.

—¿Quieres que te traiga algo de comer? —le preguntó Martina.

—No, gracias. Quiero echar un vistazo al coche que habéis encontrado. ¿Me puedes hacer un favor? A ver si descubres algo que conecte a Jennifer O'Loughlin con alguno de los dos Keating.

—Sin problema.

—Vuelve a leer el expediente. Está abierto en mi ordenador.

Luego, tomó su chaqueta y deslizó los brazos por ella. Dejó a Martina aparentemente feliz con su trabajo de oficina, salió a la calle y le envió un mensaje a Amy. Esperó que estuviera en el descanso para comer, así aprovecharía la sopa y los sándwiches especiales del Cafferty.

Decidió caminar para hacer ejercicio. Se dirigía al supermercado de Dolan cuando escuchó la notificación de su respuesta en el teléfono. La leyó y soltó un improperio.

—¡Me cago en la leche!

Quedaba otra hora para su descanso del almuerzo. El hombre siguió su camino mientras jadeaba a medida que se fatigaba por el caluroso día. ¿Por qué era tan fácil ganar peso y un puñetero fastidio deshacerse de él?

Amy estaba en las cajas de autoservicio y se le iluminó la cara al verlo. Kirby notó una sensación de bienestar, como después de comerse un menú BigMac.

—Hola —lo saludó—. ¿No te ha llegado mi mensaje? Tengo que estar atrapada aquí una hora más.

—No te preocupes, necesitaba comprar algunas cosas. Para esta noche, no para ahora. —Mierda, lo estaba estropeando—. ¿Qué tal el día?

—Más de lo mismo.

Su sonrisa era contagiosa.

—¿Quién es ese tal Luke que te hace pasarlo tan mal?

—Chist, no montes un numerito. —Miró a su alrededor para asegurarse de que nadie los miraba.

¿Se avergonzaba de él?

—Por Dios, yo nunca te haría algo así —la tranquilizó.

—Vale, pero disimula. Por encima de tu hombro izquierdo, el chico que está hablando con el guardia de seguridad, ese es Luke.

—Voy a echar un vistazo a los plátanos. Ahora vengo.

Le sonrió con cariño a pesar de que quería abrazarla, se secó el entrecejo con un pañuelo y luego se giró para dirigirse a la sección de fruta y verdura. El muchacho se encontraba cerca del guardia de seguridad.

Kirby tomó un envase de fresas y le lanzó una mirada casual al chaval. Parecía tener veintipocos y gesticulaba como un loco mientras hablaba de algún partido de fútbol. Una mata de pelo oscuro le caía sobre la frente y llevaba los lados afeitados. El hombre supuso que se trataba de un degradado. Un nombre nuevo para llevar la nuca y los lados cortos. Luke tenía la piel pálida y sin imperfecciones, además de un pendiente en la oreja y *brackets* en unos dientes que se le estaban poniendo amarillos. Iba vestido con el uniforme negro del supermercado, y el detective pensó que le otorgaba un aspecto siniestro.

Era capaz de esperar a que llegase su momento, pero no estaba tan seguro de que pudiera contener la ira. Ese imbécil subidito le estaba complicando la vida a Amy.

—Perdone, ¿están frescos?

Se acercó a él y levantó un racimo de plátanos de la marca Fyffes.

—Tienen la fecha puesta —le contestó el joven, que se alejó del guardia de seguridad y se los arrancó de la mano—. Esta pegatina es la fecha de caducidad.

—Ah, gracias. No la había visto.

—Deberías haber ido a Multiópticas —le contestó, y Kirby notó el desdén en su tono.

—¿Te estás burlando de mí?

—Es una broma. Cómprate una vida, viejo.

Aquello fue suficiente. El hombre alargó el brazo y agarró a Luke por la muñeca con la mano que tenía libre para acercar al chaval de un tirón.

—Tienes que cuidar las formas, niñato. Soy policía, y no me gusta cómo hablas a la gente.

Pero el chico puso un gesto exagerado de desprecio.

—¿Qué te pasa? ¿No tienes sentido del humor?

—Además de molestar a los clientes, me he enterado de que estás acosando a miembros del personal.

Al joven se le borró la sonrisita de macho y dio un paso atrás, pero Kirby lo agarró con fuerza y volvió a tirar de él para que atraerlo.

—No te acerques a Amy Corcoran o me comeré tus huevos para desayunar, ¿lo pillas?

—No puedes hablarme así.

—Pues tú no tienes derecho a intimidar a tus compañeros. ¿Estoy siendo claro?

—Tienes que decidirte. ¿De qué se supone que soy culpable? ¿De acoso o de intimidación? —Retorció el brazo para soltarse de la mano del detective.

En ese momento, llegó Amy, sonrojada y de los nervios. Acto seguido, tiró a Kirby de la camisa.

—¿Qué está pasando?

Luke paseó la mirada entre los dos, se liberó de la mano del hombre de un tirón y se rio.

—¿Es tu padre? Me estaba aconsejando que no me acercase a ti, como si yo hubiera considerado tener algo con alguien como tú.

—Ya está bien —dijo el detective—. No me refería a eso, y lo sabes.

—Larry, déjalo —le suplicó ella—. Vete, por favor, luego hablaré contigo.

El muchacho soltó una carcajada por la nariz.

—Ah, ya lo pillo. Este es el tío que te tiene tan ocupada. Por Dios, Amy, podrías haber escogido a alguien de tu edad.

Ante aquello, Kirby levantó un puño, pero ella le apartó el brazo de golpe.

—Larry, déjalo estar.

Era consciente de que la chica estaba intentando apaciguar la situación. Quería mandarlo a tomar por saco de un puñetazo, pero una multitud que no dejaba de susurrar se había agolpado en las cajas, y todo el mundo los observaba, como si acabaran de anunciar una rebaja de la mitad del precio en la fruta y las verduras.

—¿Puedes tomarte el descanso ahora? —le pidió—. Quiero hablar contigo.

—Vamos —dijo el muchacho, que seguía sonriendo con júbilo—. Es posible que le dé un infarto si no sales.

—Vete a la mierda, Luke. —Luego, la mujer señaló a la puerta—. Espérame fuera, Larry. Tardo unos minutos.

El hombre apartó a Luke de un empujón de camino a la salida y se quedó fuera con la sensación de que era él quien se había portado mal y que le habían echado la culpa de algo que no había hecho.

Amy llegó cinco minutos después, justo cuando había decidido marcharse. Después, negó con la cabeza enfadada y lo arrastró lejos de la tienda.

—Has empeorado las cosas.

Los dos se sentaron en el Cafferty con dos boles intactos de sopa y unos sándwiches imponentes mientras miraban la televisión que había encima de la barra, pero sin prestarle atención.

—Es un cabroncete engreído. Necesitaba que le bajasen los humos.

—Es posible, pero yo tengo que trabajar con él y ahora no va a parar.

—Denúncialo.

—Soy capaz de apañármelas sin necesidad de que interfieras. —Se pasó la mano por la frente—. No debería haberte dicho nada sobre él.

—Creía que estaba ayudando.

—Bueno, pues no.

De nuevo, cayeron en un incómodo silencio, y Kirby se preguntó cuándo (si es que pasaba) conseguiría entender a las mujeres.

50

Una sensación de claustrofobia abrumó a Lottie en cuanto se encontró en el abarrotado salón de Kathleen. Fue parecido a cómo se sintió en casa de Orla Keating. La expresión que le venía a la mente era «acumuladora compulsiva». En la mesa aparecieron una tetera y tres tazas, además de leche en un cartón y azúcar en un bol blanco. La inspectora agradeció el té, que le ayudaría a despejar un poco la mente, pero seguía sin tener ni idea de por qué Helena les había mentido.

—¿Por qué se uniría a un grupo de viudas si, para empezar, ni siquiera tenía marido? —preguntó.

Kathleen sorbió despacio su té antes de soltar la taza con una mano temblorosa.

—Helena es hija única. Le resultaba difícil hacer amigos y, cuando al fin lo conseguía, le costaba mantenerlos. Siempre fue una niña solitaria, y creo que buscaba consuelo en amigos imaginarios. No tenía suerte con los novios. Ha tenido problemas con las relaciones durante los treinta y tres años que lleva en este mundo, pero, para responder a su pregunta, no tengo ni idea de por qué se apuntó a ese grupo de viudas.

—Se llama «Vida después de la pérdida». ¿Es posible que esté pasando un duelo por el hecho de estar sola?

—A lo mejor. No es fácil comprender cómo funciona su mente, pero me resulta inconcebible que se inventase un hijo para llamar la atención.

Lottie pensaba lo mismo, pero también era posible que Helena se estuviese inventando la vida que anhelaba. Aunque, ¿por qué unirse a unas mujeres que estaban de luto? No tenía sentido. ¿O sí? ¿Ansiaba simpatía?

—Llamó a su marido Gerald y a su hijo, Noah. ¿Esos nombres significan algo para usted?

—¿Qué? Me parece que no.

—¿Qué más puede contarnos sobre ella?

Kathleen se quedó un momento en silencio.

—El padre biológico de Helena cortó la relación cuando le dije que estaba embarazada. Yo era una madre soltera de dieciocho años a la que dejó para que se las arreglara como pudiera. Me dijo que fuera a Inglaterra a abortar, pero él nunca me dio un duro para costearlo, incluso aunque hubiese querido tomar ese barco a Liverpool para que me realizaran la intervención. No volví a mirarlo después de eso.

—¿Le contó esto a Helena?

—Sí.

—A lo mejor se inventó un marido imaginario para corregir los errores de su padre biológico —comentó la inspectora en un intento por darle un sentido a todo aquello—. Luego, hizo que muriese y se convirtió en una viuda ficticia.

Kathleen parecía horrorizada.

—Suena ilógico.

—¿Lo considera una posibilidad?

La mujer tomó la taza y la sostuvo entre las dos manos, que no dejaban de temblarle.

—Supongo. Se quedó desolada cuando mi marido, su padrastro, murió.

—¿Y tiene idea de dónde podríamos dar con su hija?

—No, pero a veces desaparece durante días. Verán, Helena desarrolló una aventura amorosa con el alcohol. Pasó un periodo en rehabilitación, y esperaba que hubiera atravesado ese umbral metafórico cuando compró la tienda, pero me equivocaba.

—¿Y no puede darme ninguna pista de dónde podría encontrarse ahora ni de cómo dar con ella?

—No, lo siento, pero les avisaré si se pone en contacto conmigo.

—Se lo agradezco.

Lottie se terminó el té y se puso en pie. Luego, le entregó una tarjeta con su información de contacto.

Pero Boyd se quedó sentado.

—Kathleen, a pesar de sus problemas, Helena lo está haciendo lo mejor que puede para que su negocio triunfe. No sea demasiado dura con ella.

La mujer le dedicó una débil sonrisa.

—Yo le financié el negocio. La he sacado del agujero económico una y otra vez. Es la única manera en la que puedo mantenerla en el camino correcto. Odio admitirlo, pero Helena es una mentirosa compulsiva y puede ser inestable. Ha amenazado con sacarme de su vida en numerosas ocasiones, y solo me llama cuando se queda sin dinero.

—Ha comentado que la vio hace una semana. ¿En qué estado de ánimo se encontraba cuando quedó con ella?

—Me pidió dinero, para variar. Me trajo un mejunje de hierbas y Dios sabe qué más.

—¿Le dio lo que le pedía? —le preguntó Lottie.

—¿Es usted madre, inspectora?

—Sí.

—Entonces sabrá que le daría el brazo derecho si eso la hiciera feliz.

—¿De qué hablaron?

—Básicamente de la tienda.

—¿Le habló de sus amigas, Éilis o Jennifer?

—Debe entender que Helena solo sabe hablar de sí misma. —Kathleen dejó caer la cabeza para levantarla después con las lágrimas agolpadas en los ojos.

Una vez en la puerta, Lottie echó un vistazo por encima del hombro.

—Hemos estado en su casa. Hay juguetes y artilugios infantiles en su jardín. ¿Sería capaz de llegar tan lejos para convencerse de que tiene un hijo?

—No estoy del todo segura. Nunca he estado en su casa nueva, pese a que tengo una llave en caso de emergencia. —La mujer volvió a inclinar la cabeza—. A lo mejor quería convencer a alguien más. Yo he dejado de intentar racionalizar lo que hace.

Una vez en el coche, Lottie y Boyd se sentaron en silencio durante unos minutos antes de volverse el uno al otro y negar con las cabezas.

—¿Qué crees? —le preguntó.

—No lo sé, pero las mentiras van a complicarnos la investigación.

—Y que lo digas.

—Te digo que las mentiras…

—No, Boyd, no. Limítate a conducir.

51

Cuando Madelene Bowen levantó la vista del estudio del particularmente complicado afidávit que tenía en el portátil, le sorprendió encontrar a alguien allí de pie, observándola.

—¿Qué haces aquí? ¿Cómo has conseguido que mi asistenta te deje pasar?

—Le he dicho que deseabas verme en privado y que no querías que nos molestaran.

—Ya sabes que no tenías que venir aquí. Podíamos haber mantenido la conversación por teléfono.

—Necesito hacerte la pregunta mirándote a los ojos.

—¿Y qué pregunta es esa?

—Ay, Madelene, lo sabes perfectamente. ¿Por qué tenemos que pasar de puntillas por este tema?

La abogada echó un vistazo a la puerta cerrada tras su visitante y, después, al teléfono que tenía en el escritorio. Podría llamar a emergencias. Aunque no había necesidad. No le cabía duda de que estaba a salvo dentro de los confines de su propio despacho.

—Quieres saber qué sé sobre Damien O'Loughlin, ¿no es así?

—Para alguien que se supone que es tan inteligente, has tardado en ir al grano.

—No tengo tiempo para esto. Necesito prepararme para un tribunal del condado.

—Y eso que los tribunales no trabajan durante el mes de agosto.

—La semana que viene es 1 de septiembre. Tengo mucho trabajo que hacer antes de eso.

Su visitante retiró la silla, se cruzó de piernas e hizo lo mismo con los brazos.

—No puedo esperar.

—¿Qué quieres exactamente?

—Jennifer O'Loughlin está muerta y creo que Éilis Lawlor también. Las dos asesinadas. Dime lo que quiero saber o, si no, dame el expediente.

—Se destruyó.

—Eso es mentira. Sé que no serías capaz. Lo necesitas como baza por si te hicieran chantaje. Ah, no pongas esa cara de horror fingido. Lo sé todo sobre Damien y la implicación de tu bufete. Ya me sirvo yo.

La persona se puso de pie, fue hasta el archivador y arrastró el dedo por las etiquetas hasta que llegó al sector M-N-O. Tiró del cajón y echó la vista atrás, hacia Madelene.

—Está cerrado. Ábrelo.

—Te garantizo que no hay nada de tu interés.

—Ya sabes qué expediente quiero. Ábrelo.

La mujer tomó un manojo de llaves de su escritorio a regañadientes y abrió el armario.

—Sírvete.

—«Sírvete». Qué típico de ti. Cerda sarcástica.

Madelene volvió a sentarse y empujó un poco más la cartera con el expediente censurable bajo el escritorio. Ojos que no ven, corazón que no siente.

El golpe del cajón la sacó de su ensoñación.

—¿Dónde está?

—Te lo he dicho, lo destruí.

—No deberías haberlo hecho. —Su visita fue hasta detrás de su escritorio, se inclinó con una mano apoyada en el respaldo de la silla y le dijo al oído—: Han asesinado a dos mujeres. ¿Eso no te asusta? Te aseguro que a mí sí. Es posible que no seas consciente de a cuántos pones en peligro con tu silencio, pero te garantizo que son muchas más personas que las dos que han muerto ya. —Enderezó la postura para moverse hasta colocarse delante de ella—. Esos asesinatos recaen sobre ti, y te garantizo que, si los agentes ponen su atención en mí, no dudaré en dejar caer tu nombre directamente en su investigación.

—¿Es un aviso?

—Es una amenaza. Tienes hasta el final del día para conseguirme ese expediente.

Madelene se preparó para el portazo, pero su visita se escabulló de la oficina tan en silencio como había entrado. Solo entonces soltó un largo suspiro de alivio.

Necesitaba volver a leer el documento. Luego, lo destruiría. Y después se aseguraría de que no quedaba absolutamente nada en ningún servidor ni ordenador que implicara a su despacho.

Alguien había hablado y despertado a un asesino.

52

A Kirby lo abordó un señor que se presentó como Ted, el hombre del guardamuebles.

—Ted, ¿usted tiene videovigilancia?

—Apenas tengo dinero para poner un candado en la puerta.

—¿Ha visto a alguien cerca del trastero de la señora O'Loughlin últimamente?

—Yo no me meto en la vida de nadie. No soy un entrometido.

—Gracias de todas formas. —Comenzó a alejarse.

Pero el hombre tiró de él para que volviera.

—A lo mejor quiere hablar con la parienta. A ella no se le pasa nada.

—¿Está aquí?

—Ha subido la calle para ir a la gasolinera a por un sándwich. No tardará en volver. Eso si no se encuentra con alguien deseoso de escuchar sus cotilleos.

—Espero que no corra la voz de lo que está sucediendo aquí.

—Nadie le ha pedido que no diga nada y, aunque así hubiera sido, no supondría ninguna diferencia. Mi señora no escucha a nadie, y eso me incluye a mí. —Volvió a entrar en la oficina con paso firme.

El detective se rascó la cabeza mientras intentaba dar sentido a las palabras del hombre y luego sonrió para sí. Después, se dirigió hacia el trastero y allí se encontró con Grainne, que estaba cediéndole el puesto a un miembro de su equipo.

—Tengo que volver al lago —dijo.

—Pero te necesitamos aquí. Podría ser la escena de un crimen.

—No hay pruebas de sangre ni de actividad criminal en el espacio de trabajo. Solo el coche, y parece que han limpiado en profundidad. He pedido que me lo traigan para hacerle un examen más exhaustivo. A lo mejor sois capaces de descargar algo del GPS. —Entonces, cerró el maletín de golpe y alzó la vista hasta el hombre—. Que lo haga alguien de vuestro equipo de investigación tecnológica.

—¿El coche lleva mucho tiempo aquí?

—No hay forma de saberlo. Los neumáticos están secos. Que se vea, ni las puertas ni la parte inferior están cubiertas de barro ni suciedad. Está inmaculado.

—¿Has buscado muestras de huellas, sangre y cosas así?

—Conozco mi trabajo, pero el problema es que esa persona también. Han usado lejía en el interior, los neumáticos y la parte inferior del vehículo, además de en la persiana trasera del local. Voy a dejar a un par de hombres del equipo aquí, pero de verdad que tengo que…

—Volver al lago. Un caso actual tiene prioridad. Lo entiendo.

—Un caso actual con una víctima de asesinato en la morgue.

La mujer estaba saliendo por la puerta cuando Kirby vio que Ted los observaba, así que el detective se escabulló dentro del almacén, se puso un par de guantes y se acercó al coche. No había duda. Era el de Tyler Keating. Ya había enviado suficientes alertas sobre este como para reconocer el vehículo y el número de la matrícula. ¿Quién lo había llevado hasta allí? ¿Cuándo y por qué? Aunque no podía hacer nada hasta que la policía científica terminase.

A continuación, el hombre dejó que siguieran con su trabajo, echó un vistazo a los lienzos apoyados en la pared y los ojeó un poco. Eran manchas de pintura que no albergaban ningún sentido para él. Cuando pasó el más grande, al final de la pila, Kirby frunció los labios en un silbido mudo.

Tres cajas de archivos.

Enseguida llevó las obras de arte hasta la pared de enfrente mientras el sudor le borboteaba bajo el cuello de la camisa por el esfuerzo, como si fueran gotas de lluvia. Al parecer, las cajas no tenían etiquetas ni marcas que identificaran qué podía haber en su interior. Pero ¿qué hacían ahí escondidas? Acto seguido, levantó la tapa de una de ellas. Dentro encontró un conglomerado de pequeños trofeos y certificados enrollados. Y abrió uno. Premio al estudiante del año en selectividad para Damien O'Loughlin. El detective contó diecisiete pergaminos de certificados. Había que examinar todos y cada uno de ellos para comprobar si les aportaban pistas sobre el asesinato de Jennifer, aunque era obvio que era allí donde la mujer había almacenado las pertenencias de su marido fallecido.

Después, volvió a colocar la tapa en la caja y pasó a la siguiente. Un pálpito de anticipación se convirtió en emoción cuando vio lo que había dentro. Unos archivadores *beige* abultados. Echó un vistazo a uno. Parecían los documentos de un abogado. Damien lo era. ¿Aquellas fotocopias pertenecían a algún caso en el que había estado involucrado? ¿O los había robado?

La última caja contenía más escritos. Debía llevárselos al despacho de inmediato. Quizá no significaran nada para la investigación, pero, una vez más, podían querer decirlo todo.

Tras organizar el traslado de las cajas, salió a la calle y se dirigió hasta el vivero para preguntar al personal si habían visto el coche de Tyler Keating entrar ahí. No averiguó nada al respecto.

El coche, al igual que las cajas, resultaba un misterio.

53

Lottie convocó una reunión informativa para el equipo después de abandonar la casa de Kathleen Foley. A la mujer le alivió llegar a la sala de operaciones y ver a la brigada sentada y esperando. Era consciente de que necesitaba darse una ducha y cambiarse de ropa, pero no había tenido tiempo para comer, no digamos ya para el aseo personal.

—Necesitamos localizar a Helena McCaul. No está en su tienda, ni en su casa ni en la de su madre. Conocía a las dos asesinadas. ¿Cómo damos con ella?

—Podría estar en cualquier sitio —intervino McKeown—. Por lo que sabemos, podría haberse ido de compras a Dublín.

—Y también podría estar entre las garras del asesino —replicó Kirby con malicia—. Pero, primero, jefa, tengo que hablarte de un descubrimiento que he hecho en el trastero de Jennifer.

—Eh, soy yo el que encontró el coche, así que vete a tomar por culo, Kirby.

—Ya está bien —dijo Lottie.

Kirby dijo, resuelto:

—Detrás de los lienzos, había tres cajas de archivos. Dos de ellas contienen documentos. La otra alberga efectos personales de Daniel O'Loughlin.

McKeown se levantó de golpe.

—Joder, por el amor del cielo. Tienes que meter tu gorda nariz en...

—¡Siéntate! —La mujer esperó a que el detective alto cumpliera su orden—. ¿Dónde están esas cajas ahora mismo?

—De camino a la comisaría —contestó Kirby.

—Bien. ¿Y el coche? ¿Alguna idea de cómo fue a parar a aquel guardamuebles en particular?

—No, pero le echaron lejía a conciencia. Grainne cree que es posible que el GPS nos dé alguna pista.

—Mantenme informada y, cuando esas cajas lleguen, quiero ser la primera en enterarme. Volviendo a Helena McCaul. ¿Alguna idea de dónde podría estar?

—Es posible que esté en cualquier parte, pero a lo mejor deberíamos echar un vistazo en los *pubs* —comentó Boyd—. Su madre ha mencionado que tenía problemas. La muerte de Éilis debe de haberle afectado mucho. Ha ocurrido muy pegada a la de Jennifer. Estoy seguro de que, si fuera ella, me metería en un bar.

—Yo también —añadió Kirby.

—Bien —dijo Lottie—. Boyd, reúne a unos cuantos uniformados y que cubran los *pubs* con discreción. Estoy preocupada por su seguridad.

—Tiene que haber por lo menos treinta bares en el pueblo —comentó el detective.

—Los has contado mientras hacías una ruta por ellos, ¿verdad? —le devolvió McKeown.

A la inspectora le desesperaba que los dos hombres nunca se pusieran de acuerdo. Tenían que enviar a McKeown de vuelta a Athlone.

Como si hubiera visto lo que le había cambiado el gesto durante un segundo, McKeown puso una expresión seria.

—Estoy de acuerdo con lo que Kirby ha dicho antes. Es posible que el asesino haya raptado a Helena.

El hombre acababa de expresar la preocupación que se había enroscado en la boca del estómago vacío de Lottie.

—Espero que no, pero tampoco podemos descartarlo. Necesitamos rastrear sus movimientos desde que hemos hablado con ella esta mañana.

—Quizá solo ha salido de la tienda para ir a por un cartón de leche y ya ha vuelto —añadió Boyd mientras sacaba el móvil.

Después de varios segundos sin obtener respuesta, dijo:

—Voy a probar con el móvil.

Obtuvo el mismo resultado, es decir, ninguno. La inspectora no recordaba que Helena le hubiera dado su número personal.

—Inténtalo con Orla Keating. Las dos pertenecen al grupo de viudas.

—Yo la llamo —se ofreció Kirby y, un momento después, añadió—: No contesta.

—Es demasiado pronto para conseguir una orden para el móvil de Helena, pero estoy muy preocupada por su seguridad y su salud mental.

En ese momento, la inspectora puso al corriente al equipo de lo que Kathleen Foley les había contado sobre los delirios de su hija.

—¿Una mentirosa compulsiva? —McKeown se rascó la cabeza—. ¿Estamos seguros de que no es nuestra asesina?

—Lo único de lo que estoy segura en este momento es de que dos mujeres han muerto, así que vamos a hablar de los asesinatos. —Señaló las notas que había en la pizarra blanca—. Me confunde la elección del lugar. Ha escogido un descampado y una zona arbolada del lago. ¿Por qué lugares tan aleatorios? ¿Son importantes para el asesino o está jugando con nosotros?

—¿Estás segura de que se trata del mismo homicida? —intervino Lynch.

—Jane todavía no ha comenzado con la autopsia, pero Éilis tenía las extremidades rotas y heridas similares a las de Jennifer.

—Pero a Éilis no le dispararon —insistió la detective.

—Estoy de acuerdo, aunque a las dos víctimas les han sacado los ojos.

—Joder —exclamó Lynch.

Los demás ahogaron un grito.

—¿Por qué les habrá quitado los ojos? —intervino Kirby mientras giraba nervioso la colilla de un cigarro con los dedos—. Es...

—¿Por qué romperles los huesos? —habló McKeown.

—El asesino nos está diciendo algo —añadió Boyd—. Creo que nos vendría bien un perfilador criminal.

—¿Y qué presupuesto debería saquear para eso? —La inspectora se paseó de un lado al otro de la pizarra—. Tenemos que usar la cabeza. Las víctimas podrían llevarnos hasta el asesino. Lynch, cuéntanos qué tenemos de Jennifer O'Loughlin.

La detective consultó las abundantes notas que había reunido de los interrogatorios que se habían llevado a cabo hasta la fecha.

—Jennifer trabajó en la clínica dental Smile Brighter hasta hace un mes, cuando envió su carta de dimisión por correo. Tras unirse al grupo «Vida después de la pérdida», su jefe, Frankie Bardon, dijo que su falta de puntualidad se convirtió en un problema y tuvo que hacer malabares con los horarios de los empleados.

Lottie asintió.

—A mí me dijo que la animó a marcharse. Sabemos que hacía yoga en ese sitio, SunUp. El gurú encargado del estudio, Owen Dalton, me hizo sentir incómoda y me marché con la sensación de que me había dejado algo. ¿Habéis sonsacado alguna cosa al resto de los instructores?

—Ninguno vive en Ragmullin, y todos tienen coartadas para los últimos días, pero hasta que no sepamos cuándo la asesinaron con exactitud, no podremos precisarlas.

—Es cierto. Y hasta que no se lleve a cabo la autopsia de Éilis, no tendremos la hora de su muerte. Estamos al tanto de que la última en verla con vida fue su niñera, Bianca Tormey, la noche del jueves, y su hija pequeña asegura que se despertó y vio a su madre a lo largo de la noche, pero resulta poco fiable. Podría haber sido un sueño. Éilis vivía en una zona bastante cara; ¿has conseguido alguna imagen de las cámaras de seguridad de las casas de los alrededores, McKeown?

—Algunas tienen cámaras en el timbre y cámaras falsas, pero la mayoría están llenas de alarmas conectadas con los servicios de emergencias, así que no he encontrado nada que indique quién pudo secuestrar a Éilis ni cuándo sucedió.

—Volviendo a Jennifer. Era artista en su tiempo libre. Necesitamos indagar en sus finanzas de forma exhaustiva. ¿Algo en ese sentido?

Kirby comentó:

—Todavía no contamos con esa información, pero estaba echando un vistazo a las de Tyler Keating y...

—El hombre desaparecido cuyo coche se ha encontrado en el almacén de Jennifer. Continúa.

—Su mujer tiene acceso a sus cuentas, así que es imposible asegurar si quien ha usado el dinero es Tyler o ella.

—Pregúntale.

—Eso haré.

—Jennifer se unió al grupo que Éilis creó un tiempo después de la muerte de su marido, hace dos años. Y, luego, a lo largo del año pasado, entró Helena, seguida de Orla Keating. ¿Hay algo más que conecte a las mujeres?

La agente Brennan levantó la mano.

—Sí, Martina.

—He echado un vistazo rápido al caso de Tyler Keating, y creo que deberíamos preguntar a Orla si ella o su esposo trabajaron como contables para Jennifer o su marido. Eso podría conectarlas.

—Bien visto. Si se niega, no penséis que un juez emitirá una orden para sus documentos sin una prueba de delito. ¿Alguna otra forma de averiguarlo?

—El detective McKeown se lleva bien con una persona de Hacienda —comentó Martina mientras le dedicaba una mirada de soslayo antes de devolver la vista a Lottie—. A lo mejor podría preguntarle.

El hombre tuvo la decencia de sonrojarse y, a continuación, contestó:

—Voy a ver qué puedo averiguar. Jennifer alquiló el guardamuebles con su apellido de soltera, lo que resulta un poco extraño.

—Mira qué puedes descubrir sobre eso. Y, Kirby, esos documentos que pertenecen a Damien...

—Sí, me pondré con ellos en cuanto los tenga.

—¿Cuándo recibirás noticias del GPS del coche?

—No he tenido tiempo de...

—Tenemos que trabajar más rápido. ¿Quién más cuenta con las llaves del almacén de Jennifer? ¿El coche ya estaba allí cuando desapareció o se dejó ahí después? Alguien tiene que saberlo. Quiero información, no excusas. ¿Está claro?

—Cristalino —respondió el detective.

La mujer esperó que no hubiera sido sarcástico, aunque sonó como si lo fuese.

—Quiero a Helena McCaul localizada. Y ahora tengo que ir a decir a dos niños que su madre ha fallecido. Boyd, vienes conmigo.

—Pero tengo que organizar a los agentes uniformados, los *pubs*...

—Agente Brennan, ahora ese es tu trabajo.

—Tengo que revisar el caso de Tyler y...

—El agente Lei te ayudará.

Y este la interrumpió.

—Claro, jefa. Sin problema.

A Lottie se le pegaba la camiseta a la piel mientras pasaba junto a su brigada para salir furtivamente a respirar el relativo frescor del pasillo. Parecía que todos los miembros del equipo estaban picados entre sí. ¿Era culpa suya? Tenía que solucionarlo antes de que se descontrolase. Si no mostraban su mejor versión, alguien más podría morir.

꒜

A veces tienes que empezar por el final para averiguar cómo has llegado hasta ahí. Es algo que había aprendido a lo largo de los años, pero ¿y si en verdad debías comenzar por donde empezó todo? ¿Eso ayudaría o solo agravaría los errores que habías cometido? Debía intentarlo y descubrir en qué se había metido.

La reunión con Madelene Bowen no había sido de ayuda. La verdad era que necesitaba ese expediente. Sentía que era la clave para ponerlo todo patas arriba o para resolver todos sus problemas.

Mientras se acomodaba dentro del coche y encendía el aire acondicionado, pensó en Jennifer y en cómo había comenzado todo aquello. ¿Lo que había escuchado era verdad? Si lo era, Tyler Keating era más cabrón de lo que sospechaba.

En ese momento, la mujer que se encontraba tras ella gimió entre sueños, así que arrancó el coche y se marchó de allí.

54

La señora Tormey, la madre de Bianca, cerró la puerta tras ellos cuando salieron de su casa. Lottie tomó una larga bocanada de aire y pestañeó para secarse las lágrimas de los ojos mientras se dirigía al coche.

—No quiero volver a hacer esto, Boyd. La pena en las caras de esos pequeños...

—Es verdad, pero no puedes decir en serio lo de ponerte en contacto con los servicios sociales por ellos, ¿a que no?

El hombre abrió el coche y los dos se sentaron dentro.

—Ya sé que la señora Tormey no ha puesto inconveniente a que Roman y Becky se queden con ella hasta que la hermana de Éilis llegue de Dubái, pero mi deber es informar al organismo estatal. —Hizo una pausa para apartarse el pelo de la cara, que se le había quedado pegado por las lágrimas. Solo alguien con un corazón de piedra era capaz de no conmoverse ante el destino de los niños Lawlor—. Ay, no sé qué hacer.

—Voy a decirte una cosa. —Se volvió para mirarla—. Estás tan ocupada con las investigaciones de los dos asesinatos que ahora mismo no tienes tiempo para nada más, es posible que solo se te haya olvidado realizar esa llamada y, antes de que te des cuenta, la tía de los niños estará aquí.

La inspectora le dedicó una débil sonrisa.

—A lo mejor llevas razón. —Encogió un hombro antes de preguntar—: ¿Tienes un cigarro?

—No, y no lo necesitas.

—¿Crees que la señora Tormey debería haber aceptado la oferta de un agente de enlace con la familia?

—Su impresión es que es mejor que los niños no tengan más caras desconocidas a su alrededor. Y yo estoy de acuerdo con ella. Van a pasar por un momento tortuoso, tal y como están las cosas. En cierto modo, tienen suerte de que Éilis tuviera una vecina tan buena. No puedo creer que no hayan surgido otros amigos de la nada para ayudar a la familia.

—A mí eso también me mosquea —comentó Lottie—. No parece que Jennifer ni ella tuvieran amigos cercanos.

—Éilis trabajaba desde casa, así que en su caso lo entiendo, pero ¿qué hay de los compañeros de trabajo de Jennifer? ¿Nadie de allí admite estar unido a ella?

—Ni uno, a no ser que cuentes a Frankie Bardon. Me dio la impresión de que, en el fondo, quería lo mejor para ella. Le recomendó que dimitiera. Hasta la acompañó a dar un paseo la semana antes de que entregase su renuncia. —Repasó la conversación mentalmente, aunque encontró algunas lagunas en lo que recordaba—. Me dijo algo que era importante, estoy segura, pero no me acuerdo.

—Tienes las notas del interrogatorio, ¿no?

—Fui sola y garabateé algunas cosas cuando volví al coche. Luego le echaré un vistazo, a ver si hay algo que me refresque la memoria, pero no consigo entender a Helena.

—Necesitamos averiguar más sobre el grupo. ¿Sabemos si hay otras integrantes?

—A lo mejor le tocaron los ovarios a alguna y se marchó resentida.

—Pero ¿crees que «Vida después de la pérdida» es exclusivo para mujeres? —quiso saber Boyd.

No había pensado en eso.

—¿Viudos y separados o divorciados? Mmm. Había dado por hecho que era para mujeres.

—¿Eres consciente de que no deberías dar nada por hecho?

—Sí, y también hemos asumido que el asesino es un hombre. Podría ser una mujer.

—Estoy de acuerdo, excepto que debemos tener una cosa en cuenta. Para llevar los cadáveres hasta los dos lugares, tuvo que cargarlos durante cierta distancia. Eso me hace pensar que estamos buscando a un hombre.

Lottie se enderezó en su asiento.

—Podría haber utilizado algún tipo de carrito. El agua alrededor de la estatua donde se encontró a Éilis. ¿Y si era para limpiar las marcas de ruedas? Y Grainne vio huellas de neumáticos cerca del cuerpo de Jennifer.

—El terreno del parque comercial Ballyglass acogió una feria hace una semana, así que había multitud de huellas de neumáticos y surcos por todas partes.

—Si la policía científica volviera ahora a los dos sitios sabiendo qué están buscando, es posible que tuviera suerte. —De pronto, estaba emocionada.

—Merece la pena intentarlo.

—Desde luego. —Pescó el móvil del interior del bolso—. Voy a llamar a Grainne y, después, tenemos que encontrar a Helena. Viva.

—Cuando termines de hablar con Grainne, deberíamos volver a casa de Orla Keating. Hay que contarle que hemos encontrado el coche de su marido y ver cómo reacciona.

—¿Crees que sigue vivo?

—Es posible.

—Vayamos paso a paso, a ver a dónde nos lleva.

La mujer marcó el número de la agente de la policía científica e hizo la llamada.

Entonces, notó la mirada de Boyd en ella y se volvió para mirarlo.

Una sonrisa se despertó en el rostro cansado del oficial y, luego, arrancó el motor.

⌇

Jackie Boyd dio un sorbo a su tercera taza de café mientras intentaba elaborar un plan para su siguiente movimiento. Había decidido no seguir a la chica Parker, quien parecía estar cuidando de Sergio. Quería llegar hasta su hijo, abrazarlo, pero los hijos de Lottie Parker la conocían. Hacía tiempo, ¿no había sido ella fundamental, al aportar información esencial para rescatar a una de sus niñas de las manos de un asesino? Y la inspectora se lo había agradecido llevándose a Mark. La ira le bullía justo bajo la superficie de la piel.

Las dos mujeres acurrucadas en la esquina llamaron su atención. Las había visto en el espejo de detrás de la barra y pensó que aparentaban demasiada intensidad para estar en pleno día.

Formaban una extraña pareja, si es que lo eran. Una parecía un pájaro herido, y los huesos le sobresalían de los hombros, los codos y tobillos. La otra era pelirroja, tenía el pelo revuelto y su atuendo le resultó un poco raro a Jackie. Era más probable ver esa ligera falda de seda y aquel top ajustado en la Costa del Sol que en Ragmullin.

Las dos tomaron sus bolsos. La que le parecía más frágil dejó unos billetes en la mesa para pagar las copas y, luego, salieron del *pub* tomadas del brazo.

Jackie volvió a pensar en Sergio y en la hija de Parker. A lo mejor debía cambiar de planes.

55

Nadie contestó al insistente aporreo de Lottie en la puerta de los Keating, y llamó a Kirby para asegurarse de que la había registrado en el momento de la desaparición de Tyler.

Mientras se alejaban en el coche, Boyd comentó:

—Ni Orla ni Helena contestan al teléfono y no damos con la manera de encontrarlas. ¿A ti te parece raro?

—Desde un punto de vista lógico, probablemente hayan salido de compras o a comer por ahí. Podrían estar juntas o no. Aunque me preocupa más Helena. Por lo que nos ha contado Kathleen, podría ser inestable. Es como si algo se hubiera roto dentro de ella y su madre hubiese tirado la toalla en cuanto a intentar arreglarla.

—Eso es triste.

—Sí.

—Madres e hijas —comentó el sargento.

—Padres e hijos. —Los dos volvieron a sumirse en el silencio mientras Boyd le indicaba que girara hacia la calle que llevaba a la comisaría—. ¿Kathleen Foley no ha dicho que tenía una llave de la casa de Helena?

☙

Después de conseguir la llave de una Kathleen reacia que repetía sin cesar que nunca había encontrado una razón para usarla, Boyd cruzó el pueblo a toda velocidad en dirección a la casa de Helena.

Los dos policías ascendieron por el camino de entrada. Llamaron a la puerta, pero nadie respondió, así que la abrieron con la llave y entraron.

—¿Helena? Somos la inspectora Parker y el sargento Boyd. ¿Helena? —La voz de Lottie resonó en el silencio—. No está aquí.

La mujer recibió de buena gana el frescor del pasillo después del calor de la calle. Todo estaba limpio y ordenado, sin abrigos que colgaran del pasamanos. Eso jamás sucedería en su casa, donde las escaleras recordaban al guardarropa de una discoteca en una noche invernal de viernes.

Fue tras su compañero hasta la cocina de planta abierta, junto a una sala de estar con vistas al jardín. Y, mientras atravesaba el suelo, se detuvo en seco.

—Boyd, no te muevas.

—¿Qué?

—Quédate donde estás un momento.

La mujer se agachó y observó la mancha que le había llamado la atención. Acto seguido, examinó el suelo con la mirada y vio que había más motitas a todo su alrededor.

—Es sangre.

—Aquí en la encimera también hay un poco. —Echó un vistazo a su alrededor a la vez que seguía el rastro con las pupilas—. Lleva hasta esa puerta.

—¿El lavadero? Joder. Espero que no…

—Para, Lottie. Tenemos que avisar de esto antes de que alteremos algo más.

—Podría estar tirada y herida o… Tengo que mirar.

La mujer caminó con cuidado, volvió sobre sus pasos y rodeó la barra americana en dirección a la puerta que el agente le había indicado.

—Guantes —le dijo, y le pasó un par sin usar dentro de una bolsita que llevaba en el bolsillo de la chaqueta.

—Ya es un poco tarde.

Pero se cubrió las manos sudorosas con ellos con cierta dificultad y bajó el manillar.

—Es un lavadero normal y corriente, pero está vacío. Ahí hay más sangre. Voy a echar un vistazo en la planta de arriba. Tú llama a la comisaría.

Sin escuchar las protestas del hombre, la inspectora volvió a salir con cuidado por donde había venido y, al final de las escaleras, se topó con cuatro puertas.

La del baño estaba abierta. Echó un vistazo dentro. Nada importante. Parecía que el trastero se usaba como espacio de almacenamiento. La siguiente estaba cerrada a cal y canto y, cuando intentó abrirla, vio que estaba cerrada con llave. Luego, fue hasta la que supuso que sería el dormitorio más grande, que tenía vistas al jardín delantero. Había una cama doble enorme y deshecha. El suelo se hallaba cubierto de ropa. Una tela llena de sangre estaba hecha una bola dentro de una papelera debajo del tocador. Era tal el caos que había alrededor de sus pies que le costaba discernir si allí se había producido una pelea o no.

De pie frente a la puerta de la habitación cerrada, llamó a Boyd.

—Te necesito aquí.

—¿Has encontrado algo?

—Solo una habitación desordenada con un trapo lleno de sangre dentro de una papelera. ¿Puedes abrir esta puerta?

—Necesitamos una causa probable para derribar la puerta.

—Tenemos una llave que nos ha dado su madre para entrar en la casa. Creemos que a Helena la podría haber raptado alguien que ya ha asesinado a dos mujeres. Con la sangre en la planta baja, tenemos más que una causa suficiente para entrar en esta habitación.

El hombre resopló y Lottie supo que no le parecía suficiente.

—Hazlo y punto. Por favor.

Al final, retrocedió unos pasos y estrelló el hombro contra la fina madera de la puerta, a lo que esta se abrió con el choque sin oponer un ápice de resistencia.

Entonces, la inspectora se vio dentro de un dormitorio infantil. Juguetes, una colcha de dibujos animados sobre la cama y decoración de Winnie the Pooh en las paredes. Además de una botella de vodka medio llena en el suelo, a los pies de la cama.

—¿Su madre no dijo que no tenía hijos?

—En esta familia sucede algo raro —concluyó Boyd.

—Una de las dos miente. Es obvio que esta es la habitación de un niño. El jardín también tiene cosas relacionadas con este posible niño. ¿Por qué iba a mentir?

—Necesitamos descubrirlo. Y es probable que Helena esté herida.

—Vuelve a llamarla.

Eso hizo.

—Está apagado.

Los dos salieron cuando Lynch apareció para tomar el control y se llevó a cabo un meticuloso registro de la casa mientras la policía científica examinaba la sangre.

—Joder, Boyd —comentó Lottie—, esto no me gusta nada.

56

Kirby había recibido la llamada de Lottie sobre la casa de los Keating, y maldijo la cantidad de trabajo que se le estaba acumulando. Estrelló la tapa de la fotocopiadora y se desvió para acercarse a Martina, que estaba aporreando el teclado de su ordenador.

—¿Quién se cree que soy? —refunfuñó—. Por supuesto que se registró la casa.

—Solo está siendo concienzuda ahora que hemos encontrado el coche de Tyler en un trastero que usaba una víctima de asesinato.

—No logro descifrar por qué el coche está ahí ni cuánto tiempo lleva.

Acto seguido, se fue, se sentó en el escritorio de Boyd y se quedó maravillado por cómo su amigo lo mantenía tan limpio y ordenado.

Martina añadió:

—No ha estado ahí desde el día de su desaparición, porque Jennifer alquiló el guardamuebles hace solo once meses.

—¿Cómo lo sabes?

—Me he camelado a la mujer de la inmobiliaria y he conseguido los documentos del arrendamiento.

—¿Quién lo había alquilado antes que ella?

—Dame un momento.

El detective esperó mientras su compañera hacía la llamada. Sacó unos cuantos bolígrafos del lapicero y los desperdigó por el escritorio de Boyd. Luego, vio que le hacía señales para que se acercara y formaba una «O» con los labios, así que se levantó del escritorio y se quedó de pie delante de ella.

—¿Qué? —Le dio unos golpecitos en la mesa.

¿No podía darse prisa?

—Espera —gesticuló—. Vale, un millón de gracias. Envíeme la información por correo electrónico.

A continuación, le gritó su dirección de correo y colgó.

—¿Qué has descubierto?

Kirby arrastró un pie y luego el otro, y luchó contra la necesidad de sacudirle la información del cuerpo.

—No te lo vas a creer.

Sí que lo estaba alargando.

—¡Martina! No me hagas esto.

—Vale, no te pongas nervioso. ¡Ese almacén lo había alquilado antes el mismo Damien O'Loughlin! El marido de Jennifer. La inmobiliaria me está mandando la información por correo electrónico.

—Vale, pero sigo sin comprenderlo. ¿Eso significa que Jennifer sabía que el coche estaba ahí todo el tiempo? ¿Y qué relación había entre los Keating y los O'Loughlin?

—A lo mejor conocía a Tyler —comentó Martina.

—¿No se suponía que McKeown iba a revisar los antecedentes de Damien O'Loughlin? No me contestes a eso. Seguramente tenga la cabeza pegada a las inútiles cámaras de vigilancia.

—Oye, tengo que irme. Se supone que estoy yendo a los *pubs* en busca de Orla y Helena.

—¿Y por qué no lo estás? —quiso saber Kirby.

—El agente Lei quería tomar las riendas, así que se lo he permitido.

—Bien. Aquí eres más útil que haciendo una ruta por los bares, como lo ha llamado McKeown.

Kirby se sacó un cigarrillo del bolsillo de la camisa y se lo metió entre los labios. No tenía intención de encendérselo dentro del despacho, pero sujetarlo le ayudaba a pensar con más claridad.

—¿Ese almacén tiene algo que ver siquiera con el asesinato de Jennifer? Y tenemos que añadir el homicidio de Éilis Lawlor a la ecuación.

El detective se rascó la cabeza mientras pensaba.

—Sí, lo sé. Pero este alquiler y las cajas que hemos encontrado ahí significan que tenemos que echar un vistazo a la vida de Damien O'Loughlin. Como si no estuviéramos ya de trabajo hasta el cuello.

En ese momento, Kirby arrastró los pies por el despacho cuando llegaron los agentes uniformados con tres cajas de archivo.

—A lo mejor podríamos empezar por estas. Con suerte, encontraremos algo que nos ayude.

—¿Como qué?

—No lo sé, pero debe de haber un motivo para que estuvieran escondidas.

—¿Son los originales?

Abrió una de las carpetas de golpe.

—Parecen copias.

—¿Necesitas que te eche una mano?

—Dos, si te ofreces…

⁓

Media hora después, Martina alzó una carpeta en el aire.

—Tyler Keating usó al bufete Bowen para comprar su casa.

—¿Cuánto tiempo hace de eso?

—Seis años. —Hojeó la fina carpeta—. ¿Por qué Damien O'Loughlin tendría una copia de esto?

—Investigamos asesinatos, no transacciones ilegales de casas. —Kirby se dio unos golpecitos en la nariz con el bolígrafo—. Todo esto nos dice que el marido de Jennifer podría haber conocido a uno o a los dos Keating. Aunque ella no pertenecía al bufete, así que volvemos a la casilla de salida.

—De todas formas, es otra pieza del rompecabezas.

—O puede que represente la pieza de otro puzle y que solo nos dé por saco. Dudo que tenga nada que ver con la investigación en curso.

—O puede que tenga todo que ver con ello.

Necesitaba salir a fumarse un cigarrillo con todas sus fuerzas. Se preguntó si podría escabullirse para enviarle un mensaje a Amy o llamarla. Notó cómo el calor le ascendía hasta las mejillas al recordar su beso a la hora del almuerzo. ¿Estaba mal enamorarse de ella? ¿Acaso sabían algo el uno del otro? No mucho, aunque era probable que ella lo hubiera buscado en Google para averiguar un buen pedazo de su vida. Le vino a la mente la idea de hacer lo mismo con ella. No, eso era lo que se hacía cuando se intentaba atrapar a un criminal. Tenía que dejar de ser un detective en lo que a ella respectaba. Si seguía ese camino, seguro que la perdería antes de empezar una relación siquiera.

Entonces, echó un vistazo a Martina. ¿Qué habría salido mal entre McKeown y ella, además del hecho de que estaba casado? Decidió que tampoco era asunto suyo.

—No creo que encuentres nada ahí —dijo.

—No estoy de acuerdo. Antes he visto algo raro y estoy intentando volver a encontrarlo.

El hombre soltó un gemido.

—Espero que no sea algo que le entregue a la jefa la soga para colgarme.

La agente lo miró de reojo y tensó los labios en una mueca.

—Ay, Martina, por favor, no me hagas eso.

57

Todo comenzó con Jennifer. La forma en la que volvió a contar el incidente seguía vívida y fresca.

۵

Jennifer se desabrochó la chaqueta y se quitó los zapatos de dos patadas.

—¿*Dónde estás?* —*gritó.*

—*En el salón.*

La mujer observó a su marido, sentado en el sofá, rodeado de carpetas y un bloc de papel amarillo y pautado mientras anotaba cosas con frenesí.

—¿*Sigues trabajando?* ¿*Qué ha pasado con el horario de nueve a cinco?*

—*Eso era una fantasía.* —*Luego, dejó el trabajo a un lado y tiró de ella hasta su regazo*—. *Qué bien hueles.* ¿*Dónde has estado?*

Ella sabía que aquellas palabras no eran un examen, pero, aun así, le irritó. Aunque no tenía nada que esconder, ¿*verdad?*

—*Es el enjuague bucal.*

—*Eh, solo bromeaba* —*dijo al captar su expresión.*

—*Lo sé, pero…*

—*Venga, Jennifer, cuéntame qué te pasa.*

La mujer se liberó del abrazo y se puso de pie.

—*Estás trabajando muy duro. Tienes la cara gris. Voy a darme una ducha y luego me pondré con la cena.*

—*Esta mañana he sacado una cazuela del congelador antes de irme a trabajar. Ahora mismo está en el horno. Debería estar lista en media hora.*

—¿*Qué he hecho yo para merecerte?*

Entonces, el hombre le dedicó esa media sonrisa que ella siempre consideró que le hacía parecer un adolescente a la vez que el pelo rubio le caía sobre los ojos.

—Te perseguí hasta que no te quedó más opción que aceptar mi oferta.

Jennifer pensó que era cierto, pero la idea de que alguien como Damien O'Loughlin la deseara, por no mencionar que se casara con ella y la venerase a diario, la llenaba de confianza.

—Estoy esperando —le comentó mientras cerraba el bloc de notas y lo metía en la maltrecha cartera de cuero marrón que usaba a modo de maletín.

Con un suspiro, ella sucumbió a sus súplicas y se sentó junto a él.

—No puede ser tan malo. —Le agarró la mano.

—Hoy he oído una conversación en el trabajo y no dejo de darle vueltas. He pasado por un cubículo y... Mira, todavía no quiero decir quién era. Lo sé, lo sé. —Levantó una mano para frenar sus protestas—. Confío en ti, pero esto podría ser solo un cotilleo. Aunque, de nuevo, si es cierto, resulta inquietante.

—Tiene que serlo para que estés tan nerviosa.

La mujer sopesó no contárselo, pero desde que había oído aquello, su mente había ido a toda máquina. Y, a medida que las palabras salían de su boca, la mano de su marido sobre la suya se volvió fría, hasta que se removió ansioso y se levantó de un salto.

—¿A quién se lo has contado?

—A nadie. Solo a ti.

—Pues que siga siendo así, por favor.

—Pero ¿no debería acudir a la Policía Nacional?

Él negó con la cabeza con vehemencia.

—De ninguna manera. No es más que un rumor. No tienes pruebas de ningún delito.

—Damien, no puedo callarme algo así.

—Pues tienes que hacerlo. Mira, esta información... podría hacer que te mataran.

Jennifer notó que se ponía blanca como la pared y las manos comenzaron a temblarle de forma descontrolada.

—No lo dices en serio.

—Claro que sí. Como sea cierto, no sabemos qué podría suceder. Olvídalo y punto.

—¿No puedes hacer algo al respecto? ¿Hablar con Madelene, quizá? Ella podría aconsejarme sobre qué es mejor.

—Sé exactamente lo que te va a decir.

—¿Y qué me dirá?

—Lo mismo que yo. Rumores. Sin pruebas.

—¿Y si las consiguiera?

—No puedes ponerte en peligro. Deja que me lo piense.

—Damien, ¿te encuentras bien? Tienes un color…

—De hecho, tengo ganas de vomitar. Yo… Dame un minuto.

Acto seguido, el hombre salió corriendo del salón y ella escuchó sus arcadas en el baño de abajo. No era la primera vez en esas últimas semanas que su marido se había encontrado mal y había intentado ocultarlo. Necesitaba dejar a un lado su ansiedad y llevarlo a ver a un médico. Esa era su prioridad. Entonces, cuando supiera que estaba bien, decidiría qué hacer con la información que había oído. Cotilleo o no, le había inquietado.

᠀

Me entran escalofríos al recordar las palabras que ella me dijo. Las acciones que llevó a cabo después me empujaron a comenzar mi misión. Y aún quedan más por morir.

58

En la comisaría, Lottie iba por el pasillo de camino a los aseos cuando se topó con el agente Lei. La vejiga estaba a punto de explotarle y sabía que el nuevo iba a tardar un siglo en ir al grano.

—¿Puedes esperar a que salga?

—Claro, lo siento, es solo que, verás, el *pub* de Fallon... Lo siento. Espero.

La mujer olvidó de inmediato ir al baño al escuchar el nombre del lugar donde trabajaba Chloe.

—¿Qué pasa con el Fallon?

—Vale. Sí. La camarera... La persona que atiende la barra... Lo siento, no conozco el término correcto...

—Al grano, por favor.

—Dice que ha sido un almuerzo inusualmente concurrido, pero que dos mujeres han entrado antes de todo el trajín y han permanecido sentadas en una mesa casi una hora. Las recuerda porque una de ellas no dejaba de pedir para la otra y necesitaba la mesa. Por la descripción, una de ellas podría ser Helena McCaul.

—¿Dos mujeres solas?

—Eso es lo que ha dicho. También me ha comentado que tu Chloe y un niño pequeño se han pasado a comer.

Lottie puso los ojos como platos ante esa noticia, sorprendida de que su hija fuera al lugar donde trabajaba, sobre todo con Sergio. Esperaba que Boyd no se enfadase.

—El Fallon tiene cámaras de seguridad. Vuelve y pídeles las imágenes desde el momento en que las dos mujeres han entrado en el *pub*.

—Vuelvo ahora mismo. Perdona, debería haber..., ya sabes..., lo siento.

La mujer negó con la cabeza cuando Lei desapareció con un esprint. ¿Tenía que dibujarles un mapa a todos? «Ya está bien de preguntas», pensó. Necesitaba respuestas, maldita sea. Acto seguido, entró en el baño para hacer pis tranquila.

༄

McKeown pensaba que las imágenes de las cámaras de seguridad en los dos DVD que el agente Lei le había dejado en el escritorio no servirían de nada. Hasta el apuntador sabía que los *pubs* instalaban las cámaras de seguridad más para vigilar a los empleados que a los clientes. No tuvo suerte al buscar algo en las cintas del parque comercial Ballyglass, donde se había encontrado el cuerpo de Jennifer. El metraje adicional desde la explanada delantera del concesionario que había solicitado la jefa no les había proporcionado nada de interés. La idea de examinar las imágenes granuladas de los *pubs* le aburría soberanamente, pero, solo para ser concienzudo y no darle a la jefa nada más con lo que atacarlo, decidió repasar los vídeos a la carrera.

Y tuvo suerte. El primero era de una cámara que apuntaba a la puerta de los baños y a un extremo de la barra, pero captaba la mesa que se encontraba a la izquierda de esta. Ahí estaban. Dos mujeres sentadas a una mesita redonda, con las cabezas pegadas, aparentemente sumidas en una conversación. En definitiva, se trataba de Orla Keating y Helena McCaul. El hombre pasó el vídeo a cámara rápida hasta que se levantaron y salieron del plano.

A continuación, visualizó el segundo vídeo. Este mostraba el rincón de la entrada principal, y las vio salir por la puerta. Imaginó que la cámara se encontraba colocada justo encima de sus cabezas. Seguramente estaba ahí para captar conductas antisociales.

No apartó la vista de las mujeres mientras salían a la acera, y se dio cuenta de que Orla Keating tenía la mano puesta en la espalda de Helena. ¿Estaba empujándola o guiándola? La imagen se veía demasiado granulada como para estar seguro. Luego, giraron a la izquierda y salieron del *pub*. La tienda de

Helena estaba cerca, y el aparcamiento se encontraba en esa dirección. Acto seguido, el detective llamó a la oficina del ayuntamiento para pedir todas las imágenes del lugar dentro de la línea temporal relevante.

—Lo necesito para ayer —exigió a la mujer aburrida al otro lado del teléfono, y luego suavizó el tono para probar con su encanto—. Hemos tenido dos asesinatos en dos días. No quieres que le ocurra lo mismo a nadie más en Ragmullin, ¿verdad?

McKeown colgó cuando logró que le prometiera las imágenes en cuanto pudiera obtenerlas de la base de datos del ayuntamiento, además de una posible cita para tomar un café.

Su encanto seguía funcionando. Kirby podía sentirse libre de quedarse con Martina. McKeown ya estaba pasando página.

La mujer del ayuntamiento le envió las imágenes en una hora.

Tenían mucho grano y no fue fácil localizar a las mujeres, pero al final, observándolas con los ojos entornados, las avistó mientras se metían en un coche. Comprobó el número de matrícula. Pertenecía a Helena McCaul.

Orla Keating ocupó el asiento del conductor. Ninguna de las dos parecía actuar de forma forzada ni estar demasiado ebria, pero era imposible asegurarlo.

Cuando el vehículo salió del aparcamiento, se dio cuenta de que había alguien merodeando por la valla. ¿Estaba vigilando el coche? ¿Era la silueta de un hombre o una mujer? Iba vestido de negro y le vino a la mente que podría tratarse de alguien con el uniforme del supermercado. Este se hallaba junto al aparcamiento, pero lo que le hizo sospechar fue que, en cuanto el coche desapareció del plano de la cámara, la persona también lo hizo. No entró al aparcamiento ni caminó por la valla en la dirección que estaba mirando. Tuvo que darse la vuelta y volver por el camino por el que había llegado.

¿Podía asegurar que la persona estaba observando a las dos mujeres? ¿O solo era alguien fumando un cigarro durante un descanso en el trabajo? ¿A lo mejor se estaba dirigiendo hacia su coche y luego cambió de opinión?

El hombre soltó un gemido y se pasó la mano por la cabeza rapada para, después, tirarse de la barbilla, irritado. Probablemente no fuera relevante. Y su trabajo era descubrir a dónde habían ido las mujeres. Debía alertar a las cámaras de tráfico y examinar más grabaciones para rastrear el viaje. Para atar los cabos sueltos con respecto al espectador sin identificar, necesitaba dar con las imágenes de las cámaras de seguridad en el camino de la acera al aparcamiento y de vuelta. A lo mejor podía mantener el pico cerrado e ignorarlo. ¿Quién se enteraría?

Estaba considerando aquel dilema cuando sonó el teléfono.

La mujer del ayuntamiento.

El detective sonrió y contestó a la llamada.

59

Con las investigaciones en punto muerto, Lottie se marchó a casa después de decirle a su equipo que habría una reunión informativa a las siete de la mañana siguiente.

Kirby la puso al día sobre el primer vistazo que había echado a los documentos legales que se habían encontrado en el guardamuebles de Jennifer. Estaban relacionados con la venta de propiedades, incluida la compra de la casa de los Keating. ¿Por qué ocultaría las copias de unos documentos de trabajo? ¿Por qué las tendría, en cualquier caso? No quería quedarse atascada en algo que no tuviese nada que ver con los asesinatos, pero aun así mañana tendría que hacer una llamada a Bowen Abogados para ver por qué sus archivos habían aparecido en el trastero de una mujer asesinada.

Desde su casa, la inspectora absorbió la imagen gloriosa del lago más allá del campo y se dio cuenta de lo afortunada que era de vivir en un lugar tan bonito. Si por lo menos la casa no se estuviera viniendo abajo...

Un búho, o puede que una paloma, ululó entre los árboles, un perro ladró a lo lejos, el césped crujió bajo sus pies, y la escena se convirtió en el telón de fondo que envolvió el horror al que se enfrentaba en su trabajo. Al final, se dirigió al interior de la casa con un suspiro.

Colgó la chaqueta en la barandilla de la escalera y el cansancio se apoderó de ella. Los callejones sin salida eran los que la desanimaban. Se deshizo de las botas, se quitó los calcetines y se masajeó los pies. El vacío se alojó en su estómago como un hueco muy ansioso. La urgencia por tomarse una copa era inmensa. ¿Por qué no? ¿Era por el estrés que le provocaba que su madre viviera con ella? ¿Por las preguntas constantes y repetitivas de Rose? ¿O era por Sergio? Que el chico había acaparado la atención de Boyd no era ninguna mentira, aunque no podía sentir celos de un niño de ocho años, ¿verdad? Fuera cual fuera la razón, no le resultaba fácil ajustarse a esa nueva forma de vida.

Una copa aliviaría la confusión que albergaba en su cerebro. Una cortita. Nadie tenía que saberlo. A lo mejor un sorbo. No le haría ningún daño, ¿no?

—¡Abu Lottie! ¿Por qué estás sentada en las escaleras?

La mujer sonrió cuando Louis corrió para unirse a ella. Después se acurrucó en el escalón y apoyó la cabeza en su brazo.

—Qué frío hace fuera, abu.

Ella lo abrazó con fuerza y despertó de sus ensoñaciones mientras esperaba que el pequeño rellenase de alguna manera el vacío insistente que tenía dentro.

—¿Dónde está tu mami?

Lottie sabía que Katie tenía un novio nuevo, Benji o algo por el estilo. Probablemente se encontraba en la planta de arriba pintándose como una puerta para la primera noche en meses que salía. Se alegró por su hija. Merecía ser feliz después de todo el dolor que había soportado en su corta vida.

Louis levantó una ceja con aire inquisitivo.

—Mami se está pintando la cara con una brocha. No me va a dejar usarla. No es justo.

La inspectora no pudo evitar sonreír.

—Ven conmigo, vamos a ver si quedan palitos de queso en la nevera.

—¡Sí!

El pequeño dio una palmada, se levantó de un salto y corrió a la cocina delante de ella.

Rose estaba sentada a la mesa, untando mantequilla en pan con frenesí. Trabajaba de manera metódica en levantar una torre de rebanadas con mantequilla.

—¿Qué haces, madre?

—Sándwiches —contestó ella.

—No necesitas todo ese pan. —Le quitó el paquete.

Solo quedaban los dos extremos.

—¿Me estás diciendo que no sé cómo untar mantequilla en el pan? —Tiró el cuchillo en la mesa.

Este se estrelló contra un plato y se cayó al suelo. Ya había mantequilla por todas partes.

—Solo digo que no necesitas tanto pan.

Lottie fue a por un trapo y comenzó a limpiar aquel desastre.

—Crees que soy inútil, ¿a que sí?

No pudo evitar pensar que su madre sonaba exactamente igual que Louis.

Pero Rose continuó:

—Quiero volver a mi casa. No voy a quedarme aquí ni un segundo más. —Acto seguido, se cruzó de brazos como una niña y le tembló el labio inferior—. Eres muy mala conmigo.

Louis cerró la puerta del frigorífico, se subió a una silla para sentarse junto a su bisabuela y le pasó un palito de queso.

—¿Me lo abres, abu Rose?

—Por el amor de Dios, ¿qué es esto?

La anciana arrugó la nariz y sus labios dibujaron una curva invertida.

—¡Queso! —Se lo tiró.

—No me acerques eso —le espetó Rose, y dio un manotazo en la mesa como si fuera a aplastar a una mosca.

Louis se bajó de la silla con el labio inferior tembloroso.

—¿Abu Lottie?

—Yo lo hago, mi niño. —Le dio el queso después de quitarle el envoltorio—. Louis, ve a buscar a Sean. A lo mejor te deja jugar con su PlayStation.

—¡Sí!

La mujer lo observó alejarse a toda prisa mientras ella también deseaba ser capaz de huir.

—¿Por qué dejas que ese niño corra por todos lados? —le preguntó la anciana—. ¿Ha olvidado cómo se anda?

—Solo tiene tres años. —Lottie enjuagó el trapo bajo el agua del grifo. Fría—. Voy a matar a Katie por haber acabado con el agua caliente.

—En mis tiempos, uno veía a los niños, pero no los escuchaba. Corre por ahí como si fuera un puñetero tren. Me pone de los nervios. ¿Dónde está mi abrigo? —Rose se levantó y abandonó la torre de pan.

—Siéntate, madre. Voy a hacerte una taza de té.

—No te atrevas a hablarme así, Charlotte Fitzpatrick. Espera a que tu padre llegue a casa; entonces sí que te habrás metido en un buen problema, señorita.

La mujer salió de la cocina. Lottie apoyó la frente en el borde frío del fregadero y se envolvió la cabeza con las manos. Deseó que su padre siguiera vivo para que la abrazase y le besara las heridas para consolarla, igual que hacía cuando era pequeña; para cuidar de su madre. ¿Cómo iba a controlar aquella fase de su vida, con Rose cada vez peor, ahora que Boyd estaba tan ocupado?

Un portazo en la entrada la sacó de su autocompasión.

—¿Madre? —la llamó mientras corría hasta el vestíbulo.

El abrigo de Rose seguía colgado del perchero, pero no había ni rastro de ella. Acto seguido, Lottie abrió la puerta y la vio caminando resuelta por la avenida, ataviada únicamente con un vestido fino de algodón y las zapatillas de estar por casa.

—Vuelve dentro —le gritó a la vez que salía corriendo tras ella—. Vas a pillar una neumonía.

—Como si te importase —le espetó a modo de respuesta. La anciana dejó de caminar y se giró con las manos en las caderas—. Te gustaría que me muriese para robarme la casa sin que me dé cuenta. Eso es lo que estás tramando, señorita. Bueno, pues escúchame, ¡no te lo voy a permitir! Me voy a mi casa. Ahora mismo, ¿me oyes?

—Claro, perfecto, lo que quieras. Podemos hablarlo dentro. Voy a prepararte una taza de té.

La inspectora se quedó clavada en el sitio mientras le rogaba a su madre.

En ese instante, a Rose se le desplomaron los hombros y observó a su alrededor con la mirada vacía.

—Qué frío. —Se levantó el vestido para tocar la fina tela—. ¿Por qué no llevo abrigo? ¿A dónde voy? Si la vas a hacer, una taza de té estaría bien.

Al fin, Lottie agarró a su madre del codo y la abrazó con dulzura antes de guiarla hasta la puerta. No tenía ni idea de cómo iba a pasar por aquello. Sentía que le faltaban fuerzas.

Las mismas que le faltaron para refrenar las lágrimas que se le escaparon y resbalaron por su cara.

60

Kirby se quedó debajo de la ducha durante diez minutos completos mientras se frotaba la piel hasta que se le puso roja. Se lavó el pelo con el champú y el acondicionador nada baratos que había comprado de camino a casa. Luego, cerró el grifo y se secó a conciencia con la toalla vieja que colgaba detrás de la puerta. «Ya es hora de tirar lo viejo y dejar paso a lo nuevo», pensó. Daba igual lo que se hiciera en el pelo, este se negaba a alisarse un poco, así que se limitó a pasarse los dedos por los rizos, y decidió que ellos habían ganado esa batalla en particular.

Luego sacó unos calzoncillos nuevos de la bolsa de ropa que había comprado en Wilfs, junto con lo que pensó que se trataba de una camiseta blanca, pero que acababa de descubrir que era de un tono rosa claro. Al menos era nueva y las arrugas que tenía eran recientes. Amy pensaría que la había planchado especialmente por ella. Los pantalones negros le quedaban perfectos, y le encantó darse cuenta en la tienda de que había perdido una talla de cintura. Ignoró a propósito el hecho de que las prendas bien fabricadas quedaban diferentes a las que solía comprar en Primark. La ropa nueva se salía de su presupuesto, pero merecía la pena por Amy.

Había hecho una reserva en el restaurante Amber Chinese para cenar. Martina se lo había recomendado y le había dicho que el ambiente era tan bueno como la comida. El hombre pensó que la agente parecía un poco desconcertada cuando le dijo que tenía una cita, pero lo había rechazado tantas veces que no se arrepintió en absoluto.

Ya vestido para la ocasión, se avergonzó del estado de su dormitorio. Su presupuesto no se había estirado tanto para permitirse unas sábanas nuevas, pero hizo la cama y recogió la ropa del suelo. Estaba aceptable.

Como llegó temprano, pidió una botella de vino blanco. Le habría encantado tomar una pinta de Guinness, pero decidió que aquella noche debía ser civilizado. Su vida debía dar un giro drástico, y Amy era la causante.

Se terminó la mitad de la botella de vino y dos rondas de pan de gambas antes de aceptar que no iba a llegar. Notó que todo su porte se desinflaba a medida que comprobaba el teléfono por lo que le pareció la millonésima vez. No había mensajes. Ni llamadas perdidas. Nada. Había sido tonto. Un idiota. Lo habían dejado plantado, simple y llanamente.

La camarera menuda volvió a la mesa y el gesto compasivo en su rostro casi lo hace polvo. Podía comer igualmente. Aun así, vaciló cuando le pidió cerdo al *curry* y arroz frito con ajo.

—¿Va a comer solo, señor? —le preguntó; casi parecía una disculpa.

—No, no va a comer solo.

Y miró más allá de la camarera. Ahí estaba Amy, todavía con el uniforme del supermercado, la cara colorada y el cabello pegado a un lado de la cabeza.

—Yo tomaré lo mismo que él, y traiga otra de esas.

Acto seguido, señaló la botella de vino metida en el cubo de hielo y la camarera le sirvió una copa.

—No sé qué decir. —La mujer se deshizo del chaleco que llevaba puesto y se desplomó en la silla que había enfrente de Kirby—. Me han entretenido. No he tenido tiempo de llamarte. Ha sido Luke, él... Ah, nada, olvídalo. No quiero hablar del tema. Ni siquiera he tenido tiempo de ir a casa para ducharme y cambiarme. Y mírate tú. Te has esforzado un montón y yo parezco una náufraga del *Hesperus*. Lo siento muchísimo. —Negó con la cabeza antes de tomar un largo sorbo de vino—. Lo necesitaba.

Kirby sonrió aliviado.

—Estás preciosa. —Lo dijo en serio.

Los ojos le brillaban tanto que las manchitas de color avellana relucían igual que el oro a la luz de las velas del centro de mesa.

—Apuesto a que les dices lo mismo a todas las chicas.

La mujer sonrió con picardía y él soltó una carcajada.

—Amy Corcoran, eres un bálsamo para mi espíritu.

Los dos volvieron a quedarse en silencio, y ella atacó la nueva cesta de pan de gambas que la camarera había traído con la segunda botella de vino.

—Háblame de Luke —le pidió cuando volvieron a quedarse solos—. ¿Qué ha hecho esta vez?

—No es más que un cabroncete engreído. Ya sabes, seguro que la tiene pequeña y todo eso.

Kirby volvió a reírse y se sintió genial, pero luego se puso serio.

—¿Ha sido por lo que he hecho a la hora de comer?

—No necesita una excusa para ser un capullo. —Se limpió las manos en la servilleta de tela y se sentó más adelante—. Le estaba contando a una de las chicas que tenía una cita y él lo ha oído, así que ha empezado a reírse de mí. Luego, ha llegado un pedido enorme de alubias con tomate y, de pronto, el jefe me ha dicho que tenía que reponer las baldas. Nos hemos quedado sin existencias durante la semana y estábamos esperando el pedido. El señor Rodgers, un cliente, nos estaba volviendo locos. Debe de vivir a base de alubias y pan tostado. En fin, que creo que Luke le ha dicho al jefe que yo repondría las baldas, porque tenía la misma sonrisa de oreja a oreja que el maldito gato de Cheshire.

—Es una mala persona, ese Luke. ¿Por qué no les has dicho a todos que se vayan a la porra?

Ella negó despacio con la cabeza.

—No podría. Necesito el trabajo. Llevo siglos suplicando unas horas extra y, cuando las consigo, no me vienen bien. ¿Qué puedo hacer?

—Deberías haberme enviado un mensaje.

El hombre se mordió la lengua en cuanto las palabras abandonaron su boca. A Amy le cambió el gesto y se recostó en su asiento. No podría culparla si se levantaba y se alejaba de él, así que intentó rectificar su error de inmediato.

—Pero no importa. Yo estoy aquí y tú también. No sé tú, pero, joder, yo me muero de hambre.

—Yo podría comerme una vaca.

Entonces, se le iluminó la cara y él sintió que había salvado la situación; a lo mejor, hasta la noche.

—Amy, quiero saber más de ti. Háblame sobre tu vida —le pidió, consciente de que ella sabía más de él que él de ella.

—¿Tenemos que hacer esto?

Una oscuridad envolvió el rostro de la mujer y el detective miró a su alrededor, con la vaga esperanza de ver a la camarera con su comida.

—No, no tenemos que hacerlo, pero me gustaría conocerte un poco para no volver a meter la pata.

—¿Como hiciste con Luke? Lo siento, ya le hemos puesto punto y final a ese tema. —Acto seguido, tomó la copa y contempló el líquido resplandeciente—. Te he dicho que tuve una relación larga. No funcionó. Él se fue. Tuvimos una ruptura complicada y, en su momento, fue como si me arrancasen el corazón.

—Ay, mierda, Amy, lo siento. Yo también pasé por algo así. Tuve un divorcio complicado. ¿Lo has superado?

—No era una buena persona, pero no puedo culparle de todo a él. Éramos dos en esa relación, uno contra el otro, y solo podía acabar de una manera.

—¿Alguna vez te hizo daño físico?

Ella frunció los labios.

—De verdad que no quiero entrar ahí. Lo que puedo decir con seguridad es que a menudo deseé que estuviera muerto. Lo raro es que, cuando por fin cortamos, lo eché de menos. Pensaba que era la culpable de todo lo que me hizo y dijo.

—Amy, por favor, no te culpes. Ya te has librado de él.

—Pero ¿de verdad lo he hecho, Larry? Pasé la mejor parte de mi veintena en esa relación y ahora siento que estaré dañada de por vida.

El detective no sabía cómo responder y, en ese momento, llegó la comida.

—Qué buena pinta —dijo ella—. Ni siquiera sé qué has pedido.

—Pues espero que te guste el cerdo al *curry.*

—Ahora mismo me comería la pata de la mesa.

Kirby vio su sonrisa y relajó los hombros. No se había dado cuenta de que estaba encorvado por la tensión.

Cuando se dispusieron a comerse sus platos, la vigiló durante un momento. Una mujer sola en el mundo con un joven presuntuoso como compañero que parecía decidido a hacer de su vida una miseria. Amy no se merecía eso. Pero ¿él la merecía a ella?

Masticó la suculenta carne e intentó disfrutar de la disminución de su hambre, pero una ligera inquietud bajó flotando hasta que se acomodó sobre sus hombros. Y, una vez más, notó que los estaba encorvando. ¿Qué tenía esa mujer para que se pusiera así? Incapaz de encontrar una respuesta, pidió otra botella de vino.

Mientras leían la carta de los postres, algo que ella le había dicho flotó en su subconsciente a través de la neblina de comida y alcohol que daba vueltas alrededor de su cerebro.

—Has comentado que le has dicho a una compañera de trabajo que tenías una cita. ¿Quién es?

—¿Vas a molestarla igual que has hecho con Luke? —preguntó de manera cortante.

Aquello lo pilló por sorpresa, y estaba a punto de disculparse cuando vio el centelleo travieso en sus ojos.

—He hablado con ella por teléfono. Hoy estaba de descanso. No es más que una adolescente. Me ha llamado muy alterada. Su vecina desapareció ayer y la han encontrado muerta esta mañana. Seguro que hasta has participado en el caso.

La necesidad de tomar algo dulce se volvió amarga en su boca.

—¿Es Bianca Tormey?

—Sí.

—Era la niñera de la fallecida.

—¿No es muy triste? Ahora esas dos cositas se han quedado huérfanas.

—¿Bianca te mencionó un grupo llamado «Vida después de la pérdida»? Éilis Lawlor lo fundó.

Amy se quedó un momento en silencio y luego arrugó la nariz respingona.

—Me suena. ¿Has visto algo que te apetezca?

Amy señaló el menú que tenía en la mano y el detective se dio cuenta de que ya había cerrado el suyo.

—Yo solo tomaré un café —le dijo a la camarera cuando apareció.

—Y un té de jazmín, por favor —añadió Amy. Cuando volvieron a quedarse solos, comentó—: Debería haber pedido un vaso de leche después de todo el vino. Es uno de los remedios para evitar la resaca antes de que aparezca.

—Amy, ¿Bianca te dijo algo sobre Éilis Lawlor que pueda ayudarnos?

—¿De verdad, Larry? No ensombrezcamos la noche hablando de los muertos.

Así que el hombre asintió y cambió de tema.

⌇

La euforia de partirle los huesos a Éilis desapareció hace mucho, pero la escena que monté para los agentes es de categoría. Soy demasiado inteligente para ellos.

Tengo varias víctimas para elegir, pero se ha abierto paso otra en mi visión periférica. No la había considerado, pero ahora... Necesito decidir quién morirá primero. ¿Quién tiene los mejores ojos para devolverme la mirada desde su jaula de cristal?

Me detengo.

Pero no por mucho tiempo.

Me decido.

Alguien más va a morir.

Puede que incluso esta noche.

61

Amy no pretendía ir a casa de Larry, pero los efectos de la cena tardía y el exceso de vino le habían despertado la libido. Después, el detective había llamado a un taxi que la había dejado al principio de su calle. No tenía ni idea de qué hora de la noche era y suspiró aliviada al llegar a su casa.

La luz del vestíbulo brillaba a través del cristal de la puerta de entrada. De inmediato, dio gracias al hábito de dejarla encendida por la mañana por si llegaba tarde a casa. Le ayudaba a encontrar las llaves en el bolso. Al final, las pescó y, después de probar la equivocada, examinó el manojo que tenía en la mano en un intento de descifrar cuál era la llave correcta.

Insertó otra en la cerradura y la giró. Justo cuando estaba empujando la puerta, un olor extraño flotó a su alrededor y algo la agarró con fuerza del brazo. Una mano apareció en su hombro y la empujó dentro del vestíbulo.

—¿Qué cojones? —dijo con un grito ahogado mientras intentaba retorcerse.

Oyó un susurro en el oído, pero la neblina que se arremolinaba en su mente le impidió descifrar las palabras. A medida que intentaba zafarse, aumentaba la fuerza con la que le agarraba el brazo y le rodeaba el cuello. La manga de su atacante era de color negro, pero, como estaba detrás de ella, eso era lo único que veía. Notó que se le atragantaba el aire; no podía respirar. Intentó llevar el pie hacia atrás para darle una patada en la pierna al asaltante, pero era como si su cuerpo se hubiera quedado petrificado.

No podía moverse.

Estaba sin aire.

Unas manchas oscuras danzaron delante de sus ojos para anunciarle que estaba a punto de perder el conocimiento. ¿Por qué había pasado la noche con Larry? ¿Por qué había sido tan dichosamente independiente?

¿La echaría de menos? ¿Iría a buscarla cuando no le devolviera las llamadas? Porque estaba segura de que se encontraba en las garras de la persona que ya había asesinado a dos mujeres.

Si hubiera podido gritar, lo habría hecho, pero no era capaz.

Mientras el brazo se apretaba alrededor de su cuello, a Amy le quedó claro que estaba a punto de morir.

62

El timbre del apartamento de Boyd sonó un minuto después de las diez de la noche.

El hombre se levantó del colchón con la espalda baldada e instintivamente comprobó el teléfono con el temor de que hubiese aparecido otro cuerpo. No tenía avisos de mensajes ni de llamadas. Y el timbre volvió a aullar.

Sergio iba a despertarse si no se daba prisa. De un salto, se puso un par de pantalones de chándal y abrió la puerta sin comprobar la cámara de seguridad mientras se frotaba los ojos adormilado.

—¡Sorpresa!

—¿Jackie? ¿Qué haces aquí? No has llamado ni…

Boyd se quedó mirando mientras su exmujer pasaba tranquilamente por su lado para entrar, los zapatos taconeaban contra el suelo y balanceaba un bolso enorme con un estampado de leopardo. Parecía una impostora todavía mayor que cuando la vio momentáneamente en España. Llevaba el cabello teñido de un color raro y tenía la piel coriácea por exceso de sol y falta de crema protectora.

—¿Dónde está mi niño? Quiero verlo.

La mujer se sentó en uno de los taburetes de la encimera de la pequeña cocina y soltó el bolso a sus pies. Al menos no había entrado al dormitorio.

—No me has dicho… —Se esforzó por encontrar las palabras y la comprensión—. Nunca mencionaste que ibas a venir.

—¿Hay cerveza en la nevera? —La mujer se levantó de un salto del taburete para hurgar en el interior.

En ese momento, el hombre la agarró del brazo y tiró de ella para que se incorporase.

—No puedes irrumpir así en mitad de la noche.

—Puedo ver a mi hijo siempre que quiera. No tienes derecho legal sobre él. —Se lo quitó de encima—. Ah, sigues teniendo la vieja y fiable Heineken. ¿Abridor? —Comenzó a rebuscar en los cajones.

—El último a la izquierda.

Lo que fuera con tal de que dejase de hacer ruido y revolverle los cajones estrictamente organizados.

La mujer abrió la botella y le dio un sorbo para después dirigirse al sofá. A continuación, se dejó caer encima del edredón y dijo:

—Me alegra ver que le has dejado la cama a Sergio. Te estás adaptando a la paternidad, ¿no?

Boyd se sentó frente a ella mientras apretaba la mandíbula y los puños.

—¿Qué quieres?

—Este no es el lugar ideal para un niño, ¿verdad? Había pensado que, a estas alturas, ya tendrías una casa.

—Tú vives en un apartamento. No veo la diferencia.

—Yo tengo dos dormitorios. ¿Qué haces cuando tienes compañía femenina? ¿Desalojas a mi hijo al sofá? ¿O lo envías a casa de Lottie Parker?

El hombre se fijó en que seguía refiriéndose a Sergio como su hijo. No tramaba nada bueno. Y él estaba agotado y necesitaba dormir. Podría haber pasado sin aquel secuestro.

—Estoy cansado. Tengo trabajo por la mañana. Lo siento, pero aquí no hay sitio para que te quedes. ¿Puedes marcharte, por favor? Mañana nos organizaremos para charlar.

—Quiero estar aquí cuando mi hijo se despierte por la mañana.

Jackie lo señaló con la botella y le dedicó una mirada intimidatoria.

Y Boyd notó cómo se le disparaba la adrenalina por las venas.

—Lo abandonaste en España. Nunca me habrías hablado de él si no te hubiese convenido. Ahora está conmigo y no quiero alterar lo que hemos construido juntos. Tú has montado este lío, Jackie, no yo. Así que no puedes aparecer sin más exigiendo cosas. Quiero que te vayas.

Acto seguido, la mujer se puso de pie y se mordió el labio, como pensando qué decir, pero él sabía que todo eso estaba ensayado. Era una zorra calculadora.

—Como yo lo veo, en España te pedí que cuidases de Sergio unas semanas y te permití que lo trajeras de vacaciones. Y ahora te niegas a dejar que lo vea. Conseguiré una sentencia judicial si tengo que hacerlo.

—No te estoy negando nada, Jackie. Dios, es que sigues dándole la vuelta a todo lo que digo. Estamos en plena noche. Vuelve mañana por la tarde y hablamos.

—Vale, me voy. Me da igual lo que pienses de mí, no quiero molestar a Sergio. Pero volveré a las siete de la mañana. Puedes irte a trabajar y yo me quedaré aquí con él durante el día. Luego, podremos tener una conversación adulta cuando regreses.

Pero él no iba a permitir que se saliera con la suya en eso.

—He organizado cosas para que lo cuiden y estoy en pleno proceso de matriculación en un colegio para septiembre. No puedes arruinar todo eso.

—Puedo y lo haré. —Tomó su bolso—. Siete de la mañana. Más vale que esté aquí o no te gustarán las consecuencias.

Boyd se sentó en el sofá un buen rato después de que se marchara. Recogió la botella que se había estado bebiendo. Quiso estrellarla contra la pared, pero en su lugar se la acabó y sacó otra.

DÍA TRES

63

Boyd ya se había duchado y vestido y Sergio estaba comiéndose un bol de cereales en la barra americana cuando Jackie
volvió. A las siete en punto. La mujer entró a toda prisa y corrió a abrazar al niño. Era una parte de ella que no salió a la
superficie durante su matrimonio. Por aquel entonces, era fría
y calculadora. ¿Sergio la habría ablandado? Aunque podía estar
fingiendo, así que no bajó la guardia.

Cuando el pequeño se despegó de entre sus brazos, Jackie
lo miró un momento, como diciendo: «¿Ves?, me ha echado de
menos». Parecía cansada, y Boyd se preguntó si se habría pasado toda la noche sentada en las escaleras de la puerta. Tampoco
es que le importase.

—Ve a trabajar —le dijo—. Nosotros tenemos cosas que
hacer, ¿no, Sergio?

El niño asintió y se le agrandó la sonrisa.

Entonces, Boyd abrazó a su hijo con fuerza.

—¿Podemos hablar un momento?

Luego, condujo a Jackie fuera de la entrada y se puso la
chaqueta con aire nervioso.

Ella comentó:

—Sé lo que estás pensando y no tienes de qué preocuparte.

Ese tono. Ese era el tono que lo hacía entrar en alerta máxima. El mismo que le daba todas las razones para preocuparse.

—No puedes alejarlo de mí, Jackie. No ahora que sé de él
y le quiero.

—No tengo intención de llevármelo a ningún sitio. —Se
giró para mirar a Sergio—. Tenemos que ponernos al día sobre
muchísimas cosas, así que termínate el desayuno.

Acto seguido, se acercó a Boyd y lo acompañó a la puerta.

Él caminó lentamente, reacio a dejar a su hijo allí a sabiendas de que quizá no volvería a verlo, pero ¿qué opciones tenía?

—Te lo advierto, Jackie. Si tan siquiera...

—Te prometo que seguirá aquí cuando vuelvas.

¿Estaba jugando con él? Había vuelto a sus antiguas costumbres: las manipulaciones. Y no iba a tragarse el cuento.

—Sí, soy consciente de lo mucho que puedo confiar en tus promesas.

—¿Cuándo te has vuelto tan cínico?

El hombre captó el desdén en sus palabras y los diminutos pelitos del cuello se le pusieron de punta a modo de alerta. Era evidente que tramaba algo.

—Mira —dijo mientras se quitaba la chaqueta—. Voy a tomarme el día libre y así podremos hablarlo todo.

—¿De veras? —Levantó una ceja—. Dudo que tu inspectora favorita esté de acuerdo con que te tomes un descanso con dos asesinatos horripilantes que investigar.

En eso llevaba razón. ¿Estos eran los dilemas a los que Lottie tenía que enfrentarse a diario? ¿Sopesar entre el compromiso y la lealtad a su familia y su trabajo? En ese momento, la admiración que sentía por ella creció de forma exponencial.

—Vale —le concedió en contra de su buen juicio—. Tienes mi número. Llámame si necesitas lo que sea. Y Jackie...

—¿Qué?

—No hagas ninguna estupidez, porque te encontraré.

—No lo he dudado ni un momento. Tengo una propuesta que hacerte. Estoy aquí para hablar, ya está.

Y se marchó con las señales de alarma tañendo una cacofonía dentro de su cabeza.

Una vez en el coche, se palpó el bolsillo para asegurarse de que tenía el pasaporte de Sergio y luego le envió un mensaje a Chloe para decirle que no la necesitaría ese día. Esperaba que Lottie no descubriera lo de Jackie antes de que pudiese hablar con ella. La quería demasiado como para perderla por la entrometida de su exmujer. Y, pasase lo que pasase, no podía perder a su hijo.

Saldría de esa él solo.

Aquel desastre tenía que arreglarlo él.

64

La jefa había pedido una actualización sobre si se había avistado a Orla Keating o Helena McCaul desde que el día anterior habían salido del aparcamiento municipal. Kirby, tarde de nuevo, se coló junto a la agente Brennan mientras McKeown hablaba.

—He revisado las cámaras de seguridad de la zona circundante. El coche salió del aparcamiento hacia la derecha y se dirigió a la zona del canal. En la intersección, giró a la izquierda. Tenemos imágenes de la estación de servicio de Millie porque se detuvo en el semáforo que hay allí. Luego, continuó recto cuando se puso en verde. Después, nada más. Ninguna de las dos estaba en casa cuando lo comprobé ayer por la tarde.

—Envía a alguien para que vuelva a las casas. No han podido desaparecer en la nada. ¿Algo nuevo sobre las dos víctimas de asesinato?

—Hemos recibido mucha información ciudadana. Los agentes Brennan y Lei están coordinando la respuesta y me van entregando todo lo que pueda conducirnos a una pista. Hasta ahora, no hay mucho de lo que informar —dijo Lynch.

—Seguid así, todos.

Cuando Lottie entró en su despacho y cerró la puerta, Kirby salió al patio a toda prisa y se encendió un cigarrillo. Anoche le envió un mensaje a Amy para asegurarse de que había llegado bien a casa, pero debió de irse directamente a dormir porque no le había contestado. Ahora le había vuelto a escribir. Pero, de momento, nada.

—Joder.

La había llamado en lugar de escribirle. Escuchó el móvil sonar.

El hombre miró la hora al recordar que le había comentado que esa mañana entraba a primera hora, razón por la que no había pasado la noche con él. Entonces, apagó el cigarro, pero era incapaz de calmar el repentino hilito de terror que le había puesto el vello de punta. Un asesino había puesto en su punto de mira a dos mujeres del pueblo en los dos últimos días. Y ahora no podía ponerse en contacto con Amy. ¿Tenía razones para inquietarse? ¿O estaba siendo completamente irracional? Amy conocía el grupo de «Vida después de la pérdida», pero había tirado la conversación por tierra. Necesitaba hablar con alguien.

Volvió a entrar y se topó con Lynch cuando ella bajaba las escaleras.

—Hay otra mujer que conocía la existencia del grupo de «Vida después de la pérdida», Amy Corcoran. —Se detuvo para recuperar el aliento antes de volver al ataque—. Lo mencionó durante una conversación, aunque no dijo que estuviese involucrada. Bianca Tormey, la niñera de Éilis Lawlor, trabaja con ella en el supermercado de Dolan. No he podido contactar con ella esta mañana.

—Pisa el freno. ¿De qué hablas?

Así que el detective le habló de Amy y la conversación que habían mantenido la noche anterior.

—No es viuda —manifestó Lynch.

—No, pero comentó que pasó una ruptura difícil.

—Y ¿qué tiene eso que ver con nuestras víctimas de asesinato?

Kirby observó cómo su compañera se apoyaba en la pared y lo examinaba, y él titubeó bajo su mirada perspicaz.

—Te lo he dicho. Conocía el grupo.

—Estoy segura de que mucha gente también.

—Si vamos a seguir la línea de que el asesino escoge a las mujeres que pertenecían al grupo, creo que Amy podría estar en peligro.

—No tienes pruebas de que realmente perteneciese al grupo, ¿no?

—No, pero...

—Estás entrando en pánico por nada.

—Anoche llamé a un taxi para que la llevase a casa. No puedo ponerme en contacto con ella. Hay un tío con el que trabaja, Luke Bray. La ha estado acosando en el trabajo. ¿Y si la ha raptado y es nuestro asesino?

Lynch se separó de la pared y entró en su espacio personal, y él bajó la vista para mirar la mano que le había apoyado en el brazo.

—Kirby, te conozco desde hace mucho tiempo. Eres un grano en el culo, pero me caes bien. Nos llevamos bien. Pensamos de la misma manera casi todo el tiempo, pero esta vez estás dando pasos agigantados cuando no hay nada sobre lo que caminar.

—Tengo una sensación extraña. Algo no va bien.

—Es posible que esté en el trabajo y se haya olvidado el teléfono o algo tan simple como eso.

—Es posible que no le permitan usar el móvil en las cajas —dijo el detective—. Vale, lo pillo.

—Pásate por el Dolan y comprueba si está allí. Si no, vuelve aquí directamente y veremos qué podemos hacer. ¿De acuerdo?

—Claro —contestó, aunque no lo tenía nada claro.

Así que volvió corriendo al despacho, cogió su chaqueta y se dirigió a la calle.

El supermercado de Dolan estaba bastante concurrido a pesar de ser un domingo por la mañana temprano. Kirby entró a toda prisa y pasó corriendo junto a un grupo de señoras mayores ataviadas con vaqueros que estaban charlando sobre el deleite que le proporcionaba tener a un cura joven oficiando la misa de la mañana.

El hombre miró a su alrededor en busca de Amy.

No la veía en ninguna de las cajas, pero sí que avistó a Luke Bray, cuyo *piercing* en la ceja relucía por la fuerte luz. Acto seguido, se saltó la cola y se inclinó hacia el chaval de pelo negro.

—¿Amy ha venido hoy?

—No ha aparecido. El jefe está que escupe fuego y yo tengo que hacer un turno doble. Van a darle un toque de atención después de esto.

—¿Dónde vive?

Él no recordaba la dirección que le había dado al taxista anoche.

Luke se puso de pie y se inclinó hacia él mientras ignoraba la cola de clientes que se movían impacientes.

—Deberías saberlo. El que se la folla eres tú, no yo.

En ese momento, el detective alargó la mano y agarró al chico por la camiseta para arrastrarlo más cerca de él. El chaval no opuso resistencia, pero una mueca de desdén le arrugó la cara e hizo que su piel lisa se afease.

—Más vale que te laves la boca, niñato. ¿Cuándo fue la última vez que viste a Amy?

—Relájate, viejo. Estuvo aquí anoche. Quería escaquearse para ir a una cita, pero tenía baldas que reponer. Había quedado contigo, ¿no? A lo mejor fuiste tú la última persona que la vio. No sé si sabes a qué me refiero.

Kirby soltó el poliéster sudado, se secó la mano en los pantalones y dio un paso atrás.

—¿Qué insinúas?

—Han asesinado a varias mujeres cerca de Ragmullin en los últimos días. Espero que a Amy no le haya pasado nada y no aparezca igual que ellas.

La ira que le hervía por dentro pasó el punto de ebullición y, como no quería arriesgar su carrera dándole un puñetazo a Luke Bray, el hombre retrocedió por el estrecho espacio de la caja y se dirigió a toda prisa hacia la puerta con la señal de OFICINA.

Al final, obtuvo la dirección de la casa de Amy del empleado de contabilidad y se fue tan rápido como había llegado.

Amy vivía en una casa aparentemente agradable en una zona tranquila de la antigua calle Dublín. Se parecía a la que dibujaría un niño. Se trataba de un cuadrado perfecto con una puerta centrada entre dos ventanas con otras tres en la planta de arriba.

El coche chirrió al detenerse en el camino de entrada. No había ni rastro de otro vehículo. Anoche, Amy dejó el suyo en la puerta del restaurante. O ¿habría vuelto a por él para ir a cualquier sitio por la mañana? Fuera cual fuera el escenario, tenía la sensación perturbadora de que no debería haber permitido que volviese a casa. Si no estaba allí, preguntaría a la empresa de taxis para asegurarse de que la llevaron a la dirección correcta.

Una vez en la puerta de entrada, el hombre presionó el timbre con fuerza antes de darse cuenta de que esta se hallaba entornada.

El hilito de terror que había experimentado toda la mañana se elevó como unas olas que se estrellaron contra los muros de la presa resquebrajada que albergaba dentro de su pecho, y entró.

—¿Amy? Soy Larry. ¿Amy? ¿Estás en casa?

Echó un vistazo a su alrededor y vio el bolso de la mujer en el suelo de la entrada y un manojo de llaves encima de este.

—¿Amy?

Ya estaba vacilante, y cada paso lo daba más lento que el anterior. Gritó su nombre por las escaleras. Silencio. Se encontraba solo en esa casa. Para asegurarse, registró las habitaciones de abajo, luego se dirigió a la planta de arriba y corrió de una habitación a otra.

Amy no estaba allí.

En su dormitorio, las prendas descansaban perfectamente colgadas dentro del armario y encontró un libro de bolsillo junto a la cama. No daba la sensación de que nadie hubiera dormido en ella. Tampoco veía la ropa que había llevado puesta anoche: el uniforme del trabajo con la camiseta y los pantalones negros.

Volvió a bajar y, a pesar de la ansiedad que sentía, se puso un par de guantes, apartó las llaves y agarró su bolso. La cartera seguía ahí. Y las tarjetas del banco y el dinero en efectivo. Y su teléfono móvil. La pantalla parecía un papel de periódico con todas las notificaciones de llamadas perdidas y mensajes.

Durante un segundo, Kirby vio la imagen de los cuerpos sin vida de Jennifer O'Loughlin y Éilis Lawlor ante él.

A lo mejor estaba siendo irracional, pero eso no podía parar la explosión de emociones. Salió corriendo a la calle, donde vomitó en el césped mientras el cuerpo le temblaba por el terror.

65

Cuando Boyd llegó al trabajo con el teléfono pegado a la mano, Lottie le pidió que pasara al despacho.

—Cierra la puerta.

El hombre se guardó el móvil en el bolsillo y se sentó.

—Boyd, necesito tu atención completa. Es posible que captes algo que a mí se me pase y viceversa. Necesitas estar comprometido al cien por cien con estas investigaciones.

—¿Me estás poniendo de patitas en la calle?

—¿Puedes hacer el favor de madurar? —Se frotó los ojos con frenesí—. ¿Qué hay en tu teléfono que sea tan interesante como para que hayas perdido el interés en ayudarme a encontrar a este asesino?

—Lo siento, Lottie.

—Soy todo oídos. —La preocupación se coló en su tono.

—Jackie apareció anoche y otra vez esta mañana. Ha insistido en quedarse hoy con Sergio. Me aterra que desaparezca con él mientras estoy trabajando.

—¿Y tener las pupilas clavadas en el móvil ayuda en algo?

—Tengo una aplicación conectada con la alarma de casa. Tengo que comprobar si sale del apartamento.

—Y luego, ¿qué? ¿Vas a salir corriendo por el pueblo tras ella?

Lottie sintió que se le hinchaban las fosas nasales y enseguida se arrepintió de su falta de empatía. A la mierda, tenía a dos mujeres asesinadas y a otras dos que, al parecer, habían desaparecido de la faz de la Tierra.

—No te enfades, Lottie. Ahora mismo, el bienestar de mi hijo es más importante para mí que encontrar a tu homicida.

—¿Mi homicida?

—El homicida. Sea quien sea.

En ese momento, la inspectora soltó un largo suspiro de frustración.

—¿Dónde está el pasaporte de Sergio?

Boyd se dio unas palmaditas en el bolsillo del pecho de la chaqueta.

—Aquí.

—Entonces no tienes de qué preocuparte. No hay manera de que lo saque del país sin él.

—Ya conoces a Jackie. Tiene contactos en todas partes. Puede hacer lo que le plazca.

—Podemos poner su nombre en una lista de personas bajo vigilancia. No llegará más lejos de la calle Main.

Entonces, el hombre le sonrió con un brillo triste en la mirada.

—Gracias, pero no intentaría marcharse con medios ordinarios. Está tan metida en el submundo criminal que podría montarse en un avión privado sin que nos diéramos cuenta.

Lottie miró por encima del hombro de Boyd cuando alguien empujó la puerta hacia dentro y Kirby se catapultó en su despacho.

—¿Dónde está el fuego? —escuchó gritar a McKeown a la vez que el sargento y ella se ponían en pie.

—Es Amy, jefa. No puedo localizarla.

—¿Quién? ¿De qué hablas?

—Amy, una mujer que conocí. Estuve con ella anoche. Ahora no está en casa ni en el trabajo, y no sé adónde ha ido.

—Siéntate. —Boyd empujó a su amigo para que tomase su asiento—. Respira hondo.

Lottie le posó una mano en el hombro.

—Kirby, desde el principio. ¿Quién es Amy?

—La conocí hace solo un par de noches y ahora ha desaparecido. Debe de haberle pasado algo.

—¿Por qué piensas eso?

—Espero no estar exagerando, pero…

—Cuéntame.

—Anoche salimos a cenar. Luego volvió a mi casa y después de un rato le pedí un taxi para que la llevase a la suya. Dejó su coche en la puerta del restaurante. No contestaba al teléfono esta mañana, así que he ido a su casa. La puerta estaba abierta. Su bolso, la cartera, las llaves y el teléfono estaban allí, pero ella no. Conocía el grupo de «Vida después de la pérdida», jefa. Trabaja con Bianca Tormey, la niñera de Éilis Lawlor. Se parece a la forma en la que Éilis desapareció, ¿no? —E hizo una pausa—. Es que es tan...

—¿Amy tenía familia con la que pudiera encontrarse hoy?

—Para ser sincero, no... no lo sé.

—Intenta averiguarlo y, en cuanto la hayas localizado, te quiero concentrado en estas investigaciones de asesinato.

—Gracias, jefa. Veré qué puedo hacer.

Lottie le lanzó una miradita a Boyd y este se encogió de hombros.

A continuación, se acercó a Kirby y se arrodilló junto a él.

—Vamos a encontrar a tu Amy. Necesito una descripción de todo lo que sepas de ella. ¿Podrías hacer eso por mí?

—Claro, pero tenemos que investigar a uno de sus compañeros, Luke Bray. Ha estado acosándola. Esta mañana el niñato tenía una sonrisita de superioridad y no dejaba de fanfarronear en las cajas. Hay que arrestarlo y descubrir qué le ha hecho.

—Paso a paso. ¿Has llamado a sus amigos?

—No sé quiénes son. —Su tono aumentó una octava—. Solo hace dos noches que la conozco.

—Bueno, pues ¿qué sabes de ella?

La inspectora lo observó con detenimiento mientras él se concentraba en un punto de la pared, pálido y con los pelos de punta.

—Nada. De hecho, no sé nada sobre ella.

66

Después de que Kirby se calmase lo bastante como para comenzar a buscar información sobre Amy Corcoran, Lottie alzó la vista y descubrió a Lynch en su puerta.

—¿Tienes algo nuevo para mí?

La detective entornó los ojos y a su jefa le dio la sensación de que parecía preocupada.

—La agente Brennan me ha pasado un expediente en el que estaba trabajando por petición de Kirby. Me ha pedido que le echara un vistazo.

—¿Qué expediente?

—El del caso sin resolver de Tyler Keating.

—¿Y?

La inspectora se recogió rápidamente el pelo con una goma elástica que había rescatado del caos de su cajón.

—Jennifer O'Loughlin hizo una declaración aproximadamente una semana después de la desaparición de Tyler Keating.

—¿De verdad? —La mujer intentó darle coherencia a la línea temporal que tenía en la cabeza—. ¿Kirby no la reconoció por la foto que hay en el tablón ni por su nombre?

—No fue él quien le tomó declaración.

—¿Qué tenía que decir?

—No mucho. Que su marido lo conocía.

—¿Tenía alguna idea de dónde podía haberse metido Tyler?

—No. Se presentó en comisaría. Tuvo que ser después de que hiciéramos un llamamiento para pedir información, pero parece que, en realidad, no contaba con mucho más, aparte de que su marido había realizado algún trabajo para Tyler. Damien O'Loughlin había muerto de cáncer un año antes de su desaparición. Y...

—¿Y?

—Jennifer dijo que la última vez que quedó con él fue tres o cuatro semanas antes de que desapareciera.

—La mujer era auxiliar de odontología, no abogada. ¿Por qué iba a quedar con él si su marido ya había fallecido? ¿Fue a título personal?

—Le había encargado que le pintase una obra —contestó Lynch.

Lottie se mordió el labio mientras pensaba.

—¿Damien no trabajó en la compra de la casa de Tyler?

—Sí. Hay una copia del contrato en la caja de archivos que se encontró en el trastero de Jennifer.

—Necesitamos averiguar por qué esos archivos se hallaban en el guardamuebles junto al coche del desaparecido. —La inspectora dio unos golpecitos con el bolígrafo en la mesa con aire distraído—. Voy a preguntarle a Orla cuando demos con ella. Mira si Éilis Lawlor o Helena McCaul están conectadas de alguna manera con Tyler Keating, más allá de que su mujer perteneciera al grupo «Vida después de la pérdida». Necesitamos llegar al fondo de la verdadera razón por la que se formó.

—¿Crees que son algo más que unas viudas de luto que quedan para tomar unas copas?

—La verdad es que sí. Pero ¿cómo puedo probarlo con las mujeres asesinadas o desaparecidas?

A continuación, Lynch le pasó la fotocopia de la declaración de Jennifer y añadió:

—Se entrevistó a Orla Keating siete veces en relación con la desaparición de su marido. No tenía una coartada clara, pero no se encontró nada que indicase que estuviera involucrada.

—Vale, gracias. ¿Dónde se ha metido Boyd?

—Estaba al teléfono, y luego ha salido corriendo. Ha dicho que era una emergencia.

—¿Y no tenemos ya una aquí? —Entonces, cayó en la cuenta de que podía tener que ver con Jackie—. Joder, espero que no se haya llevado a Sergio.

—¿Quién?

—La exmujer de Boyd ha vuelto a entrar en escena.

—¿Puedo hacer algo para ayudar?

—Lo mejor es dejar que lo resuelva él solo.

—¿No crees que deberías ir tras él? A lo mejor necesita apoyo moral.

—Debería, pero no creo que me agradeciese la intromisión. Lynch, no tenemos ni un sospechoso para ninguno de los asesinatos. Es inaceptable.

—Estoy de acuerdo.

—Quiero que determines la conexión entre las mujeres: Éilis, Jennifer, Orla, Helena e incluso Amy. Debe de haber algo más allá de un grupo social de viudas. ¿Puede ser Tyler Keating? —Agitó la declaración que tenía en la mano—. No quiero ni imaginar qué pasará si no encontramos a las desaparecidas.

—Jennifer fue la primera en morir —comentó Lynch—. Llevaban un mes sin verla antes de que se encontrase el cadáver. ¿Por qué? ¿La secuestraron o estaba con el homicida por gusto? ¿Y si algo cambió en su actitud y por eso la mató?

—La autopsia señala que, por los signos de congelación, la mantuvieron cautiva en una cámara frigorífica. Por los huesos rotos, creo que tuvieron que torturarla. ¿A lo mejor alguien pensaba que sabía lo que le sucedió a Tyler Keating?

Lynch alzó las manos, animada.

—Él podría ser la clave. Empezaré por ahí.

—Avísame en cuanto des con algo más. Necesitamos algo antes de que aparezca otro cadáver.

67

Antes de hurgar en el pasado de Amy, Kirby tecleó el nombre de Luke Bray en PULSE, la base de datos de la policía nacional irlandesa. Bingo. Bray ya había sido arrestado por agresión y el tribunal del distrito lo había condenado a prestar servicios a la comunidad. Tenía que volver a hablar con él.

A lo mejor debería haberse llevado a alguien para mantener su carácter bajo control, pero ya era demasiado tarde para eso. Kirby atravesó jadeando las puertas del supermercado por segunda vez aquella mañana mientras se soplaba las gotitas de sudor del labio superior. Enseñó la placa de identificación cuando pasó junto al guardia de seguridad y, antes de que nadie se diera cuenta de lo que estaba haciendo, agarró a Bray por el cuello de la camiseta y lo sacó a rastras de detrás de la caja. Apenas era consciente de la cola de clientes boquiabiertos tras ellos.

—Esto es brutalidad policial —chilló Luke mientras el detective apretaba el puño con el que le agarraba el cuello de la prenda.

Lo que fuera con tal de cerrarle el pico a aquel pequeño cabrón llorón.

Ya en la calle, en la acera, empujó al chaval contra la pared y le apretó el cuello con el brazo, pero, antes de que fuera capaz de reaccionar, el muchacho lo envió al suelo con un movimiento rápido.

—¿Qué co…?

Confuso, Kirby se esforzó en colocar las piernas debajo del cuerpo.

—Taekwondo.

Luego, el chico le tendió una mano para tirar de él y levantarlo, pero el detective se giró de lado y, no sin dificultad, se puso de pie sin ayuda.

—Pagarás por esto —resolló.

—Lo estabas pidiendo a gritos.

El hombre observó a Luke mientras este sacaba un paquete arrugado de cigarrillos y se encendía uno. Después, tuvo la audacia de ofrecerle otro a Kirby.

—Métetelos por el... —farfulló—. Quiero conocer tus movimientos desde que terminaste de trabajar ayer por la tarde hasta que has fichado esta mañana.

—¿Por qué?

—Responde a la pregunta.

—He estado toda la noche en casa, en la cama.

—¿Alguien puede confirmarlo?

—Podrías preguntarle a mi madre, pero toma pastillas para dormir y no se enteraría de que están robando en la casa, no digamos ya de si he salido.

—¿Entonces no se puede corroborar?

—No.

El hombre se preguntó por qué ahora el chico estaba tan tranquilo. A lo mejor escondía algo o quizá no quería meterse en problemas por agredir a un policía. Fuese cual fuese la razón, Kirby notó que estaba demasiado relajado, maldición. Y eso lo puso de los nervios.

—Te arrestaron por agresión hace unos años. Creo que el juez fue particularmente indulgente contigo.

Entonces, Luke apagó el cigarrillo con el pie en la acera.

—¿Y?

—Atacaste a una joven que iba caminando sola cerca del canal y solo te castigaron con la realización de servicios comunitarios.

—¿Qué intentas decir, viejo?

—Conseguiste que mucha gente le entregase valoraciones de buena conducta. Por eso no penaron un crimen de esa seriedad como es debido.

—¿Y qué? De todas formas, no fui yo. Fue tu gente la que me incriminó.

—Te declaraste culpable.

—Tenía dieciocho años. Fue mi primera infracción, aunque no es asunto tuyo.

—Sí que es asunto mío, porque tu compañera, Amy Corcoran, me dijo que la estabas acosando.

—Eso es mentira. Yo no la acosaba.

—Amy pensaba que sí, y ahora ha desaparecido.

El chaval no se amilanó.

—Nunca he tocado a Amy y, si no sabes dónde está, ¿no deberías estar buscándola en vez de acosándome a mí?

En silencio, Kirby reconoció que tenía razón.

—Si encuentro la más mínima prueba que señale en tu dirección, voy a meterte en la cárcel de Mountjoy antes de que tengas tiempo de meter tus cosas en una bolsa, ¿lo pillas?

—Claro, viejo.

Pero la bravuconería de Luke se había esfumado y una arruga de preocupación se había abierto paso en su rostro mientras fruncía el entrecejo.

En ese momento, el detective lo apartó de su camino de un empujón y volvió a la comisaría.

Seguía sin tener ni idea de dónde estaba Amy.

68

Jackie ya había vuelto al apartamento con Sergio cuando Boyd giró la llave de la puerta.

—¿A dónde habéis ido? —preguntó sin aliento del alivio.

—A por un helado —contestó su hijo a la vez que abría la tapa de una tarrina de Ben & Jerry's.

El hombre lo estrechó entre sus brazos.

—¿Qué te pasa? —le preguntó su exmujer—. ¿Has hecho que me sigan?

—No... —La voz se le apagó a medida que se daba cuenta de lo estúpido que parecía. No podía contarle lo del sistema de seguridad—. He vuelto a por una camisa limpia.

—No le pasa nada a la que llevas puesta.

—La necesito para después. De todas formas, esta es mi casa.

—Soy muy consciente de ello.

—¿Por qué creías que había hecho que te siguieran?

Jackie se desplomó en el sofá y metió el dedo en el helado del pequeño.

—Ayer me sentí observada.

—Ayer no sabía que estabas en Ragmullin.

—Sí, bueno...

—Llevas tanto tiempo mezclándote con criminales que estás paranoica.

Luego, se dirigió a la cocina y le hizo una señal a su exmujer para que fuese tras él. No quería tener un asalto a gritos delante de Sergio. Una vez allí, abrió un armario para sacar un vaso y lo llenó en el grifo de agua fría. No le vendría mal una ducha para que se llevase toda aquella ansiedad.

—Ya tienes unos asesinatos que investigar sin necesidad de que te preocupes por mí.

—Así es, pero…

—Pero no confías en mí, ¿verdad?

—Esta es mi casa.

—Pues va a quedar un poco pequeña para los tres.

Entonces, Boyd golpeó la encimera con el vaso. Así que eso era lo que había planeado.

—Esto no ha terminado todavía. Ya hablaremos después. Llegaré a casa sobre las siete.

—¿Hoy en día te ciñes a un horario?

—Sí, cuando tú andas cerca.

—Qué pena que no fuera así cuando estábamos casados. A lo mejor no nos encontraríamos en esta situación.

—No hay necesidad de que empieces, Jackie, los dos sabemos quién era el malo en nuestro matrimonio.

Acto seguido, enjuagó el vaso, lo secó y volvió a meterlo en el armario. Después de doblar el trapo de cocina, cogió una camisa limpia del armario, y dio un fuerte abrazo y un beso en la coronilla a Sergio antes de marcharse sin decir una palabra más.

⁂

Sin absolutamente ninguna pista para localizar a Orla y Helena, Lottie decidió hablar con algunas de las personas que podían considerarse sospechosas de tentativo de asesinato. Como Smile Brighter cerraba los domingos, la mujer fue a hablar con Owen Dalton. La puerta del estudio SunUp estaba cerrada a cal y canto. Aporreó el cristal. Sin respuesta. Pero volvió a llamar con más insistencia. Debía de estar cerrada también.

Estaba a punto de marcharse de allí cuando divisó la alta silueta de Dalton a través del cristal.

—Adelante.

El hombre se hizo a un lado y Lottie entró a toda prisa. Pasó junto a él, pero se le enganchó la correa del bolso en el pomo. Él se la soltó y después cerró el pestillo de la puerta.

—¿En qué puedo ayudarla, inspectora? —Se dejó caer en una de las sillas de recepción.

Ella se sentó enfrente y contestó:

—Necesito confirmar algunos hechos. En concreto, cómo de bien conocía a Éilis Lawlor y a Jennifer O'Loughlin.

—Solo como clientas. Tenía una relación profesional con las dos, se lo aseguro.

—¿De verdad? ¿No se vio tentado a conocer a alguna de las dos viudas un poco mejor?

—No, porque soy un profesional. No tenía ninguna relación con ninguna de las mujeres.

—¿Y por qué debería creerle?

—Porque soy homosexual.

—Vale.

Lottie se tomó un momento para considerarlo. Mierda. ¿Acaso merecía la pena seguir persiguiendo a Owen?

—Veo cómo se mueven los engranajes de su cerebro.

—Ah, ¿sí?

—Es la energía que emite. Está tensa, y se debe a la energía negativa.

—Consecuencia del trabajo que desempeño.

¿Qué hacía ahí sentada con aquel hombre, hablando de salud mental, cuando tenía dos asesinatos que resolver y unas mujeres en paradero desconocido que debía encontrar? Pero su voz relajante la arrullaba en un falso estado de seguridad. Al final, Lottie se sacudió y se giró hacia él de golpe.

—¿Cuándo fue la última vez que vio a Orla Keating?

—Tenía reservada una clase el viernes por la mañana, pero no apareció.

—¿Y qué hay de Helena McCaul? Me dijo que no era socia, pero ¿la conoce?

—Creo que tiene esa pequeña herboristería en el pueblo. ¿Se refiere a ella?

—Sí. ¿La conoce?

—Solo de comprarle suplementos herbales.

—¿A qué hora terminó aquí el jueves por la tarde?

—A eso de las nueve. Me quedé otra media hora meditando.

—¿Qué hizo después de eso?

—No ha cambiado desde la última vez que me lo preguntó, me fui a casa.

—Así que llegó a casa alrededor de…

—Las diez.

—Usted vive en Canal View.

—Sí.

—¿Vive solo?

—¿Qué tiene que ver con esto?

—Probablemente nada. Es solo que se me está yendo la cabeza.

—Si no tiene tiempo para meditar o el yoga, trabaje su respiración. Puedo hacer una sesión con usted. Sin cobrarle nada.

El hombre sonrió, pero ella notó que no era un gesto sincero.

—Me dijo que podía conseguir que confirmasen su paradero, así que, ¿con quién vive?

—Con mi marido.

—¿Cómo se llama?

—¿De verdad? ¿Quiere saber cómo se llama mi marido? ¿Qué tipo de inspectora es usted?

—Su nombre, por favor.

—Es el amor de mi vida. Me trajo a este lugar y completó mi existencia.

—Evíteme el romanticismo, Owen.

—Mi marido se llama Frankie Bardon.

Y Lottie sintió que los engranajes que le había mencionado dentro de su cerebro seguían deslizándose sin una sincronía entre ellos.

—¿Quiere que se lo presente?

—No, gracias. —La mujer se puso en pie para ir hasta la puerta—. Ya lo conozco.

69

Kirby se apoyó en el tablón de la sala de operaciones y estuvo a punto de caerse cuando este se tambaleó de manera inestable. Volvió a colocarlo en su posición y se acercó a Lynch. Ella estaba con los cinco sentidos puestos en algo en el ordenador.

—¿Alguna novedad sobre el paradero de Orla o Helena? —preguntó.

—Nada. McKeown va a revisar cualquier cámara de seguridad a la que pueda echar la zarpa. Creo que si le quedase un solo pelo, se lo estaría arrancando ahora mismo. Este trabajo acaba con tu alma.

—Para él no está mal.

Lynch detuvo los dedos a medio camino del teclado.

—¿Has encontrado a Amy?

Kirby negó con la cabeza. Temía echarse a llorar.

—No me fío de ese Luke Bray, pero, por otro lado, no creo que le hiciera daño. Es uno de esos chavales que ladran mucho y muerden poco.

—¿No has descubierto que lo condenaron por agresión?

—Eso fue hace cuatro años. Desde entonces, no se ha metido en líos según el PULSE. Obviando que acosa a Amy.

—¿Ella lo ha denunciado?

—No. He llegado a la conclusión de que no es tan inteligente como para planear dos asesinatos brutales y tres posibles secuestros.

El hombre la observó girarse en la silla con aire distraído antes de ponerse en pie y arquear la espalda.

—Mientras todo el mundo está perdiendo la cabeza —comentó—, nosotros al menos podemos ser lógicos con lo que está sucediendo. Vamos a hablarlo con detenimiento.

—Gracias.

La detective se unió a él en la sala de operaciones.

—¿Deberíamos asumir que una de las desaparecidas está involucrada en los asesinatos?

—¿Crees que una de ellas podría ser la asesina? —La miró tan fijamente que parecía que los ojos se le fueran a salir de las cuencas por la insinuación—. ¡No metas a Amy!

—Apenas la conoces, Kirby.

—Sí, pero se me da bien calar a las personas. —Notó cómo el calor le ascendía por las mejillas—. Casi siempre.

—Vale, no te pongas nervioso. Vamos a mirar esto. —Le dio unos toquecitos a una foto con el extremo mordisqueado de su bolígrafo—. En primer lugar, tenemos a Orla Keating. Tú encabezaste la investigación de la desaparición de su marido. ¿Qué pensaste de ella en aquel momento?

Kirby se apoyó en el escritorio que había tras él y se cruzó de brazos para dejar de retorcerse las manos. Quería estar en la calle buscando a Amy, pero Lynch llevaba razón. Debía afrontarlo con lógica.

—Me dio la sensación de que Tyler tenía a Orla sometida —comenzó—. ¿Por qué esperar cinco días para denunciar su desaparición? Eso me olió raro desde el primer momento. Me dijo que creía que se encontraba en una conferencia y que no tuvo razones para sospechar que había desaparecido. E informó de ello cuando ya no volvió a casa.

—Intentó ponerse en contacto con él durante esos cinco días, ¿verdad?

—Lo llamó varias veces, pero nadie contestó. Comentó que dio por hecho que estaba ocupado. La verdad es que me parece que ese matrimonio era problemático.

—¿Crees que le hizo algo a su marido? —quiso saber Lynch.

—Sinceramente, no lo sé. Declaró que cuando él no volvió a casa, realizó sus pesquisas y descubrió que no llegó a poner un pie en Liverpool.

—Todo esto es un poco raro, por usar tu palabra favorita. —Mordió el capuchón del bolígrafo—. ¿Qué otra impresión te dio?

—Estaba bastante tranquila, dadas las circunstancias.

—Has dicho que te dio la sensación de que su marido la tenía sometida. ¿Qué te llevó a pensarlo?

—La casa estaba reluciente la primera vez que la visité, pero me dio la sensación de que, poco a poco, estaba perdiendo la noción de cómo mantenerla limpia. No es que yo sea nadie para hablar, no sé si has visto el estado de la mía. Es una simple observación.

—También podría deberse a que estaba sufriendo por no saber qué le había sucedido.

—No considero que fuera eso.

—¿Crees que la tenía metida en casa como a su pequeña sirvienta, pero que cuando él dejó de estar cerca, ella permitió que las cosas fluyeran?

—Quizá se sintiera libre cuando se esfumó.

—La declaración de Jennifer O'Loughlin del expediente, ¿cómo sucedió?

—He estado pensando en eso. Cuando buscamos en el ordenador de sobremesa de Tyler, descubrimos que tenía un montón de correspondencia con Damien O'Loughlin, que trabajaba en Bowen Abogados. Me puse en contacto con su despacho en su momento y me dijeron que había muerto un año antes. No iban a darme ninguna información relacionada con el trabajo con Tyler, así que llamé a la mujer de Damien para ver si podía arrojar algo de luz al asunto. Y accedió a realizar una declaración.

—¿No la reconociste cuando encontramos su cuerpo?

—Yo no le tomé la declaración. No llegué a conocerla. —Apartó la vista, avergonzado.

Debería haber hecho la conexión con el nombre. Desde la noche que había pasado con Amy, su mente no había estado concentrada en el trabajo al cien por cien.

—En la declaración de Jennifer, ella dice que quedó con Tyler tres o cuatro semanas antes de su desaparición. Él le encargó una pintura, pero ¿qué hacía Damien por él, aparte del contrato de la casa?

—Estaba especializado en procedimientos de traspasos de bienes y testamentos. Ese tipo de cosas. Orla aseguró que no sabía nada de eso, y Bowen Abogados no iba a revelar ninguna información específica. Tyler estaba desaparecido, no muerto.

—Pero ya ha pasado un año, a lo mejor ahora sí que te lo dicen.

—Puedo intentarlo, pero sigo en posesión de los archivos del almacén. Necesito tiempo para examinarlos con más detalle.

Lynch suspiró.

—He encontrado inconsistencias en torno a las cronologías de los distintos interrogatorios a los que Orla se ha sometido. Sé que nunca tuvo una coartada férrea, pero primero dijo que ella no estaba en casa la mañana que él tenía el vuelo programado. En otra declaración afirma que estaba en la cama y no lo escuchó marcharse. ¿Te has dado cuenta?

Kirby fue hasta la ventana y bajó la vista hasta el patio.

—Sí, y le pregunté una y otra vez por dónde estuvo, pero contestaba que se encontraba tan desconsolada que no dejaba de confundirse. La interrogué lo mejor que pude, pero, al final, no di con ninguna prueba que apuntase a que ella había estado involucrada en la desaparición de su marido.

—Y ahora no la encontramos. —La mujer se sentó y tiró del teclado para acercárselo—. Así que no podemos pedirle explicaciones.

—¿Qué hace el coche de Tyler en el almacén de Jennifer O'Loughlin? Limpiado con lejía de arriba abajo. Resulta todo un misterio.

—A lo mejor compartía más cosas con él que la simple creación de un cuadro.

—Sea lo que fuere, Jennifer está muerta, y como su coche está ahí, es posible que estuviese relacionada con su desaparición.

—O asesinato —apuntó Lynch.

—Es posible que siga vivo.

—¿Eso crees?

—La verdad es que no, no.

—Vamos, Kirby, necesitamos dar con respuestas. Y encontrar a la persona responsable de los asesinatos.

—Eso también.

70

Cuando Lottie volvió a la comisaría, Kirby la llamó para que fuese a la sala de operaciones, donde Lynch había actualizado la pizarra con una lista de viñetas con todos los involucrados. La inspectora añadió la información que acababa de descubrir.

- Jennifer O'Loughlin: auxiliar de odontología, artista en su tiempo libre. El cadáver apareció en el polígono industrial Ballyglass. El coche de Tyler se encontró en su guardamuebles.
- Éilis Lawlor: diseñadora de interiores. Trabajó en la casa de Jennifer. Fundó el grupo de apoyo «Vida después de la pérdida». Su cuerpo apareció en el lago Ladystown.
- Helena McCaul: Herbal Heaven. Miembro del grupo. Desaparecida a la hora del almuerzo del sábado. Su madre afirma que es una mentirosa y que nunca estuvo casada.
- Orla Keating: contable. Miembro del grupo. Desaparecida desde el sábado. No está clara la fecha de la desaparición de su marido. Es difícil determinar una coartada.
- Amy Corcoran: Supermercado de Dolan. Vista por última vez el sábado por la noche.
- Tyler Keating: contable y profesor de universidad a tiempo parcial. Desaparecido hace doce meses. El coche (limpiado con lejía) se encontró en el almacén de Jennifer. Horquilla de cinco días para su desaparición. Posible recuperación de datos del GPS.
- Damien O'Loughlin: abogado en Bowen. Marido de Jennifer. Murió hace dos años: cáncer. Hay correspondencia en el ordenador de Tyler. Documentos de trabajo en el almacén de Jennifer.

- Kathleen Foley: enfermera jubilada. Madre de Helena. Asegura que Helena miente.
- Luke Bray: Supermercado de Dolan; compañero de Amy Corcoran. ¿Acosaba a Amy? Condenado por agresión.
- Bianca Tormey: estudiante. Niñera de Éilis, trabaja en el supermercado de Dolan durante las vacaciones.
- Frankie Bardon: dentista. Empleó a Jennifer como auxiliar dental. Casado con Owen Dalton.
- Owen Dalton: estudio de yoga de lujo. Éilis, Jennifer y Orla eran socias. Casado con Frankie Bardon.

Lottie le dio la espalda a la pizarra y preguntó:

—¿Amy Corcoran acudía a SunUp o Smile Brighter?

—Voy a averiguarlo —dijo Kirby.

—No, estás demasiado implicado. —Le dio unas palmaditas en el brazo.

El hombre estaba temblando.

—Al haberse dejado sus pertenencias en casa, tienen que haberla secuestrado. Se parece mucho a la situación de Éilis Lawlor. Necesito encontrarla.

—¿Formaba parte del grupo de viudas?

—Mencionó que lo conocía —contestó el detective.

—Estoy segura de que mucha gente lo conoce.

—Eso es lo que le dije yo. —Lynch hizo bastante ruido al cerrar el rotulador.

Lottie echó un vistazo a la pizarra.

—No hay señales definitivas de que hayan secuestrado a Orla y a Helena.

—Aparte de que no damos con ellas —comentó Kirby con tono gruñón—. La última vez que se las vio, iban juntas en el coche de Helena.

—A lo mejor están implicadas en los asesinatos —añadió la detective—. O una de ellas lo está y ha secuestrado a la otra.

Alguien empujó la puerta hacia dentro y McKeown entró agitando una fotocopia.

—He encontrado a dónde fue el coche de Helena.

Lottie se giró con Kirby y Lynch para mirar cómo se acercaba resuelto a la pizarra.

—El reconocimiento automático de matrículas del peaje de la M4 lo captó yendo a Dublín ayer por la noche. Y volvió a pasar por allí a las dos de la madrugada de hoy.

—¿Y dónde está ahora?

—Se ha captado en el puente de la estación de servicio de Millie, en dirección al centro esta mañana. He comprobado todas las cámaras de tráfico e imagino que ha vuelto al aparcamiento municipal junto a Herbal Heaven. Acabo de echar un vistazo a las cámaras. Está ahí, aparcado al final del muro.

—¿Y las mujeres?

—Todavía no he bajado a comprobarlo.

—Y ¿entonces por qué sigues aquí?

McKeown se sonrojó hasta el cuero cabelludo.

—Vale. Ya voy.

—Te acompaño. —La inspectora cogió su bolso—. Seguid desenredando lo que pone en la pizarra. Algo encajará. Y, Kirby, hurga más sobre ese tal Luke Bray. Lynch, mira si hay algo en las vidas de Bardon o Dalton sobre lo que debamos saber, pero, antes de hacer nada, encuentra al puñetero Boyd.

Lottie y McKeown se acercaron al coche de Helena con cautela y se pusieron los guantes. Había llamado a Boyd durante el corto trayecto hasta el aparcamiento, pero este no había respondido. Controló la frustración y, a través de la luna, miró dentro con McKeown pegado al hombro.

—Ni un alma —dijo.

—Ya lo veo. —Fue hasta la puerta del conductor—. Abierto.

La inspectora se inclinó hacia dentro. Los asientos estaban limpios y, aunque el espacio para los pies del lado del copiloto contenía algunos envoltorios de comida rápida, todo parecía en su sitio. Ni una pizca de basura en la parte trasera. ¿Estaba demasiado limpio? Después, pulsó la palanca del maletero. Vacío. Ni siquiera un neumático de repuesto.

—Vuelve a revisar las imágenes de la cámara de seguridad. —Señaló la de la entrada—. Quiero ver quién conducía cuando entró y quién salió de él.

—Claro.

—Vamos a echar un vistazo a la tienda de Helena.

Esta se encontraba justo al lado del aparcamiento, y Lottie se sorprendió al ver las persianas subidas. Entonces le lanzó una miradita a McKeown, que se encogió de hombros.

Dentro, la campanilla tintineó y la mujer se llevó una mano al pecho por la expectativa. ¿Y si el asesino había secuestrado a Helena y la había expuesto de manera grotesca con la esperanza de que la encontraran? En ese momento, oyó un sonido parecido al de una tetera hirviendo.

—Espera aquí —le pidió a McKeown.

Y se adentró un poco más.

—Enseguida estoy con usted.

La voz provino de la puerta al fondo de la tiendecita y, justo después, una mujer salió con una taza en la mano. El olor a café flotó hasta Lottie.

—Ah, inspectora.

Orla Keating derramó la bebida en el suelo. La mujer pisó el líquido, y las zapatillas de deporte blancas se libraron, pero Lottie vio una salpicadura aterrizar en las mallas rosas.

—¿En qué puedo ayudarlos?

—¿Qué hace aquí?

—Helena me ha pedido que abra yo. No se encontraba bien.

—¿Y cuándo se lo ha pedido?

—Esta mañana temprano.

—¿De dónde ha sacado las llaves?

—Tiene unas de repuesto escondidas en la parte de atrás. Me ha dicho dónde estaban. —Orla fue hasta el mostrador y se sentó en el taburete que había en la caja. Hablaba con calma—. ¿De qué va esto?

—¿Ha conducido el coche de Helena?

—¿Cuándo?

—Orla, ya es hora de dejarse de rodeos. Ayer estuvieron en el Fallon a la hora de comer. Tengo imágenes de las cámaras de seguridad que muestran que el coche de Helena se condujo por el peaje de la M4 ayer por la noche y otra vez esta mañana, a las dos de la madrugada. Ahora está ahí fuera, en el aparcamiento. Explíquese.

La mujer se quedó paralizada, con la taza levantada a medio camino de la boca, pero los ojos contradecían su calma.

Sus motas ambarinas se habían oscurecido hasta volverse casi negros.

—Ah, vale. Sí. Después de las copas en el Fallon, no quería irse a casa y decidimos salir de este pueblo asfixiante durante unas horas. Reservé en un hotel de Ballsbridge. Comimos y bebimos, pero ella estaba preocupada y quería volver a casa. Conduje de vuelta y ella me ha llamado esta mañana temprano para pedirme que abriese la tienda, así que aquí estoy.

Lottie resopló.

—Hemos llevado a cabo una búsqueda a gran escala de las dos.

—¿Por qué?

—Porque desaparecieron sin avisar a nadie de a dónde iban.

—Somos adultas.

—Y amigas de dos mujeres a las que han asesinado en los dos últimos días.

—Por eso teníamos que huir. Necesitábamos tiempo para pensar y despejar la mente.

—¿Cuánto tiempo hace que conoce a Helena?

—Aproximadamente un año.

—¿Cuánto hacía que conocía a Jennifer O'Loughlin?

—¿Qué tiene que ver ella conmigo?

Lottie notó que la mujer se había puesto a la defensiva. Bien.

—Vamos, Orla, la conocía antes de unirse al grupo de «Vida después de la pérdida». ¿Su marido, Tyler, no le encargó un cuadro?

—¿Un cuadro? No tengo ni idea de a qué se refiere.

La inspectora decidió agitar el avispero de la mujer.

—¿Jennifer tenía una aventura con su marido? A lo mejor usted decidió librarse de él, y después de ella.

Las motas ambarinas de los ojos de Orla resplandecieron igual que el fuego. El primer destello de ira.

—¿Se está burlando de mí? Tyler era encantador cuando le convenía, pero estaba obsesionado conmigo. No se estaba tirando a nadie más.

—¿Está segura de eso?

Entonces, la mujer se desplomó en el taburete y soltó la taza en el mostrador.

—Tyler era difícil, inspectora. Al principio, estaba locamente enamorado de mí. Luego eso se tornó en lo que ahora reconozco como control coercitivo. Era imposible que hiciera nada bien. Él tenía que estar al mando. Prácticamente era una prisionera en mi propia casa. Tuve que dejar mi despacho en el pueblo y trabajar en el ático. Aún le quiero, y creo que él también me quería, a su manera retorcida.

Lottie apoyó las dos manos en el mostrador.

—Tengo a dos mujeres asesinadas de un modo horripilante y tres… no, dos desaparecidas. Este homicida me está comiendo terreno y creo que ha llegado el momento de la verdad.

—No puedo contarle nada que no le haya dicho ya.

—¿Dónde cree que está Tyler?

—Doy por hecho que está muerto.

—¿Tiene algo que ver con su desaparición?

Orla se levantó del taburete de un salto y dio un manotazo en el mostrador.

—Eso es ridículo.

—Ha muerto gente. ¿Qué sabe, Orla?

—No puedo contestar a más preguntas. Si quiere seguir con esas absurdas insinuaciones, voy a llamar a mi abogada.

—Damien O'Loughlin fue el abogado de Tyler para la compra de la casa. ¿Qué puede contarme sobre eso?

Orla soltó un suspiro.

—Damien redactó los contratos y llevó a cabo el trabajo relacionado con aquello, pero ya está. No sé a dónde se dirige con estas preguntas, pero creo que debería marcharse. —Pasó junto a Lottie en dirección a la puerta.

McKeown la abrió y se hizo a un lado.

Pero la inspectora se adentró en su espacio personal.

—Creo que estos asesinatos tienen que ver con lo que fuera que estuviesen tramando en ese grupo. ¿Era una fachada para algo siniestro?

—No voy a responder a ninguna de sus ridículas preguntas, inspectora.

—A lo mejor Tyler está vivo y asesinando a mujeres que conocía. O, quizá, y solo quizá, usted está matando a las mujeres que él conocía. Sea cual sea la respuesta, es posible que haya sido la última persona en ver a Helena. Da igual lo lista que se crea, yo lo soy más. Y voy a hurgar en su vida igual que si fuera cielo y tierra. Adiós.

Una vez fuera, inhaló el aire cálido y, después, echó una mirada hacia atrás para ver a Orla con la nariz pegada al cristal y boquiabierta por la incredulidad. Sí, había cruzado la línea de la profesionalidad, pero a veces necesitas echar leña al fuego para ver qué muestran las llamas.

71

¿Dónde se encontraba Helena? Lottie envió a un uniformado a revisar su casa, y el informe que recibió fue que esta se encontraba desierta. Repasó la conversación con Orla, pero no comprendía a la mujer. ¿Estaba mintiendo o retorciendo la verdad para que encajase en su plan secreto, fuese el que fuese? No contaban con un sospechoso claro para los asesinatos. Ya había hablado con Owen Dalton, y decidió que había llegado el momento de hacer lo mismo con su marido. Necesitaba hacer algo más que quedarse sentada esperando a que las respuestas aparecieran por arte de magia.

La inspectora se dirigió hacia Canal View. Frankie y Owen vivían en un bloque de apartamentos de dos plantas de ladrillo de arenisca. El área se encontraba cercada por una verja automática con un interfono. Estaba abierta. Bien.

Lottie inhaló el aroma de las coloridas jardineras. Había un timbre, pero ella prefirió levantar y bajar la aldaba de latón, que era una representación de Buda. De inmediato, la puerta se abrió y ella alzó la vista para mirar a Frankie Bardon, que llevaba unas gafas de sol apoyadas sobre el pelo decolorado. El hombre dio un paso atrás para dejarla entrar y ella pasó junto a él de camino al interior.

Tras la agradable sorpresa de encontrar cojines mullidos dispersos por el suelo, buscó una silla. Ninguna. La decoración parecía salida de un santuario, con adornos dorados que brillaban y revestían las estanterías y los alféizares de las ventanas.

Frankie le señaló un almohadón enorme y, cuando la mujer se sentó en él con torpeza, descubrió que se trataba de un puf.

—A lo mejor quiere quitarse los zapatos —le comentó.

En ese instante, Lottie se dio cuenta de que su anfitrión se había quitado las chanclas a la vez que ahuecaba un cojín.

—Lo siento. ¿Es que puedo arañarle el suelo?

—No, simplemente es más cómodo.

La inspectora pensó en que tenía los pies sudados y contestó:

—Voy a dejármelos puestos, si no le importa.

—En absoluto. ¿Qué la trae por aquí?

Eso, ¿qué?

—Antes he hablado con Owen. Me ha dicho que están casados.

—Correcto.

Frankie se quitó las gafas de sol de la cabeza y las dobló despacio para metérselas en el bolsillo de la arrugada camisa blanca de lino a la vez que se sentaba en un cojín delante de Lottie. La mujer apartó la vista de sus largas piernas, morenas y afeitadas, y clavó las pupilas en su rostro cincelado.

—Quiero saberlo todo sobre Jennifer O'Loughlin.

—Ya he contestado a todas sus preguntas. ¿Qué tiene que ver su muerte conmigo?

—Estoy llevando a cabo un segundo interrogatorio con todo el que la conocía. —Y, en un intento de ponerle la zancadilla, añadió—: ¿Anoche estuvo en casa?

—Sí, correcto. Terminé de trabajar a las cinco y llevo aquí desde entonces.

—Y ¿a qué hora llegó Owen?

Sabía que se estaba agarrando a un clavo ardiendo, al no contar con pruebas que le indicasen que ninguno de los dos hombres hubiera hecho nada ilegal.

—¿Por qué lo pregunta?

—Limítese a responder a la pregunta.

—Después de las diez. Y pasó toda la noche aquí hasta que se ha ido a las seis y media de la mañana a su estudio.

—¿Y seguro que usted no se movió de aquí en toda la noche?

—No puede ser de otra manera, si sé que Owen estaba aquí.

«Listillo», pensó ella.

—¿Conocía a Éilis Lawlor?

—Es posible que fuera una clienta. Tendré que comprobarlo.

Lottie dio unos toques a su móvil y giró la pantalla para que el hombre la viera.

—¿Le refresca la memoria?

—Es una mujer increíblemente guapa.

Aquella no era la respuesta que quería la inspectora y, bueno, la verdad era que no estaba de acuerdo. Éilis era guapa, pero no increíblemente.

—¿La conocía?

—Por sus preguntas, deduzco que sabe que acudía a Smile Brighter, pero no soy el único dentista en la clínica.

—Todavía no me ha contestado.

Con una media sonrisa, el hombre comentó:

—Es persistente, ¿eh?

Y la inspectora lo fulminó con la mirada.

Ante aquello, él levantó las manos para después dejarlas caer sobre el regazo.

—Vale, sí. Creo que le hice algún trabajo en los dientes. Aunque no sabría decirle cuándo la vi por última vez. Tendré que consultarlo en la oficina. ¿Algo más?

—¿Le dio algún consejo, igual que hizo con Jennifer?

—Ni siquiera recuerdo a la mujer, así que ¿cómo voy a saber de qué hablamos?

—Hábleme de Orla Keating.

Por primera vez, el hombre parecía inquieto. Luego, estiró las piernas y se recostó en el puf.

—Solo le hice un tratamiento dental. —Realizó una pausa, como si pensara en cuánto iba a revelar—. Pero conocía a su marido, Tyler. Era alguien bastante difícil.

—¿Era?

—Sigue desaparecido, ¿no?

—¿Cómo lo conoció?

—Fue mi cliente.

—Y ¿por qué no le cae bien?

—Mmm, esto me resulta incómodo. —Aparentaba estar más inquieto que hacía un momento.

—Adelante.

—Debe saber que Tyler Keating era homófobo. Se enteró de mi relación con Owen y pidió que lo visitara otro dentista porque no quería que le pegase el sida. En plan, no estamos en los ochenta. Y, por si se lo pregunta, no soy VIH positivo.

—No me lo estaba preguntando en absoluto. Los tiempos han cambiado mucho desde la fobia de los ochenta.

—Pero la actitud de algunas personas no.

—¿Le interrogaron cuando desapareció?

—No.

Lottie tomó nota mental para hablar con Kirby.

—Y ¿consiguió cambiar de dentista?

—Le dije que madurase. Que era yo o nadie.

—Me juego algo a que aquello le sentó igual que una amenaza.

Frankie sonrió.

—Fue una alegría para la vista. Estaba retorciéndose de dolor con una muela infectada. Creo que lo vi dos o tres veces en total. Puedo...

—Comprobarlo cuando llegue a la oficina. Hágalo. ¿Dónde estaba cuando Tyler desapareció?

—No estoy seguro, pero fue el año pasado por esta época, así que posiblemente me encontraba en la India. Sí, creo que fue así.

—¿Puede comprobarlo ahora mismo?

—Guardo la agenda en el ordenador del trabajo, inspectora.

—Pues llámeme en cuanto lo sepa. —Agitó una mano para señalar la sala—. Tienen una casa encantadora. ¿La han decorado ustedes mismos?

—Lo hicimos Owen y yo juntos. ¿Por qué?

—No contrataron a una diseñadora de interiores, ¿no?

—Owen tenía algunas ideas fantásticas. Y yo estuve de acuerdo con la mayoría de sus sugerencias.

—¿Pero no con todas?

—La verdad es que sabe cómo quedarse con lo que le interesa.

—Es mi trabajo.

—Para responder a su pregunta, los dos acordamos la decoración juntos.

—¿Owen ha estado en algún *ashram* con usted?

—Sí. Asegura que lo arrastré a ello. —Soltó una carcajada.

—¿Y lo convirtió?

—Eso suena a que lo he empujado hacia una secta —comentó con una sonrisa de desánimo—. No, él acabó aceptando el modo de vida que yo le propuse.

—¿Estuvo con usted en la India hace un año?

—No, fui solo.

—Dice que consiguió que aceptara su estilo de vida. ¿Siempre fue instructor de yoga?

—No. Cuando nos conocimos, era tutor en la universidad de Athlone.

Lottie notó que se quedaba boquiabierta.

—¿Conoció a Tyler Keating allí?

—Tendría que preguntárselo a él.

—Me cuesta creer que abandonase ese trabajo para enseñar yoga.

En ese momento, Frankie se puso de pie igual que una ágil pantera y le tendió una mano para ayudarla a levantarse.

—Inspectora, no puedo conseguir que nadie haga algo que no quiere. Owen estaba estancado. Intentaba impartir su maravilloso conocimiento a un puñado de estudiantes sin interés. Se encontraba prácticamente al borde del suicidio cuando nos conocimos. Estaba abierto a todo lo que yo le diera, incluido mi amor. Y lo ayudé a construir un negocio vanguardista.

La mujer se paseó por el pequeño apartamento, levantó algunos adornos de tigres y elefantes, volvió a dejarlos en su sitio, y se dio cuenta de que no había polvo alrededor, todo estaba prístino. A lo mejor Frankie podría tener unas palabras con sus hijos.

—Me ha dicho que conoce la tienda del pueblo de Herbal Heaven…

—Sí. Allí compro todos mis suplementos vitamínicos, y el té de ortiga está para morirse.

—¿Cuándo fue la última vez que vio a su dueña, Helena McCaul?

Al hombre se le tensó el cuerpo.

—No estará muerta también, ¿verdad?

—Espero que no.

—Estuve allí la semana pasada. En ese momento, parecía que se encontraba bien.

—¿Le habló de algún problema que tuviese en su vida?

—No soy terapeuta.

—Pero intentó ayudar a Jennifer. ¿Hizo lo mismo con Helena?

—Solo hablamos de remedios herbales.

—Cuando hablé con usted el otro día, mencionó que también había perdido a alguien cercano. ¿Le importa si le pregunto de quién se trataba y cuándo sucedió?

—Sí que me importa, porque no tiene nada que ver con usted o con quien soy ahora. Ya dejé atrás mi luto, aunque no creo que usted haya hecho lo mismo, ¿verdad, inspectora?

—Tal y como ha dicho, no tiene nada que ver con usted.

La mujer intentó leer su expresión, pero no lo consiguió. Incapaz de pensar en más preguntas, se despidió del dentista y, una vez en la puerta, recordó algo y se dio la vuelta.

—¿Sabía que Jennifer era artista?

—Nunca lo mencionó.

—¿No conocía nada de su estudio?

«Almacén, no estudio», pensó.

—¿Tenía un estudio? Señor, si lo hubiera sabido, la habría animado a que se dedicase al arte a tiempo completo. A lo mejor estaba demasiado cerca para verlo todo en su conjunto.

Y Lottie se preguntó si a ella le estaría sucediendo lo mismo.

72

Lottie recogió a Boyd en la comisaría y dieron la vuelta para volver a dirigirse a la casa de Helena. Una vez allí, la inspectora se encaminó resuelta a la puerta junto a su compañero.

—Sigo sin comprender por qué no me escribiste para decirme dónde estabas y por qué te habías ido a casa. No puedes desaparecer de esa manera.

—Era una emergencia.

—Pero ¿lo era?

Lottie sabía que no estaba siendo razonable, pero, a tomar viento, él la había dejado tirada. Otro inspector lo habría llamado al orden.

—Creía que sí. No puedo permitirme correr ningún riesgo o perderé a mi hijo, ¿lo entiendes?

—Sí, pero, Boyd, hay un homicida en activo ahí fuera y no somos capaces de encontrarlo. O encontrarla. Por favor, entrégate a esto por completo mientras estés y, si tienes que irte, dímelo, por el amor de Dios.

—Lo siento, no lo he pensado.

El día anterior, la policía científica había terminado un barrido rápido de la casa y, en ese momento, allí había tanto silencio como en un cementerio a medianoche.

—No está aquí —comentó el sargento.

—Su madre dice que lleva más de una semana sin verla y tampoco está en la tienda. Orla ha afirmado que la dejó en casa, así que ¿dónde cojones está?

—A lo mejor tiene otros amigos con los que largarse.

Lottie aulló hacia el final de la escalera:

—¿Helena?

—Aquí estamos perdiendo el tiempo.

—Hay una entrada trasera. —La mujer se dirigió a la cocina, con cuidado de no pisar las manchitas de sangre, pero la puerta estaba cerrada—. Helena podría tratarse de nuestra nueva víctima y Orla Keating fue la última persona en verla con vida.

Luego, entró en el lavadero y lo examinó con la mirada. Botellas de vino vacías en una papelera. Botellas frías en una nevera. A continuación, dio unos toquecitos en el muro.

—¿Qué haces?

—Quiero asegurarme de que no hay ninguna pared falsa.

—Lottie, se te está yendo la cabeza. La mujer es una mentirosa compulsiva y podría encontrarse en cualquier sitio.

—O a lo mejor alguien quiere que pensemos eso. Podría estar en peligro de muerte.

—O podría ser una asesina.

—¿El laboratorio ha respondido con alguna coincidencia de ADN de la sangre que encontramos? —Señaló el suelo, donde las gotas se habían vuelto marrones tras secarse.

—Es demasiado pronto.

—Dales un toque.

Cuando Boyd se fue con aire gacho, la inspectora temió que Helena fuera la siguiente víctima. Temía por ella. Era obvio que estaba delirando al pensar que tenía un hijo y un perro, eso sin mencionar al marido muerto. ¿Se habría convertido en la última víctima de un demente? Daba igual lo mucho que lo intentase, era incapaz de averiguar la motivación del asesino. Solo sabía que tenía que encontrar a Helena y Amy antes de que fuera demasiado tarde.

༄

Kirby examinó el expediente en busca de los nombres de todas las personas a las que interrogó en relación a la desaparición de Tyler Keating. El de Frankie Bardon no se encontraba en la lista, aunque no fue ninguna sorpresa. En ese momento, no hubo razón para hablar con el dichoso dentista.

Seguía sin haber ni rastro de Amy.

Intentó dar con algunos amigos o familiares, pero se topó con un muro, y en PULSE no aparecía nada. Sencillamente, no sabía lo bastante de ella. Luego, llamó a la oficina del supermercado y pidió su formulario de solicitud de trabajo o el currículum, pero se encontró con las evasivas habituales de la protección de datos. Conseguir una orden. Acababa de colgar cuando volvió a sonar el teléfono.

—¿Es el detective Kirby?

—Sí.

—Me llamo Shauna. Trabajo en el departamento de recursos humanos del Dolan. He oído al señor Cooke hablando y quería decirle que estoy muy preocupada por Amy.

—¿Y eso por qué?

—Está sometida a mucha presión. Por Luke.

—¿Conocía bien a Amy?

—Solo del trabajo. Es una persona reservada, pero sé que intentó tener citas por internet durante un tiempo. Y que se unió a ese grupo de «Vida después de la pérdida» tras una ruptura.

Eso eran novedades.

—¿Sabe con quién rompió?

—No, nunca hablaba de él.

—Shauna, ¿existe alguna posibilidad de que me envíe su solicitud de trabajo y cualquier otra cosa que pueda ayudarme por correo?

—No debería, pero estos asesinatos me tienen preocupadísima. Voy a escanear lo que tenga y a enviárselo.

Kirby recitó su dirección de correo electrónico del tirón y dijo:

—Se lo agradezco.

—Solo quiero ayudar. De verdad que espero que Amy no acabe como esas otras pobres mujeres.

El detective coincidió con ella, pero sintió que se quedaba sin palabras.

—Antes de que cuelgue, ¿dijo algo más sobre el grupo de «Vida después de la pérdida»?

—Solo lo mencionó brevemente. Creo que fue a una o dos reuniones. Si no recuerdo mal, no le pareció gran cosa.

—Bianca Tormey trabaja con usted, ¿verdad?

—Sí, pero hoy no está.

—¿Qué puede decirme de ella?

—Trabaja aquí en verano y durante las vacaciones. Sigue en el instituto. Es una chica educada y encantadora.

—Y Luke Bray. ¿Hay algo que pueda contarme sobre él?

—Solo que es un imbécil y que aquí se sale con la suya más de lo que debería.

—Si se le ocurre algo más, llámeme directamente. Y quedo a la espera de su correo.

El hombre colgó y no apartó la vista del ordenador hasta que apareció el correo electrónico. Abrió los documentos adjuntos y comenzó a leer.

73

A Lottie le sonó el teléfono cuando llegó al pasillo. Se sentó en un escalón al final de las escaleras y aceptó la llamada de la patóloga forense.

—Hola, Jane, ¿qué tienes para mí?

—He terminado la autopsia de Éilis Lawlor. Es posible que esto no sea nada, pero creo que es inusual.

—Continúa.

La mujer se apoyó en la pared y pensó que, si no volvía a correr dentro de poco, acabaría resollando igual que Kirby.

—Igual que vuestra primera víctima, el vestido que llevaba era tres tallas más grande que la suya. Seguro que eso ya lo sabías.

—Sí.

—Y es evidente que el asesino lavó y vistió a las dos mujeres después de asesinarlas. El vestido de Éilis estaba lleno de hojas y ramitas, pero no he encontrado nada en él que lo vincule con un asesino.

—Vale. Entonces, ¿qué has encontrado?

Lottie sabía que Jane no la había llamado para hablar del tiempo ni para organizar una quedada para tomar café.

—La mujer superaba el límite legal de alcohol cuando he examinado su sangre. No hay pruebas de drogas. Voy a contactar con el laboratorio para que hagan más análisis.

—¿Algo más que necesite saber?

—Causa de la muerte: infarto.

—¿Qué?

—Posiblemente, provocado por la conmoción después de que le partieran los huesos con tanta violencia. Le sacaron los ojos tras la muerte.

—Algo bueno en este pantano de horror. ¿Alguna noticia de las fibras de moqueta que encontraste?

—De momento nada. Volveré a preguntar hoy. —Jane hizo una pausa—. La escultura donde colocaron a Éilis, se trata de una representación de Fionn Mac Cumhaill. —Se lo deletreó—. Se pronuncia McCool.

—Ya lo sé.

—Creo que podrías indagar en la mitología irlandesa, porque después de investigar un poco, he descubierto que la zona en la que se deshicieron del cadáver de Jennifer aparece en la lista de un antiguo manuscrito como un fuerte de las hadas.

—¿En serio? ¿No se supone que perturbar uno trae mala suerte? —Lottie recordaba aquello de cuando iba al colegio—. A lo mejor, alguien se puso de los nervios porque la feria se instalase allí.

—Eso no lo sé, pero me hizo pensar en lo de sacarles los ojos a las mujeres. Pensé en Edipo, de la mitología griega.

—Ahora estoy perdida.

—Se cegó con dos agujas de oro como acto de castigo por la vergüenza que sintió al darse cuenta de que había asesinado a su padre y se había casado con su madre.

—Ay, Jane, qué asquerosidad.

—Lo sé, pero creo que las localizaciones en las que el asesino coloca los cadáveres podrían darte pistas. Y te lo dice alguien que cree en la ciencia, no en el folklore.

La inspectora tuvo que hacerse a un lado cuando dos agentes subieron las escaleras.

—No he dejado de pensar en esos lugares. Y me has dado algo sobre lo que reflexionar. Gracias, Jane.

74

Kirby era muy consciente de que no tenía ningún derecho legal a leer el formulario de solicitud de empleo de Amy, pero le preocupaba su bienestar, incluso aunque no llevara el suficiente tiempo desaparecida para justificar tal invasión de su privacidad. «La necesidad manda», pensó a medida que navegaba por la información.

La mujer había rellenado el formulario tipo respondiendo a las típicas preguntas de situación hipotética sobre formar parte de un equipo, lidiar con clientes complicados y cuáles creía que eran sus mejores atributos en relación con el trabajo. Lo habitual. No estaba preparado para la conmoción cuando bajó hasta el historial de empleos.

Era corto.

Solo tenía un empleador anterior. Amy había trabajado como secretaria judicial en Bowen Abogados, el bufete en el que Damien, el marido de Jennifer O'Loughlin, había trabajado antes de morir. ¿Por qué no se lo había contado? ¿Acaso le había preguntado? El detective se exprimió los sesos, pero sus conversaciones le resultaban confusas, porque en ambas ocasiones había bebido.

¿Era una coincidencia? Resultaba poco probable, dado que era imposible encontrar a Amy. Una inesperada ráfaga de viento agitó las ventanas y se sobresaltó. ¿Qué motivó que dejase un puesto estable hace dieciocho meses para trabajar en un supermercado? ¿La ruptura complicada tuvo algo que ver con el cambio de empleo?

—¿Todo bien por ahí, Kirby? —le preguntó Lynch.

—Sí, claro.

A continuación, el hombre se mordió el labio y volvió a bajar por la solicitud, línea a línea. Notó que su compañera se levantaba de su asiento para acercarse hasta su hombro y deseó que se fuera a la mierda. Quería seguir indagando en la vida de Amy, pero no dejaba de distraerse.

—¿Qué has encontrado?

—Amy Corcoran, mi Amy, trabajó como secretaria judicial para Bowen, la firma en la que trabajaba Damien O'Loughlin. Añadió a una de las socias, Madelene Bowen, a la lista para pedir referencias.

—La conexión entre Amy y Jennifer es floja, pero algo es algo.

—Mira la segunda persona en sus referencias. No entiendo lo que estoy viendo.

—¡Tyler Keating! —exclamó la detective a la vez que colocaba una mano en el hombro de Kirby—. ¿Qué narices?

—¿Qué tiene que ver él con Amy?

—Ni idea.

—Tienes que hablar con Orla Keating.

—Necesito un cigarro y una pinta.

—No, vamos, te acompaño.

—¿A dónde?

—La jefa ha dicho que Orla está trabajando hoy en la herboristería de Helena. Seguro que la pillamos allí.

—Debemos andar con pies de plomo.

—¿Kirby? Viniendo de ti, parece una broma.

—Hablo en serio. —El hombre se levantó, se estiró y le crujieron las rodillas—. La jefa cree que el grupo «Vida después de la pérdida» y Tyler Keating son la clave de todo esto, pero ¿y si ese algo tiene que ver con Bowen Abogados?

—Primero vamos a charlar con Orla Keating y ver a dónde nos lleva, ¿vale? No quiero que metas la pata hasta el fondo en lo que no debes, así que deja que yo me encargue de hablar. E imprime ese formulario.

El detective apretó el botón y, mientras la fotocopiadora zumbaba en una esquina, él agitó los hombros para ajustarse la chaqueta.

—La jefa no encuentra a Helena McCaul —dijo Lynch mientras se preparaban para salir—. Y la última vez que se la vio, estaba con Orla Keating.

—Pues debería ser una conversación interesante.

—Tan solo recuerda, Kirby, que yo me ocupo de hablar.

—Ya veremos.

El hombre fingió que no veía cómo su compañera ponía los ojos en blanco. Debía encontrar a Amy, y esperaba que la sensación de preocupación que tenía en la boca del estómago no significase que ya era demasiado tarde.

⁂

Todo se ha complicado un poco. Esa Lottie Parker no es ninguna pusilánime, aunque sabía que sería una oponente formidable. El tema es que no quiero que me pillen. No de momento. Aún me queda trabajo por hacer. Más ojos que coleccionar para que me ayuden a ver la verdad del mundo. Ay, cuánto terror albergaban esos ojos justo antes de sesgar las vidas de sus dueñas. Jennifer estaba débil por el hambre y casi se había dado por vencida, pero seguía albergando algo de espíritu de lucha. Luego, Éilis pretendía resultar un reto hasta que se arrodilló y se me murió. Una lástima. Espero no haber dejado ninguna prueba, con la prisa por deshacerme de su cuerpo. El agua de la manguera debería haber ayudado a adulterar todo lo que podía incriminarme. Y, luego, la última. Ha sido muy precipitado y han estado a punto de frustrármelo. Tengo que volver y terminar el trabajo.

Ya sé que cada relación deja un rastro, da igual el cuidado que tenga. Solo espero llevarles tanta delantera a los agentes que no importe cuando encuentren lo que sea.

Necesito preparar un nuevo destino para el próximo montón de huesos rotos.

Retrocedo y me detengo fuera del salón acolchado. Miro a través del agujero de la puerta y veo que mi última presa ha dejado de intentar liberarse de las fuertes ataduras. Infructífero. Un gasto de energía. No hay manera de que se abran paso a mordiscos a través de las bridas. Y tampoco son capaces de correr con las piernas rotas. Aprieto el puño con el que sostengo el trozo de madera. Es el momento de partirle los brazos y, luego, llegaré a la parte más exquisita.

75

Lottie seguía sentada en las escaleras, digiriendo lo que Jane le había comentado, cuando Kirby y Lynch salieron a toda prisa de la comisaría. La información que le había dado la patóloga le parecía interesante, pero ¿de verdad eran unos fetiches retorcidos reflejados en la mitología lo que empujaba a su asesino? Cualquier cosa era posible.

—¿A dónde vais? —quiso saber.

Y Kirby le enseñó la fotocopia.

—He encontrado un vínculo entre Amy Corcoran y Tyler Keating.

—Pisa el freno. Entra y explícate. —Lottie lo agarró del brazo y lo condujo con cuidado al interior del despacho.

Una vez sentados, Kirby comenzó a hablar a la vez que Lottie echaba un vistazo a la solicitud de trabajo de Amy.

—¿Me estás diciendo que la mujer a la que has conocido esta misma semana está vinculada al marido de nuestra primera víctima, Jennifer O'Loughlin, y al hombre que desapareció hace un año?

—No es mucho, pero es algo —le explicó el detective—. Trabajaba para Bowen Abogados, pero, al poner a Tyler Keating en como referencia, nos da mucho más sobre lo que reflexionar.

—¿De qué lo conocía? Y tenía que conocerlo mucho como para pedirle una referencia. —A la inspectora le tamborileaba la cabeza por toda la información nueva que le estaba llegando.

—Esa es la razón por la que vamos de camino a hablar con la mujer de Tyler. ¿Podemos irnos ya?

Entonces, el hombre se levantó y giró hacia la puerta.

—No muevas ni un pelo. —Sabía que quien bien te quiere, te hará llorar, y no podía permitir que Kirby se precipitara—.

Tienes que considerar que Amy podría estar relacionada con estos asesinatos de alguna manera.

—No es posible. Estaba con ella la noche que se deshicieron del cadáver de Jennifer.

—¿Toda la noche?

—Sí. —Pareció dubitativo—. Creo.

—Crees, ¿eh?

El detective se frotó las manos con tanta fuerza que Lottie vio escamas de piel volando por el aire.

—El tema es que bebí bastante y estaba un poco perdido, pero no como para decir...

—¡Suficiente! Lynch y tú os quedáis aquí. Todavía no habéis analizado a conciencia esos documentos del almacén. Tienen que ser importantes. Boyd me acompañará a hablar con Orla.

—Estaba preguntándole al laboratorio cómo iba el tema de la sangre que encontramos en casa de Helena McCaul —comentó Lynch—. Y luego iba a volver a hablar con su madre, Kathleen Foley.

—Me llevaré al agente Lei o a la agente Brennan. Avisad a Boyd de lo de Amy y luego poneos en contacto con Bowen Abogados para averiguar por qué dejó el trabajo.

El agente Lei era el único que parecía no tener nada que hacer, así que Lottie lo pescó para que la acompañara a Herbal Heaven.

Una vez en la tienda, la inspectora empujó la puerta y se sintió aliviada al ver que estaba abierta. Le preocupaba que Orla hubiera vuelto a desaparecer.

La campanita tintineó cuando entró con su compañero pisándole los talones.

—Madre mía, huele de maravilla —comentó—. Mira todos esos tubos de vitaminas. Yo me quedaría flotando si me tomase la mitad de esas, y...

—Me parece genial, pero tienes que quedarte callado.

La mujer se movió con rapidez y enseguida se dio cuenta de que en la tienda no había ni un alma.

La puerta del fondo estaba ligeramente entornada, y ella avanzó con sigilo.

—¿Orla? ¿Estás aquí?

—No lo creo —dijo Lei.

—Eso ya lo veo.

Lottie accionó un interruptor de golpe. La luz inundó la pequeña habitación llena de estanterías y tuvo la sensación de que los aromas de las hierbas se intensificaban.

—Eso parecen hojas machacadas con el mortero.

—¿Cómo lo sabes?

—Lo sé y punto.

La inspectora se puso los guantes, cogió una bolsa marrón de papel de una de las estanterías y la olió. Era el aroma que predominaba en la sala. A continuación, la sostuvo bajo la nariz de su compañero.

Este inhaló la esencia.

—Lavanda. Se usaba como cura para los problemas del sueño.

Al devolver la bolsa a su sitio, se dio cuenta de que había una puerta estrecha entre dos armarios.

—¿Otro almacén? —propuso Lei.

—O una salida.

Lottie tiró del manillar, pero no se movió. Luego, empujó. Y la puerta se abrió de repente. Acto seguido, salió a un pequeño callejón. No había nada aparte de dos contenedores con ruedas. Uno para las bolsas de basura y otro de reciclaje. Abrió las tapaderas para descubrir que los dos estaban medio llenos de lo que se suponía que debían contener. Al final, dejó caer las tapas y avanzó por el lateral del edificio hasta la calle.

—Cualquiera podría entrar por aquí —puntualizó el agente tras ella.

—O marcharse.

De vuelta en la tienda, miró a su alrededor y vio que no había ninguna prueba de forcejeo. Al no encontrar nada fuera de lo común, probó a llamar al número de Orla. Nada aparte de la respiración de Lei. Supuso que estaba intentando controlar su necesidad de estar constantemente hablando.

—Orla no se marchó con prisa. —Hurgó bajo el mostrador—. Ni su bolso ni su teléfono están aquí.

—¿Dónde crees que habrá ido?

—Si lo supiera, no estaría aquí parada, ¿verdad?

—Supongo que no.

La inspectora lo observó mientras deambulaba entre las estanterías. ¿Orla había abandonado la tienda por voluntad propia? ¿Se habría ido sin cerrar con llave?

Se dio cuenta de que hacía un calor sofocante cuando se secó una gota de sudor del puente de la nariz, así que volvió a la salita y buscó un termostato para apagar la calefacción. En la pared de la derecha, justo al cruzar la puerta, encontró un interruptor y lo levantó con un movimiento ágil. Entonces, escuchó un golpe en la tienda justo cuando un panel del tamaño de una puerta estrecha se deslizó ante ella.

—¿Lei? ¿Estás bien?

No quería ni ver el caos que habría desencadenado y el espacio que tenía delante le parecía más interesante.

Sin esperar su respuesta, se adentró en las tinieblas. No encontraba el interruptor de la luz y un nudo de terror le estranguló el pecho.

—¡Lei! Rápido. Te necesito aquí.

El sonido de su propia voz amortiguó cualquier ruido que se produjo tras ella.

Y no vio la tabla de madera que descendió sobre su hombro.

Simplemente, cayó al suelo entre un turbio lago de oscuridad.

Boyd no descubrió nada que no supiera ya con la madre de Helena, e iba por la segunda taza de té cuando recibió el mensaje de Lynch sobre Amy.

—Señora Foley…

—Kathleen, por favor.

—¿Sabe algo de Amy Corcoran?

—Mmm, no estoy segura. Puede ser. ¿Es otra fallecida? Señor todopoderoso, espero que Helena esté bien.

El oficial la observó con atención a la vez que se preguntaba por qué el nombre de Amy la había puesto tan nerviosa de pronto.

—La estamos buscando. Bueno, en cuanto a Amy. Me da la sensación de que la conoce.

—El nombre me suena de algo. ¿Trabaja con Helena?

—En el supermercado de Dolan, pero antes era secretaria judicial en Bowen Abogados, en el pueblo.

—Usé ese bufete para hacer mi testamento y poner esta casa a nombre de Helena, aunque ella no lo sabe. No puedo arriesgarme a que me asfixie con una almohada para echarle mano y venderla.

La mujer soltó una carcajada, pero Boyd se dio cuenta de que solo bromeaba en parte.

—¿Trabajó con algún abogado del bufete en particular?

—Ahora que me lo pregunta, creo que se llamaba Damien O'Loughlin. ¿No murió de cáncer? —Se dio un manotazo en la boca—. Señor que estás en los cielos, ¿tenía relación con la pobre que asesinaron, Jennifer?

—Era su marido.

—Sargento Boyd, ¿qué está sucediendo?

—Podemos decir sin temor a equivocarnos que hemos encontrado vínculos entre todas las partes involucradas y solo necesitamos determinar qué las une para convertirlas en objetivos de un asesino.

Supo que se había pasado de la raya cuando el rostro de la mujer se volvió cenizo y la mano le tembló tanto que se le cayó la taza y se hizo pedazos contra el suelo. Kathleen se levantó de un salto, tomó una fregona e intentó limpiar enseguida el té que había derramado y las esquirlas de loza. El olor del mocho sucio invadió el aire y Boyd notó que se le pegaba a la piel, igual que si se tratara de pegamento.

—Tenga, deje que lo haga yo. Siéntese, Kathleen.

El hombre agarró el mando y ella le sujetó la mano con fuerza.

—Encuéntrela, agente. Encuentre a mi niña antes de que corra la misma suerte que las otras.

Un ligero manojo de pena se instaló en su estómago. Pensó en la sangre que habían encontrado en su casa. ¿Darían con Helena a tiempo?

Antes de marcharse, se volvió para mirar a la mujer. Se le había desteñido el pintalabios, y vio que una parte le manchaba los dientes. Esta se apoyó en la mesa del salón y tiró un manojo de llaves al suelo. Boyd concluyó que era una mujer destrozada.

—Kathleen, Amy Corcoran también ha desaparecido.

Se llevó la mano a la boca al instante.

—¡Ay, no!

Su voz se escuchó como un susurro, y luego se dobló sobre sí misma mientras se sacudía por las lágrimas.

76

Kirby se quedó detrás de Lynch mientras ella trabajaba. Acababa de desenterrar la página de Facebook de Amy.

—Es despampanante —comentó.

—Lo dices como si no entendieras por qué mostraría interés por mí.

Kirby se dio cuenta de que al menos tuvo la decencia de sonrojarse. Le importaba un comino lo que pensara ella o cualquier otra persona, estaba seguro de que le gustaba a Amy. Por supuesto que no tenía ninguna intención oculta. Pero, ahora que lo pensaba, ¿qué había visto una mujer tan guapa en él? Un detective con sobrepeso, bobalicón, fumador y prácticamente inútil. Se apoyó en el respaldo de la silla de su compañera.

—¿Crees que solo estaba conmigo por mi trabajo?

La mujer giró la silla tan rápido que casi la catapultó al escritorio que había tras él.

—Lo siento, Kirby, pero se me ha pasado por la cabeza.

—Joder, Lynch, no me lo creo.

Se metió las manos en los bolsillos del pantalón y sus dedos encontraron un *nugget* de pollo machacado.

—Madre del amor hermoso. —El detective tiró el alimento rancio a la papelera que había debajo del escritorio de su compañera y dio una corta caminata por el claustrofóbico despacho, para acabar deteniéndose en el punto en el que había empezado—. Dios, Lynch, espero que no sea así.

—La he encontrado en una página de citas. Y tú también estás en ella. ¿Fue así como la conociste?

—No, estaba en el mismo *pub* que yo la otra noche, fue casualidad. Empezamos a hablar y una cosa llevó a la otra.

—La conociste en el Fallon, ¿verdad?

—Sí. Ya me había tomado un par en ese momento. —Se le ocurrió que podría añadir alcohólico a su currículum personal.

—Está mezclada en todo esto de alguna manera —comentó Lynch—. Ojalá la jefa volviera con Orla. Necesitamos avanzar en esta investigación, y rápido.

—Se ha ido hace un rato. Llámala.

—Podría estar interrogándola en la tienda.

—O no.

La detective estaba marcando en su móvil cuando Boyd apareció por la puerta mientras se quitaba la chaqueta del traje de un tirón.

—He tenido la conversación más interesante del mundo con la madre de Helena McCaul.

—¿Tiene alguna idea de dónde podría encontrarse su hija? —preguntó Kirby.

—No, pero conocía a Amy Corcoran. Se ha echado a llorar. Al parecer, acogió a Amy cuando era pequeña. Helena estaba celosa hasta la locura de la niña por aquel entonces y Kathleen está segura de que esa locura se ha tornado en odio.

Kirby se quedó boquiabierto.

—No soy capaz de discernir si es importante o no.

—Además, ha dicho que contrató a Bowen Abogados. Damien O'Loughlin trabajó en su testamento y la trasferencia de una propiedad.

—La jefa no contesta. —Lynch se guardó el móvil en el bolsillo.

—Voy a ir a ver qué ha pasado —dijo Kirby.

—Un momento —le pidió su compañera—. Prueba a llamar a Lei por radio.

—Hazlo tú. Quiero mantenerme ocupado y necesito aire fresco.

—Te acompaño. —Boyd volvió a meter los brazos por las mangas de la chaqueta.

—Muchas gracias, chicos —dijo la detective mientras los dos hombres desaparecían por la puerta.

☙

La cabeza le iba a estallar; era como si el batería de una banda de *rock* se hubiera asentado dentro de su cráneo. Lottie se llevó la mano a la nuca y cuando la retiró, tenía sangre en los dedos. El dolor del hombro le palpitaba. Pestañeó y alzó la vista hasta los ojos preocupados de Boyd.

—¿Qué ha pasado? —le preguntó. Luego, la agarró de la mano y tiró de ella para ponerla en pie—. ¿Estás bien?

—Joder, no, ya te digo que no estoy bien.

—Necesitas puntos.

—Luego. Dame un trapo.

La inspectora lo observó mientras salía de la oscura sala a regañadientes. Recordaba vagamente un panel que se había descorrido en la pared y que había entrado. Después... nada.

—Esto es todo lo que he encontrado.

La mujer le quitó la bola de papel absorbente y se la pasó por la nuca.

—Deja que lo haga yo —le pidió.

—Estoy bien, deja de preocuparte por tonterías. ¿A Lei también lo han atacado?

—Sí, tiene un chichón del tamaño del puente Harbour en la cabeza, pero dice que se recuperará. De hecho, creo que está encantado de haber participado en la acción.

—Unos cuantos golpes y porrazos más y cambiará de idea. —La mujer dibujó una curva con la mano hacia el pequeño recinto—. ¿Qué es este sitio?

—Parece una cámara frigorífica.

—Es lo que pensaba. Jennifer sufrió congelación. Mierda, Boyd, ¿crees que la retuvieron aquí?

—Será mejor que llamemos a la científica. Vamos a esperar afuera.

—Solo un segundo. Quiero mirar mejor. ¿Hay alguna luz?

—No. —El hombre encendió la linterna de su móvil y la habitación se iluminó igual que un árbol de Navidad—. Hostia puta.

—Señor, ¿qué pasa, Boyd?

Lottie intentó ignorar el latido de la cabeza mientras recorría la estrecha sala con cuidado de no tocar nada, pero demasiado curiosa para esperar a la policía científica.

La habitación estaba diseñada igual que una cocina en pasillo, con armarios a ambos lados y un estrecho camino de piedra. Solo que no se trataba de armarios. Eran arcones.

Al final del pasillo, llegó a otra sala.

—¿Qué es este sitio? El edificio parece un laberinto —comentó Boyd.

La inspectora permaneció con los labios sellados, en parte porque tenía un dolor de cabeza impresionante, pero, sobre todo, por los enormes cerrojos de acero atornillados a la puerta con una serie de candados y uno con combinación.

—No creo que Helena guardase el suministro de ortigas aquí, ¿verdad?

—Lo dudo. —Acercó la oreja a la puerta, pero no se oía nada—. ¿Y si hay alguien ahí? ¿Tú consideras que esta puerta es lo bastante gruesa como para bloquear el sonido?

—No sé qué pensar.

El agente bajó el móvil y la puerta se convirtió en un gigante oscuro.

—Ve a buscar el utensilio para derribar puertas, a ver si nos permite entrar ahí mientras yo compruebo el interior de los congeladores.

—Ya te lo he dicho, necesitamos a la científica. No tiene sentido usar un ariete cuando podría haber pruebas...

—¡Boyd! Podría haber alguien ahí dentro. Helena y Amy han desaparecido, y parece que Orla se ha esfumado sin dejar rastro. Cualquiera de ellas podría estar ahí dentro, herida, muriéndose o incluso ya sin vida.

—Y cualquiera de ellas podría ser una asesina. —Volvió a levantar el teléfono para examinar la zona con el haz de luz—. Cuesta creer que aquí haya tanto espacio. Desde fuera, la tienda parece diminuta.

—Es que la tienda en sí es pequeña, pero el edificio es como un laberinto. —Entonces, la mujer alzó la mano y aporreó la puerta—. Ay, Dios. Boyd, es sólida como una roca.

—Escucha. —Su compañero se acercó a la puerta.

—¿Qué?

—He oído algo.

—¿Dentro?

—Sí. No. No lo sé. —Sostuvo el teléfono sobre la cabeza de manera que la luz rebotaba sobre todos los muros y el techo—. A lo mejor viene de los congeladores.

—Joder.

La inspectora pasó con prisa junto a él y comenzó a levantar tapas. Capas y capas de flores secas y hierbas. Cajas de té verde. Así que no todo eran materias primas que Helena molía con su mortero.

—Lottie —la llamó Boyd.

Acababa de abrir la tapa del último congelador.

—¿Qué? Está vacío.

—Ya, pero mira a la derecha, en la esquina inferior. —Dirigió la luz de la linterna del móvil hacia el interior—. Podría ser sangre.

—Exacto. La científica tendrá que confirmarlo. También encontramos sangre en casa de Helena, así que solo necesitamos una muestra de su ADN para averiguar si es suya.

—¿Crees que está muerta?

—Podría estarlo, o también es posible que esta sangre sea de la víctima y que Helena sea nuestra asesina.

—Tendría que ser muy fuerte para ir arrastrando cadáveres por ahí.

—Recursos —contestó ella—. Alguien es lo bastante fuerte para dejarnos fuera de combate a Lei y a mí. Aun así, dices que has oído algo. Y no viene de los congeladores, así que tiene que salir de la sala cerrada. Trae el ariete.

—No creo…

—Es una orden, Boyd. Trae el ariete.

⁊

En cuanto Kirby se aseguró de que el agente Lei no iba a morir, fue a pegar la oreja a la puerta del almacén. La jefa y Boyd estaban tirándose los trastos a la cabeza, y sabía quién iba a ganar esa discusión.

Fuera, recorrió el callejón en la parte trasera de la tienda y abrió la pequeña verja que conducía a un patio pavimentado rodeado por unos muros altos. Echó un vistazo a su alrededor y examinó el del final. Contaba con una plataforma elevada que acogía hierbas y plantas. Había una maceta de madera llena de turba que alguien parecía haber revuelto hacía poco. «¿Por qué?», se preguntó. Así que comenzó a escarbar con los dedos, aunque obtuvo poca recompensa aparte de unas manos sucias. En ese momento, no había nada enterrado que pudiera encontrar.

Acto seguido, se limpió las manos en los pantalones y retrocedió para estudiar el edificio que había justo detrás de la tienda de Helena. Parecían unas oficinas, pero no era capaz de determinar la localización exacta en su mente. La conciencia espacial no era uno de sus fuertes, así que tomó una serie de fotos con su teléfono.

Pero algo le llamó la atención al abrir la verja para marcharse. A su derecha, en el suelo pavimentado, había un grueso tablón de madera con lo que parecía sangre en la punta.

—No me fastidies —comentó con un silbido—. El cabrón ha huido por aquí.

No se atrevió a tocarlos, pero examinó los parterres de hierbas con más detenimiento y se vio recompensado con dos huellas, una más profunda que otra, como si alguien se hubiera impulsado hacia arriba.

Pie pequeño. Zapatillas de deporte. El símbolo de Nike impreso en la tierra turbosa.

—Aquí estás —dijo Boyd.

—Mira esto —le pidió el detective mientras rodeaba el pequeño patio con cuidado—. El hombre ha salido por ahí.

—Alguien ha salido por ahí.

A Kirby le dieron ganas de darle una paliza a su amigo por no respetar su poder de deducción.

—Hay un tablón de madera ensangrentado junto a la verja. No lo toques.

—¿Lo has tocado tú?

Ahora sí que estaba tensando la cuerda. El detective señaló el edificio de ladrillo rojo al otro lado del muro.

—¿Qué hay ahí?

—Creo que apartamentos. Tiendas en la planta baja con viviendas abarrotadas encima.

—¿Crees que el atacante vive ahí?

—A lo mejor no podía arriesgarse a que lo vieran huyendo hacia la calle de delante. ¿Estás seguro de que no has tocado nada?

El hombre negó con la cabeza, agotado. ¿Por qué nadie confiaba en él?

—Solo esa jardinera. El barro estaba revuelto y he sospechado que el arma podría estar enterrada ahí.

—¿Has encontrado algo? —El oficial se acercó sin prisa a echar un vistazo.

—No. Solo he arañado la superficie y, antes de que empieces a acusarme de alterar pruebas potenciales, no he tocado nada más.

—Tenemos que ser profesionales, Kirby.

—¿Eso es una crítica? Porque si es así, puedes irte a tomar por culo.

—¡Dios de mi vida! ¿Qué te pasa?

—Por si se te ha olvidado, mi nueva novia está desaparecida y estoy seguro de que alguien la ha secuestrado. —E hinchó los carrillos en un intento de controlar las emociones—. Mientras nosotros nos tocamos los cojones, ella podría estar muerta.

Luego, apartó a Boyd con el hombro al pasar por su lado y tuvo cuidado al empujar la verja con la manga. Mierda, la había abierto sin guantes. A lo mejor su compañero llevaba razón al dudar de su capacidad, pero no podía perder el tiempo con lamentos.

Tenía que encontrar a Amy.

ᘔ

He escapado por los pelos, pero tengo que superarlo. He de seguir adelante.

Recorro la orilla del lago de un lado a otro con paso firme y las piedrecitas se me clavan en las suelas de los zapatos. Aprieto y relajo los puños. Respiraciones largas y profundas. Inspirar, espirar. Inspirar, espirar. Necesito relajarme si quiero llevar esto a término. ¿Lottie Parker y su equipo de inadaptados conseguirán entorpecer lo que me queda de plan? Es posible. La única salvación es que no tienen ni idea de quién soy. Ahora que he eliminado todo lo que podría haberme identificado respiro un poco mejor, pero están a punto de resolver el misterio de mi identidad. Debo avanzar en mis planes a máxima velocidad.

Miro el barril con el cuerpo completamente incrustado en su interior. He tenido que partirle la columna vertebral al igual que los brazos y las piernas para apretujarlo dentro. Incluso ahora veo la frente a ras del borde mientras los mechones de cabello sueltos se agitan con la brisa cada vez más fuerte. Es imposible que lo arrastre hasta la cima de la colina. No soy tan idiota y me duelen los músculos.

Inclino el barril sobre el lado y lo ruedo a lo largo de la pedregosa orilla hasta que descansa al pie de la colina. Me alegro de que las nubes negras hayan ensombrecido este precioso enclave, de lo contrario habría familias haciendo pícnics y nadando o adolescentes bebiendo y tirándose de cabeza. He controlado la zona a lo largo de las últimas semanas y sé que la mayoría de la gente se reúne en los trampolines que hay a unos kilómetros de allí.

Aquí nadie debería molestarme mientras termino lo que pretendo hacer. Aquellos que han intentado interferir en mi vida deben sufrir. Van a saber que no hay vida después de la pérdida.

Espero que te haya gustado el regalo que te he dejado en la habitación cerrada, Lottie Parker, porque no era lo que tenía planeado. Tengo que aceptar que a veces no todo sale bien.

77

Lottie sabía que tenía la cara ardiendo por la ira que le hervía en su interior. Había enviado a Kirby a comprobar el bloque de apartamentos detrás de la tienda, pero Boyd le estaba dando largas en cuanto a conseguir el ariete y el agente Lei no paraba de quejarse como si estuviera a las puertas de la muerte. Si no iban a ayudarla, tendría que ir a por el ariete ella misma.

Estaba a punto de abrir el maletero mientras se preguntaba cómo iba a levantar el pesado aparato cuando la furgoneta del equipo técnico se detuvo detrás de ella y Grainne Nixon salió del vehículo.

—De veras, necesito un respiro de todo esto —dijo—. ¿Hay algún cadáver?

—No, si no cuentas el del agente Lei.

—¿Qué? No está muerto, ¿verdad?

—Él cree que sí. ¿Me echas una mano con esto? —La inspectora abrió el maletero.

—Es imposible que levante eso —comentó Grainne a la vez que la rodeaba—. No está entre mis tareas.

—Por el amor de Dios, ¿tú también? —bramó Lottie.

Si fuera capaz de ponerlo en el suelo, podría arrastrarlo hasta dentro. Pesaba un quintal, y estuvo a punto de tirárselo encima del pie, lo que provocó que Gerry, el fotógrafo de la científica, acudiera en su ayuda.

—Deja que te eche una mano —dijo.

—Queda una persona decente en el mundo —farfulló, y entró detrás de Grainne mientras el fotógrafo avanzaba fatigado tras ellas.

—¿Para qué me necesitas aquí? —quiso saber la forense a la vez que se ponía la capucha del mono protector para cubrirse la voluminosa melena pelirroja—. Todavía estoy procesando la escena del lago.

—Parece que hay salpicaduras de sangre en uno de los congeladores. Hay que comprobarlo. Nos encontramos en un punto en el que podemos determinar si es humana o animal. También hemos dado con una sala cerrada al otro lado.

Grainne encendió una linterna enorme.

—Enviaré muestras al laboratorio. ¿Esa puerta puede tener más cerrojos?

Lottie esperó a que Gerry colocara el ariete.

—Boyd cree haber escuchado algo dentro.

—Comprendo la urgencia.

El hombre estaba jadeando como si hubiera corrido una maratón.

—¿Sabes usarlo?

—Lo siento, no. Tienen que entrenarte en su uso.

—Trae aquí.

La inspectora le arrancó no sin esfuerzo el pesado ariete de las manos justo cuando Boyd se unió a ellos en el estrecho espacio en penumbra, cuya puerta ahora estaba iluminada por la linterna de Grainne.

—Tengo un destornillador. Creo que es mejor quitar las bisagras.

—¿Y cuánto tiempo nos va a llevar eso?

Lottie notó que la camisa se le pegaba al cuerpo y, si no se tomaba pronto un analgésico para la cabeza, no le cabía duda de que se convertiría en una asesina en serie. Las tres personas que la rodeaban tenían todas las papeletas para convertirse en sus primeras víctimas.

—Vale, déjanos a nosotros —dijo Boyd, que abandonó la idea del destornillador.

Gerry y él maniobraron con el ariete entre los dos y, a la de tres, hicieron la puerta pedazos y la descolgaron de las bisagras.

En ese momento, la inspectora respiró hondo y cruzó el umbral hacia las tinieblas.

✿

El detective McKeown ignoró a Lynch a propósito. Su relación laboral se había visto dañada de manera irreparable por la aventura que había mantenido con Martina Brennan. Y se sintió más que aislado cuando descubrió que la inspectora estaba intentando enviarlo de vuelta a Athlone. «Que les den a todos», pensó, y se puso a mirar otro archivo de las imágenes de seguridad. Esas eran del supermercado de Dolan, un poco más arriba de la calle del Herbal Heaven, y se habían tomado esa misma mañana.

No había cámaras dentro ni fuera de la herboristería, y ya había examinado las grabaciones del aparcamiento municipal sin encontrar nada que describir como extraordinario. Vio a Orla Keating aparcar el coche de Helena y dirigirse a la tienda. Aparte de eso, solo había clientes entrando y saliendo del aparcamiento.

Ahora se había centrado en las imágenes que capturaba la cámara de la puerta de entrada del supermercado. Un chaval joven con pendientes, vestido con ropa oscura, salió a encenderse un cigarrillo. Daba la sensación de que hablaba con alguien justo fuera del ángulo de la cámara. Estaba mirando al otro lado de la calle. McKeown echó un vistazo a la esquina superior de la cinta. Una hora antes de que la jefa y Lei llegasen a la herboristería.

¿Qué le llamó tanto la atención a ese chaval? ¿Tenía algo que ver con el horror que se ocultaba dentro de la habitación cerrada? No se hablaba de otra cosa en la comisaría.

El detective no apartó la mirada de él. El chico apagó el cigarro con el pie, se impulsó para separarse de la pared y salió del plano. No volvió a su puesto de trabajo, sino que bajó y cruzó la calle.

McKeown abrió Google Maps enseguida para ver qué más había por allí, aparte del aparcamiento y Herbal Heaven. Un bloque de pisos en la parte trasera de la tienda. Los dedos del hombre viajaron por el teclado en un intento por descubrir con frenesí si los apartamentos contaban con alguna cámara. Alguna en la fachada, pero ninguna en la parte de atrás, que era hacia donde se había dirigido el muchacho.

Vuelta a la grabación del supermercado. Lo pasó a cámara rápida y, en cuestión de cinco minutos, el chaval estaba de vuelta, fumando otra vez y, justo antes de entrar por las puertas automáticas, tiró el cigarrillo al suelo. Este podía contener ADN. A lo mejor no era nada, pero podía significarlo todo. Había pasado tiempo y, para entonces, allí a lo mejor había una multitud de colillas o restos, pero no podía arriesgarse a perder la ocasión.

78

La peste fue lo primero que alcanzó a Lottie. Excrementos humanos. Luego, captó el hedor a miedo y muerte que flotaba en el aire y, acto seguido, tomó la linterna de Grainne para moverla de un lado a otro en el pequeño espacio, frío y húmedo.

Boyd se acercó a su hombro y soltó un gemido.

—No, por Dios...

La inspectora se quedó muda mientras las náuseas fluían desde su estómago y ascendían hasta la garganta. Se quedó sin saliva y la lengua se le pegó al paladar, así que tuvo que forzar las palabras.

—Yo... Yo..., Dios, Boyd, ¿qué ha pasado aquí? —Se acercó a la mujer que yacía desnuda en una piscina de su propia sangre y excrementos.

—Inspectora, por favor, no contamine la escena del crimen.

La voz de Grainne flotó sobre la cabeza de Lottie igual que unos copos de nieve que se derretían mientras se ponía en cuclillas junto a la lastimera figura. Un hueso sobresalía de la carne desgarrada. La mujer tenía la cabeza envuelta con los brazos. Una cuerda de nailon azul le ataba las manos entre ellas. No parecían rotas.

La nariz de Lottie se acostumbró rápidamente al hedor rancio y posó un dedo en la garganta de la mujer a la vez que se agachaba para oír si había respiración.

Un pulso débil.

—¡Está viva! Una ambulancia. Paramédicos. ¡Rápido! ¡Ya!

—¿Quién es? —preguntó Boyd después de gritar tras de sí al agente Lei para que pidiese por radio la ayuda necesaria.

Los agentes de la científica retrocedieron para darles espacio.

—No es Helena ni Orla. Debe de tratarse de Amy Corcoran. Dame tu chaqueta.

La inspectora le quitó la prenda y cubrió a la mujer desnuda con la intención de proporcionarle calor. Sabía que estaba cometiendo el peor de los pecados al contaminar pruebas, pero su primer objetivo era salvar una vida.

—¿Los ojos…? —susurró su compañero.

—Ahí no hay sangre. —Le levantó los párpados con cuidado—. Gracias a Dios. ¡Necesitamos a los paramédicos! No podemos dejarla morir. Y mantén a Kirby fuera de esto.

—Demasiado tarde.

El corpulento detective pareció hacerse pequeño al haz de luz mientras caía de rodillas junto a ella.

—¿Es…? —La mujer era incapaz de continuar.

—Es Amy —susurró.

—Por favor, Kirby, déjamela a mí. Yo cuidaré de ella, pero tienes que irte.

El hombre alargó una mano envuelta en un guante y tocó la frente de la víctima. Luego, se apoyó en el hombro de Lottie para levantarse del suelo, le dio un apretón y, acto seguido, se marchó.

—Kirby —gritó tras él—, no hagas ninguna estupidez.

ᢋ

Lynch estaba cabreada porque la habían dejado tirada mientras el resto salía a realizar labores activas. Aunque tuvo que sacudirse el enfado, porque estaban desapareciendo mujeres a las que asesinaban. Debía hacer lo que pudiera por examinar los montones de información que tenía sobre el escritorio. Si era diligente, a lo mejor encontraba la aguja en el pajar del proverbio.

Martina Brennan estaba muy ocupada con el expediente de Tyler Keating, pero alzó la vista al escuchar a su compañera aporrear el teclado.

—Nos estamos dejando algo vital —dijo Lynch, y la frustración acentuó cada palabra.

—Dime, ¿qué comentó el sargento Boyd sobre Kathleen Foley y Amy Corcoran?

—Kathleen acogió a Amy cuando era pequeña y, al parecer, Helena se volvió loca de celos.

—¿Es posible que sea ella quien está detrás de todo esto?

—Bueno, según su madre —contestó—, Helena se inventó un hijo, un perro y un marido muerto. Kathleen asegura que podría haber sufrido problemas con el abandono después de que su padre biológico no mostrase ningún interés por ella y él falleciera.

—No veo cómo tener problemas con el abandono puede llevar al asesinato de mujeres inocentes, pero vamos a mantener la mente abierta.

Lynch comenzó a teclear de nuevo y documentó todo lo que sabía hasta entonces de Helena McCaul. No tomó el apellido Foley cuando su madre se casó. Kathleen le había contado a Boyd que el padrastro de Helena nunca la adoptó formalmente.

Según la madre, su hija sufría delirios. Pero ¿era cierto? Solo tenían su palabra. Había algo que no encajaba en todo eso. Algo que la estaba mirando directamente a la cara. Algo que no era capaz de ver. Joder.

La detective fue hasta la sala de operaciones y contempló con detenimiento las fotos de las mujeres muertas y desaparecidas, además de la de Tyler Keating. Luego, observó las imágenes de las principales personas de interés que habían añadido esa mañana. Frankie Bardon, Owen Dalton, Luke Bray. Kirby había añadido al último chico porque trabajaba con Amy y presuntamente la acosaba en el trabajo.

Aquello le hizo recordar que todavía tenía que preguntar en Bowen Abogados la razón por la que Amy dejó el bufete. Y ¿qué pasaba con ese chaval, Luke? Buscó entre la montaña de notas para comprobar si lo habían interrogado. Sabía que Kirby había hablado con él, pero no encontraba su nombre en ninguna parte. A lo mejor se le había pasado, aunque resultaba más probable que su compañero no lo hubiese escrito.

79

McKeown no malgastó ni un segundo en presentaciones.

—Quiero hablar con usted, señor Bray. Fuera. Ya.

El tono surtió efecto, porque Luke soltó las naranjas que estaba reponiendo y salió con el detective por la puerta de atrás.

El hombre empujó al chaval contra el muro y lo sujetó ahí, apretándole el pecho con el antebrazo.

—Si no me cuentas lo que quiero saber, te extraeré personalmente cada uno de los pendientes con unos alicates y luego empezaré con los dientes, haya *brackets* o no.

—Qué... ¿Qué haces, tío? ¿No basta con que un friki me trate mal, sino que tiene que enviar a otro?

El detective apretó el puño y dijo:

—Habla solo cuando yo te lo diga, ¿lo pillas?

Luke se quedó callado, con los ojos como platos.

—Antes has salido a fumarte un cigarro. Asiente si es verdad.

Y eso hizo el chaval.

—Habías quedado con alguien aquí.

Y volvió asentir.

—¿Cruzaste la calle para ir a Herbal Heaven?

Un sí vacilante.

—¿Con quién hablaste?

Se encogió de hombros de forma imperceptible.

McKeown relajó un poco el brazo con el que lo sujetaba.

—Puedes hablar.

Después de tragar saliva varias veces, Luke contestó:

—No puedo decirlo.

—Más vale que me lo digas si no quieres acabar en la cárcel por asesinato.

—¿A-asesinato? Eh, ni de broma, tío. Yo no he matado a nadie.

—¿Con quién has hablado?

—Podría acabar muerto.

—Ese es un riesgo que tendrás que correr.

El hombre respiró hondo. Sabía que lo que estaba haciendo era intimidación, pero había llegado a sus oídos que Amy Corcoran estaba luchando por su vida.

Luke negó con la cabeza con los ojos lacrimosos.

—Tío, me estás sentenciando a muerte.

—¿Con quién cojones has quedado?

—Ella me dijo que no era nada. Me dio cincuenta euros y me pidió que no se lo contara a nadie.

—¿Quién?

—No sé quién era. Si no los tienes, cincuenta euros son cincuenta euros.

—¿Qué has tenido que hacer para ganarte tus míseros cincuenta pavos?

—Tenía que ir hasta la tienda y abrir la puerta trasera. Ya está.

—¿Quién estaba allí cuando has entrado?

—Nadie. No había ni un alma. Podría haberlo hecho ella sola.

—¿Llevabas guantes?

Luke se quedó boquiabierto y McKeown vio en el rostro del muchacho cómo caía en la cuenta de dónde se había metido.

—¡No! Mierda. Sea lo que sea que haya pasado allí, mis huellas estarán por todo el antro. ¡Joder!

—Después de todo, no eres tan listo, ¿eh?

—¡Joder, mierda!

—Quiero una descripción de la mujer.

—Ni de broma, tío. Me ha dicho que si hablaba, acabaría en el fondo de Lough Cullion. Dijo que su superior me partiría las piernas, luego los brazos y me sacaría los ojos. Eso es una mierda asquerosa.

El detective se quedó boquiabierto. El chaval acababa de describir el estado en el que habían encontrado a las dos víctimas de asesinato. Información que no se había transmitido a los medios de comunicación. Entonces, dio un paso atrás y le soltó:

—¿Te ha dicho todo eso?

—Sí. Es una puta pirada, si quieres saber mi opinión.

—Y aun así lo has hecho.

—Cincuenta pavos son...

—Cincuenta pavos, lo sé. Vas a venir conmigo para hacer una declaración y mirar unas fotos.

—Y ¿qué pasa con mi turno?

—Eso deberías haberlo pensado cuando aceptaste dinero manchado de sangre.

—¿Dinero manchado de sangre? ¿De qué hablas? Yo solo he abierto una puta puerta.

—Has dejado entrar a una asesina, y ahora una mujer está luchando por su vida por tu culpa.

Luke tuvo el decoro de no abrir el pico.

—Tu buena amiga Amy Corcoran está prácticamente muerta, y tú le tendiste la trampa para que acabara asesinada.

El hombre no estaba preparado para que el chico echase a correr, y la patada en la espinilla le dolió muchísimo, pero, a pesar de la conmoción, McKeown era más grande y rápido. Al final, atrapó a Luke, y esa vez sí que lo esposó.

—Te detengo por evasión de arresto.

—Nunca ha dicho que fuera a arrestarme.

—Tienes que ser tan sordo como estúpido. Vamos.

Y puede que solo por rencor o porque estaba cabreado, hizo marchar a Luke por delante de todo el supermercado lleno de gente y hasta el coche, en la calle.

80

El aire en Ragmullin estaba estancado. El calor implacable, seguido de la lluvia torrencial de hacía unos días, había perdido su atractivo inicial y ahora solo parecía un déspota.

Kirby se arrancó la chaqueta y la hizo una pelota para metérsela debajo del brazo. Luego, encontró el cigarro. Se lo encendió e inhaló profundamente. Estuvo a punto de dejarlo caer de lo mucho que le temblaban las manos.

¿Por qué Amy se había convertido en un objetivo para el asesino? ¿Tendría algo que ver con su anterior empleo en Bowen? ¿Había sido porque la madre de Helena la había acogido? ¿Acaso era por Luke Bray? No, ese zoquete no contaba con los recursos para planear y llevar a cabo secuestros y asesinatos brutales. Pero, si no era Luke, entonces ¿quién?

El hombre giró la esquina y se sorprendió al descubrir que había vuelto a comisaría. La agente Martina Brennan salía por la puerta con Lynch, y las dos le agarraron del brazo y se lo estrecharon. Así que ya se habían enterado.

—No hagas ninguna estupidez, Kirby —le pidió Lynch.

—Es la segunda vez que me lo dicen en media hora. ¿Sabíais que Amy me llamaba Larry? Hacía que mirase alrededor para ver a qué Larry se refería.

Martina sonrió con tristeza.

—Estoy deseando conocerla y ponerla al día sobre algunas crueles verdades que te atañen. A lo mejor sale corriendo.

El detective recordó la escena en el suelo de la sala en la parte trasera de Herbal Heaven. Amy no podría andar durante un tiempo, no digamos ya correr. El corazón casi se le rompió ante la imagen y les dio conversación para intentar distraerse.

—Parece que vais a algún sitio con prisa. ¿Habéis averiguado algo?

Martina lo miró avergonzada, y Lynch enderezó los hombros antes de decir:

—Boyd ha llamado. Dice que la jefa nos ha pedido que demos contigo y que no te quitemos el ojo de encima.

Kirby se dejó caer en el escalón, reticente a entrar. No podía enfrentarse a ninguna burla de McKeown. Hoy no.

—La he visto, ¿sabéis? Ahí tirada. Parecía una muñeca rota. Tan herida. ¿Cómo es posible que alguien le haga eso a otro ser humano?

—Porque es pura maldad, por eso mismo.

Martina se sentó a su lado y le dio un apretón en el brazo.

Y el detective se resistió a la necesidad de apoyarle la cabeza en el hombro y ponerse a llorar.

—Vamos a subir al despacho —anunció Lynch—. Tenemos que trabajar hasta la última hora del día.

—Entonces ¿por qué seguimos aquí? Vamos.

Acto seguido, Kirby se sacudió y se puso de pie. Agarró la mano que le tendía la detective y se la estrechó con firmeza.

Cuando estaban llegando al pasillo donde se encontraba el despacho, McKeown se acercó a ellos. Relajó el rostro contraído por la tensión.

—Tengo a una persona en la sala de interrogatorios que es posible que haya conocido al asesino.

Kirby se detuvo en seco y, después, antes de que Lynch pudiera impedírselo, echó a correr con McKeown.

—Déjame a mí.

Luke estaba sentado en la sala de interrogatorios número dos.

Kirby le había preguntado al otro detective por qué no lo había metido en la más nueva y su compañero alto y rapado le sonrió con superioridad.

—El mierdecilla no se merece ninguna comodidad.

Kirby entró apretujado junto a McKeown mientras el chaval se sentaba en la silla con el asiento de cuero desgarrado y los muelles asomando. Esperaba que le hicieran otro agujero en el culo al pequeño imbécil. Incapaz de ocultar su desagrado, comenzó:

—Sabía que eras mala persona desde la primera vez que oí hablar de ti.

—Tú qué vas a saber.

—Sé que has cometido un crimen, y esta vez no habrá servicios a la comunidad, niñato.

Su compañero intervino antes de que se le fuera la cabeza.

—Vamos a encontrar tus huellas dactilares en la puerta del edificio en el que ha tenido lugar una agresión despiadada. Será mejor que eches un vistazo a las fotografías que vamos a enseñarte y...

Pero Kirby lo interrumpió.

—Y, si no nos respondes, no lamento en absoluto decirte que te encerraré y tiraré la llave al canal.

—Es todo palabrería, gordo. Conozco mis derechos. Tengo derecho a un abogado.

En ese momento, el hombre se volvió hacia McKeown.

—¿Los abogados de oficio no estaban ocupados durante todo el día? —preguntó de forma retórica. Luego fulminó al chico con la mirada—. Vas a tener que pasar la noche en el calabozo a la espera de uno.

—Vale, vale. Enséñame las fotos.

McKeown abrió la fina carpeta y procedió a colocar seis fotografías delante de Luke, cuyos *brackets* hicieron clic al pasarse la lengua por los dientes.

Kirby no apartó la vista de la expresión del joven mientras colocaba las fotos en el escritorio, seguro de que una había provocado un clic mucho más ensordecedor.

—No, lo siento, no conozco a nadie. ¿Puedo irme ya?

«Mentiroso».

—Mira con mucha atención. Ya eres cómplice de intento de asesinato.

—¿Que soy qué? Vamos, me estáis tomando por *eejit*. Yo no he hecho nada.

—Has abierto una puerta para dejar pasar a un asesino. En mi opinión, eso es ser cómplice. ¿Y en la tuya, detective McKeown? —El detective se sintió aliviado cuando su compañero le siguió el juego.

—Totalmente.

—Ey, que os den a los dos. —El chico se levantó de un salto.

—Siéntate antes de que te siente yo. —A McKeown se le borró la sonrisa.

—Vosotros me habéis agredido en la puerta del supermercado. —El muchacho los señaló a ambos—. Es brutalidad policial.

—Eso es mentira. Señala la fotografía que muestra a la persona que te ha dado los preciosos cincuenta pavos. Si es que acaso era esa la cantidad. A lo mejor es otra mentira y estás más involucrado en esto de lo que pensamos en un principio.

—Me habéis quitado la cartera. Ya sabéis que el dinero está ahí dentro.

—Podría haber estado ahí todo el tiempo. —Los forenses estaban analizando los billetes mientras hablaban—. ¿Reconoces a alguien de estas fotografías?

—No.

—¿Qué hay de esta?

El hombre era consciente de que estaba guiando al testigo al señalar la foto que intuía que había provocado su reacción.

—Esa es Helena —dijo por fin—. Es la dueña de la herboristería donde le compro el magnesio a mi madre. No era ella.

Mierda. Luego, Kirby señaló a Orla.

El chico negó con la cabeza con empatía. «¿Con demasiada empatía?», se preguntó el detective.

—No. Os lo he dicho, no es ninguno de estas personas. Lo juro por la Biblia.

McKeown soltó una risita por la nariz y puso otras seis fotos en la mesa. Kirby examinó a Luke. El muchacho se estaba esforzando en mantener un gesto neutral y fracasaba de forma estrepitosa. Algo encima de la mesa hizo que palideciese. Las manos le temblaron antes de dejarlas caer sobre las rodillas.

Entre las seis fotografías había algunas comodín, pero el resto pertenecían a personas que ya habían interrogado y, además, McKeown había añadido la de Tyler Keating.

—Creo que voy a esperar a ese abogado.

—No te culpamos de nada. Solo nos estás ayudando con nuestras investigaciones.

—Bueno, pues aquí ya he terminado.

—Luke, esto no es una serie de detectives de Netflix —le advirtió Kirby—. Esto es la vida real. Amy está en un hospital con heridas críticas. Creo que has conocido a la persona que la ha atacado. Dínoslo.

Pero el muchacho mantuvo los labios, ahora pálidos, firmemente sellados.

Y el detective sabía que en algún momento tendrían que dejarlo marchar.

81

En la sala de operaciones, Kirby apartó una silla y se sentó entre Martina y Lynch.

—¿Quieres explicármelo? —le preguntó a Lynch después de contarles que Luke se había negado a decir nada más.

—Ahora estoy pensando que Helena McCaul podría ser la clave de lo que está sucediendo. Incluso cabe la posibilidad de que ella sea la asesina.

Martina añadió:

—Amy estaba encerrada en su tienda. Tiene que ser ella.

—Pero Orla se encontraba al mando de la herboristería antes, cuando la jefa ha ido a visitarla.

—Ahora volvemos a ella —dijo Lynch—. El grupo de «Vida después de la pérdida» se creó para viudas, pero no todas las mujeres lo eran. También hay involucradas que están separadas y divorciadas. Éilis Lawlor fue quien lo montó. Jennifer O'Loughlin era una integrante. ¿Amy Corcoran? Todavía no lo sabemos, pero has dicho que pasó por una relación complicada, así que a lo mejor lo era.

—La chica de la oficina del supermercado me comentó que Amy se unió al grupo, pero que quizá lo dejó tras una o dos reuniones.

Kirby intentó esforzarse en permanecer concentrado mientras su mente volvía sin cesar a Amy. Su foto pegada en la pizarra le recordaba que se encontraba peligrosamente cerca de la muerte. Y, por supuesto, el bobo de Luke había abierto la puerta para dejar entrar al asesino o proporcionarle una salida.

—Todavía no hemos dado con el motivo de los asesinatos y el intento de homicidio —continuó Martina.

—Si dejamos a un lado lo de «Vida después de la pérdida» y nos concentramos en las mujeres —comentó Lynch—, a lo mejor encontramos algo más.

—¿Como qué? —preguntó Kirby, agotado.

—Primero vamos a fijarnos en Helena McCaul.

—Adelante.

—Su madre, Kathleen Foley, dice que delira. Esta acogió a Amy cuando era pequeña. Helena estaba celosa. Además, creó a un marido imaginario y luego se inventó a un hijo y un perro. Todavía no hemos encontrado un certificado de matrimonio a su nombre, por lo que podríamos asumir que Kathleen lleva razón.

—¿Por qué iba a fingir estar viuda?

—¿Para acceder al grupo?

—Pero ¿por qué? Es herbolaria. Tiene su propio negocio, que mantiene a flote gracias a su madre. ¿Por qué iba a ponerse a asesinar a otras mujeres?

—Para ocultar el homicidio de la persona a la que verdaderamente quería asesinar, es decir, Amy.

—Eso parece un poco extremo.

—Es posible, pero necesitamos contemplar otros motivos.

—¿Como cuáles?

Kirby estaba cansado de hablar. Ansiaba la oportunidad de salir a buscar a la persona homicida y estrangularla.

—Antes de eso, otra pregunta —interrumpió Lynch—. ¿Por qué sacarles los ojos? Jane, la patóloga, mencionó Edipo a la jefa.

El detective la miró con cara de póker, y su compañera le explicó el mito griego.

—Así que ¿crees que Helena mató a su padre o algo así?

—No sé qué pensar. Mira, he hecho una recopilación de todos las personas interesantes y he cruzado la información de sus declaraciones. Algunas no son más que notas, pero hay tres que han pasado a un primer plano. Orla Keating, obviamente, porque su marido desapareció de forma misteriosa hace un año y, además, tiene relación con la mayoría de las mujeres. Amy menciona en su currículum a Tyler, el marido de Orla, como referencia, y antes trabajaba en Bowen Abogados, la misma empresa que empleó a Damien O'Loughlin, el marido de Jennifer. Orla conoció a Éilis y a Helena a través del grupo; ella es la que tiene el vínculo más cercano con todas las mujeres. Además, asistía al estudio de yoga SunUp.

—Muchísima gente practica yoga, pero no recuerdo que Helena ni Amy fueran de esas.

—Lo que me lleva a la siguiente persona. Owen Dalton, el instructor de yoga. Dijo que compraba vitaminas en Herbal Heaven.

—Eso no es un crimen.

Kirby se dio unos golpecitos en el bolsillo de la camisa. Necesitaba un cigarrillo.

—La siguiente persona de interés es el marido de Owen, Frankie Bardon; está en lo alto de la lista, después de Orla. Es el dentista de Smile Brighter, donde trabajaba Jennifer. Ha entregado su lista de clientes. Todas las mujeres acudieron a su clínica y…

—Oye, seguimos sin tener un hilo de evidencia que una a alguien con los asesinatos.

El detective notaba que la cabeza no dejaba de darle vueltas en un círculo perpetuo.

—Lo sé, pero si encontramos a un posible sospechoso, podremos deshacer los pasos desde la prueba que tenemos.

—¿Qué prueba?

—El coche de Tyler Keating estaba en el almacén de Jennifer O'Loughlin. ¿Por qué? ¿Quién lo metió allí? ¿Lleva ahí un año? Todavía no lo sé. Seguimos esperando a ver si se puede obtener algo del GPS. ¿Has terminado de revisar los archivos del almacén?

—Les he echado un vistazo. Parecen transferencias de propiedades. Hoy no he tenido tiempo de analizarlos con más detalle.

—Kirby, eso es importante —le comentó Lynch—. Delégalo. Yo he llamado a Bowen Abogados para averiguar por qué se marchó Amy.

—Y ¿qué han dicho al respecto?

El hombre se pasó un dedo por el cuello de la camisa y se soltó un botón. Quería ir al hospital. Quería recibir noticias de

Amy, pero, a la vez, cuanto más tiempo pasase sin saber nada, más tardaría en escuchar malas noticias.

—He hablado con Madelene Bowen. Sonaba desconsolada. Ha acordado quedar conmigo.

Un segundo después, Kirby ya estaba en la puerta.

—Vamos a hablar con ella.

Lynch intentó darle largas.

—No creo que debas venir. Amy y tú…

—Voy a hablar con esa mujer quieras o no.

—Vale. ¿Sabes que no eres más que un matón enorme?

El hombre la miró fijamente, pero los hombros se le relajaron de alivio cuando una sonrisa apareció en el rostro de su compañera.

82

Madelene Bowen los esperaba en la pequeña zona de recepción de su bufete y les estrechó las manos con afecto antes de conducirlos por la raída moqueta del despacho. Bowen Abogados se situaba en una casa de estilo victoriano que se había transformado en pequeñas oficinas. Esta se encontraba bajando una calle secundaria que no quedaba lejos del supermercado de Dolan. Kirby la había buscado en Google mientras iban de camino y descubrió que el exterior estaba protegido por alguna norma de patrimonio. Se preguntaba si el interior también lo habrían preservado.

Los detectives tomaron asiento en un pequeño despacho cuadrado que contaba con una moqueta con un aspecto todavía más antiguo que la del pasillo. Ambos declinaron la oferta de café o té.

Madelene parecía alta detrás de un escritorio demasiado grande para la habitación. La silla de cuero negro de la abogada simulaba que le habían brotado unas alas oscuras. Llevaba el cabello platino repeinado y tirante hacia atrás, y Kirby tuvo la sensación de que estaría a la altura de cualquier enemigo al otro lado de la sala del tribunal.

—Agradecemos que nos haya recibido, señora Bowen —comenzó el hombre.

—Madelene, por favor. Hablar con ustedes es lo mínimo que puedo hacer después de lo de Jennifer y la pobre Amy. ¿Va a sobrevivir? Este mundo nunca deja de sorprenderme.

Sin responder a la pregunta, Kirby continuó:

—¿Cuánto tiempo trabajó Amy con ustedes?

—Seis o siete años, creo. Entró con nosotros justo al acabar la universidad y he de decir que fue la mejor secretaria judicial que hemos tenido jamás.

—¿Por qué se marchó?

—No nos dio explicaciones. Un día estaba aquí y al siguiente, ya no. Presentó su dimisión y se tomó las vacaciones que le correspondían para cubrir el tiempo de la notificación. Fue muy extraño.

El detective miró a su compañera, que levantó una ceja.

—¿No le envió un correo ni se lo contó en persona?

—Resultó algo inusual. Somos un bufete muy unido, y yo veo a mis empleados como a amigos. Para ser sincera, me sorprendió.

—¿Notó algo diferente en ella durante las semanas anteriores a su dimisión?

Madelene cerró los ojos.

—La verdad es que sí. Su personalidad cambió.

Luego, abrió los ojos rápidamente, clavó las pupilas en Kirby, y él tuvo muy claro que no le gustaría estar en el estrado mientras ella lo interrogaba.

—¿Cómo cambió? —le preguntó.

—Siempre fue callada y diligente; pero de pronto se volvió chillona y empezó a meter la pata en el trabajo. Cometió unos cuantos errores. Nada importante, pero los noté. Tuve una conversación con ella y me di cuenta de que estaba…, ¿cómo expresarlo…? ¿Como flotando, quizá? Como si estuviera un poco atontada. Pero al momento siguiente, se puso a gritarme. Algo muy impropio de la Amy que conocía.

—¿Se le ocurre alguna razón que pueda explicarlo?

—Durante los meses previos a su dimisión, estuvo tratando con un cliente complicado. No puedo divulgar los detalles por confidencialidad, pero había estado trabajando con Damien antes de su muerte en una legitimación de testamento muy reñida. Mi bufete se ocupa de todo, pero la especialidad de Damien eran los testamentos y las transmisiones patrimoniales. Si la memoria no me falla, había una disputa sobre los derechos de posesión de una casa y ella llevó a cabo el papeleo durante los meses después de su muerte. Luego, dimitió.

—¿Cuál era el rol concreto que Amy desempeñaba aquí?

—Era la secretaria judicial de Damien. Llevaba su agenda al día, acudía a las reuniones de oyente, tomaba notas, localizaba escrituras, colaboraba con la oficina de registro de la propiedad... Ese tipo de trabajo.

—¿Podría darme el nombre de ese cliente complicado?

—No, no puedo. Y no sé qué puede tener que ver con el ataque que ha recibido esta mañana.

—Nosotros tampoco, pero estamos investigando unos asesinatos brutales. Creo que Amy iba a ser otra víctima, pero, por suerte, la hemos encontrado a tiempo. Al menos, espero que así sea...

Lynch lo interrumpió.

—Madelene, estamos intentando encontrar un vínculo entre las mujeres que pueda guiarnos hasta su asesino.

—No sé cómo puedo ayudarles en eso.

—¿Conocía a Jennifer O'Loughlin?

—Sí, por supuesto. Damien era un abogado excelente y resultó una pérdida enorme para nuestro negocio. Pobre Jennifer. Estaba devastada cuando falleció.

—¿Alguna vez fue a verla?

—Al principio la llamé en un par de ocasiones. Vino al despacho y recogió los objetos personales de su marido. Llevaba meses sin saber de ella.

—¿Qué se llevó del despacho?

Madelene miró de uno a otro con una ceja levantada.

—¿A qué se refiere?

—¿Sabe exactamente qué se llevó?

—No supervisé lo que hacía. Damien tenía fotografías y cosas de ese estilo, por lo que imagino que eso fue lo que se llevó.

—Y ¿copias de algún expediente?

—Dios santo, no. ¿Por qué haría algo así? Ella no tenía nada que ver con mi bufete. Era auxiliar de odontología, por el amor del cielo.

Kirby se debatió entre contarle lo de las cajas que encontró en el almacén o no, pero Lynch le dio una patada en el tobillo y el hombre permaneció callado.

—¿Conoce a algún familiar de Jennifer o Damien?

—La madre y el hermano de Damien viven en Donegal. De Jennifer no sé nada.

—¿Y conoce a Éilis Lawlor?

—No, lo siento.

—¿Qué hay de Helena McCaul?

Los ojos le brillaron un instante antes de decir:

—Realizamos un trabajo para su madre.

—¿Y Orla Keating?

El detective se dio cuenta de que había reconocido el nombre enseguida, pero ¿la mujer no apareció en todos los medios de comunicación cuando Tyler desapareció?

—No puedo hacer ningún comentario porque creo que su marido y ella son clientes nuestros.

—Tyler Keating lleva un año desaparecido. Amy lo mencionó como referencia en su currículum.

—¿Es una pregunta, detective?

—Estoy pensando en voz alta, Madelene, y creo que a lo mejor Damien O'Loughlin estaba trabajando en algo para Tyler Keating, y que Amy lo conoció aquí.

—Sigue sin ser una pregunta.

—¿Por qué Amy mencionaría a Tyler Keating como referencia?

La abogada permaneció callada.

—Eso era una pregunta —añadió, y el detective sonó más irritado de lo que pretendía.

A tomar por culo, Amy estaba al borde de la muerte (aún podía morir) y aquella mujer tenía información que podía resultar crucial para sus investigaciones.

—A lo mejor lo conoció fuera del bufete. ¿Por qué importa, detective?

—A mí me importa, porque…

Y paró en cuanto Lynch le clavó el pie en el suyo para que se callase.

Madelene los miró alternativamente.

—Suena como si tuviera un interés personal en el caso, detective. Para mí, eso es conflicto de intereses.

Kirby esperó a que sonriese como si acabara de ganar una batalla, pero permaneció inexpresiva.

—La vida es un conflicto de intereses, Madelene —respondió él.

Lynch hizo el amago de levantarse, pero se volvió a sentar.

—Ha dicho que Kathleen Foley es cliente. ¿Sabía que acogió a Amy?

Entonces, Kirby vio que a la abogada le cambiaba la expresión. Se quedó boquiabierta y se le oscureció la mirada.

—¿Qué pasa?

—No puedo decir nada más. Creo que deberían marcharse.

A Kirby le sudaban muchísimo las manos. Aquella mujer contaba con información que podía ayudarlos, no le cabía duda.

—Madelene, ya han muerto demasiadas mujeres. Tiene que echarnos una mano.

—Ya he dicho todo lo que puedo. Lo siento.

Kirby supo que los había derrotado. Luego, se puso de pie con Lynch y los dos abandonaron de mala gana a Madelene con sus pensamientos. Lo que habría dado por poder leerlos.

83

Ya en el hospital, Lottie recibió puntos en las heridas del cuello y el hombro y, armada con una prescripción de analgésicos fuertes, abandonó el centro con Boyd.

—Sería feliz si no volviera a ver un hospital por dentro.

—Yo también.

—¿Dónde está el agente Lei?

—A él también le han dado un par de puntos. Lo he enviado a casa a descansar.

—¿Alguna novedad sobre Amy?

—Le están operando la pierna. Según los TAC, no tiene heridas internas. Debería recuperarse del todo.

—Físicamente, a lo mejor, pero ¿qué hay de la recuperación psicológica?

—Eso no lo puedo contestar. —Sacó el coche del estrecho espacio, y es que otro vehículo casi le había cerrado el paso—. Me veo tentado a pegarle una nota en la luna. ¿Te sabes esa de «La próxima vez deja un abrelatas»?

—Estoy intentando entender la línea temporal en mi cabeza.

—Yo estaba aquí primero y ese capullo ha aparcado…

—Hablo de Amy y de quien la secuestrara. Kirby cree que la raptaron anoche. Orla se encontraba en la tienda esta mañana. Luego ya no. Después encontramos a Amy. ¿Dónde está Orla? ¿Y Helena? ¿Podrían estar involucradas las dos?

—Todo es posible —comentó—, pero hay tantas similitudes entre las heridas de las víctimas que creo que se trata de un homicida tremendamente organizado. Y él, o ella, se está volviendo más brutal.

—De momento, ni siquiera contamos con un sospechoso viable.

—¡Mira por dónde vas! —chilló Boyd por la ventana al conductor que se acababa de cruzar con él.

—¿Vas a calmarte de una vez? Llevaba mucho tiempo sin verte tan alterado.

—A lo mejor tiene que ver con el hecho de que mi exmujer ha vuelto y me está soltando todo tipo de amenazas.

El hombre selló los labios y la inspectora supo que le ocultaba algo.

—¿Qué amenazas?

—No es el momento, Lottie. Hay demasiado en juego como para hablar de problemas personales. Me pediste que me centrara y lo estoy intentando. Necesitamos encontrar a Helena y a Orla. Una de ellas podría ser la siguiente en la lista del asesino.

—O una de ellas es nuestra homicida.

El teléfono de la inspectora vibró en su bolsillo y la mujer lo comprobó.

—Tenemos que dirigirnos al Lough Cullion, Boyd. Da la vuelta.

El oficial la miró un instante y estuvo a punto de chocar con el coche de delante.

—¿Y cómo esperas que haga tal cosa?

—Con la sirena y las luces.

Un grupo de adolescentes embadurnados en algo parecido a aceite para bebés se encontraba congregado junto a un coche patrulla. El agente Thornton estaba apoyado en el vehículo, cuaderno en mano. Lottie se acercó con cautela. Todavía sufría las consecuencias de que la hubieran golpeado en los hombros y el cuello.

Thornton enderezó la espalda.

—Estos chicos han visto un coche que se marchaba a toda prisa —comenzó, a la vez que dibujaba un círculo con la mano para señalar a los cuatro chavales, que tenían un aspecto pálido bajo las quemaduras del sol—. Luego, vieron esto en la orilla.

La inspectora miró hacia donde señalaba el agente. Un barril de plástico azul se mecía con las olitas. De lado.

—¿Hace mucho?

—No demasiado porque, si no, se habría alejado flotando.

—¿Alguien ha intentado atraerlo hasta la orilla?

Un chaval delgado y pelirrojo, que no tendría más de quince años, levantó la mano.

—Adelante.

—Estábamos cerca de la caseta para botes. Nadando y haciendo el tonto. Escuchamos las ruedas de un coche levantando piedras y, después, se alejó con un chirrido. Luego vimos eso.

—¿Habéis intentado traerlo?

El chico se mordió el labio y asintió.

—¿Por qué no lo habéis acercado a la orilla? —Le echó un vistazo a Thornton—. ¿Por qué no os ha ayudado?

El muchacho dijo:

—Hay algo dentro.

—¿Sabes qué es?

El joven miró ansioso a sus colegas, que tenían las pupilas clavadas en los pies.

—Mmm, no exactamente, pero parecía tener pelo.

La inspectora siguió a Boyd hasta la orilla, donde él se arrancó los zapatos y los calcetines y se adentró en las aguas poco profundas en un intento de arrastrar el barril a tierra.

—¡Thornton! —gritó—. Échame una mano, por favor.

Sin esperar a que el agente espabilase de una puñetera vez, Lottie se deshizo de sus zapatos y siguió a Boyd. Entre los dos, agarraron el pesado recipiente y consiguieron llegar a tierra firme erguidos. Un agujero en el fondo arrojó agua. Cuando la mujer echó un vistazo dentro, vio lo mismo que los chicos.

Se estremeció bajo la brillante luz del sol.

Aquello era malo. Muy malo.

༄

La mujer resulta una visión desagradable. Hasta a mí me ha impresionado su apariencia. Sabía que estaba defectuosa, pero no creía que fuera un revoltijo de lloriqueos. Detesto este escándalo.

—*Quiero que cierres el pico y me escuches.*

Pero ella lloró todavía más fuerte.

¿Le había apretado demasiado las ataduras?

Examiné mi obra. La cuerda de nailon se le clavaba en la carne. Un poco de sangre, pero no demasiada. No la suficiente para matarla. No quiero que le dé un ataque igual que a su amiga Éilis. Tengo una rutina y quiero completarla. Necesito actuar incluso más rápido que antes.

Me subo la cremallera del mono nuevo, luego me aprieto bien la mascarilla en la boca y la nariz y me subo la capucha. Tengo cuidado. No quiero dejar ninguna prueba en ella. Al menos, el agua del lago habrá contaminado lo que haya quedado en el otro cuerpo. Me había enfadado demasiado para ser prudente. A lo mejor no debería haber sido tan arrogante y abandonado a Amy antes de morir. Pensé que estaba demasiado ida como para sobrevivir. Un error de cálculo, dado que las noticias dicen que sigue viva, aunque su condición es grave por las heridas. De veras, espero que muera. Ella será el último cabo suelto que amenaza con colgarme y ahorcarme. Y no quiero que eso suceda hasta que no haya completado mi objetivo.

Devuelvo mi atención a mi última cautiva. Cuando termine con ella, me quedará otra con la que lidiar y, después, podré descansar.

—Ahora, llorona, necesito que cooperes conmigo.

Tomo el tablón ensangrentado y me acerco a ella. Su llanto se convierte en un grito estrangulado al ver qué sostengo.

No puedo evitar la sonrisa que se me dibuja bajo la mascarilla.

—No te preocupes. No verás nada hasta que haya terminado contigo.

84

En la sala de operaciones, Lynch estaba redactando un informe con las notas de la reunión con Madelene Bowen al mismo tiempo que echaba un vistazo de vez en cuando a las fotos del tablón.

—¿Estás liada?

—Dios mío, Lei, no hagas eso.

Ni siquiera había notado la presencia que tenía pegada al hombro hasta que habló.

—¿El qué?

—Acercarte a las personas con tanto sigilo. Creía que te habías ido a casa a descansar.

—¿Para quedarme mirando a las paredes? Aquí también puedo ser de ayuda. ¿Quién es ese tío?

—Owen Dalton. Es el dueño del estudio de yoga. Vida sana y esas tonterías de la meditación.

—Pues no parece muy sano.

Lynch se fijó en el fino rostro de Dalton envuelto por una melena de rizos oscuros y en sus ojos. Dios, parecían canicas de cristal por el extraordinario azul pálido. La mujer se apartó un mechón de pelo de los suyos cansados. Sabían muy poco de ninguno de sus potenciales sospechosos.

—Necesitamos realizar una investigación a conciencia de su vida, el estudio y Frankie Bardon, su marido.

—Claro.

Luego, escribió en el teclado y abrió la página web de la academia. Después de unos minutos, había reunido poca información. Todo parecía puro artificio. Eso le hizo pensar en Éilis Lawlor. La diseñadora de interiores. Entró en la página web de la mujer y navegó hasta las recomendaciones. Como era de esperar, Owen Dalton había escrito una entusiasta reseña sobre cómo había transformado su estudio. También había trabajado en casa de Jennifer. Y el coche de Tyler Keating había aparecido en el guardamuebles de esta.

—Se entrelazan demasiados cabos sueltos, pero ninguno nos proporciona un motivo —murmuró.

—Mira esto —dijo Lei desde la esquina de la sala.

La detective se levantó con mucho gusto de la silla y caminó hasta él.

—Como Dalton creó una empresa, sus cuentas son públicas. Se me ha ocurrido echar un vistazo a cómo la financió.

La mujer se inclinó sobre el hombro de su compañero y miró la pantalla con atención.

—Buen trabajo.

—¿Qué significa esto?

—Es otro cabo suelto, y llegará un momento en el que todos se unan al final.

De vuelta en su escritorio, Lynch se preguntó por qué Tyler Keating fue uno de los inversores iniciales de Owen Dalton.

⇜

El ligero oleaje del lago estaba mareando a Lottie. Y el cuerpo seguía dentro del barril. Grainne insistía en que debían esperar a que llegase la patóloga forense antes de sacarlo. Mientras tanto, se había levantado una tienda a su alrededor.

—Esto es ridículo, Boyd —dijo temblando, con los vaqueros mojados pegados a las piernas—. Necesitamos sacar el cuerpo.

El agente Thornton había encontrado un par de pantalones de uniforme para el sargento y dos forros polares azul marino para ambos en el maletero del coche patrulla. Los pantalones le quedaban por la mitad de las piernas y dejaban a la vista los tobillos desnudos del hombre. «Aunque él está seco, por lo menos», pensó Lottie con otro escalofrío.

—Supongo que sí —le contestó—. Tenemos que saber de quién se trata.

—Exacto, vamos allá. —Se dirigió resuelta hacia la forense a la vez que luchaba contra el mareo cada vez mayor que notaba en la cabeza y el dolor demoledor que sentía en los omóplatos—. Grainne, necesitamos liberar el cuerpo del barril.

—Yo sigo diciendo que esperemos a la patóloga forense. A lo mejor deberíais llamar a la comisaria Farrell primero.

—Es mi decisión —sentenció la inspectora, que esperaba que fuera la correcta.

Boyd y ella se pusieron los trajes y pidieron a dos agentes de la científica que sacaran el cuerpo. No fue tarea fácil. Tuvieron que cortar parte del borde superior para que pudieran tirar del cuerpo.

De pie a un lado, en parte temerosa por mirar, Lottie observó cómo la silueta desnuda se deslizaba hasta quedar a la vista.

Los rizos eran largos y oscuros. El rostro, mortalmente pálido.

Estaba completamente segura de que se trataría de Helena u Orla.

No era ninguna de las dos.

—¿Qué narices?

85

McKeown acababa de terminar su informe sobre el interrogatorio de Luke Bray cuando un correo electrónico apareció de pronto en su pantalla. En cuanto lo leyó, miró a su alrededor en busca de alguien a quien contárselo. Y sus pupilas aterrizaron en Kirby.

—El equipo de la unidad de investigación tecnológica ha recuperado con éxito los datos del GPS. El coche de Tyler Keating se trasladó al almacén hace solo cuatro semanas.

—¿De veras? ¿Dónde estaba antes? —preguntó su compañero.

—Estoy comprobándolo en Google Maps. Se encuentra en un lugar muy cerca de donde vive la madre de Helena McCaul.

—¿Kathleen Foley?

—Sí. —El detective se frotó la cabeza y se crujió el cuello—. ¿Qué tenemos de la señora Foley?

—No mucho —saltó Lynch—. Es una enfermera jubilada. Acogió a Amy Corcoran durante un tiempo cuando era pequeña. No tenemos mucho más.

—Dame un momento que los compruebe en PULSE. —Kirby tecleó con furia—. No, no nos ha llamado la atención por nada.

—Si Helena tiene algo que ver con la desaparición de Tyler, podría haber escondido el coche en casa de su madre antes de trasladarlo al almacén —comentó la detective.

—Pero ¿por qué? No veo cómo encaja eso. —Kirby se recostó en su silla—. De momento, nada lo hace.

—¿Queréis que hagamos una lluvia de ideas? —sugirió su compañera.

—Espera hasta que la jefa haya vuelto —dijo McKeown—. Ha salido a Lough Cullion con Boyd. Otro cuerpo.

—¿Homicidio? —preguntaron Kirby y Lynch a la vez.

—Si consideráis que un cadáver metido en un barril y empujado al lago es homicidio, entonces sí.

—¿El mismo asesino? —El detective notó cómo un escalofrío le recorría la espalda al pensar en que Amy se había librado por los pelos, y estrelló el puño contra el escritorio—. Cada lugar es diferente, incluso los métodos con los que les quita la vida son distintos. Necesitamos pillar a ese cabrón.

—Estoy de acuerdo. —Lynch volvió a lo que estaba haciendo.

Es decir, investigar la lista de inversores de SunUp después del descubrimiento de Lei. Era posible que se tratara de un callejón sin salida, pero no podía dejar ese trabajo inacabado.

El nombre de Frankie Bardon también aparecía ahí, aunque eso era de esperar, ya que el dentista estaba casado con Owen. ¿Por qué no iba a invertir en el negocio de su marido? Después de quince minutos, le gritó a McKeown:

—He encontrado algo. Es posible que SunUp haya estado a punto de irse a pique. El estudio tiene pérdidas desde hace tres años. Dalton había devuelto el dinero a algunos de los inversores, pero le quedan tres.

—¿A quién más le tiene que pagar?

—Bueno, su marido, Frankie Bardon. Tyler Keating. Qué oportuno que desapareciera, ¿no?

—¿Y el tercero?

—Kathleen Foley.

༄

Kathleen recogió los adornos uno a uno. La mujer sostuvo una de las estatuas de Lladró en la mano e ignoró otra pesada figurita de bronce; un regalo de Madelene. Luego, abrió los dedos y observó cómo se le escurría y se hacía pedazos en el suelo. A continuación, tomó otra e hizo lo mismo. Cuando el suelo estuvo repleto de porcelana hecha añicos, pisoteó los trozos más grandes hasta que no fueron más que fragmentos diminutos.

—Igual que mi vida —dijo a la sala desierta—. Hecha pedazos.

Sabía exactamente en qué momento todo había empezado a ir mal. El día que conoció a Madelene. El día que Amy llegó con su manita envuelta en la de la trabajadora social.

Por aquella época, iban justas de dinero, y acoger implicaba un ingreso semanal. Pero hubo un precio que pagar. El cambio en Helena fue instantáneo. No comprendía por qué había dejado de ser el centro del universo de su madre. Por eso, Kathleen también había cambiado. Toda su puñetera vida había dado un giro. Daba igual todo lo que hubiera hecho a lo largo de los años, porque no fue capaz de recuperar el bonito equilibrio del que un día había disfrutado con su hija. Era como vivir en una balanza. Un día arriba, al siguiente abajo. Y al siguiente, y al siguiente. Pensándolo bien, había habido pocas subidas en su vida desde la llegada de Amy. Creyó que hacía lo correcto al devolver a la niña a los servicios sociales, aunque eso tampoco salió bien.

Encontró la escoba y el recogedor entre el desorden de su lavadero y empezó con la tarea de recoger toda la porcelana rota.

Estaba a punto de tirar los pedazos a la basura cuando escuchó el sonido chillón del timbre.

༄

La meditación no le estaba sirviendo en absoluto. Demasiada información indeseada daba vueltas en su cabeza. Necesitaba darse una ducha y comer, pero no quería hacer ninguna de las dos cosas.

Ese día no se sentía con energía. Sabía por qué, pero no quería entrar ahí. Así que abandonó la meditación. Solo había algunas cosas que no podía permitir que invadieran su mente. Cosas que había enterrado tan profundamente que sería necesario que un buzo se sumergiera hasta las profundidades para extraerlas, pero sabía que se estaban liberando sin control de su enterramiento para ponerlo de rodillas y someterlo.

A lo mejor unas semanas en un retiro le servirían. Recuperar el sentido del equilibrio en su vida. El hombre vagó por el apartamento invadido por la pereza mientras recogía la ropa que Owen se había quitado. Era muy desordenado. Normalmente, a Frankie eso no le molestaba, pero ese día sí. Ese día todo le molestaba. Mientras metía la ropa en la lavadora, escuchó el sonido estridente del timbre. Su energía al completo se desequilibró y estuvo a punto de darle un ataque.

Quienquiera que estuviese en la puerta, no traía buenas noticias.

86

De pie en el umbral, Lottie estudió la conducta de Frankie Bardon.

—¿Puedo pasar? —preguntó la inspectora.

—Si no queda otra —contestó el hombre. La camiseta extragrande se le estaba pegando al cuerpo.

Ella se percató de su expresión desconfiada cuando dio un paso atrás. Imaginó que había estado haciendo ejercicio y todavía no se había duchado.

—¿Podemos sentarnos en algún sitio que no sea el suelo?

—Esto es lo que hay. Puede quedarse de pie, si le resulta muy incómodo —le contestó irritado.

Lejos quedaba la sonrisa reluciente, y su bronceado parecía haber perdido color. A lo mejor era falso. Quizá Frankie Bardon también era todo fachada.

—Como prefiera —musitó, y deseó que hubiera una silla donde descansar los huesos. A pesar de que se había cambiado con la ropa que tenía en la taquilla, se sentía sucia y mojada—. ¿Puedo empezar preguntándole qué ha hecho desde que he hablado con usted antes, esta mañana?

—He ido al supermercado Centra a por algunas cosas. Me toca hacer la cena. Y, hablando de cena, se está haciendo tarde. Estoy preparando *idli* y tengo que poner las lentejas en remojo. Con suerte, Owen llegará tarde otra vez o volverá a suplicarme que pidamos a domicilio.

Boyd le dio un codazo a su compañera. Él también lo había pillado. Frankie hablaba de su marido como si fuera un niño.

—¿A qué hora ha ido a la tienda y a qué hora ha regresado aquí?

—No lo sé exactamente.

—¿Tiene el recibo de la caja? Eso mostrará cuándo ha hecho la compra.

—¿De qué va esto?

—¿Puede contestar a la pregunta?

—No hasta que no se dejen de jueguecitos.

—¿Ha ido a pie o en coche? —No iba a rendirse tan rápido.

—Me niego a contestar. —El hombre se apoyó en la pared y cruzó los brazos. Lottie vio el contorno de sus abdominales debajo de la camiseta blanca empapada.

—A lo mejor debo pedirle que sea más cooperativo.

Hizo una pausa para observarlo con detenimiento, pero, al parecer, el dentista había vuelto a tomar el control de sus emociones. Incluso había recuperado algo de color. ¿Por qué? ¿Ya no se sentía amenazado? ¿Disfrutaba de ser la parte dominante de la sala? «Pues vamos a ver cómo digieres esto», pensó.

—Hemos encontrado un cadáver hace una hora. En Lough Cullion.

El hombre inclinó la cabeza a un lado y su casi metro noventa de estatura disminuyó un poco.

—¿Por eso me están interrogando? Siento decepcionarles, pero no he hecho daño a nadie.

—La persona que hemos encontrado ha sido brutalmente asesinada, han metido su cadáver en un barril y luego lo han lanzado al agua. Un agujero en la parte de abajo del recipiente ha hecho que no se alejara más allá de la zona poco profunda de la orilla. —Dejó que aquello calase.

Con suerte, Grainne sería capaz de rescatar alguna prueba del cuerpo.

—¿Y? —Sus pupilas se pasearon a toda velocidad entre Lottie y Boyd.

La inspectora imaginó que le costaba mucho mantener las emociones a raya.

—¿Qué tiene que ver eso conmigo?

—Lo siento, Frankie, pero creemos que es el cadáver de Owen Dalton, su marido.

El efecto de sus palabras fue instantáneo. El hombre descruzó los brazos como por control remoto y se deslizó por la pared hasta el suelo.

—¡No! No puede ser Owen. —La voz le tembló de forma clara—. Están equivocados. —Luego, alzó la mirada, suplicante, con los labios trémulos.

—No hay ningún error. Es él.

—Pero ¿por qué?

—Creí que usted sería capaz de decírmelo.

La inspectora se sentía incómoda de pie mientras él se encontraba en el suelo, pero sabía que si se agachaba para ponerse a su altura no sería capaz de levantarse después.

Boyd debió de darse cuenta de lo cohibida que se sentía, porque se inclinó hacia el hombre desconsolado y le tendió la mano.

—Aquí tienes, debes ponerte en pie.

Frankie le agarró la mano y el oficial tiró de él para levantarlo.

—Necesito beber algo y quiero saber qué ha pasado.

El hombre salió por la puerta y Lottie lo siguió hasta una estrecha cocina. La decoración le recordó a la de Éilis Lawlor.

Mientras él dejaba que el agua del grifo corriese dentro de una copa plateada, la inspectora dijo:

—¿Éilis Lawlor les aconsejó con el diseño de la cocina?

—No lo sé. Owen lo organizó todo. No me lo puedo creer. No puede estar muerto.

La mujer esperó mientras se rellenaba la copa y se bebía el agua con la misma velocidad que el primer vaso. Después, retiró uno de los dos bancos que había en la encimera y le indicó que tomase asiento. Se sintió aliviada al instante cuando por fin liberó sus pies de todo su peso.

—¿Qué puede contarme sobre Owen que haya motivado que alguien lo asesine?

—¿Se ha parado a pensar que está lidiando con un psicópata? No hay ninguna razón para que alguien mate a Owen.

—Necesito comprender a la víctima para encontrar a su asesino.

—No me creo… no puedo creer que esté muerto. No hasta que vea su cadáver. No tiene sentido. Owen lo era todo para mí. Es muy extraño.

—¿Sabe si tuvo alguna confrontación hace poco? ¿Clientes molestos? ¿Problemas de dinero?

—No que yo sepa. ¿Por qué me está pasando esto? Primero Jennifer, ahora Owen.

—Trabajó con ella y tiene una cocina que parece diseñada por Éilis Lawlor. Ahora, las dos están muertas. Tenemos a otra mujer herida y a dos desaparecidas.

—¿Quiénes?

—Orla Keating es una de ellas. También es socia de Sun-Up. Usted los trató a ella y a su marido, Tyler. Luego está Helena McCaul, que regenta la herboristería donde compra las vitaminas. Todo conduce a Owen y a usted.

—Y ahora Owen está muerto. ¿He hecho algo que haya provocado lo que está sucediendo?

—Cuéntemelo usted.

A Lottie le maravilló el ensimismamiento del hombre. Su marido había fallecido. ¿Frankie Bardon era el asesino? Ella se estremeció y miró a su alrededor en busca de Boyd, cuya ausencia le llamó la atención. Entonces, lo escuchó hablando por teléfono en la otra habitación. Al menos no estaba muy lejos.

—Veo la mirada en su rostro, inspectora. Por eso me ha preguntado dónde estaba antes. Cree que soy un asesino.

—Todo el mundo es sospechoso hasta que deja de serlo.

—Sí, dígales eso a los chicos inocentes en el corredor de la muerte. Creo que será mejor que deje de hablar con usted. Quiero llamar a mi abogada, Madelene Bowen.

Lottie notó que sus cejas se alzaban por la sorpresa, pero esperó que él no se hubiera dado cuenta.

—Haga la llamada. Luego, vendrá a comisaría con nosotros para contestar unas cuantas preguntas. De manera oficial.

—Necesito ducharme y cambiarme de ropa. ¿Podemos vernos allí?

—Le esperaremos aquí.

La mujer lo observó mientras se alejaba sin prisa y agachaba la cabeza para pasar por el dintel bajo. Echó un vistazo por la cocina, pero no vio ninguna señal de comida recién comprada en la encimera. ¿No había dicho que estaba a punto de hacer la cena? No tenía ni idea de qué era el *idli*. Abrió el frigorífico.

Tenía muy pocas cosas. Luego, vio su móvil sobre la encimera. Le dio unos toques a la pantalla y soltó un suspiro cuando se abrió sin necesidad de un PIN ni una identificación de huella dactilar. La aplicación de notas. Una lista de la compra. Entonces, volvió a mirar a su alrededor y dio con una bolsa de plástico rebosante de provisiones recién compradas. Mierda.

87

Lynch decidió que McKeown podía resultar demasiado intimidante para enfrentarse a la señora Foley, y Kirby estaba de los nervios, listo para tirarse a la yugular, así que arrastró al agente Lei con ella. La mujer lo lamentó en parte, después de los cinco minutos en coche, porque habló sin cesar sobre su agresión en Herbal Heaven. Dios, por cómo parloteaba sin parar, cualquiera pensaría que era el primer hombre en salir herido en acto de servicio. ¿Creía que era una especie de héroe? ¿Estaba siendo demasiado dura? Era joven, inexperto y estaba más acostumbrado a las patrullas en bici. Debería mostrarse más compasiva.

Todavía no se había callado.

—Podría sufrir un traumatismo craneal, pero espero que no sea así. A lo mejor puedo solicitar una compensación, ¿qué opinas tú?

—Lei, yo voy a pedir una compensación si no dejas de quejarte.

—No me estaba quejando... Ay, ¿sí? Lo siento. No era mi intención. Ya sabes cómo es.

—No lo sé, pero quiero que tú observes en silencio mientras yo hablo con la señora Foley.

—Claro. Sin problema. No soy de los que suelen hablar mucho. O sí.

En lugar de responderle, Lynch disimuló mientras ponía los ojos en blanco y llamó al timbre.

—Me pregunto dónde estaría guardado el coche de Tyler Keating, si tenemos en cuenta que el GPS lo situaba en algún lugar cerca de aquí —dijo.

—Solo Dios lo sabe —contestó Lei—. Al jardín no le vendría mal que le pasaran un cortacésped.

¿Es que no sabía cuándo callarse? Tras tocar al timbre una segunda vez, la puerta verde lima se abrió.

—¿Señora Foley? Soy la detective Maria Lynch y este es el agente Lei. ¿Podemos pasar un momento?

—¿Han encontrado a Helena? Estoy muy preocupada por ella. Pasen.

Ya en el salón, la falta de espacio le resultó abrumadora a Lynch. Acto seguido, lanzó una mirada al agente Lei para instarle en silencio a que no mencionase el desorden.

—Bonita sala —dijo.

A continuación, Kathleen levantó una cesta de ropa sucia del sofá.

—No es fácil mantener las tareas al día en una casa grande. Para mí es enorme. Estoy pensando en venderla.

—¿De veras? —preguntó Lei—. Pues es preciosa.

La detective le propinó un codazo en las costillas mientras se sentaban en el sofá.

—No tenemos noticias del paradero de Helena, señora Foley. ¿Está segura de que no tiene ni idea de dónde podría encontrarse?

La mujer se encogió de hombros. Su rostro aparentaba mucho más de sus cincuenta y cinco años. ¿Se debía a la preocupación de tener una mentirosa por hija? ¿O era el resultado de haberse enterado de que había agredido a una mujer a quien acogió cuando era niña?

—No sé dónde está, lo siento.

—¿Cuándo fue la última vez que se puso en contacto con usted?

—Hace dos mañanas, creo. Me llamó un poco conmocionada. Creí que se encontraba en medio de una resaca descomunal. Siento decir que le colgué el teléfono.

—¿Y no la ha visto ni ha sabido de ella desde entonces?

—No.

—¿Puedo preguntarle por SunUp?

—¿Qué?

—Ese sofisticado estudio de yoga del pueblo.

—Ah, claro, ese sitio.

—¿Conoce a Owen Dalton?

—¿A quién?

—Es el dueño del estudio.

—Vale.

—¿Cómo lo conoció?

—No lo conozco.

Lynch se arrastró hasta el borde del incómodo sofá.

—Señora Foley… ¿Puedo llamarla Kathleen?

—Claro.

—Kathleen, sabemos que participó en la inversión inicial en el estudio de Owen Dalton.

—¿Invertir? Deben de estar equivocados.

Foley se mordió el interior del carrillo y la detective vio cómo se pasaba la lengua por los dientes.

—No es asunto suyo.

—En realidad, lo es. Estamos investigando unos asesinatos, no un hurto. Todo es asunto nuestro hasta que demos con el asesino.

—Bueno —dijo la mujer, malhumorada—, mis asuntos financieros no tienen nada que ver con ustedes ni con su investigación. Deberían estar ahí fuera buscando a mi hija.

—¿Qué respondería si le dijera que acabamos de encontrar a Owen Dalton asesinado?

A Kathleen se le endureció el gesto y se le acentuaron las marcadas arrugas alrededor de la boca.

—Respondería que tanta paz lleve como descanso deja.

—Creía que no lo conocía.

—Sé que es una rata, un pozo sin fondo.

—¿Por qué invirtió en su negocio?

Una mirada de derrota ensombreció la expresión de Kathleen. Aunque también podría haber sido una nube que había cubierto el sol al otro lado de la ventana. Lynch esperó y deseó que Lei también contase con el sentido de la paciencia.

—Amy me lo pidió.

—¿Amy? ¿Por qué acudiría a usted?

—Están al tanto de que la acogí durante un año cuando era pequeña. Y mantuvimos el contacto. A ella no podía decirle que no.

La detective se preguntó por el vínculo que Kathleen podría tener con una niña que solo había formado parte de su vida durante un corto periodo de tiempo hacía treinta años.

—¿Qué la unía a ella con SunUp? —preguntó Lei.

—No lo sé. Hablen con Amy sobre eso. Yo puedo afirmar que estaba preocupada. Supuse que la habrían intimidado. No lo sé, porque no la presioné. Deben saber que me sentía culpable por haberla abandonado. Sentí que se lo debía. Ella no era el problema en esta casa. El problema era Helena. No podía echar a mi propia hija, así que Amy tuvo que volver a la custodia de los servicios sociales.

—¿Se lo ocultó jugando la carta de la culpa? —preguntó Lynch.

Y Kathleen se mordió el labio en silencio.

La detective notó que la mujer había puesto punto final al asunto.

—¿Le pidió que le devolviese el dinero?

Kathleen suspiró.

—Sí.

—Y ¿qué obtuvo a modo de respuesta?

—Owen dijo que lo recuperaría cuando estuviese bien y preparado.

—¿Cómo se lo tomó usted?

La mujer formó una línea recta con los labios. Luego, se puso de pie y pasó un dedo por la repisa de caoba que había sobre la chimenea.

—No culpo a Owen, detective. Fue Tyler el que armó todo el lío. Es a él a quien hay que culpar de todo esto. De eso no me cabe duda.

Lynch se preguntó si la había escuchado bien.

—¿Qué tiene que ver Tyler Keating con todo esto?

—Era un estafador. Conocía a Owen de su época de la universidad. Yo diría que huyó con el dinero que le pertenecía. Por eso desapareció y nadie lo encuentra.

—En su momento, se llevó a cabo una investigación concienzuda —comentó la detective, aunque ahora se preguntaba si Kirby habría metido la pata.

—Obviamente, no fue lo bastante concienzuda o habrían descubierto el tipo de hombre que era.

—Creemos que su coche se escondió cerca de aquí durante un tiempo. ¿Puede explicarlo?

A Kathleen se le descolgó el labio inferior y se le pusieron los ojos como platos.

—¿De dónde han sacado esa información? Y debería añadir que es completamente falsa.

—Estoy segura de que es correcta.

—Bueno, yo no escondí ningún coche. Siéntanse libres de echar un vistazo fuera.

—Ya sabemos dónde está ahora. ¿Lo trasladó hace cuatro semanas?

Las cejas de la mujer se unieron en una fina línea.

—Detective, Tyler Keating y su coche no tienen nada que ver conmigo.

—¿Por qué trasladó el coche?

—Cómo he dicho, no tiene…

—Nada que ver con usted. Sí. —Lei se cruzó de brazos.

Entonces, Lynch cambió de rumbo.

—Kathleen, ¿cómo conoció a Jennifer O'Loughlin?

—No la conocía. Se lo dije a su compañero, el sargento Boyd, que su marido redactó mi testamento y transfirió la propiedad de esta casa a nombre de Helena, pero no conocí a Jennifer.

—¿Está segura?

—Por supuesto.

A continuación, la detective observó detenidamente la obra que había sobre la repisa de la chimenea.

—Entonces, ¿por qué tiene una de sus obras en la pared?

Kathleen se retorció para alzar la vista hacia las salpicaduras abstractas.

—Ay, esa cosa. Helena me la dio hace años. Dijo que no iba con su paleta de colores. Yo odio el arte moderno, pero estaba en uno de sus días y dejé que lo colgara.

Parecía albergar una respuesta para cada pregunta con la que no se sentía cómoda, pero Lynch no podía ignorar la sensación de que esa mujer seguía ocultándoles información.

—Una última cosa, Kathleen. Amy comentó que estuvo en una relación larga bastante mala. Como asunto de interés, ¿sabe con quién salía antes de que cortasen? Y no me pida que se lo pregunte yo misma. Amy está herida de gravedad.

Había algo entre las dos mujeres que la llevó a plantearle esa pregunta. Algo sobre la intimidación que había empujado a Amy a pedirle a Kathleen que invirtiera en SunUp.

Acto seguido, la mujer se levantó y agarró el respaldo de la silla, con las manos blancas como el alabastro.

೫

Después de que Lynch se hubiera marchado a visitar a Kathleen Foley con el agente Lei, Kirby abandonó a McKeown, que estaba siendo tan amable con él que le resultaba sospechoso, y se dirigió a ver a Amy.

Una llamada al hospital le confirmó que había salido de la cirugía y que la operación de la pierna había sido un éxito. Albergaban esperanzas de que, con fisioterapia y rehabilitación, pudiera caminar con normalidad en un futuro.

Kirby se sintió aliviado cuando la enfermera de la sala del hospital le permitió verla. Sus carnosos labios se veían casi transparentes y tenía los ojos cerrados con fuerza. Había un tubo que le acababa en la nariz y una serie de máquinas emitían pitidos intermitentes. A continuación, acercó una silla, se sentó junto a la cama y tomó la mano de la mujer en la suya.

—Amy, ¿me oyes?

Acto seguido, abrió los ojos de golpe y le tembló la mano del miedo. El detective clavó la vista en su rostro, en un intento de leer el silencioso mensaje que había escrito en él, pero no lo consiguió.

—No tienes por qué hablar si te cuesta demasiado.

—Lo siento —le contestó en una voz débil—. Debería haberte... contado... la verdad.

Kirby intentó desenredar el nudo de ansiedad antes de que arraigara en su pecho. ¿Estaba más involucrada de lo que imaginaba? Seguro que no.

—Siento mucho que te haya sucedido esto.

—No es culpa tuya.

—No tienes que hablar ahora mismo, Amy, pero Orla Keating y Helena McCaul están desaparecidas. Necesito tu ayuda.

La mujer permaneció en silencio.

—Creo que quien te secuestró podría haber raptado a una de las dos. ¿Puedes decirme algo de la persona que te retuvo?

Ella negó despacio con la cabeza y un fuerte pitido emanó de la máquina junto a la cama.

—No vi… nada.

—¿Te llevaron directamente a la tienda?

A Amy se le cerraron los ojos, los párpados le pesaban.

—¿Qué tienda?

—Herbal Heaven. Fue allí donde te encontraron.

—No me acuerdo. Lo siento.

Entonces, el hombre se dio cuenta de que las comisuras de los ojos se le estaban llenando de lágrimas.

—No quiero molestarte, Amy. Has pasado por un momento horripilante, pero necesito encontrar a esas dos mujeres. ¿Alguna de ellas te ha hecho esto?

—No puedo ayudarte. No comprendo… qué pasó.

En aquel instante, otra máquina pitó más fuerte que el resto y él notó que le subía la presión arterial.

—Está bien. No te estreses. Necesitas descansar.

—Gracias, Larry.

El detective se quedó unos minutos en silencio, arrullado por las máquinas. Recordó haber leído su currículum y que se había puesto manos a la obra para indagar su pasado, pero se había distraído.

—¿Puedo hacerte una pregunta personal?

—Claro.

—Como participaste en el grupo de «Vida después de la pérdida», me preguntaba si me dirías el nombre de tu ex. El que te hizo tanto daño.

—¿Por qué?

Él se encogió de hombros. Solo quería saberlo porque había muchísimo sobre Amy Corcoran que desconocía. Porque existía una posibilidad de que su anterior relación, la complicada, tuviese algo que ver con lo que le había sucedido.

La mujer habló, con la voz baja y temblorosa.

Y algunas piezas del rompecabezas comenzaron a encajar.

88

Lottie dejó a Frankie en la sala de interrogatorios a la espera de que llegara su abogada y fue a ver si alguien podía buscar un té verde para él. La tarea le cayó a la agente Brennan y esta salió al Bean Café con más esperanza que seguridad.

Lynch la puso al día sobre su visita a Kathleen Foley y se preguntó por qué un hombre en paradero desconocido, Tyler Keating, no dejaba de aparecer en su investigación sobre los asesinatos.

Ella se quedó con la detective en la sala de operaciones mientras su compañera actualizaba la pizarra.

—¿Podemos corroborar algo de lo que la señora Foley te ha dicho?

—Amy podría. Kirby ha ido a hacerle una visita. Kathleen cree que la intimidaron. Cuando descubra quién era el contable de Owen Dalton, a lo mejor conseguimos arrojar algo de luz sobre su estado financiero actual y por qué algunos inversores no recuperaron su dinero. Ahí podría haber un motivo.

—Tú podrías indagar en sus finanzas.

—Jefa, estamos trabajando hasta la última hora de la jornada. Hace días que apenas veo a mis hijos o a mi marido.

—Vale. Lo siento, Lynch. Pero a la vista de que Tyler está involucrado, ¿qué hay de Orla? Ella es contable.

—Si en algún momento llegamos a encontrarla, le preguntaremos —comentó la detective en tono irritado—. Necesitamos rastrear el dinero.

—¿Y cómo lo hacemos?

McKeown escogió ese momento para entrar.

—¿Cuál fue la causa de la muerte de Owen Dalton? —preguntó—. ¿Se ahogó en ese barril?

—Según la patóloga que acudió a la escena, ya estaba muerto cuando lo metieron ahí.

—¿Cómo ha podido asegurarlo sin una autopsia?

—Por una ligadura alrededor del cuello. Soga de nailon azul.

—Parecida a la que usaron para atar a Jennifer O'Loughlin y Éilis Lawlor —intervino Lynch.

—Y le sacaron los ojos. Tenía las piernas y los brazos rotos. Puede que para que cupiese en el barril, pero...

—Pero ¿por qué? —quiso saber Boyd cuando se unió a ellos—. Nada de esa brutalidad tiene sentido.

—La tiene si estamos tratando con un psicópata.

Lottie reflexionó sobre esas palabras. Frankie Bardon las había pronunciado hacía menos de una hora.

—Kathleen me ha contado que Amy Corcoran mantuvo una relación inestable con Bardon —añadió Lynch.

—¿Qué? —exclamó Boyd.

—Sí —afirmó Lottie—. Otra intersección en nuestra gráfica. Ninguna de estas personas era una víctima al azar. Todas interactuaron entre ellas a lo largo del tiempo, de una forma u otra.

Boyd se paseó entre las pizarras, en las que su investigación quedaba documentada mediante viñetas.

—Tyler Keating es el denominador común a muchos de ellos. Y está muerto o en paradero desconocido.

—Kathleen no lo soportaba —intervino Lynch—. Lo llamó estafador, pero no quiso dar más detalles. Por eso digo que necesitamos rastrear el dinero. Además, no aportó ninguna explicación a por qué su coche estuvo guardado cerca de su casa hasta hace cuatro semanas.

Boyd añadió:

—Orla Keating se dedica a eso. Si trabajaba con las cuentas de Owen Dalton, a lo mejor descubrió lo que había invertido su marido.

—Dame un momento. Voy a averiguar si ella era la contable de Dalton. —McKeown fue hasta un extremo de la sala y llamó a su fuente en Hacienda.

Les levantó el pulgar y continuó con la conversación en el pasillo.

—Así que —continuó Boyd— Orla tiene que saber que su marido invirtió en el estudio de yoga.

—¿De qué cantidades estamos hablando? —preguntó Lottie.

—Veinte de los grandes cada uno —contestó Lynch—. Y Kathleen no parece tener ni dos de los grandes, no digamos veinte.

—Pero ¿qué haría que la gente invirtiera en un estudio de poca monta? —quiso saber Boyd.

—Está anunciado como de lujo, de alto nivel —comentó Lynch—. Kathleen mencionó la intimidación.

—Vale, luego volveremos a eso, pero vamos a concentrarnos en Orla —pidió la inspectora—. ¿Descubrió qué más tramaba su marido? ¿Damien O'Loughlin estaba implicado? ¿Por qué hay copias de sus documentos de trabajo en esas carpetas? Y ¿dónde demonios está Kirby con el informe sobre los archivos? —La mujer tomó una bocanada de aire y continuó hablando mientras caminaba de un lado a otro—. Si Tyler era un estafador, podría haber dejado a muchas personas descontentas, sobre todo si involucraba algún tipo de intimidación. ¿Orla está acabando con todos aquellos que podrían señalar a su marido por fraude o malversación? ¿Ella era cómplice de lo que fuera que estuviese tramando?

—No tenemos pruebas de malversación —comentó Boyd—, solo unos cuantos inversores que no recuperaron su dinero. No creo que esa sea una causa para matar.

—La gente ha asesinado por menos.

—¿Quién quiere esta porquería? —La agente Brennan apareció con un vaso de cartón con un líquido humeante.

—Yo lo cojo —dijo Lottie—. Frankie Bardon tiene que saber más de lo que nos ha contado ya.

⚘

Frankie había estado llorando. La inspectora le vio las manchas de lágrimas en las mejillas.

—Estoy intentando ponerme en contacto con su abogada, pero ahora necesitamos hacerle algunas preguntas. Sé que quiere espacio para llorar su pérdida, pero el tiempo vuela y tengo que encontrar a Orla Keating o a Helena McCaul.

—No puedo ayudarla. Yo no tengo nada que ver con ellas. Apenas las conozco.

—¿En alguna ocasión quedó con Orla Keating fuera de la clínica?

—Un par de veces. En el estudio de Owen. Ella le llevaba las cuentas.

—¿Qué impresión le dio?

—Lo único que me llamó la atención de ella fue que estaba un poco nerviosa.

—¿Alguna vez habló con ella a un nivel personal?

—Supongo que sí, cuando la conocí en la clínica. No puedo evitar entrometerme, ¿no? Tengo fe en mis creencias y a lo mejor pongo demasiado empeño en convertir a otros.

—¿Lo intentó con Orla?

—Le recomendé que empezara a hacer yoga. Y, luego, un día tuve una conversación con ella en la recepción de SunUp. Se suponía que iba a revisar los libros de cuentas con Aileen, la asistenta personal, pero la oí llorar. Le pregunté si le apetecía tomar un poco el aire o un café. Y aceptó. Me habló sobre su matrimonio infeliz. Tengo buena mano con la gente. Se abren a mí.

—Continúe.

Lottie pensó que de pronto sabía muchísimo de Orla.

—No hay nada más. Le hablé de la meditación y me contestó que no tenía ninguna intención de sentarse en el suelo con las piernas cruzadas, los ojos cerrados y las manos en el aire mientras su mente divagaba. Tuve que reírme ante aquello, pero no quiso escuchar ningún otro consejo. Dijo que estaba bien. Que solo había tenido un pequeño desliz cuando estaba revisando algo con Aileen. Después, la acompañé de vuelta al estudio y Owen y yo salimos a cenar. Pero, entonces, dejó el yoga.

—¿Explicó por qué tenía un matrimonio infeliz?

—No. Hablamos sobre ella, no sobre su marido.

—¿Fue paciente de Smile Brighter durante mucho tiempo?

Frankie se encogió de hombros y le dio un sorbo a su té verde.

—No me creo que haya perdido a mi marido a manos de un asesino.

—Me dijo que ya había perdido a otra persona. ¿De quién se trataba?

Tras un largo suspiro, dijo:

—Antes de admitir que era gay, salí con una mujer. Pensaba que era el amor de mi vida, pero tenía demasiados secretos y no pude lidiar con ello.

—¿Quién era?

«Vamos, capullo», pensó Lottie. «Decir su nombre no va a matarte».

—No es relevante para nada de lo que está sucediendo ahora mismo. Lo dejamos hace unos años. Fue complicado. Se acabó. Ya está.

—Quiere descubrir quién asesinó a Owen, ¿no?

—Sí.

—Frankie, sé lo suyo con Amy Corcoran. Ahora mismo está en el hospital, gravemente herida. ¿Qué sabe sobre eso?

—Yo nunca la he tocado. —Se quedó pálido—. Bueno, no últimamente. No funcionábamos. Me fui a la India para recuperarme. De veras que no quiero hablar de ella.

—¿La intimidó para que le pidiese a Kathleen Foley que invirtiera veinte de los grandes en el estudio de su marido?

—Llevo años sin hablar con ella. No duramos mucho juntos. Ella descubrió por las malas que lo estaba pasando mal con mi sexualidad. Yo estaba en fase de negación. Siento decir que, por aquel entonces, no era la persona más agradable del mundo. Y ella tampoco lo era, bajo esa falsa luz y dulzura. —Las lágrimas se le derramaron sin control de los ojos—. La quise a mi manera. Amy no lo comprendía. Y no la culpo. Lo peor de todo es que creo que aún la quiero. Dios, soy patético.

«¿Y también eres un asesino?», se preguntó Lottie.

꒰꒱

La oscuridad era tan intensa que no veía nada, pero se dio cuenta de que hacía rato que no sentía a nadie en la sala.

Trató de respirar hondo en un intento por mantener a raya el dolor de las piernas. Una estaba rota, de eso no le cabía duda, pero, sin saber cómo, la otra le dolía más. ¿Su captor era el mismo que había asesinado a Jennifer y a Éilis? No podía permitir que esa imagen le invadiera el cerebro o se rendiría en ese mismo momento y lugar.

Probó a usar sus otros sentidos para imaginarse dónde la mantenían cautiva. La habitación olía a viejo y a rancio. A moho. Sabía que yacía sobre una cobertura de plástico, pero una moqueta rasposa se extendía bajo esta capa y le picaba a pesar de la cobertura. No podía usar las manos porque las tenía atadas muy fuerte, pero podía escuchar. El tictac de un reloj. ¿Dentro de la sala? Era probable. Tenía la sensación de que se encontraba en la habitación de una casa antigua. ¿Dónde estaba?

La mujer se recostó sobre el plástico y apretó los dientes. No la habían amordazado. ¿Eso significaba que nadie podía oírla? En ese caso, debía de encontrarse en algún lugar remoto. Lejos de otros seres humanos. La mujer lloró de la frustración, el terror y el dolor. Luego, la inundó una sensación de desesperación. Nadie iba a oírla. Nadie la encontraría porque (y eso era lo que más pena le provocaba) nadie iba a buscarla.

No, no iba a morir. Podía volver a defenderse. Su desolación no era total.

A pesar del terrible dolor de las piernas y la sed cada vez mayor, tenía que esforzarse por permanecer concentrada.

Si iba a salir con vida de aquello, no podía perder la esperanza.

89

Después de aquello, Frankie Bardon no volvió a decir nada más y Lottie tuvo que dejarlo solo mientras esperaba a su abogada.

Kirby entró apresurado en la sala de operaciones y se sentó en una silla.

—¿Cómo está Amy? —le preguntó Boyd.

—Sobrevivirá, pero está muy débil. He averiguado algo crucial para todo esto. —Señaló la pizarra mientras dibujaba un círculo con la mano temblorosa—. Fue él. Él los mató a todos. Estoy completamente seguro.

—¿Frankie Bardon? —preguntó Lottie.

—Tenemos que traerlo aquí. Iré yo mismo en cuanto recupere el aliento.

—Tú no estás en situación de traer a nadie.

—Frankie tuvo una relación con Amy. Le pegaba. Me ha dicho que la golpeaba con un trozo de madera. Patas de sillas y cosas así.

El detective se encontraba al borde de las lágrimas.

—Señor bendito, eso es terrible. ¿Cómo está? —preguntó Boyd justo cuando el teléfono le pitó en el bolsillo.

Lottie se preguntó si sería Jackie, y esperó que no fuera a desaparecer de nuevo.

—¿Sabe quién la secuestró?

—No —contestó Kirby—, pero me juego la pensión a que fue ese imbécil de Frankie Bardon.

—Él dice que Amy era violenta con él. Su marido, Owen Dalton, está muerto, y él está desconsolado. Estamos esperando a su abogada para llevar a cabo un interrogatorio oficial.

—¿Está aquí? —El detective se levantó de un salto de la silla y se apresuró hasta la puerta.

Pero Boyd lo agarró de la manga y lo condujo de vuelta a la silla.

—Esto es una locura —chilló el hombre—. Amy ha estado a punto de morir y vosotros perdéis el tiempo sin acusar al principal sospechoso.

—Puedes quedarte aquí o marcharte a casa. —La inspectora apretó los dientes—. Pero no vas a acercarte a Frankie Bardon, ¿entendido?

La mujer comprendía su ira, pero debía averiguar quién mentía: Frankie o Amy, y por qué. Y ¿acaso aquello tenía algo que ver con los asesinatos?

Aún no había señales de Madelene Bowen, y el retenido se negaba a seguir hablando hasta que ella llegara, así que Lottie dio paso a una lluvia de ideas espontánea con el equipo.

—Yo digo que le apretemos mucho las tuercas a Bardon —comentó Kirby.

—Creía haberte dicho que te mantuvieras al margen de esto. —Lottie lo fulminó con la mirada, pero luego se dio cuenta de que sonaba infantil, así que relajó los hombros y se deslizó hasta una silla—. Lo siento. Sé que hemos tenido unos cuantos días frenéticos, pero necesitamos seguir avanzando. Tenemos tres víctimas de asesinato, un intento de homicidio y seguimos sin localizar a Orla y a Helena.

—Una de ellas podría tratarse de la asesina y estar manteniendo a la otra prisionera —comentó Boyd.

—Estoy de acuerdo, pero debemos tratarlas como víctimas hasta que sepamos más —apuntó la inspectora, agotada—. Es posible que en este punto ni siquiera estén vivas, pero vamos a mantenernos positivos.

—Hace un rato, estaba segura de que Owen Dalton era el homicida. Debía muchísimo dinero y sus inversores han tenido que pedirle a gritos que les devuelvan sus acciones —comentó Lynch.

—Eso es poco probable, ahora que está muerto. —McKeown no levantó la vista y le dio unos toquecitos a su iPad.

—Tú siempre tienes que señalar lo evidente —replicó la detective.

—A veces hay que decirlo en voz alta. —Levantó una ceja sin alzar la vista.

—Dios, eres un amargado —musitó Lynch.

—Ya está bien —intervino Lottie—. Estamos cansados, pero necesitamos concentrar las energías en encontrar a las dos mujeres.

—Y tenemos que determinar la motivación del asesino —añadió Boyd.

—Es alguien a quien le encanta causar daño. —Kirby no dejaba de darse golpecitos en el bolsillo, como si pudiera encenderse un cigarro—. Tiene que ser Frankie. ¿Y si lo dejamos suelto y luego lo seguimos? Podría llevarnos hasta ellas.

—Frankie no va a ninguna parte hasta que vuelva a hablar con él —dijo la inspectora—. ¿Qué está reteniendo a su abogada?

—Antes estaba en su despacho —contestó Lynch—. Es muy cautelosa, y se calló bastante rápido cuando le mencionamos que Kathleen Foley había acogido a Amy.

—Definitivamente, aquello la ahuyentó —añadió Kirby.

—Me pregunto por qué —reflexionó Lottie—. Mirad si hay algo a lo que merezca la pena echar un vistazo sobre Amy y Kathleen Foley, además de sus vínculos con Madelene Bowen.

—Damien O'Loughlin redactó el testamento de Kathleen Foley —continuó la detective—, y el traspaso de la titularidad de su casa en Ballinisky a Helena. La mujer asegura que no se lo ha dicho a su hija.

—Pero ¿qué significa todo eso? —Lottie lanzó las manos al cielo antes de dejarlas caer para apretarlas en dos puños.

—Todavía no lo sabemos, pero debemos considerar el papel de Tyler Keating en esto —apuntó Lynch.

—Su coche apareció en el almacén de Jennifer, cuatro semanas después de que lo trasladasen. El GPS muestra que antes de aquello se hallaba en la zona de Ballinisky, bastante cerca de la casa de Kathleen Foley —añadió McKeown.

—¿Hemos encontrado algo más sobre el grupo de las viudas? —preguntó Lottie.

A continuación, Lynch se levantó y caminó hasta las fotos de la pizarra.

—Al principio pensábamos que el grupo era exclusivamente para viudas, pero luego descubrimos que no era así.

—Aunque todas las víctimas femeninas, además de las desaparecidas, pertenecieron al grupo de algún modo. ¿Era más que una vía de escape social? ¿Se trataba de una fachada para ocultar algo? ¿Gary encontró algo cuando indagó sobre él en internet?

La detective contestó:

—Dice que es igual que cualquier otro grupo privado de Facebook. Éilis Lawlor era la administradora y, para unirte, solo tenías que enviarle una solicitud. No encontró nada sospechoso en los mensajes directos ni en los comentarios. Éilis lo creó y Jennifer fue la primera en unirse. Aunque no tenemos forma de saber quiénes quedaban en persona.

—Vale —dijo la inspectora—. A lo mejor Amy puede ayudarnos a comprenderlo. Kirby, sé que puede entenderse como un conflicto de intereses, pero es posible que trate ese tema contigo.

—Volveré a hablar con ella más tarde, a ver qué me dice.

—Hemos intentado rastrear el dinero, y el homicidio de Owen Dalton le ha puesto punto final, en parte. Como he dicho, debía las inversiones iniciales a Kathleen Foley, Tyler Keating y Frankie Bardon —continuó Lynch.

—Eso otorga a Frankie Bardon un motivo para asesinarlo.

—Eso le da a alguien un motivo para liquidar a Tyler Keating, pero no se ha fijado como objetivos a Frankie ni a Kathleen. —Lottie se puso en pie—. Frankie y Amy tuvieron una relación previa. Ella acabó muy dolida. Hoy, él está casado con Owen, nuestra última víctima. ¿Podemos encontrar un vínculo definitivo entre el resto de las mujeres y él?

—Todas acudían a Smile Brighter —dijo Boyd.

—Igual que medio pueblo —señaló Kirby.

McKeown añadió:

—Solo porque una vez, a lo mejor, le pegase a tu nueva novia no significa que haya asesinado a tres personas.

La agente Martina Brennan tosió.

—¿Puedo decir algo?

—Esto es un foro abierto —respondió la inspectora.

—He revisado en más profundidad los antecedentes de Frankie Bardon. Fue a la universidad en Athlone. En un principio, estudió mitología irlandesa, pero tras cursar el primer año, se cambió de universidad para estudiar odontología.

—Tyler Keating daba clases a tiempo parcial en Athlone —comentó Kirby.

—Y Owen Dalton también fue profesor allí antes de tirar la toalla —dijo Lynch.

Lottie se unió a su equipo mientras formaban un semicírculo delante de la pizarra.

—Jane Dore tiene una teoría sobre los lugares donde han dejado los cuerpos. Mencionó la mitología, aunque no es suficiente para señalar a Frankie Bardon como el asesino.

—Vale. Y ¿qué hay de las mujeres desaparecidas? —quiso saber Boyd.

—¿Has encontrado algo cuando revisabas los antecedentes de Helena, Martina? —preguntó la inspectora.

—¡Sí! Acabo de recibir la confirmación de que se casó una vez. En Las Vegas, por si queréis saberlo. Aquí nunca se registró.

Boyd se giró y dijo:

—Su madre afirmó que no tenía ningún marido. Que era una mentirosa compulsiva. Que se inventaba amigos imaginarios y odiaba a Amy.

—A lo mejor Kathleen Foley es la mentirosa, y no su hija. —Lottie se calló un momento—. Traed a la señora Foley. Quiero hablar aquí con ella y ver cómo se comporta cuando se la somete a una situación estresante. Martina, colabora con el detective McKeown y llevad a cabo una búsqueda concienzuda en el pasado de Kathleen y su familia.

—A mí me parece bien —comentó el detective.

—Y, Kirby, esos archivos del almacén...

—He hecho una lectura previa, pero...

—Saca tiempo —le pidió, adelantándose a la excusa.

El agente Lei entró en la sala.

—Inspectora, Madelene Bowen solicita verte.

—Bien. Con suerte, Frankie no volverá a invocar el «sin comentarios» ahora que su abogada está aquí.

—No, jefa, está aquí con Kathleen Foley.

90

Boyd le había suplicado que le permitiera irse a casa. Jackie lo había estado llamando y, cuando intentaba devolverle las llamadas, no había respuesta. Siempre había algún drama. Con su equipo hasta el cuello de trabajo, y en contra de su mejor juicio, Lottie se llevó a Kirby a la sala de interrogatorios.

Madelene parecía muy bien preparada, sentada junto a una Kathleen Foley de aspecto nervioso.

—Creía que era la representante legal de Frankie Bardon —comenzó la inspectora sin más preámbulos.

—Le he informado de que no puedo representarlo, pero he acordado quedar con él más tarde para darle unos consejos —contestó la abogada—. Kathleen, la señora Foley, me ha llamado en un estado de angustia después de que dos de sus agentes la hayan molestado. Ha venido aquí en busca de una disculpa y una explicación de por qué no han conseguido encontrar a su hija. Empecemos.

Voz determinada y entonación severa. Adelantó la barbilla y le hizo una señal con la cabeza a su representada para que hablase.

—Mi hija sigue desaparecida y se lo he contado todo. ¿Por qué no son capaces de dar con ella?

—Kathleen, estamos haciendo todo lo que está en nuestra mano para localizarla. —Lottie forzó una sonrisa dulce—. Necesito que sea totalmente sincera conmigo.

—H-he sido sincera.

—Más bien ha economizado la verdad —intervino Kirby.

La inspectora se preguntó si aquel hombre aprendería alguna a vez a controlarse.

—Esa es una afirmación absurda, detective —lo reprendió Madelene.

—Mis disculpas —respondió él enseguida, aunque Lottie sabía que estaba lejos de sentirlo.

—Está bien —comentó Kathleen—. Su detective tiene razón, no he sido del todo sincera con ustedes.

—La escucho.

—Helena estuvo casada, cuando tenía veintiún años. Se quedó embarazada. Perdió al bebé a los seis meses de gestación. Un niñito. Quería llamarlo Noah. Entró en una especie de psicosis. No aceptó su muerte. Su marido, Gerald, la dejó. Ahora vive en Nueva York, y ella nunca llegó a recuperarse del todo.

—¿Por qué no me contó esto desde un principio? Me dijo que estaba delirando, incluso que era una mentirosa, y que se había inventado a un hijo y a un marido.

—Lo siento, entré en pánico. Me preocupaba qué os diría ella, pero ha pasado mucho tiempo y sigue viviendo en una especie de mundo de fantasía. Intenté que superase esa parte de su vida lo más rápido posible, pero le costó.

—Su hija está sufriendo un tipo de depresión. —Lottie no se podía creer la falta de sensibilidad de la mujer que tenía delante—. Necesita ayuda profesional.

—¿Cree que no lo he intentado? He trabajado duro toda mi vida y le pagué lo mejor del país, pero aun así va a peor, no a mejor.

—Kathleen, ¿usted considera que Helena podría ser un peligro para ella o para los demás?

—Que Dios me perdone, pero sí.

—¿Alguna vez ha sido violenta con usted?

La mujer negó con la cabeza.

—No, pero ha conseguido alienarme. Incluso después de todo lo que he hecho por ella y de apoyarla con su negocio.

Madelene se inclinó hacia delante.

—Creo que ya es suficiente, inspectora. Mi cliente está afligida.

—Pues solo acabo de empezar. —Lottie echó un vistazo a las notas de Lynch antes de hacer la siguiente pregunta—: ¿Por qué el coche de Tyler Keating estuvo aparcado cerca de su casa durante el año pasado?

—Ya es suficiente —repitió la abogada.

—No sé nada de eso —dijo Kathleen—. Es la verdad.

—Vamos a descubrir dónde permanecía guardado.

—Eso espero, pero no tiene nada que ver conmigo.

—¿Conocía a Jennifer O'Loughlin? Creo que tiene uno de sus cuadros en la pared del salón.

—¡No la conocía! Helena me lo dio. Cuántas veces tengo que...

—Hemos acabado —atajó Madelene, a la vez que se levantaba; su formidable voz hacía juego con su físico.

—Yo no. —La inspectora la fulminó con la mirada—. Kathleen, ha dicho que Amy le pidió que invirtiera en el estudio de yoga de Owen Dalton. Además, ha añadido que Helena drenó su economía, así que mi pregunta es: ¿por qué puso dinero en una empresa arriesgada de la que no sabía nada?

A Kathleen se le ablandó la mirada.

—Quería a Amy. La dejé tirada. Supongo que en parte me sentía culpable, pero casi me suplicó que lo hiciera. Tuve que pedir el dinero.

—Veinte mil euros es una inyección muy grande de dinero por una chica a la que acogió hace treinta años.

—Hice mis indagaciones. Iba a ser una empresa vanguardista, de lujo.

—¿Frankie Bardon estaba amenazando a Amy? —preguntó Kirby mientras se deslizaba hacia delante y empujaba la barriga contra la mesa.

El cambio de la mujer fue sutil, pero Lottie lo captó. Un recelo se coló en su forma de mirar.

—Eso creo.

—Amy abandonó su trabajo con usted, Madelene —dijo la inspectora—, unos meses antes de que Tyler Keating desapareciera. Kathleen, su coche apareció cerca de donde usted vive. ¿Qué sabe sobre él?

—Nada. Solo que robó dinero que no le pertenecía.

—¿Y eso cómo lo sabe?

La mujer frunció los labios y las finas líneas que albergaba debajo de la nariz se marcaron en un feo gesto de desdén.

—Lo sé porque él me quitó mi antigua casa después de que mi marido muriese.

—¿Cómo llegó a fijarla como objetivo?

—Kathleen —intervino Madelene—, vámonos. No tienes por qué decirles nada más.

Pero Lottie no iba a darse por vencida.

—¿Por eso lo asesinó y escondió su coche cerca de su propiedad?

En ese momento, la abogada dijo:

—Inspectora, hasta donde yo veo, está en plena misión de escarbar. No tiene pruebas de que Tyler Keating esté muerto. Y no hay nada que conecte a mi cliente con ninguna actividad criminal, incluido el asesinato. La señora Foley ha venido a averiguar qué están haciendo para localizar a su hija, pero ustedes la han insultado e importunado. Vamos, Kathleen.

La inspectora no tenía nada que le permitiera retener a la mujer y aquello la frustraba sobremanera porque, según su instinto, Kathleen seguía escondiendo algo. ¿Estaba cubriendo a su hija? ¿Por qué había mentido sobre Helena? ¿Acaso era relevante?

Al final, contempló cómo las dos mujeres salían y escuchó a Kirby levantarse resollando de la silla.

—¿Ahora Frankie, jefa?

91

Su apartamento era lo bastante pequeño como para que no hubiera lugar donde esconderse, y Boyd supo que no había nadie en cuanto cruzó el umbral de la puerta. No tenía sentido gritar sus nombres. Jackie y Sergio no estaban allí.

El hombre se desplomó en el sofá y tomó una pieza de Lego con la que su hijo había estado jugando mientras la ira reemplazaba a la frustración.

¿Por qué no podía haberse esperado para resolverlo? A lo mejor sabía que jamás accedería a su ridícula idea de que los tres vivieran juntos. Y ahora había perdido a su hijo, el niño que había llegado a su vida hacía solo unos meses. El vacío en su interior era abismal. ¿Fue eso lo que Lottie sintió tras la muerte de Adam? Porque él sabía que iba a pasar por un proceso de luto por su niño.

Aunque regodearse en la autocompasión no ayudaría. Tenía que hacer algo. Tenía que recuperar a su hijo. Necesitaba la ayuda de Lottie, pero primero tenía que resolver los asesinatos. Entonces, podría perseguir a Jackie y traer a su hijo de vuelta a casa.

Cómo deseaba destrozar aquel lugar.

En cambio, fue hasta el dormitorio, se tumbó en las sábanas e inhaló el aroma de su niño. Acto seguido, las lágrimas brotaron de golpe y no pudo parar de llorar.

Vacío de emoción, cayó en un sueño afligido.

♌

Después del rápido encuentro con Frankie Bardon y un abogado con poca experiencia, Lottie supo que el día le había ganado la mano. La mujer los contempló marcharse juntos menos de media hora después de que Kathleen Foley se hubiera ido con Madelene Bowen.

En la calle, la multitud de los medios de comunicación había aumentado con el paso de los días. La comisaria Farrell los estaba manteniendo a raya, pero los titulares criticaban la falta de progreso. El hecho era que su equipo había avanzado a lo largo de los últimos días, pero no dejaba de morir gente. A pesar de eso, su instinto le decía que se encontraban cerca del final, incluso sin contar con una prueba sustancial. Su instinto, sí, él otra vez. A pesar de eso, no le vendría mal que los forenses le pusieran algo en bandeja. Una correspondencia con ADN o una huella dactilar. Algo que apoyase una sospecha. Hasta entonces, se había tratado de una cuerda que no paraba de deshilacharse. Pero esa cuerda tenía un principio y un final. Solo tenía que encontrar el camino que atravesaba el centro enredado.

Aunque, antes de que pudiera hacer nada más, tenía que ir a casa, comer y dormir.

92

Lottie se zampó una pechuga de pollo con dos patatas al horno, cortesía de Chloe, antes de ir a ver cómo se encontraba su madre.

Rose estaba tumbada en la cama que habían montado en la sala de estar y contemplaba al techo, con los ojos clavados en él, observando sin ver. Lottie se paró a su lado, pero la mirada de su madre no vaciló. Asustada, bajó la mano y le dio unos toquecitos en el hombro. La anciana se estremeció, se sobresaltó y movió la cabeza de un lado a otro como si quisiera reorientarse.

—¿Por qué me despiertas así?

—Creía que no estabas durmiendo. ¿Has comido?

Rose se esforzó por sentarse erguida y Lottie le colocó las manos debajo de los brazos para incorporarla con una sacudida en la cama improvisada. ¿Por qué no podía ser razonable y quedarse con su dormitorio? Aunque estaba aprendiendo bastante rápido que la demencia no tenía nada de razonable. Aquella mujer alta de cabello plateado, corto y desfilado, había desaparecido. A Lottie le rompía el corazón verla así y, a pesar de las mentiras y las revelaciones de los últimos días, quería ayudar a su madre, pero ¿cómo?

—He cenado —le contestó—. Creo. ¿Qué día o qué hora es? Me siento como si viviera en el día de la marmota. Si volviera a mi casa, me pondría mejor.

Eran esos periodos de lucidez los que le daban esperanza.

—He solicitado una cuidadora para ti. Podrás irte a casa en cuanto la aprueben.

—Yo no necesito a nadie. Soy perfectamente capaz de vivir sola, de cuidar de mí misma.

Pero en algún lugar de las profundidades del cerebro confundido de su madre, Lottie comprendió que aquellas palabras eran mentira. Y eso la entristeció más todavía.

Sin pensarlo, le soltó:

—¿Y si Chloe viviera contigo? En ese caso, podríamos ver cómo te las apañas en tu casa.

Su hija se pondría hecha un basilisco por no haberlo hablado con ella primero, aunque no esperaba que Rose aceptara la oferta.

—¿Lo haría? ¿Crees que es posible? De veras que echo de menos mi casa, Lottie. Allí todo me resulta familiar. A lo mejor ayuda a que mi cerebro se recupere.

—Hablaré con Chloe. Seguro que estará encantada. —Cruzó los dedos detrás de la espalda.

No confiaba mucho en que esa conversación llegase a buen puerto, pero, si las cosas se iban a poner difíciles, ella misma se iría a vivir con Rose un tiempo. Y ¡se llevaría unos auriculares con cancelación de ruido de Sean! Así habría menos peleas.

—Ya me siento mejor. —Rose se recostó y se tapó con las sábanas hasta la barbilla—. Creo que voy a echarme una siesta. Pese a que nunca nos ponemos de acuerdo, eres una buena chica. Dile a tu padre que venga cuando llegue a casa.

Lottie dejó descansar a su madre.

Y se preparó para tener una conversación incómoda con su hija mediana.

᠔

—¡No puedes hablar en serio! —Chloe se paseó descalza y agitada por la cocina—. Y ¿dónde están mis zapatos? Si Katie me los ha cogido otra vez, juro por Dios que no me hago responsable de lo que...

—Solo era una sugerencia. Una forma de ayudar a tu abuela.

Ella golpeó la mesa con una cuchara mientras contaba mentalmente para evitar perder los nervios.

Chloe hizo una pausa al encontrar un zapato junto a la puerta del sótano.

—Ahora recurres al chantaje emocional, ¿no? Tengo que irme a trabajar y solo tengo un zapato.

—He visto el otro en la sala de estar.

—¿Cómo demonios ha…? Ay, déjalo. Voy a llegar tarde, aunque no es que te importe. Encima que he preparado una cena al horno y todo.

Lottie se encogió de hombros a la espera del portazo, pero su hija dejó que la puerta se cerrara despacio al marcharse.

Necesitaba tumbarse. Si se quedaba despierta un segundo más, no sería capaz de funcionar por la mañana.

En la cocina, un fuerte olor a perfume precedió a Katie.

—Louis está dormido. Si se despierta, dale un zumo y volverá a dormirse de inmediato.

—¿A dónde vas tú?

—Te lo dije cuando te pregunté si podías cuidar a Louis esta noche. Tengo otra cita. —La chica le plantó un ligero beso en la cabeza y cogió su bolso de la silla—. Te veo por la mañana.

—Ey, no te quedarás a dormir en casa de nadie, ¿no?

Tras guiñarle un ojo, la muchacha le contestó:

—Qué más quisiera.

En el silencio de la cocina, Lottie intentó recordar sin éxito cuándo había accedido a hacer de canguro. La investigación le estaba saturando la cabeza. Las cosas sucedían rapidísimo en ese frente y todavía no tenían ninguna solución.

Necesitaba dormir.

Mientras subía las escaleras, esperó que Louis no se despertara.

Pero, por supuesto, no fue así. La mujer se lo llevó a la cama, donde cayó en un sueño tranquilo, así que ella permaneció acostada, contemplando los ojos cerrados y las largas pestañas del niño hasta bien entrada la noche mientras repasaba lo que Foley y Bardon habían dicho, a la vez que intentaba darle sentido a lo que había detrás de los asesinatos y los secuestros. ¿Era tan sencillo como el motivo milenario? ¿El dinero?

Si así era, ¿a qué venía todo el drama de huesos partidos y ojos arrancados a las víctimas? Tenía que girar en torno a algo mucho más retorcido que el dinero. Y, si descubría de qué se trataba, tendría a la persona malnacida y homicida.

93

La mujer se encontraba demasiado débil para moverse cuando la puerta se abrió con un chirrido. Si quería matarla ya, con mucho gusto se dejaría. Cualquier cosa con tal que pusiera fin a su miseria.

Silencio. No habló nadie. Solo el susurro de la ropa de papel. El crujido del plástico bajo los pies.

Ya no sentía más dolor. Tenía el cuerpo dormido. Sabía que no podía permitir que la mente dejase de funcionarle con claridad. Tenía que pensar en una forma de salir de aquello. Apelar a su naturaleza más bondadosa. «Ja», pensó, «alguien que asesina a gente no alberga bondad en su alma». No, no podía permitir que aquella idea hiciera descarrilar su determinación.

—Si me dejas ir, no le diré nada a nadie. Contaré que me caí por las escaleras de casa e iré al hospital a que me curen. Por favor, déjame salir de aquí. Quiero irme.

—Por supuesto que te vas a ir. En cuanto haya terminado contigo. Aunque, por desgracia para ti, no saldrás de aquí andando.

Le puso la silla derecha y ella dejó de yacer en el suelo.

—¿Qué quieres de mí?

—Quiero que admitas tu rol en todo lo que has hecho. Cómo planeaste mi caída. Cómo quisiste avergonzarme.

—No lo entiendo.

—Yo creo que sí, de veras.

Esa voz. La conocía.

En ese instante, se dio cuenta de que había estado equivocada en absolutamente todo. Ese fue su último pensamiento cuando algo duro se hizo añicos contra su pierna. Ni siquiera el entumecimiento le atenuó el dolor. Acto seguido, perdió su último contacto con la realidad y comenzó a hundirse rápidamente en el reino de las tinieblas.

⸘

El cansancio me ha invadido.

No creía que todo esto, la planificación y la ejecución, fuera a dejarme sin energías. Ir corriendo de un lugar a otro. El agotamiento físico de mi fuerza. El esfuerzo mental. Es difícil ser una buena persona por fuera mientras los demonios se arrastran por el interior de mi estómago como si de anguilas negras se trataran.

Pensé que había dominado el arte del engaño, pero con las autoridades a punto de descubrir la verdad, siento que me he perdido un poco. Ahora estoy avanzando a trompicones. No, no puedo permitir que ninguna duda me distraiga de mi objetivo final. Todos tienen que pagar, unos más rápido que otros. Tener aquí a dos a la vez es un trabajo duro, pero tengo que hacer que sufran antes de que se me agote el tiempo.

Cuando haya terminado, me queda otro objetivo. Ella tendrá que reconocer mi papel en todo esto. No puedo dejarla vivir.

Sigo pensando que cometí un error. He dejado un rastro en algún sitio. La tabla de madera, a lo mejor. La guardé en el pequeño patio de la parte trasera de la tienda. ¿Solo eso? Llevaba guantes. No debería pasar nada. Pero siento una profunda tristeza poco habitual.

Owen.

Cazó a la persona equivocada, así que tenía que desaparecer. Espero que, al arrojar su muerte a la mezcla, les haya puesto la zancadilla a los detectives para que pueda continuar con mi misión.

No puedo descansar hasta entonces.

DÍA CUATRO

94

Boyd se sentó en el despacho de Lottie y le contó que Jackie y Sergio habían desaparecido.

—Señor, Boyd, no puedes lidiar con eso tú solo. ¿Por qué no me llamaste anoche?

—Me dejó completamente aniquilado. Estoy intentando procesarlo. Me encuentro devastado. Sergio…

—Tienes que cuidar de ti. Entonces, ¿sigue sin responderte al teléfono?

—Está apagado. Probablemente lo haya tirado y comprado uno nuevo. Jackie sabe cómo desaparecer.

—Que le den. Entre los dos daremos con ella y con tu pequeño. Debes de estar pasando por un infierno.

—Así es, pero gracias. Los encontraremos, aunque primero necesitamos dar con el paradero de este homicida.

La mujer lo puso al día en cuanto a los dos interrogatorios que habían tenido lugar después de que se marchara el día anterior por la tarde.

—Yo apuesto a que es Kathleen Foley o su hija —dijo él—. No ha habido ni rastro de Helena desde que Orla se fue con ella en su coche.

—Nadie ha visto a Orla desde que ayer por la mañana hablé con ella en Herbal Heaven. Y luego encontramos allí a Amy, herida y al borde de la muerte. Orla o Helena podrían ser el homicida. O puede que incluso sea Frankie Bardon. No está libre de culpa, aunque la hora en el recibo de la compra nos dice que es imposible que estuviera en el lago cuando se deshicieron del cadáver de su marido. Estoy de acuerdo contigo, debemos considerar a Kathleen Foley.

—¿Crees que le haría daño a su propia hija?

—No estoy segura. Quién sabe de lo que es capaz.

—¿Motivo?

—¿Dinero? Helena parecía tener los bolsillos rotos por cómo lo perdía. A lo mejor Kathleen se hartó de rescatarla. Owen Dalton también le debía dinero. Ella tuvo que pedirlo prestado para invertir. Y ahora está muerto.

—A lo mejor —comentó Boyd dudoso—, pero eso no explica las otras muertes. Jennifer y Éilis no han surgido en ningún tema financiero de los que hemos revisado hasta ahora. Estoy pensando que alguien sabía algo que no debía. Quizá se lo contaron a la persona equivocada y tenían que silenciar a esa persona.

—Enrevesado, pero es otra posibilidad. —Lottie reflexionó un momento—. Necesitamos redactar una orden de registro para la casa de Kathleen.

—¿Con qué fundamentos?

—El GPS del coche de Tyler Keating muestra que este se trasladó desde algún punto cerca de su propiedad hasta el guardamuebles de Jennifer O'Loughlin hace cuatro semanas. Y hubo un momento en que la encerraron en una cámara frigorífica, porque su cuerpo tenía indicios de congelación.

Boyd pareció considerar lo que acababa de escuchar.

—En Herbal Heaven hay congeladores, pero no vi nada así cuando estuve en casa de Kathleen.

—¿No dijo algo de que Tyler la estafó para quitarle su casa antes de que se mudara a donde vive ahora? Podría ser otra mentira. Quizá siga en su poder.

—Es un quizá muy cogido con pinzas.

—Cuéntame algo que no sepa, Boyd. Y dile a Kirby que quiero un informe detallado de lo que hay en los documentos que se encontraron en el almacén. Sé que afirmó que a primera vista no parecían sospechosos, pero ¿por qué estaban ahí escondidos?

—Le echaré una mano.

—¿Crees que Tyler Keating está involucrado en esto de algún modo?

El hombre negó con la cabeza.

—Tiene que estar muerto; de lo contrario, a estas alturas ya habría aparecido.

—Es bastante sencillo cambiar de identidad y desaparecer si cuentas con los recursos y conoces al tipo de personas que pueden ayudarte a organizarlo. Como descubriste con Jackie.

—Sí, pero sus cuentas bancarias no se han tocado excepto por los gastos corrientes que hace su mujer. Kirby las comprobó.

—Pero esas son las cuentas que conocemos. Según Kathleen Foley, estafó a un montón de gente. Podría tener cuentas en... las Islas Caimán... incluso en una empresa fantasma. Haz que McKeown lo revise todo en busca de información.

—Lo haré.

—Kathleen también dijo que creía que a Amy podría haberla coaccionado Frankie Bardon para que le pidiera el dinero para invertir. Este dio a entender que ella era violenta, pero hay que creer a Amy porque él era el agresor. Aunque ¿es nuestro asesino?

—Acabas de decir que no pudo haberse...

—¿Deshecho del cadáver de Bowen? Lo sé.

—¿Dónde está? ¿Lo tenemos bajo vigilancia?

—No tenemos nada con lo que culparlo. No hay pruebas que lo vinculen a ninguno de los asesinatos ni a los lugares donde se dejaron los cuerpos. Señor, no tenemos nada con lo que culpar a nadie, y ya nos encontramos en el cuarto día desde el descubrimiento del cadáver de Jennifer. —Lottie se sintió agotada al pensar en todo lo que desconocían—. Necesitamos algo pronto. El asesino está aumentando su intensidad.

En ese momento, le sonó el teléfono y comprobó quién llamaba. Luego, alzó la vista hasta Boyd.

—Es Jane. Por favor, si existe un Dios en el cielo, que me mande alguna prueba concluyente.

�

Sentada tras el viejo escritorio, Madelene Bowen se enfrentaba a un dilema. Su conciencia se encontraba dividida. A sus clientes les debía confidencialidad. Damien O'Loughlin, la única persona en la que siempre había confiado para ayudarla a tomar decisiones, estaba muerto.

Había llegado su momento de posicionarse. Debía decidir qué era lo correcto y qué no. Hubo un tiempo en el que lo hizo, pero no fue honrado. Aunque siempre creyó que todo lo que hacía era por un bien superior, fuera lo que fuera eso en un mundo corrupto.

La mujer se recostó en la silla, se frotó los ojos e intentó pensar en una salida legal a su dilema. Pero, por supuesto, era consciente de que aquello se reducía a la moralidad, no a la ley.

Se puso en pie a la vez que se masajeaba los brazos, mientras se lamentaba de la necesidad de saltarse la rutina matutina del gimnasio. Se paseó de un lado a otro de la alfombra desgastada. Tenía que idear un procedimiento lógico. Se lo debía a Kathleen Foley.

95

Lottie colgó y volvió a leer las notas que había garabateado cuando Lynch y Kirby se unieron a ella.

—Jane ha completado la autopsia preliminar del cadáver de Owen Dalton y tiene algunas pruebas para nosotros.

—¿Cómo? Estaba en el agua —comentó el sargento.

—Tenía los huesos rotos igual que las otras víctimas —continuó la inspectora sin responder—. Y le quitaron los ojos con instrumental quirúrgico. Por tanto, podemos concluir que a las tres víctimas les quitó la vida la misma persona.

—Frankie Bardon estaría familiarizado con un instrumento quirúrgico —refunfuñó Kirby.

—Y Kathleen Foley es una enfermera jubilada —añadió Lynch—. ¿Qué dice el laboratorio?

—La soga de nailon azul que se usó para atar a las víctimas es estándar. Se puede comprar con facilidad.

—¿Por qué estás tan emocionada? Cuéntanos —instó Boyd.

—Jane ha recibido los resultados del laboratorio. Enviaron el vestido de Jennifer para que se realizara un análisis forense. Se encontró una fibra recogida en el dobladillo.

—Vale.

—El trozo de madera que Kirby encontró tras la tienda de Helena tenía sangre.

—¿De Amy? —preguntó el hombre.

—Sí.

—Así que se utilizó para partirle los huesos —concluyó Boyd—. ¿Qué hay de la sangre en los congeladores?

—No es humana. Helena debía de guardar carne en ellos.

—Continúa.

—Había una fibra sin identificar en una astilla.

—Deduzco que no sigue sin identificar. —El agente suspiró aliviado.

Lottie asintió.

—Coincide con la que se descubrió en el vestido de Jennifer. También con una que Jane extrajo de las profundidades de una herida en la pierna de Éilis Lawlor.

—¿De qué tipo es? —preguntó Lynch, y la emoción bañó su voz.

—De moqueta. De color naranja, según Jane. Un técnico de laboratorio la ha investigado y coincide con un diseño de Axminster de los setenta.

—Eso no es para emocionarse —dijo Boyd, y hundió los hombros.

—La fibra de la moqueta sitúa a las tres víctimas en el mismo lugar en algún momento. Si podemos rastrear esa vieja moqueta naranja, descubriremos dónde estuvieron.

Lynch se adelantó un poco.

—Un momento, hace poco estuve en un edificio que tenía moqueta vieja por todas partes. Deja que lo piense.

Lottie echó un vistazo a la pizarra de la sala de operaciones con lo que tenían hasta ese momento.

—¿Fue en casa de alguna de las víctimas?

—¡Ya me acuerdo! —chilló la detective con los ojos como platos de la emoción—. Joder, jefa, no te lo vas a creer.

∽

El edificio victoriano se torcía a un lado, como si se doblegase ante ellos. Lottie hizo caso omiso al exterior destartalado y entró como una bala por la puerta principal.

—Necesitamos hablar con Madelene Bowen. —Estrelló su identificación en la mesa.

La recepcionista, nerviosa, descolgó el teléfono.

—A tomar por culo —dijo Lynch—. Conozco el camino.

Lottie siguió a su detective por el estrecho pasillo que conducía a una puerta abierta al final de este. La mujer bajó la vista a la moqueta, que sospechaba que era a la que su compañera se había referido. Un recuerdo enmarañado en su subconsciente le dijo que la había visto en otro lugar hacía poco, pero la maraña se negaba a desenredarse. Bueno, de momento.

—No esperaba visitas —las saludó Madelene, alta y majestuosa.

—Esto no es un encuentro social —contestó la inspectora, y por un momento se desalentó.

Si se probaba que la fibra de la moqueta provenía de ese edificio, ¿cómo había podido aquella mujer llevar a cabo esos brutales homicidios y transportar los cuerpos a los distintos lugares? Meter el cadáver quebrado de un hombre adulto en un barril requería fuerza. Una vez más, si deseas matar, eres capaz de cualquier cosa. Sin embargo, a ese edificio accedía mucha otra gente, incluidas, supuso, algunas de las víctimas y personas de interés.

—Siéntense, por favor —les pidió la abogada en un tono autoritario.

«Está acostumbrada a imponerse sobre el resto», pensó Lottie.

—Estaba a punto de llamarles con información.

—¿Sí?

La inspectora apoyó las manos en el respaldo de una silla y observó fijamente a la letrada para forzarla a hablar.

—Primero, quiero saber por qué han irrumpido en mi despacho.

Dudó si obligar a Madelene a revelar sus cartas, pero no tenía tiempo para juegos. Luego, le señaló el suelo con la punta del pie.

—Esta moqueta es muy antigua. Una Axminster, ¿verdad?

—Estoy segura de que no han venido a charlar sobre la vieja decoración.

—En realidad, sí.

Aquella afirmación hizo que la abogada levantase una ceja.

—¿Está vinculada con alguna prueba?

—No puedo revelar nada relacionado con una investigación en curso.

—¿Han encontrado algo en los cadáveres?

—Quiero que me dé permiso para que la policía científica tome una muestra de la cobertura de su suelo con fines comparativos.

—No soy la única que accede a este edificio.

—Puedo conseguir una orden.

Lottie no estaba segura de que su petición fuese aprobada por un juez.

—Pues consígala.

Mierda. Lo había abordado fatal.

—¿De qué quería hablarme, Madelene?

—Después de su brusca entrada en mi despacho, estoy reconsiderándolo. Al parecer, piensan que soy sospechosa de homicidio.

—Todavía no, pero me inclino a pensar que conoce a quien estamos buscando.

Madelene se quedó callada tanto tiempo que a la inspectora le recordó a Rose, que se había quedado dormida con los ojos abiertos, así que le dio un codazo verbal a la abogada.

—Hay dos mujeres desaparecidas y corren el peligro de acabar asesinadas, si es que no lo están ya.

Madelene clavó las pupilas en Lynch y, después, las movió hacia Lottie.

—Quiero hablar a solas con usted, inspectora.

Esta le hizo un gesto con la cabeza a Lynch, quien salió y cerró la puerta tras de sí.

—Puede sentarse —le dijo la abogada.

Lottie se resignó a un rollo de explicación formulada en lenguaje legal, pero, entonces, se sorprendió cuando Madelene se inclinó hacia delante con un tono bajo y conspirativo.

—Debo dejar claro que no tengo absolutamente nada que ver con esos asesinatos.

—Adelante.

—Creo que todo comenzó con Tyler Keating.

—Hasta ahí lo había deducido.

—Me avergüenzo muchísimo de que mi bufete se vincule a esta debacle, y me gustaría que dejase mi nombre fuera de eso, si es posible.

—No puedo garantizarle nada de eso, como usted bien sabe.

La inspectora se preguntó cómo alguien podía referirse a unos asesinatos como «debacle».

La abogada suspiró.

—La mujer de Tyler trabajó con algunas de las cuentas de nuestros clientes durante un periodo corto de tiempo hace años, y él contrató nuestros servicios para la compra de su casa. Damien recopiló los contratos y el registro para la compra. Amy era la secretaria judicial de Damien. Luego, el año pasado, Tyler desapareció.

—¿Qué intenta decirme?

—No puedo demostrar nada, pero creo que Tyler era una persona corrupta. Y eso no tiene absolutamente nada que ver con Bowen Abogados.

—¿Cómo puede afirmar tal cosa? ¿Tiene pruebas?

—Encontré copias de los documentos en el despacho de Damien cuando murió. Los metí en una caja con la intención de destruirlos, pero nunca tuve tiempo. Luego vino Jennifer a recoger sus cosas. Ese día estaba en el juzgado. Ahora creo que ella se llevó esos documentos. ¿Los han encontrado?

Lottie iba a estrangular a Kirby cuando volviera a la comisaría.

—¿Estamos hablando de fraude? ¿Robo?

La mujer de cabello plateado asintió.

—No creo que Damien hiciera nada criminal, pero a lo mejor no fue profesional. Pienso que Tyler lo utilizó. Era encantador cuando le convenía. Por lo que he determinado hasta la fecha, las viudas de luto eran su objetivo.

—Así que ¿confirma que Tyler robaba a viudas?

—¿A aquellas que contaban con propiedades y dinero? Es posible.

—¿Y Orla Keating pudo haber tenido acceso a las finanzas de esos clientes?

—A lo mejor era la contable de la gente a la que Tyler fijaba como objetivo y defraudaba.

—¿Por qué no hizo nada al respecto?

—No lo sé. Los clientes de propiedades se los dejé a Damien.

—He conocido a Orla. No entiendo cómo podría haberse involucrado en…

—Inspectora, puede que Tyler Keating fuera un encanto en público, pero, por lo que yo vi, era un controlador. Dominaba a su mujer igual que todo lo demás en su vida, pero creo que enfadó demasiado a alguien, y ese alguien se defendió. Por eso no lo encuentran.

—Así que si Tyler no es quien está asesinando a personas inocentes...

—Ese es su trabajo, inspectora. Yo no tengo ni idea.

Lottie examinó mentalmente lo que habían descubierto desde que se había encontrado el cadáver de Jennifer. ¿Quién se beneficiaba de esos asesinatos? ¿Una viuda perjudicada? Una persona sobresalía por haber sufrido más que el resto.

—La hija de Kathleen Foley tiene asuntos, problemas. Además, es viuda. ¿Fue una de las víctimas de Tyler?

—Kathleen es una amiga muy querida. Hace poco me comentó que pasó por un momento vulnerable cuando el encantador estafador la engañó. Tanto ella como Helena sufrieron mucho tras esa experiencia.

—¿Cree que Helena sería capaz de matar?

Incluso a pesar de haber hecho la pregunta, Lottie no comprendía cuál podría ser el motivo de la joven. Pero, aun así, había seguido fingiendo que tenía un hijo, y ahora no eran capaces de dar con su paradero.

—No puedo contestar a eso, inspectora. Usted ha llegado aquí hablando de la moqueta bajo sus pies. Tyler se convirtió en el dueño de muchas propiedades antiguas y no se deshizo de todas antes de fingir su desaparición. A lo mejor proviene de una de ellas.

—No cuento con suficientes pruebas como para conseguir órdenes judiciales para comenzar a despedazar propiedades que podrían no tener nada que ver con mi investigación.

Madelene se irguió en la silla. Su pelo parecía un halo sobre sus hombros. Luego, tiró de su maletín hasta colocárselo en la rodilla y estaba a punto de abrirlo cuando Lynch asomó la cabeza por la puerta.

—¿Jefa? Te necesitamos. Han encontrado otro cadáver.

96

—Llevo con la mosca detrás de la oreja desde que encontramos el coche —le dijo Kirby al agente Lei mientras deambulaban por la zona que especificaba el GPS del Hyundai de Tyler Keating.

Bajó la vista hasta el teléfono. Había escaneado la página de uno de los documentos que había en las cajas del almacén.

—¿Fuiste tú quien llevó a cabo toda la inspección en el momento de la desaparición de Keating? —le preguntó el agente Lei—. Sé que no se trató de una investigación de asesinato, pero hay ciertos protocolos que tienen que...

—No me digas cómo hacer mi trabajo.

—Lo único que digo es que... ¿Crees que tenemos que resolver la desaparición de Tyler Keating para averiguar por qué se está asesinando, secuestrando y dando palizas a gente? ¿Por qué dejar el coche cerca de casa de Kathleen Foley? ¿La interrogaron por estar vinculada con la desaparición de Tyler?

—Lei, cállate.

—A lo mejor el vínculo es su hija.

—¿Helena? —Kirby se rascó la cabeza y un revuelo de caspa flotó ante sus ojos—. A lo mejor lo estoy mirando del revés. ¿Y si se manipuló el GPS para conducirnos hasta aquí?

Lei se detuvo en seco y el detective observó al joven agente cuando se dio la vuelta.

—¿Eso puede hacerse?

—¿Y yo qué sé? —Volvió a comprobar la imagen en su teléfono—. Kathleen Foley era propietaria de una casa cerca de donde estamos. Esas son las coordenadas del mapa del catastro. Se encuentra en algún sitio por aquí.

—Entonces no se mudó muy lejos.

—Eso parece.

—¿Así que no se manipuló el GPS?

—Eso ya no importa. Vamos.

Una llamada sonó en su teléfono. La agente Brennan.

—Mierda, Lei —comentó Kirby—. Otro cadáver.

⟲

McKeown estaba decidido a ser el héroe de ese caso. El trabajo agotador de examinar las imágenes de las cámaras de seguridad había hecho que se rindiese un poco, así que cuando Boyd le pidió que comprobara las finanzas de Tyler Keating, estuvo a la altura del reto. Estaba seguro de que su desaparición había conducido a los asesinatos actuales, pero ¿cómo? Y, lo más importante, ¿por qué?

Buscó por todos lados su huella financiera. Hizo llamadas. Rastreó todo internet. Como último recurso, llamó a su amiga en Hacienda. Ella lo puso en contacto con la Oficina de Bienes de Procedencia Criminal y, entonces, descubrió algo importante.

Según una llamada de una fuente anónima que consideraban creíble, hacía dos meses que el organismo había iniciado una investigación sobre los asuntos financieros de Tyler Keating. Dijeron que todavía era pronto, pero se habían dado cuenta de que el hombre había montado una empresa quince años antes. McKeown calculó que, por aquella época, Keating sería un estudiante que ya pensaba en los años venideros.

Y esperó pacientemente a que le enviasen la información por correo de forma segura.

⟲

Boyd respondió a la llamada de la agente Brennan justo cuando McKeown entraba por la puerta.

—Vamos, Sam, vienes conmigo.

El agente conducía, así que tuvo algo en lo que concentrarse que no fuera en las quejas de su compañero sobre su mujer.

414

—No tengo ni idea de por qué el asesino escogería la zona Loman de Ragmullin para dejar otro cuerpo y que lo encontráramos —dijo el detective en cuanto terminó con su diatriba sobre el estado de su matrimonio—. Hay muchos negocios y zonas residenciales por aquí.

—Martina ha comentado que el cuerpo se encuentra junto a un viejo molino cerca del puente nuevo.

—También es una zona bien iluminada por las noches —continuó McKeown—. Por cierto, he descubierto algo interesante sobre Tyler Keating. La Oficina de Bienes de Procedencia Criminal ha comenzado a investigarlo. El hombre montó una empresa hace años, una sociedad fantasma, y...

—Después. —Aparcaron tras el coche patrulla que tenía las puertas abiertas y las luces encendidas.

Martina había llamado a los refuerzos y el puente se encontraba bloqueado a ambos extremos y restringido al tráfico de vehículos y peatones.

—¿Quién ha encontrado el cadáver? —preguntó el sargento.

—Ese chico de ahí. —La agente señaló a un muchacho delgado equipado con ropa de correr—. Iba corriendo por la calle. Ha visto algo amarillo que ondeaba en la brisa. Está hecho polvo.

—¿Entonces no es sospechoso?

—No lo creo. El chaval está que da pena.

—Tú primero.

Atravesaron el lateral del puente hasta llegar a un campo. El suelo que pisaban estaba blando, a pesar de que había llovido poco en los tres últimos días. Boyd echó un vistazo al cielo con sus amenazantes nubes a punto de reventar y se alegró de llevar puestos sus zapatos resistentes, porque los elegantes mocasines de cuero de McKeown no tardaron en cubrirse de barro.

Bajo la estructura y los contrafuertes del puente, el hombre vio con sus propios ojos la tela amarilla que se agitaba con la brisa y tapaba el cuerpo colgado, apenas levantado del suelo.

—Necesitamos a la policía científica y a la patóloga forense —dijo el detective.

Boyd se adelantó, consciente de que no se habían ataviado para preservar las pruebas potenciales, pero tenía que saber quién era. Por supuesto, el vestido amarillo se arremolinaba alrededor de unas extremidades rotas. El cabello corto y rubio ondeaba al viento. El rostro no tenía ojos.

—¡Ay, no! Joder. ¿Qué cojones significa esto?

Los tres clavaron la vista en la figura, boquiabiertos y con las manos colgando a ambos lados del cuerpo. Ninguno podía hacer nada por la víctima.

Entonces, Lottie y Lynch se unieron a ellos tras resbalarse y deslizarse por el terraplén.

—Señor todopoderoso —blasfemó la inspectora—. Estaba aterrada de que pudieran ser Orla o Helena.

—No es ninguna de ellas —le comentó Martina.

—No, a no ser que les haya crecido pene —añadió McKeown.

Boyd luchó contra la necesidad de darle un puñetazo.

En ese instante, Lottie se giró y hundió un dedo en el pecho del detective.

—Fuera de mi vista. ¡Ya!

—¡No te atrevas a tocarme!

En ese instante, el sargento sí que intentó golpearlo y el puño rebotó en la barbilla de su compañero. Acto seguido, la inspectora soltó un suspiro.

Los asesinatos estaban afectando a todo el mundo. Y seguían caminando en dichosos círculos.

Exactamente igual que el cadáver de Frankie Bardon, que colgaba de una soga y con los pies rozando el suelo bajo el puente nuevo y más largo de Ragmullin.

97

Con Lei a su lado, Kirby examinó el mapa que tenía en el móvil. Se alegró de que Boyd le hubiera dicho que no era necesario en la última escena del crimen, porque ahora mismo los huesos le ardían por la expectativa. Sentía que estaban cerca de la conclusión de este episodio.

Siguieron el mapa y avanzaron a pie a través de un campo hasta llegar a una casa de dos plantas con un garaje destartalado a un lado. Solo se encontraba a algo más de un kilómetro del domicilio actual de Kathleen Foley. El GPS había situado el coche de Tyler Keating cerca de allí. Les habría costado encontrar la casa sin un mapa, pues era invisible desde la carretera principal. Había una vieja vía para vagones de carga a cierta distancia. ¿Era allí donde se había ubicado el coche todo ese tiempo?

—La casa parece abandonada —comentó Lei.

—Eres un maestro de lo evidente. —El detective continuó caminando—. Quédate callado y no levantes la cabeza. Podría haber alguien dentro observándonos mientras nos acercamos.

—Deberíamos habernos puesto el chaleco antibalas. ¿Tienes tu arma?

—No soy estúpido.

Pero sí que lo era. No había pensado en la protección personal.

Lei debió de ver la preocupación que le inundó el rostro durante un momento.

—De todas formas, parece desierta.

—Chico listo. ¿Quién pensaría siquiera en investigar este lugar?

—¿Nosotros?

Kirby suspiró.

Desde fuera, era obvio que la casa necesitaba una reforma muy seria. Estelas de hiedra ascendían por las cañerías y el canalón. Luego, continuó avanzando con cuidado y le pidió a Lei que se quedara muy atrás. El hombre miró a través de una ventana de la planta baja, pero fue como si los años de mugre se hubieran solidificado en negrura.

Dio unos pasos atrás y se sorprendió al encontrarse a su compañero de pie justo detrás de él.

—Las ventanas están tapadas con algo desde dentro.

—¿Para evitar que los cotillas se asomen?

—A lo mejor. O, si hubiera alguien dentro retenido contra su voluntad, podrían estar ahí para desorientar. —Miró al agente, todavía se veía su herida tras el incidente en Herbal Heaven—. Llama a los refuerzos por radio y ve a esperar al camino.

—No irás a entrar ahí solo, ¿verdad? Es un suicidio. Es... estúpido.

—Sea lo que sea, podría haber alguien herido o muerto ahí dentro. Quizá Orla o Helena. Necesito comprobarlo.

—¿No puedo hacer el comunicado desde aquí?

—Vuelve al camino, Lei.

Kirby se negaba a poner en peligro al novato. Así que observó cómo el agente de aspecto solitario caminaba como podía por la hierba alta y, a continuación, fue hasta la parte trasera de la vivienda a ver si había alguna entrada además de la puerta principal.

98

Según Jane Dore, Frankie Bardon no llevaba mucho tiempo muerto. Seis horas como máximo. «Así que ha ocurrido durante las primeras horas de la mañana», estimó Lottie. Tuvieron que asesinarlo y colgarlo de la soga justo antes del amanecer, cuando no habría nadie por allí. El terreno estaba anegado y, ahora, pisoteado; las huellas de zapatos no servirían de nada. Sin embargo, Grainne sí que señaló el rastro de dos ruedas. Supuso que pertenecerían a algún tipo de carrito pequeño.

Intentaron trazar los movimientos de Frankie desde el momento en el que había salido la tarde del día anterior de la comisaría, pero estaba resultando difícil. Nadie en la zona de Canal View, donde residía, recordaba haberlo visto.

—Sabes que no deberías haberle pegado a McKeown —dijo la inspectora.

—Se lo tenía merecido y yo me he sentido genial. Después de lo de Jackie y Sergio... No sé, estoy que muerdo de la rabia y...

—¿Y te ha venido bien soltarla? Lo entiendo, pero, a pesar de que apenas le has tocado, va a denunciarte a la comisaria.

—Si te soy sincero, me da igual.

—No digas eso. Podría perjudicar a tu carrera. Necesitas el trabajo para mantener a tu hijo cuando consigas que vuelva.

Boyd se encogió de hombros y continuó caminando en silencio. A Lottie se le partió el corazón por él.

En la sala de operaciones, la mujer se concentró en las fibras de la moqueta. Era la única pista con la que contaba. Sabía que la había visto en otro lugar, aparte de en el despacho de Madelene esa mañana. ¡Piensa! Se hundió los dedos en las sienes y visualizó todas las casas que había visitado durante los últimos días. Luego, cayó en la cuenta. El despacho de Éilis Lawlor. Las muestras clavadas en la pared.

Acto seguido, se apresuró hasta la pizarra de la sala de operaciones para examinar las fotos que había tomado de la oficina del jardín. Ahí, entre las muestras de telas, se encontraba la moqueta naranja de Axminster. ¿Provenía de alguna casa en la que Éilis hubiera trabajado? En ese momento, recordó que había usado un despacho en la ciudad antes de mudarlo a su casa. ¿La moqueta sería de allí? Abrió unos documentos en el ordenador y buscó todo lo que pudo encontrar sobre la dirección. El edificio había pertenecido a Éilis y a Oisín Lawlor. Un año después de su muerte, era propiedad de una compañía llamada Isla Viuda.

¿Qué demonios significaba eso?

Su cerebro era un tumulto de información y era incapaz de ver cómo atravesarlo. Y, directamente en el centro del alboroto, se encontraba la imagen del cadáver de Frankie bajo el puente, herido de forma grotesca y desudo debajo del vestido amarillo.

La inspectora se sacudió para mantenerse alerta y revisó todas las notas sobre Éilis.

—Boyd, escúchame.

—Vale.

—Éilis trabajó en casa de Jennifer O'Loughlin. Además, diseñó el lujoso estudio de Owen. Sospecho que también se ocupó de la cocina de Frankie y él; tiene un diseño parecido al de su casa y…

—¿Esto es por la moqueta de Axminster?

—Sí. ¿Y si había tomado muestras de otras propiedades, pero no llegó a realizar el encargo? No he encontrado nada en sus notas que identifique un lugar así. ¿Se topó con algo de forma inadvertida que la condujo hasta su asesinato? ¿Y por qué el antiguo edificio de su oficina ahora está a nombre de la empresa Isla Viuda?

—McKeown descubrió algo sobre una empresa que creó Tyler Keating…

—Parece que Damien O'Loughlin y Tyler Keating estaban involucrados en negocios inmobiliarios ilegales. A lo mejor Éilis vendió su despacho en el pueblo a esa empresa bajo coacción.

Boyd suspiró.

—Todo esto son especulaciones. Necesitamos pruebas.

—Tiene que haber algo en esos documentos que Kirby está revisando.

—Estaba echándoles un vistazo antes de salir con Lei. Se han marchado a toda prisa, pero no han dicho a dónde iban.

—Si han dado con una pista, espero que nos sea de ayuda.

Por la dichosa cuenta que les traía, porque ella estaba seca de ideas.

99

El césped descuidado susurraba con cada paso que Kirby daba, pero la vieja casa de Foley se encontraba envuelta en un silencio sepulcral. En la parte de atrás, apoyó la mano en el pestillo de la puerta trasera y contuvo la respiración mientras lo bajaba. Esta se abrió.

En cuanto cruzó el umbral, tuvo que taparse rápidamente la nariz y la boca con la sangradura del brazo. Demasiado tarde. El hedor a heces y sangre le invadía las vías respiratorias y dio unas arcadas dentro de la camiseta.

¿Fue ahí donde tuvieron cautiva a Amy durante unas cuantas horas aterradoras mientras algún cabrón degenerado la golpeaba hasta dejarla con un hilo de vida para después trasladarla y dejarla morir en la tienda de Helena McCaul? La ira le hirvió en el pecho.

Tenía que existir una razón para haber dejado a la joven en la tienda. ¿El homicida pervertido había querido que la descubrieran? ¿Su intención era cargarle la culpa a Helena? ¿O es que ella era la asesina?

El hombre atravesó la cocina. Había pruebas de que se había utilizado recientemente. Encontró una caja de cereales volcada, que atraía a un ejército de hormigas a lo largo de la rayada mesa de madera. Vajilla y cubiertos sin lavar llenaban el fregadero y otra colonia de insectos se agolpaba alrededor de los platos manchados de comida. El detective levantó la tapadera de un cubo de basura y casi se le paró el corazón. Ropa de protección de la escena del crimen empapada de sangre.

—¡Señor todopoderoso! Joder —blasfemó.

Después, entró en un lavadero bastante grande. El aire frío se le atascó en la garganta. Era como un congelador. El hombre retrocedió sobre sus pasos y fue desde la cocina al pasillo. Después encontró un par de guantes en el bolsillo, sopló en su interior para abrirlos y empujó los dedos torpes y sudados dentro.

Entonces, se quedó quieto y escuchó.

Ni un ruido, aparte del crujido de los viejos tablones del suelo y el viento cada vez más fuerte. Una gota de sudor dibujó un rastro desde su pelo por la nuca para acumularse en el cuello de la camisa. Un repentino arrebato de miedo le atravesó el pecho con un golpe y se preguntó si habría sido una estupidez entrar solo. ¿A lo mejor podía ir a por Lei? No, necesitaba que vigilara. Alguien podría volver.

La puerta de su derecha se encontraba cerrada con candado. Le haría falta una cizalla. Se le ocurrió una idea y pasó la mano por la parte de arriba del dintel.

Bingo, una llave.

Acto seguido, la metió en la cerradura. La giró. Y la puerta se abrió hacia dentro, pero se quedó atascada, como si hubiera algo atrapado debajo de esta. Bajó la vista. Una cobertura gruesa de plástico con agujeros o cortes en algunas partes. ¿Llamaba a alguien? ¿Traía a Lei para que presenciara aquello? Fuera lo que fuera. Pero la imagen de las heridas de Amy lo impulsaron a entrar en la habitación sin pensar más en el protocolo.

—Santa madre de Dios. —Su voz fue un suspiro de incredulidad.

El suelo se encontraba cubierto de plástico manchado de sangre. Las paredes estaban tapadas con cojines y algún tipo de embalaje. ¿Estaba insonorizada? ¿Para contener el sonido dentro? Sus veloces pupilas se vieron atraídas por la figura desplomada y atada a una silla en la esquina de la sala.

Rota. Ensangrentada. En silencio.

Kirby se dirigió hacia la figura. Era tal la cantidad de sangre y los huesos que sobresalían de la carne que no era fácil distinguir si se trataba de un hombre o una mujer. Tenía el pelo empapado y apelmazado.

El agente cayó de rodillas y escuchó. Una respiración suave y lenta le acarició el rostro. Seguía con vida. Una mujer. Los dedos del hombre manipularon los nudos de la gruesa cuerda de nailon azul con torpeza, pero no se atrevió a mirar a la cara ensangrentada para distanciarse por un momento de la realidad de las heridas devastadoras que había sufrido.

Resonó un ruido. Un portazo. Un grito.

El detective se quedó parado, con las manos en los nudos empapados de sangre a medio deshacer.

El agente Lei entró con un traspiés en la habitación.

—Ya he llamado para que acuda alguien y… Dios mío —exclamó—. ¿Qué…? Ay, señor, ¿qué es este sitio?

—El asesino podría volver en cualquier momento. Vigila y llama a una ambulancia.

—Claro. Claro. Sí. Ay, Dios. ¿Qué co…?

El agente agarró la radio con torpeza y retrocedió fuera de la sala.

Kirby volvió a ponerse manos a la obra con los nudos. Le daba miedo mirar con demasiada atención y descubrir que ya le había sacado los ojos. Ya no sentía su respiración. ¿Estaba muerta?

—Concéntrate —se advirtió con voz temblorosa.

A medida que deshacía los nudos de los tobillos destrozados, de los que sobresalían los huesos, la mujer gimió, y el detective contuvo la respiración y alzó la vista hacia el rostro gravemente maltrecho.

Orla Keating colapsó y su cabeza le cayó de golpe contra el hombro.

⁊

Ya casi ha llegado el final. Los tengo cerca. Los huelo como si su investigación dejara una estela de humo ardiente. Pensé que habría completado mi obra antes de que llegaran, pero todo este ir de acá para allá intentando estar en dos sitios a la vez me ha agotado.

Aunque ¿saben quién soy? ¿Por qué estoy haciendo todo esto? ¿Voy a tener que dejárselo claro como el agua? No, lo descubrirán. Al final.

Y, entonces, al escuchar las sirenas, cuando los coches y las ambulancias aparecen en la cima de la colina, me doy cuenta de que ya es demasiado tarde.

Siempre he ido por delante de ellos. Necesito que siga siendo así.

A la que tuve que abandonar en la casa no sobrevivirá, pero lamento haberme perdido esa muerte. Echo un vistazo a mi mochila con el otro par de ojos traidores que flotan en los tarros de cristal. Debería haberme llevado los suyos, pero se me echaba el tiempo encima. He hecho lo que debía. Y ahora me queda una tarea. Una última persona a la que ver. Para decirle que todo esto es por ella.

Después, habré terminado.

Desapareceré en la nada y nunca me encontrarán.

Exactamente igual que el hombre que fue Tyler Keating.

100

A Orla Keating la llevaron a toda prisa al hospital con heridas mortales, y no iban a recibir información próximamente, así que Lottie dividió entre el equipo los documentos de Damien que habían encontrado en el guardamuebles de Jennifer. Entre las carpetas *beige* de papel manila debía de haber algún tipo de prueba sobre la persona homicida y su motivación.

Helena seguía desaparecida. ¿La triste y dañada joven podía ser la asesina?

McKeown llegó sin una herida tras el puñetazo de Boyd, y la mujer decidió lidiar con los daños colaterales más tarde.

—¿Qué has descubierto sobre la empresa fundada por Tyler Keating?

—La Oficina de Bienes de Procedencia Criminal ha abierto una investigación tras un soplo. Descubrieron una empresa llamada Isla Viuda. Está vinculada a una fundación que ayuda a niños que han perdido a un progenitor. Según lo que sabemos ahora, eso es una chorrada.

Mientras hojeaba las páginas del expediente abierto ante ella, Lottie se preguntó cómo Tyler Keating habría convencido a Damien O'Loughlin para que se inmiscuyese en la corrupción. «El dinero y la avaricia», supuso. Tyler era profesor de universidad a tiempo parcial, así que era perfectamente capaz de persuadir a alguien. Si combinaban lo que habían descubierto de la Oficina de Bienes de Procedencia Criminal con lo que Madelene había contado, parecía que la pareja había usado la fundación para obtener fondos por la fuerza en forma de propiedades de viudas afligidas e ignorantes.

—Todo lo que he visto hasta ahora —dijo—, además de lo que descubrió Kirby, incluye a mujeres de luto que transfirieron parte de sus bienes inmuebles a la fundación de Tyler Keating. Damien O'Loughlin fue el abogado en todos los casos.

—Y no me cabe duda de que Orla Keating era capaz de falsificar las cuentas —añadió Kirby.

—Su nombre no aparece en estos documentos —contestó la inspectora—, pero sabemos que Tyler también era contable. Seguiremos tirando de este hilo cuando arrestemos al asesino.

—El archivo que me condujo hasta donde Orla se encontraba retenida contenía una escritura de traspaso que muestra que Kathleen transfirió la casa a Isla Viuda.

—Vale, vamos a recapitular. —Lottie comenzó a pasearse de un lugar a otro—. ¿Jennifer podría haber descubierto lo que tramaba su marido por algo que oyó en la clínica? ¿O se enteró cuando se llevó los documentos del despacho de Damien?

Boyd comentó:

—No importa cómo se enterase. El hecho de que todos estos negocios afectasen a viudas de luto tuvo que inspirar a Éilis y a Jennifer para crear el grupo de «Vida después de la pérdida».

—¿Por qué dejar que Orla entrase en él… si ella estaba involucrada en el plan? —preguntó McKeown.

—Es posible que no formase parte del fraude por voluntad propia —hipotizó la inspectora—. Creo que el grupo de viudas se formó con el objetivo de conseguir el suficiente apoyo e información para desenmascarar los negocios corruptos.

Kirby se rascó la barbilla.

—A lo mejor Orla se unió a él con el fin de ayudar después de la desaparición de su marido.

Lottie se cruzó de brazos, decidida.

—O quería vigilar qué tramaban. Las mujeres que han acabado asesinadas o han sufrido abusos físicos esta semana podrían haber estado haciendo algo por exponer el fraude, pero entonces se convirtieron en objetivos para alguien que no quería que se descubriera su identidad.

Boyd se mostró de acuerdo.

—Bueno, ¿quién tiene tanto que perder como para recurrir al repugnante asesinato?

La inspectora estaba tan desconcertada como su equipo.

—No soy capaz de imaginar por qué asesinaron a Frankie y Owen si este escenario resulta ser cierto.

—No me gusta, pero creo que la asesina es Helena McCaul —opinó Lynch—. Sigue desaparecida, y es posible que tenga acceso a la antigua propiedad de su madre, donde encontramos a Orla.

Acto seguido, Lottie añadió:

—Pero, si fuera ella, ¿por qué querría mantener el fraude en secreto? Incluso podría tratarse de su madre.

El agente Lei entró con un golpeteo seco en la puerta.

—Luke Bray está abajo. Parece nervioso. Está preguntando por el detective Kirby. Quiere volver a ver las fotos.

El hombre se puso en pie y la inspectora asintió para dejarlo marchar.

—¿Ya te encuentras bien, agente Lei? —le preguntó la mujer.

—Como una rosa, gracias. Esa casa era una guarida bañada de sangre. Pobres víctimas. ¿Cómo eres capaz de dormir después de presenciar semejantes horrores, inspectora?

—No duermo muy bien —le contestó Lottie.

⁂

Luke Bray iba vestido con la ropa del trabajo y el sudor le borboteaba al acumularse alrededor del *piercing* de la ceja.

—Debería habértelo contado antes, pero estaba asustado. Después de pensar en lo que le ocurrió a Amy, la llamé por teléfono al hospital.

—Sí, cuéntame más —le contestó Kirby.

Intentó ser desdeñoso, pero estaba demasiado cansado para hacerlo como era debido.

—Puedes pensar lo que quieras de mí. No me importa. Quiero decirte quién me dio el dinero a cambio de abrir la puerta trasera de Herbal Heaven.

El detective abrió la carpeta de fotos, actualizada con todas las personas de interés para el caso, y las dispuso sobre el escritorio.

—Ella. —Luke señaló la imagen en cuanto apareció.

Kirby se inclinó hacia delante y la contempló, sorprendido.

—¿Estás seguro?

—Al cien por cien. La conozco.

Eso pondría un palo en la rueda de la conversación que acababan de mantener en la sala de operaciones. Habían estado completamente equivocados.

101

Las nubes se deslizaban sobre el sol poniente con un presentimiento aciago. El cielo perdía su color a la vez que el tiempo se partía con un rayo y el ensordecedor restallido de un trueno. A aquello le siguió un diluvio persistente.

Después de esperar a que disminuyese la lluvia sin obtener ningún resultado, Lottie decidió proceder. Salió del coche de un salto, se apretó el velcro del chaleco antibalas, se puso la capucha y se subió hasta donde pudo la cremallera de la chaqueta, que le quedaba estrecha por todo lo que llevaba debajo. Luego le susurró unas instrucciones a su equipo y se dirigió a la casa.

Esta se encontraba sumida en la oscuridad excepto por una luz que escapaba de un hueco entre las cortinas de una ventana de la planta baja. La inspectora cerró los ojos para formarse una imagen mental del plano y, a continuación, se llevó el dedo a los labios y le hizo señas al equipo para que se situaran en sus puestos antes de acercarse resuelta a la puerta y llamar con fuerza. Ya habían estado en la casa de la persona que Luke había identificado, pero no había nadie, así que la de su colega era la última esperanza de la mujer.

Nadie abrió. El silencio volvió a verse rasgado por el restallido de otro trueno y el diluvio continuó. Volvió a llamar y, después, pulsó el timbre.

—¿Kathleen? Abra, tenemos que hablar.

Seguía sin haber respuesta, así que Lottie se hizo a un lado mientras dos uniformados golpeaban la puerta con el ariete grande. La madera se hizo añicos y las viejas bisagras se rompieron.

Boyd se encontraba a su lado cuando pasó sobre la madera astillada. Los haces de las linternas que brillaban tras ella iluminaron el pasillo. La mujer se dirigió a la puerta de su izquierda justo cuando Kirby y McKeown llegaron desde la cocina; habían entrado a la fuerza por la parte trasera. Ella les asintió para saludarlos y abrió la puerta del salón.

—¡Paren! —dijo una voz desde dentro—. No entren.

Lottie pestañeó mientras los ojos se le acostumbraban a la penumbra de la sala, que solo se encontraba iluminada por una lámpara de pie junto a la ventana. Allí había tres personas. Una mujer yacía en el sofá, lánguida.

—No está bien —comentó la inspectora—. Necesita ir al hospital.

—Ella no se va a ninguna parte. —La voz fue cortante, pero también sonaba agotada.

Aquello le preocupó. La gente que se encontraba al límite era impredecible y estaba en su momento más peligroso.

—¿Podemos hablar? Creo que sé lo que ha pasado. Jennifer y Éilis estaban esforzándose para exponer un fraude que podría haber hundido su negocio. Sinceramente, no la culpo. Yo me habría puesto como loca.

Escogió la palabra errónea y se dio cuenta demasiado tarde.

—¡Cómo se atreve! Yo no estoy loca. No he estado más lúcida en toda mi vida. Veo las incorrecciones de este mundo. La avaricia brutal que conduce a la corrupción. Eran ellos los que estaban locos. Todos ellos intentaron implicarme a mí y al trabajo de toda mi vida y me empujaron a buscar venganza.

—¿Quiere sentarse y hablarlo detenidamente conmigo? —probó la inspectora.

—Ya no quiero hablar más. Es el momento de mi última acción. Pase y así podrá dar testimonio.

La mujer respiró hondo y dio unos pasos adelante, pero notó que alguien le tiraba de la chaqueta: era Boyd, tras ella, que intentaba prevenirla de que no entrara en el nido de víboras, pero sacudió los hombros para deshacerse de él.

—Solo usted, inspectora —gritó la voz—. Puede irse, sargento. Cierre la puerta al salir.

—No pasa nada, Boyd —la tranquilizó Lottie, que evaluó rápidamente la situación.

La casa estaba rodeada. Se encontraba a salvo, ¿no? La mujer alta estaba en pie con aire militar, de espaldas a la chimenea vacía y con una hoja corta, parecida a un bisturí, en una mano. Era capaz de desarmarla, ¿verdad? Kathleen se hallaba sentada en un sillón y Helena yacía inmóvil en el sofá, con los ojos cerrados, pálida y una respiración superficial. Lottie no vio sangre y esperó que la joven solo estuviera drogada, que no la hubieran golpeado.

Al escuchar el clic de la puerta que se cerraba tras ella, esperó.

La mujer frente a la chimenea la observó detenidamente; su cabello plateado se desvanecía en la penumbra.

—Siéntese, inspectora.

—Prefiero quedarme de pie. ¿Por qué, Madelene? ¿Por qué todas estas muertes? ¿Qué ha conseguido?

—¿Le apetece un poco de té? Kathleen me ha preparado antes una tetera.

La inspectora clavó las pupilas en la señora Foley. Una tetera plateada y unas tazas de porcelana descansaban sobre la mesita que tenía delante. La mujer sujetaba una vieja lata de galletas sobre la rodilla y una foto en la mano. Estaba temblando y sus pupilas no dejaban de correr entre su hija y Madelene. ¿Intentaba decirle algo a Lottie? ¿O solo estaba aterrada?

—No, gracias, Madelene —le contestó ella, tratando de mantener un tono neutral—. Quiero saber cuáles son sus intenciones aquí.

La abogada se giró hacia Kathleen y le habló directamente a ella.

—Mi amor, he logrado mantener nuestra relación en secreto durante tanto tiempo… Y estaba segura de que me vilipendiarían si esas guarras la sacaban a la luz. Recibiste las fotos que demostraban que alguien sabía lo nuestro. Deberías habérmelo contado, porque a mí también me las enviaron. Así que puede que sea culpa mía por no haberte confiado ese secreto.

—¿Qué tienen que ver unas cuantas fotos con todo esto? —preguntó Lottie, que pestañeó, confusa.

Madelene continuó dirigiéndose a Kathleen y le golpeó la pierna con la cara plana de la hoja.

—Yo no podría vivir con la vergüenza si se hiciera público. Ya sabes lo que siento. A lo mejor estoy anticuada en ese aspecto, pero que desvelaran mi homosexualidad… me destrozaría.

La inspectora se esforzó muchísimo por entender el razonamiento de la abogada. No había nada vergonzoso en ser gay. ¿Cómo era posible que esa idea hubiera llevado a una mujer a matar?

Madelene continuó con un tono de voz monótono:

—Y amenazaron con culparme de la corrupción de otros. Tú eras mi amiga, Kathleen. Tú te convertiste en una víctima del avaricioso plan de Damien y Tyler. Defraudar a viudas de luto. Te prometo que yo no tenía ni idea de lo que sucedía, pero, cuando Jennifer acudió a mí después de la desaparición de Keating, me dijo que contaba con pruebas del plan y que quería reparar el daño que habían causado las acciones de su marido. Qué chica más tonta. Al principio entré en pánico, así que le pedí que esperase, que tenía que pensar en ello.

—¿Qué hizo, Madelene? —intervino Lottie en voz baja.

La mujer arrancó la vista de Kathleen y posó las pupilas negras en Lottie.

—Pensé que Jennifer estaría de acuerdo conmigo, pero, obviamente, me equivoqué. Sopesé todas mis opciones y supe que no podía permitir que nada de esto saliera a la luz. Quería denunciarlo. Eso habría acabado con mi bufete. La gente habría entendido lo que le hubiera dado la gana. —Volvió a girarse hacia la otra mujer—. Luego, recibí las fotos. Alguien sabía lo nuestro. Supuse que Jennifer las habría encontrado entre las pertenencias de Damien. El cabrón nos había estado espiando. Si esas imágenes se hacían públicas, la gente estaría al tanto de nuestra relación. ¿Cómo podría vivir con esa vergüenza? Además, debía tenerte en cuenta, Kathleen.

Ahí estaba esa palabra otra vez. Vergüenza. Un frío helador bajó reptando por la espalda de la inspectora.

—¿Cómo se enteró Jennifer del plan? —Quiso pegarse un tiro por no haber encendido el móvil a escondidas para grabarla.

—La muy puta afirmaba que había oído a Tyler hablándolo con Frankie Bardon en la clínica. Dijo que se lo contó a Damien y que él lo negó todo, pero cuando murió, se lo confió a Éilis Lawlor. Las dos montaron ese estúpido grupito para viudas. Sospecho que lo usaban para averiguar cómo perjudicarme a mí y a mi reputación.

Lottie esperó a que la abogada tomase aliento. ¿Contarle su historia era una táctica para ganar tiempo? El brillo despiadado en los ojos de la mujer le decía que pasaba algo más allá de ellos. Pero ¿el qué? No le quitó ojo a la pequeña hoja y el silencio fue tan largo que le preguntó:

—¿Qué hizo?

—Al principio nada. Ese asqueroso de Tyler había desaparecido. No por mi culpa, por desgracia. Luego, hace un mes, Jennifer volvió a aparecer en mi puerta. Y comenzó a fanfarronear sobre su grupito. Dijo que Helena estaba pasando por un momento complicado porque su madre había perdido dinero en el dichoso estudio y ya no podía financiarle la tienda. Yo echaba humo. Tendrías que habérmelo dicho en su momento, Kathleen. Nunca habría permitido que las cosas se descontrolaran tanto.

Una sonrisita pícara se dibujó durante un segundo en el rostro de Madelene al dedicarle un vistazo a Lottie.

—Mi querida amiga y su hija habían sufrido una pérdida tras otra. Incluso antes de que nuestra relación se convirtiese en algo más que amistad, se lo debía, inspectora. Le debía muchísimo.

—¿Por qué razón le debía algo?

—Por la pequeña y dulce Amy, por supuesto. Mi bufete lidió con su caso. La niña sufrió una infancia despiadada. La abandonaron a los servicios sociales. Perdida y sin nombre. Así que tiré de algunos hilos, pero yo estaba soltera y no tenía hijos, condición que por aquel entonces te impedía acoger, aunque lo deseaba desesperadamente. Hablé con Kathleen y ella accedió a hacerlo. Ayudó a hacer de esa niña la mujer en la que se convirtió. A lo largo de los años, le financié en secreto muchas prácticas y la contraté con discreción en cuanto salió de la universidad, que había pagado yo. Adoraba a esa chica.

La inspectora pensó que aquella mujer no conocía el significado de esa palabra.

—Si la quería, ¿por qué intentó asesinarla?

—Dimitió de su puesto sin dar ninguna explicación. Se unió a ese estúpido grupo. Temía que pudiese corroborar lo que Jennifer sabía. Ni una vez acudió a mí. Esperé, pero lo único que obtuve fue un frío silencio. Habría hecho cualquier cosa por esa muchacha, pero al final me dejó en la estacada.

«¿Era un amor retorcido?», se preguntó Lottie. No, amor no: control.

—Les sacó los ojos a sus víctimas. Les rompió los huesos. Les quitó la vida y exhibió sus cuerpos en lugares poco conocidos. ¿Por qué dejó a Amy con vida?

—Quería asesinarla, pero se complicó.

«¡En eso soy una experta!», pensó la inspectora. La cabeza le iba a cien por hora.

Madelene continuó.

—Usted llegó.

—Nos agredió a mí y a un joven agente.

—Intentaba enredar las cosas.

—¿Y Luke Bray?

—Lo representé en su caso de agresión cuando tenía dieciocho años. Lo condenaron a realizar servicios a la comunidad, lo que demuestra lo buena abogada que soy. Lo vi fumando en la puerta del Dolan y le pagué para que abriera el pestillo de la puerta trasera y que sus huellas quedaran ahí. En parte, me alegro de que ustedes llegasen hasta Amy antes de que yo volviera a por ella.

—¿Amy tiene algún lazo familiar con usted?

—No, por Dios. Sus padres eran unos adictos al *crack* que la usaron y abusaron de ella. Yo la rescaté cuando tenía tres años y luego me traicionó al marcharse sin dar explicaciones.

—Cuénteme por qué Owen y Frankie debían morir.

—Es simple. Owen no iba a devolverle la inversión a Kathleen. Su idea vanguardista resultó ser todo lo contrario. Despilfarró el dinero que ella había pedido por insistencia de Amy. Creo que Frankie sabía lo de Tyler y Damien. Si hubiera hablado, la reputación de mi bufete se habría hecho trizas. Me habrían humillado. Al final, mi lealtad al bufete y a Kathleen pesaba más que el valor que podían tener sus vidas. Merecían ese destino.

—¿Y Tyler? ¿Dónde está?

—Imagino que donde la gente crea que es la sal de la tierra.

—¿Por qué todas las insinuaciones a la mitología en los lugares en los que dejaba los cadáveres?

—Frankie Bardon intentó estudiar una carrera de mitología. Quería darles un acertijo que resolver. Una de las pocas cosas en las que me he equivocado.

—¿Y en qué más se ha equivocado?

—En usted, inspectora. Pensé que terminaría mi misión antes de que me desenmascarara.

Lottie temió cuál podía ser el acto final. Echó un vistazo a Helena. Le costaba respirar.

—¿Puedo preguntar a qué se deben los vestidos amarillos?

—¿No lo sabe? El amarillo significa cobardía. Todos eran unos gallinas cobardes. Algunos tomaron a viudas indefensas como presas y otros querían avergonzarme y destruir todo por lo que había trabajado. Mi mente brillante estaba muy por encima de cualquier plan que pudiesen idear.

La inspectora estuvo a punto de preguntarle por qué eligió a Orla como objetivo, pero ya sabía cómo funcionaba el cerebro de Madelene. Había visto a la mujer como una clave en el plan de estafa de Tyler y Damien y, además, como parte del grupo.

La abogada se puso más recta y flexionó los músculos del brazo.

—¿Qué va a hacer, inspectora?

—Voy a detenerla y llevaré a Helena al hospital.

—Delira, igual que ella. No puede usar nada de lo que acabo de contarle.

—Tengo pruebas, incluido el ADN de la casa donde encontramos a Orla. —Lottie observó cómo una sombra oscura se deslizaba por el rostro de Madelene—. ¿Qué le ha dado a Helena?

—Muchísimo alcohol, que ella se ha suministrado por voluntad propia.

—¿Y cuál era su plan para Kathleen?

La abogada apretó el bisturí que tenía entre los dedos.

—Si no le importa, voy a tomar un poco de té. Estoy seca de tanto hablar.

En ese momento, Lottie pensó que habían acertado en una cosa. Su homicida era arrogante.

Mientras Madelene se inclinaba hacia delante, ya fuese para tomar la taza de té o usar el arma, la inspectora avistó una fila de tarros sobre la repisa de la chimenea. Botes con pares de ojos que flotaban en algún tipo de líquido. Siendo testigos después de la muerte. Entonces, comprendió por qué el rostro del Kathleen estaba sumido en el terror.

Lottie no tuvo tiempo de que los tarros la conmocionaran. Kathleen salió de golpe de su estupor. La lata de galletas se cayó y las fotos se desperdigaron. Sostenía un adorno de bronce en la mano. Y lo estampó con fuerza contra la cara de la abogada. El bisturí salió volando por los aires a la vez que Madelene se desplomaba y volcaba la mesa. La vajilla se estrelló contra el suelo. Y el ruido hizo que Boyd y Kirby irrumpieran en la sala.

Tras dejar que ellos dos lidiaran con las dos mujeres mayores, Lottie se acercó al sofá.

—¿Helena? Voy a llevarla al hospital. ¿Puede incorporarse?

Acto seguido, la joven abrió los ojos y asintió débilmente. La inspectora le puso una mano debajo de la cabeza y con la otra le rodeó la espalda y se la metió debajo del brazo para incorporarla hasta dejarla sentada.

—Ya está a salvo.

Helena echó un vistazo a su madre y Kathleen asintió en silencio mientras Kirby la conducía fuera del salón. Boyd incorporó a Madelene, que ya tenía las manos esposadas. Un hilito de sangre le goteaba de la sien.

—¿Por qué? —susurró la joven.

—Por «Vida después de la pérdida» —dijo la abogada con un gemido. Luego, su voz se tornó más cortante—. Un escondite de secretos. Revelarlos me habría destruido a mí, a mi bufete y la relación con tu madre. Y los planes de fraude no podían quedar expuestos ante todo el mundo. Yo tuve que pararlas. ¿No lo ves?

Helena negó con la cabeza.

Las pupilas de Lottie se posaron en los tarros de ojos.

No tenía palabras.

102

Ya era tarde y el hospital estaba tranquilo cuando Kirby salió del ascensor en la tercera planta. Amy dormía, así que se sentó junto a su cama. El hombre dio una cabezada cuando la chica se despertó.

—Larry, has vuelto.

—Aquí estoy.

—Lo siento.

—¿Por qué?

Notó que los músculos del estómago se le contraían. Ahí estaba. La confesión. Cómo lo había usado para obtener información. A él le gustaba de verdad, y ahora ella estaba a punto de destruir ese pedacito de felicidad que había llevado a su vida.

—Por no haber sido sincera contigo desde el principio.

—¿Sobre que Frankie Bardon era tu ex?

—No pensé que eso fuese relevante para nosotros. No, es el resto...

Kirby se rascó la barbilla con nerviosismo.

—No tienes que hablar de eso ahora mismo.

—Sí, si queremos tener una oportunidad...

—¿Una oportunidad de qué?

A lo mejor no estaba todo perdido.

—De nosotros. De una relación.

—Vale, de acuerdo. ¿Solo quedabas conmigo para obtener información?

Los ojos de la mujer no se apartaron de los suyos. Era una tipa dura.

—La verdad es que no. No te aceché ni nada por el estilo, pero sí que sabía que eras detective. Te conocía por el llamamiento que publicasteis en televisión el año pasado por Tyler Keating. Se acercaba el aniversario de su desaparición y decidí acercarme a ti para ver si podía ser lo bastante valiente como para contarte lo que había descubierto.

—¿Y qué era?

La voz le vaciló. ¿Había estado más involucrada de lo que Madelene había admitido? ¿La dulce Amy era la razón por la que Tyler seguía desaparecido?

—Me enteré de algo en lo que había estado metido antes de desaparecer. Abandoné un buen empleo por él. Me aterraba hablar sobre las propiedades que había obtenido embaucando a viudas de luto. Orla afirmó que la obligó y le prometió al grupo que guardaría el secreto. Ella me daba un poco de miedo, por lo que a lo mejor sí que fue cómplice de sus actos desde el principio.

—¿Por qué no fuiste a comisaría cuando Tyler desapareció?

—Estaba muy asustada. Creí que, si hablaba, vendría a por mí.

—¿No sospechaste que estaba muerto o que se había fugado al extranjero?

—No sabía qué pensar. Luego, cuando me sentí preparada para hablar contigo, comenzaron los asesinatos.

—¿Por venganza hacia aquellos que se callaron en su momento?

—O porque alguien quería que la verdad permaneciese oculta.

—Deberías habérmelo contado.

—Lo siento. Tomé el camino fácil cuando me fui de Bowen. Frankie ya me había hecho daño… Y, desde antes, cuando era pequeña. Mira, no intento que me compadezcas.

—Kathleen Foley dice que le pediste que invirtiera en el estudio de Owen. ¿Por qué lo hiciste?

—Frankie sabía que ella me tuvo en acogida cuando era pequeña. Pensó que estaba forrada. No sé cómo, pero sabía que poseía dos propiedades a pesar de que Tyler le hubiera robado una. Me dijo que, si no la convencía, se las pagaría. Era consciente de a qué se refería con eso, así que se lo supliqué. Larry, lo siento. Tendría que haber hablado antes.

—No pasa nada. —El hombre se recostó en su asiento.

—Cuando asesinaron a Jennifer, creí de veras que Tyler había regresado. Ella lo sabía todo sobre el fraude. Cuando recogió el escritorio de su marido en Bowen, encontró las cajas de los documentos, las copias de su corrupción fraudulenta y de Tyler. Creyó que el estrés con el que vivía le provocó el cáncer a Damien.

—Sí que deberías haberme contado todo esto.

No añadió que podría haber ayudado a salvar vidas porque, en sus ojos inyectados en sangre, vio que ya lo sabía.

—¿Me odias?

—No, Amy.

—¿Me has perdido el respeto?

—Eso tampoco. En mi subconsciente sabía que era demasiado bueno para ser verdad.

El detective vio que los ojos de la mujer se llenaban de lágrimas y una pequeña parte de su corazón se hizo pedazos.

—Lo siento muchísimo, Larry. Por haberte hecho daño y por ser una zorra taimada.

En ese momento, el hombre le dio un apretón en la mano y se levantó para marcharse.

—¿Crees que podríamos empezar de cero? —le preguntó ella.

Kirby se quedó parado. ¿Podían? ¿Era capaz de olvidar su hipocresía? ¿Qué cojones? Claro que sí. Todo el mundo albergaba secretos en algún punto de una relación. Solo tenías que mirar a Madelene y a Kathleen. Nada era sencillo. Nadie era bueno todo el tiempo. Estaba seguro de que Orla Keating podía dar testimonio de aquello. Él mismo cargaba con tanto bagaje que podía inclinar las mayores balanzas.

—Yo puedo si tú también —le contestó en voz baja—. ¿De verdad quieres empezar de cero conmigo?

¿En serio había dicho eso? Debía de ser así, porque una amplia sonrisa se dibujó en el rostro de la joven.

—Ay, Dios, sí, Larry. Sí, quiero.

—En cuanto salgas de aquí, nos vamos a ir una semana lejos, a un bonito hotel apartado. Vamos a conocernos como es debido y, de ahora en adelante, seremos sinceros el uno con el otro. ¿Trato hecho?

Amy le dedicó una media sonrisa; en su rostro, las cicatrices de la paliza.

—Trato hecho.

No tenía ni idea de cómo iba a permitirse una noche de hotel, por no mencionar una semana, pero no dejaría que la falta de dinero desdibujara su sueño. El dinero y la avaricia habían provocado bastante pena, horror y muerte por una semana. Aunque ¿de verdad podía volver a confiar en Amy? Estaba dispuesto a darle una oportunidad.

Entonces, Amy le agarró de la mano, tiró de él para que se agachase hasta ella y se desvaneció hasta la última duda.

103

Era noche cerrada alrededor del lago y el cielo arrojaba sombras sobre Farranstown House para cuando Lottie llegó a casa acompañada de Boyd. No quería volver a su apartamento desierto con las pruebas de los meses que había pasado con su hijo esparcidas por allí. En cuanto concluyeran el caso, lo ayudaría a rastrear a la zorra que tenía por exmujer y a recuperar a Sergio. Presenciar su pena le resultaba insoportable.

La cocina olía a comida preparada y, en el horno, una bandeja de Pyrex contenía los restos de un guiso. Aunque pensó que primero necesitaba un té, así que encendió la tetera eléctrica.

Boyd desenroscó el tapón del merlot que había traído y buscó una copa de vino limpia.

—Esto está muy tranquilo —dijo la mujer, y frunció el ceño de la preocupación—. Prepara el té y yo iré a ver cómo está mi madre.

Encontró a Rose y a Chloe en la sala de estar, doblando ropa y metiéndola en una vieja maleta.

—¿Qué está pasando?

—Ah, Lottie, aquí estás. Cariño, Chloe ha dicho que va a venirse a vivir conmigo durante un tiempo, hasta que te des cuenta de que soy capaz de volver a estar sola.

La chica puso los ojos en blanco a espaldas de su abuela.

—La abu es muy exigente. Se ha pasado todo el día intentando convencerme. Hasta he cambiado el turno de esta noche para ayudarla a hacer la maleta. ¿A que sí, abu?

—Eres una buena chica —le dijo Rose—. No como tu madre, ahí de pie boquiabierta. Es la viva imagen de su padre. ¿Has visto mis zapatillas de estar por casa?

—Las llevas puestas —le contestó Lottie cuando dejó de boquear como un pez dorado—. No puedes irte esta noche. Es tarde, y hay que airear tu casa antes de que vuelvas.

—Es posible que me esté haciendo mayor y sufra un poco el yugo de la demencia, pero todavía no estoy senil del todo —respondió la anciana con dureza—. Nos vamos mañana, ¿verdad, Chloe? Ahora, Lottie, sé una buena chica y prepáranos una taza de té. Estoy seca. Una rebanada de pan integral con mucha mermelada sería un detalle. ¿A ti qué te apetece, cielo? —Se giró hacia su nieta.

—Yo tomaré lo mismo, mami. —La adolescente le guiñó un ojo, momento en el que la mujer puso los ojos en blanco antes de volver a la cocina con Boyd.

—No te lo vas a creer. —Le quitó la taza de té de la mano a la vez que inhalaba el aroma de la uva en la copa que sujetaba en la otra.

—Ponme a prueba.

Lottie le contó lo de Rose y Chloe.

—¿No era eso lo que querías? —le preguntó mientras le daba un sorbo a su bebida, que le dejó una mancha roja en los labios.

—Sí. No. No lo sé. Mierda, Boyd, no quiero arruinarle la vida a mi hija. Rose no es una persona fácil.

—Creo que es lo bastante independiente como para tomar sus propias decisiones. Igual que su madre. —Le guiñó un ojo.

—De alguna forma, yo la he metido en esto, ¿no?

—Chloe Parker no hará nada que no quiera hacer, así que deja de preocuparte. Si no funciona, no funciona. No tienes control sobre ello.

—Gracias, viejo y sabio zorro.

—Lo de viejo sobra, por favor.

La mujer se sirvió más leche en el té para enfriarlo y se sentaron a la mesa, el uno junto al otro, con los hombros tocándose.

—Lo echo muchísimo de menos —dijo Boyd mientras contenía un sollozo.

—Ven aquí. —Le sostuvo la mano entre las suyas—. Jackie es una zorra calculadora. Utiliza a las personas. Incluso a tu hijo. Vamos a recuperarlo, aunque tengamos que poner el mundo patas arriba.

—Ella tiene más derecho que yo a quedárselo.

—No si usamos lo que sabemos sobre ella. Tú limítate a pensar en los meses tan increíbles que habéis pasado juntos y haz planes para cuando pase su futuro a tu lado.

El hombre le besó la frente con dulzura.

—Aún hay unas cuantas cosas que no entiendo —comentó Lottie—. ¿Cómo llegó Madelene Bowen a tener acceso a la casa antigua que fue propiedad de Kathleen?

—Posiblemente tuviera llaves por la larga relación que mantenían. O se las quitó a Tyler antes de asesinarlo.

—No ha admitido haberle hecho nada a él. Ha confesado desde los asesinatos a los secuestros, pero su negación en lo que respecta a la desaparición del hombre es firme.

—A lo mejor sí que se marchó del pueblo y ahora está disfrutando de la vida en otro sitio con una identidad nueva.

—No me sorprendería —admitió la mujer—. Y ¿por qué trasladó su coche hasta el almacén?

—A lo mejor quiso que sospecháramos que Jennifer lo asesinó cuando descubriéramos su cadáver. —Boyd se acabó la copa y alargó la mano para coger la botella.

—Puede ser. —Pero no estaba convencida—. El expediente del maletín de Madelene cuenta con una lista que cruza los clientes de Damien con aquellos para los que Orla Keating trabajaba como contable. Voy a entregárselo a la Oficina de Bienes de Procedencia Criminal para ayudar con su investigación en los negocios fraudulentos de Tyler.

—Orla estaba más involucrada de lo que ella querría que creyéramos —añadió el hombre, y le dio un sorbo al vino.

—Desde luego. ¿Te quedas esta noche?

—¿Eso es una invitación?

—Sí, viejo zorro, me encantaría contar con tu compañía.

—¿Desea conversar, señora Parker?

En ese momento, la mujer se estiró y le besó los labios cubiertos de vino.

—¿Quién ha dicho nada de conversar?

Epílogo

Dos semanas después

Ese año, Jimmy Grennan iba tan retrasado con la recogida de la turba del cenagal que no estaba seguro de si merecería la pena el engorro. Caminó a lo largo del sendero embarrado arrastrando la carretilla con las bolsas de fertilizante mientras avanzaba hacia su terreno. Había tenido que dejar el tractor con el remolque arriba en el carril porque el terreno seguía blando tras la tormenta de hacía dos semanas. No tenía esperanzas de rescatar nada de su turba, pero, aun así, daba las gracias porque hoy el sol brillara entre las nubes.

—¡Maldita sea! —se quejó cuando la bota de agua se le quedó atascada en una de las depresiones del cenagal.

El hombre sacó la pierna a rastras del agua turbia y marrón y, en aquel momento y lugar, se prometió que luego se tomaría una agradable y cremosa pinta de Guinness en el Cafferty. Esa idea lo ayudaría a continuar durante las próximas horas.

Así, siguió abriéndose paso lentamente por la tierra revuelta hasta las pilas de turba. Los terrones de los bordes exteriores de los montones estaban empapados, pero descubrió que los que se encontraban debajo de estos seguían secos.

—Gracias, señor —declaró, y se puso manos a la obra.

Jimmy cargó el primer lote de bolsas en la carretilla y las llevó hasta el remolque. Iba de camino de vuelta a su terreno cuando algo le llamó la atención cerca de donde se le había atascado antes la pierna. ¿Un trozo de tela? No, parecía más bien cuero. La gente no dejaba de enterrar basura en el cenagal desde que el precio de la recolección de residuos se había puesto por las nubes.

El hombre se agachó y tiró del pedazo para intentar sacarlo de la tierra. Luego dejó caer el fardo de bolsas de abono. Se trataba de la manga de una chaqueta y, dentro de esta, vio una mano huesuda con una piel marrón y coriácea.

«¿Será una momia del pantano?», se preguntó. No, era imposible. Entonces no tenían chaquetas de cuero, ¿verdad?

Se puso en cuclillas y, con cuidado de no caerse al agua estancada, observó atentamente con los ojos llorosos. Llevaba un anillo en uno de los dedos. De plata. Y continuó apartando turba a la vez que llegaba a la conclusión de que las lluvias recientes habían desenterrado a aquel desgraciado de su tumba pantanosa.

Se escuchó un zarapito al otro lado del cenagal. Una brisa heló el aire.

Jimmy iba descubriendo más partes de la chaqueta a medida que apartaba la tierra empapada con los dedos. Después, el cuello de una camisa. Un cuello con la piel curtida. La piel había tomado un color tostado por el lodazal.

Había encontrado una momia del pantano, pero no tenía siglos de antigüedad. Solo llevaba enterrada doce meses.

Jimmy Grennan sabía que a veces le costaba comprender las cosas, sobre todo después de unas cuantas pintas, pero en esto no se equivocaba. Recordaba los comunicados que había visto hacía un año. Las fotos del hombre en las farolas. La mujer sin una lágrima delante de las cámaras que le hacían fotos mientras rogaba información sobre su marido desaparecido.

El hombre rebuscó su móvil en el bolsillo del pantalón y marcó el número de emergencias.

A continuación, hizo lentamente la señal de la cruz y esperó.

Jimmy no tenía prisa por ir a ningún sitio, y sabía que Tyler Keating tampoco.

⚶

«Los hospitales huelen demasiado a hospital», piensa Orla. El ambiente es demasiado limpio después del hedor del lugar donde había estado retenida. Tiene los ojos vendados para

446

protegerlos de la luz. El especialista le ha dicho que tenía tejido blando en las retinas por la paliza que había recibido.

En la tele, las noticias suenan demasiado altas. Ojalá alguien la apagara. Podría llamar al agente que hay en su puerta. Lo han apostado ahí para asegurarse de que ella no escapa. Como si pudiera, con las dos piernas rotas. Quieren interrogarla cuando se sienta capaz. Es consciente de lo que saben. Pero no lo conocen todo. No tienen ni idea de su mayor y más osado crimen. ¿Cómplice de robar a unas cuantas viudas? No, es algo mucho peor. Un crimen que jamás se descubrirá. Está totalmente segura de ello.

El presentador del telediario menciona algo sobre una momia en el pantano.

Y Orla intenta incorporarse, pero es incapaz de moverse. Se encuentra limitada. El ruido de los carritos en el pasillo es demasiado alto. Y, ahora que quiere escuchar, la televisión no tiene el suficiente volumen.

—Silencio —pide.

El presentador le habla al mundo de un cadáver masculino con una chaqueta de cuero que ha encontrado un hombre mientras cortaba la turba.

—La policía local se encuentra en la escena. Nuestra reportera, Sinead Healy, está allí mismo. ¿Qué puedes contarnos esta noche, Sinead?

—Hemos hablado antes con la comisaria Farrell de Ragmullin. Ha confirmado que el fallecido no es una momia antigua del pantano. Se ha dispuesto una sala de operaciones y se investigará como una muerte sospechosa. Los habitantes de la zona dicen que podría tratarse del cuerpo de Tyler Keating, quien desapareció hace poco más de un año. Su mujer se encuentra en el hospital actualmente, donde se recupera de las graves heridas que recibió en un presunto ataque perpetrado por la asesina en serie, Madelene Bowen. Devuelvo la conexión.

Orla soltó un suspiro al pensar en los errores que había cometido. Uno de los más críticos había sido trasladar su coche. Entró en pánico cuando Jennifer desapareció y pensó que podría echarle la culpa a ella al dejarlo en su guardamuebles.

Estúpido GPS. No pensó en eso. Debería haberlo dejado donde estaba, en el viejo vagón de carga cerca de donde Kathleen Foley vivía antes. Aquello las habría convertido en sospechosas a ella y a Madelene, a quien Orla había atacado con unas fotos explícitas. Se las robó a Jennifer después de la desaparición de Tyler. Ni siquiera la última que dejó en la puerta de Kathleen había surtido efecto. Una pena, la verdad.

«Todo aquello para nada», pensó agotada. La Oficina de Bienes de Procedencia Criminal está investigando a Tyler. Tuvieron que ser Jennifer o la estúpida de Éilis quienes se pusieron en contacto con ellos. El papel de Orla en esos planes no tardaría en descubrirse. Y no cree que vaya a convencer a nadie de que Tyler la coaccionó.

Cierra los ojos con fuerza bajo las vendas.

Cierra los puños.

Ni siquiera ha sido capaz de quedarse bajo tierra.

Orla siente que la mano de su marido se extiende hacia ella y la arrastra con él bajo la turbia oscuridad.

CARTA DE PATRICIA

Hola, querido lector:

Estoy encantada de que hayas leído *Las tres viudas*, el duodécimo libro de la serie de Lottie Parker. Si quieres mantenerte al día para no perderte ningún lanzamiento, solo tienes que registrarte en el siguiente enlace (en inglés):

http://www.bookouture.com/patricia-gibney

No se compartirá tu correo electrónico y puedes darte de baja cuando lo desees.

Espero que hayas disfrutado de *Las tres viudas*. Si ha sido así, me alegraría muchísimo que publicaras una reseña en Amazon o en la página web de la librería donde hayas comprado el libro en cualquiera de sus ediciones. Significa mucho para mí y agradezco los comentarios que he recibido hasta ahora.

Para aquellos que ya hayan leído las once novelas anteriores de Lottie Parker, *Los niños desaparecidos, Las chicas robadas, El secreto perdido, No hay salida, No digas nada, La última traición, Las almas rotas, Los ángeles sepultados, Las voces silenciadas, Los huesos ocultos* y *La chica culpable*, gracias por el apoyo y las reseñas. Si *Las tres viudas* es el primer contacto que tienes con Lottie, te espera una sorpresa cuando leas los once libros anteriores de la serie.

Puedes ponerte en contacto conmigo a través de mi página de Facebook de escritora, en Instagram o en Twitter.

De nuevo, gracias por leer *Las tres viudas*.

Espero que vuelvas a acompañarme con la decimotercera novela de la saga.

Con cariño,
Patricia

facebook.com/trisha460
twitter.com/trisha460
instagram.com/patricia_gibney_author

AGRADECIMIENTOS

Quiero darte las gracias por leer *Las tres viudas* y por acompañar a Lottie en este viaje. Gracias a una de mis lectoras, Orla Machin (cuyo apellido de soltera es Keating), quien pujó la mayor suma en la subasta Everyday Kindness en beneficio de la organización benéfica Shelter para que usara su nombre en mi libro.

Las tres viudas ha llegado hasta ti gracias al trabajo de muchas personas, y desearía aprovechar esta oportunidad para agradecérselo. Como siempre, un reconocimiento especial a mi agente, Ger Nichol, de The Book Bureau, que trabaja de forma incansable para mí. Gracias a Hannah Whitaker, de The Rights People, por conseguir editoriales extranjeras que traduzcan mis libros.

Gracias a mi editora, Lydia Vassar-Smith, cuya experiencia en su ámbito realza mis obras. A Kim Nash, gracias por tu amistad, consejo y trabajo como representante, y enhorabuena por tu ascenso a directora de *marketing* digital en Bookouture. Doy las gracias a Sarah Hardy, Jess Readett y Noelle Holten por su labor publicitaria, además de a Mark Walsh, de Plunkett PR junto a Hachette Ireland.

Especial agradecimiento a aquellos que han trabajado directamente en mis novelas en Bookouture: Alex Holmes (producción), Alex Crow, Mel Price, Occy Carr y Ciara Rosney *(marketing)*. Gracias a Thom Feltham por la revisión final.

Siempre estoy agradecida a Jane Selley por sus excelentes habilidades para la corrección de estilo y por ser capaz de ver cosas que a mí se me escapan por completo.

Gracias a Sphere Books y Hachette Ireland, que publican mis libros en edición de bolsillo, por vuestro apoyo. Además, gracias a todas las editoriales extranjeras que traducen y publican mis novelas en sus lenguas maternas. Y gracias a todos los traductores por su fantástica labor.

Michele Moran da vida a mis libros en el formato audiolibro en lengua inglesa y ha narrado todas mis obras hasta la fecha. Gracias, Michelle, y al equipo de 2020 Recordings.

Mi hermana, Marie Brennan, me ayuda con el proceso de edición y revisión final y le agradezco muchísimo su esfuerzo.

Las librerías y bibliotecas son esenciales en el núcleo de todo pueblo, así que también quiero transmitir mi agradecimiento a todos los libreros y bibliotecarios del mundo.

Como autora, conozco la importancia de las reseñas para mis novelas, así que gracias a cada lector que se toma el tiempo de publicar una opinión. Un agradecimiento enorme a los blogueros literarios y a los críticos que leen y reseñan mis novelas. Aprecio el tiempo y el esfuerzo que eso conlleva. Muchísimas gracias por vuestro tiempo.

No habría sido capaz de escribir estos libros sin el apoyo ni el ánimo de mi familia. Mis hijos, Aisling, Orla y Cathal, son los jóvenes más fuertes, trabajadores y cariñosos que he conocido. Mis hijos y nietos me colman de amor y gratitud.

Le dedico esta obra a mi tío Louis, que tristemente falleció el 1 de noviembre del 2022. Era un golfista, artista y hombre de familia. Le echaremos de menos.

Por último, a ti, querido lector, que haces que mi escritura valga la pena. En este momento, me encuentro trabajando en la siguiente entrega de la saga (el decimotercer libro), así que no tendréis que esperar mucho para descubrir qué ocurre en el mundo de Lottie, Boyd y, por su puesto, ¡Kirby! Mis más sinceros agradecimientos por acompañarme en este viaje.

Nota: Dramatizo muchos los procedimientos policiales para añadir ritmo a la historia. Todas las posibles imprecisiones son responsabilidad mía.

Principal de los Libros le agradece la atención
dedicada a *Las tres viudas,* de Patricia Gibney.
Esperamos que haya disfrutado de la lectura
y le invitamos a visitarnos
en www.principaldeloslibros.com,
donde encontrará más información
sobre nuestras publicaciones.

Si lo desea, también puede seguirnos
a través de Facebook, Twitter o Instagram
utilizando su teléfono móvil
para leer los siguientes códigos QR: